AGNÈS MARTIN-LUGAND

Après six ans d'exercice en tant que psychologue clinicienne dans la protection de l'enfance, Agnès Martin-Lugand se consacre désormais à l'écriture. Elle fait aujourd'hui partie des auteurs les plus lus en France. Son premier roman, *Les gens heureux lisent et boivent du café* (Michel Lafon, 2013), a connu un immense succès auprès du grand public. Les droits d'adaptation cinématographique ont été achetés par The Weinstein Company. Il est suivi de *Entre mes mains le bonheur se faufile* (2014), *La vie est facile, ne t'inquiète pas* (2015), la suite de son premier roman, et *Désolée, je suis attendue…* (2016) toujours chez le même éditeur. Son nouvel ouvrage, *J'ai toujours cette musique dans la tête*, a paru en 2017 aux Éditions Michel Lafon.

Retrouvez l'auteur sur sa page Facebook :
Agnès Martin-Lugand auteur

DÉSOLÉE,
JE SUIS ATTENDUE…

AGNÈS MARTIN-LUGAND

DÉSOLÉE,
JE SUIS ATTENDUE…

© Éditions Michel Lafon, 2016
ISBN : 978-2-266-27513-2

Pour toi, rien que pour toi, et toujours pour toi.

S'il est librement choisi,
tout métier devient source
de joies particulières,
en tant qu'il permet de tirer profit
de penchants affectifs et d'énergies instinctives.

Sigmund Freud,
Malaise dans la civilisation

Écoute, ma voix, écoute ma prière.
Écoute mon cœur qui bat, laisse-toi faire.
Je t'en prie, ne sois pas farouche
Quand me vient l'eau à la bouche.
Je te veux confiante, je te sens captive.
Je te veux docile, je te sens craintive.

Serge Gainsbourg,
L'Eau à la bouche

1

Quatre mois que je me tournais les pouces : vive les stages de fin d'études ! Avec le recul, je comprenais mieux pourquoi j'avais réussi à trouver le mien à la dernière minute. Contrairement à tous mes camarades d'école de commerce, prêts à turbiner comme des malades, je ne l'avais pas cherché dans l'idée de me défoncer pour décrocher mon premier CDI. J'étais partisane du moindre effort et je savais ce que j'aimais : manier mes deux langues – le français et l'anglais – et permettre aux gens de communiquer entre eux. J'adorais parler. Plus bavarde que moi, ça n'existait pas. À force de mettre mon nez dans l'annuaire des anciens de l'école, j'étais tombée sur les coordonnées de cette agence d'interprètes dans le milieu des affaires, j'avais envoyé mon CV, eu un entretien avec l'assistante du patron, et le problème avait été réglé. Mais franchement, qui aurait voulu de cette planque pour obtenir son diplôme ? Je devais être la seule et l'unique à y trouver de l'intérêt, puisque c'était le « stage photocopies » par excellence, sans un centime d'indemnité, alors que les autres touchaient un peu d'argent chaque mois. Les avantages – non négligeables : aucune responsabilité, pas d'obligation de porter un tailleur, pas d'horaires tardifs non plus, et la possibilité de boire des cafés gratis et de retrouver toute la petite bande pour l'*happy hour* ! Dans une autre vie, ç'aurait pu être intéressant d'y bosser, pour la bilingue que j'étais.

Ce jour-là, je n'avais pas les yeux en face des trous. Nous avions fait la fête toute la nuit, et je n'avais que deux petites heures de sommeil au compteur, dans le clic-clac pourri de ma sœur, dont les ressorts m'avaient martyrisé le dos. Bien qu'arrivée avec plus d'une heure de retard, j'avais, semble-t-il, réussi à passer inaperçue en allant me planquer dans le placard à balais qui me servait de bureau. Dans l'après-midi, alors que je luttais pour ne pas m'endormir, la secrétaire du patron, perchée sur ses talons de pétasse, arriva vers moi, un sourire diabolique aux lèvres ; cette bonne femme frustrée allait encore me refourguer ses corvées.

— Va servir des cafés dans le bureau de Bertrand.

— Non, je suis occupée, là. Ça ne se voit pas ?

— Vraiment ?

Elle me sourit méchamment, puis regarda ses ongles manucurés, avant de reprendre, l'air de rien :

— Ah, dans ce cas, dès que tu auras fini ta mission si importante, il y a cinq dossiers à relier qui t'attendent, je ne vais pas avoir le temps de le faire.

La tuile ! J'étais une vraie quiche avec la bécane à relier. Je penchai la tête sur le côté et lui renvoyai un sourire aussi bête que le sien.

— OK ! Je les fais, ces cafés, c'est plus raisonnable, les tiens sont vraiment dégueulasses. Il ne faudrait pas contrarier le patron.

Vexée, raide comme un piquet, elle me fixa tandis que je me levais en lui faisant une grimace de sorcière, langue tirée.

Dix minutes plus tard, un plateau entre les mains, concentrée pour éviter de me rétamer devant tout le monde, je donnai un coup de fesse tout en soupirant pour ouvrir la porte du bureau du boss, quand un effluve de téquila se fraya un chemin jusqu'à mon nez ; je puais encore l'alcool de la veille.

En pénétrant dans la pièce, à travers mes cils, je jetai un regard aux quatre hommes en costard-cravate, leurs mines sérieuses et empruntées me donnèrent envie de rire. Je déposai devant chacun sa tasse. À croire que j'étais transparente, aucun ne se fendit d'un petit « merci » pour mon service impeccable. Je pris deux secondes, attendant toujours mon bon point, et j'en profitai pour tendre l'oreille, piquée par la curiosité. S'occupaient-ils de régler le problème de la faim dans le monde pour ne pas être capables d'un minimum de politesse ? À première vue, non. En revanche, le patron venait de se planter royalement en s'emmêlant les pinceaux avec des homonymes en anglais. Et ça se disait interprète ! *Faut tout leur apprendre !* Ni une ni deux, je fis les trois pas qui me séparaient de lui, posai ma main sur son épaule et lui glissai fièrement à l'oreille une solution à son contresens. Ses doigts tapotèrent nerveusement le bois de la table.

— Dehors la stagiaire ! siffla-t-il entre ses dents en me lançant un regard noir.

Je me reculai d'un bond, fis un sourire de godiche, que j'offris à tous, et quittai la pièce comme si j'avais le feu aux trousses. Une fois la porte du bureau refermée derrière moi, je m'y adossai en soupirant et en riant. Bon, au moins il savait que j'existais maintenant. *Mais mon Dieu, quelle conne !* Je devrais apprendre à me la fermer parfois.

Deux mois plus tard, la délivrance enfin. Ce maudit stage touchait à son terme. Évidemment, certaines conversations épiées derrière une porte – il fallait bien s'occuper – avaient tout de même suscité mon intérêt. Le patron et ses trois interprètes semblaient être les rois du pétrole auprès de leurs clients – du beau monde dans le milieu des affaires –, ça avait l'air excitant leur job. De ce que j'avais compris, ils rencontraient des tas de gens intéressants dans des milieux très différents. Ça me plaisait bien, limite, ça me titillait. Enfin… plus que quelques minutes et c'étaient les vacances. Et surtout je pourrais enfin me lancer dans la préparation de mon grand projet, dont je n'avais encore parlé à personne. Je voulais prendre une année sabbatique et vadrouiller aux quatre coins du monde, sac au dos, avant de songer à un quelconque avenir professionnel. J'avais envie de voir du pays, de rencontrer des gens, de profiter de la vie et surtout de m'amuser. À 18 heures, après avoir récupéré l'attestation de stage signée auprès de la secrétaire frustrée du patron, j'étais prête à partir. Je faisais un dernier tour de mon placard, hésitant à chourer quelques stylos et un bloc-notes.

— La stagiaire, dans mon bureau !

Je sursautai. Que me voulait le big boss ? Une chose était certaine ; je n'allais pas recevoir un petit chèque de remerciements pour bons et loyaux services. Depuis mon coup d'éclat, j'avais rasé les murs chaque fois que nos chemins s'étaient croisés, préférant éviter une nouvelle engueulade. À quelle sauce allais-je être mangée ? Lorsque je pénétrai dans son bureau, le grand manitou tapait frénétiquement sur son clavier. Je restai piquée debout devant son bureau sans trop savoir où me mettre, tripotant mes mains, me sentant pour la première fois totalement ridicule et décalée avec mes magnifiques Puma aux pieds et mes cheveux roux coiffés version sauvageonne.

— Ne restez pas plantée là devant moi ! me dit-il sans lever les yeux.

Je posai mes fesses sur le rebord du fauteuil en face de lui. Toujours sans me regarder, il enchaîna :

— C'est votre dernier jour ici d'après ce qu'on m'a dit, et vous avez fini vos études.

— Yep, monsieur.

Il tiqua en m'entendant dire « monsieur ». Aurait-il des problèmes avec son âge ? Au fond de moi, j'avais bien envie de rire ! Ah, la crise de la quarantaine !

— Je vous attends ici lundi à 9 heures.

Pour la première fois, il daigna me regarder.

— Pour quoi faire ? lui répondis-je sans même m'en rendre compte.

Il haussa un sourcil, circonspect.

— Je doute que vous ayez déjà trouvé du boulot ailleurs. Je me trompe ?

Il me proposait un job, et il ne plaisantait pas, en plus ! Je n'y comprenais rien. Je me trémoussai sur mon siège. *Pourquoi moi ?* Je n'avais rien foutu pendant six mois, à part une merveilleuse boulette !

— Vous pouvez y aller, maintenant.

— Euh… bah… d'accord… merci, finis-je par dire en esquissant un sourire coincé.

Je quittai mon bout de fauteuil, avec l'impression de le faire au ralenti, puis me dirigeai vers la porte, mais il me retint au moment où je posais la main sur la poignée :

— Yaël !

Tiens, il connaît mon prénom.

— Oui.

Je me tournai, et le découvris soudain bien calé au fond de son fauteuil.

— Trois choses : deux recommandations et une question. Les recommandations pour commencer : ne me refaites plus le coup de la dernière fois et mettez-vous au travail.

L'horreur, je venais de me prendre un avertissement comme au collège !

— Promis, lui répondis-je en essayant d'avoir une mine désolée.

— La question : d'où tenez-vous un anglais aussi subtil ?

Je me redressai comme un petit coq de combat, et lui décochai un sourire carnassier.

— Je suis née comme ça !

Il arqua un sourcil. *Il est bête ou quoi ?* Il fallait tout leur expliquer aux vieux.

— Ma mère est anglaise. Mon père a eu l'idée de finir ses études d'archi en Angleterre…

— C'est bon, épargnez-moi l'histoire du hamster et de la grand-mère, j'en sais assez. Et vous, vous en saurez plus sur votre poste la semaine prochaine. Bon week-end, et n'oubliez pas, lundi, soyez à l'heure ! Je ne tolérerai plus aucun retard à partir de maintenant. Et par pitié, changez de tenue…

Sans plus se préoccuper de moi, il retourna à son écran. Avant de partir, je repassai dans mon placard à balais récupérer mon sac. Comme un automate, à moitié sonnée, je pris le métro et m'écroulai sur un strapontin. Qu'est-ce qui venait de me tomber sur la tête ? J'étais embauchée pour un poste que je ne connaissais pas, en n'ayant rien fait, et surtout sans le vouloir. Je n'avais pas envie de travailler. Et puis, l'ambiance était pourrie, personne ne riait jamais dans cette boîte. Ce Bertrand ne m'avait même pas demandé mon avis. Après tout, je n'avais rien signé, personne ne me forçait à y retourner lundi. Ce type ne viendrait pas me chercher chez moi par la peau des fesses pour m'obliger à bosser. Mes projets de voyage partaient en fumée… À moins que je saisisse l'occasion de me faire un peu d'argent pour vadrouiller sac au dos plus longtemps que prévu dans quelques mois, après avoir démissionné. Qui m'en empêcherait ? *Personne.* Hors de question que mes parents me payent mon tour du monde, ils avaient déjà bien assez banqué pour mes études, je ne voulais pas vivre plus longtemps à leurs crochets. Je décidai de me pointer le lundi suivant dans le bureau du patron pour savoir au moins combien il comptait me payer. En réalité, ce job tombait du ciel ! Je me levai d'un bond quand le métro s'arrêta à Saint-Paul, et bousculai les autres passagers pour sortir de la rame. Je montai quatre à quatre l'escalator, et c'est en sautillant que je rejoignis notre QG, *El País*. Nous y avions établi notre camp de base très peu de temps après le début de nos études. Son premier avantage était d'être tout près de l'école, où je pouvais faire des passages éclair, histoire de me montrer et d'entretenir la légende sur mon assiduité en cours. Ensuite, ce rade ne payait pas de mine, et ça nous correspondait : on se moquait qu'il soit branché, à la mode. Il avait un petit côté crade, pas installé, avec des tabourets de bar branlants et une télé au-dessus du bar. Seul l'équipement de musique top assurait l'ambiance. On y était bien. Le patron et son barman s'étaient pris d'affection pour nous ; nos histoires, nos porte-monnaie remplis de bigaille, nos courses poursuites pour attraper le dernier bus les faisaient rire. Ce bar était une extension de nos appartements respectifs, et notre troupe faisait partie des meubles. Je me collai à la devanture et fis une grimace à tout le monde avant de pousser la porte, survoltée.

— Fiesta tout le week-end ! braillai-je, les mains en l'air.

— Comme si c'était une grande nouvelle, me rétorqua Alice du haut de son tabouret.

En riant comme une folle, je sautai au cou de ma sœur et la broyai contre moi. Elle se rattrapa au comptoir, nous évitant de nous affaler sur le carrelage.

— J'ai trouvé un boulot ! hurlai-je dans ses oreilles.

Elle me repoussa et me regarda, les yeux exorbités, à la façon du loup de Tex Avery.

— Parce que tu cherchais un job ?

— Non ! Mais je l'ai quand même !

— Ça promet !

Tout le monde se jeta sur moi. Notre petite troupe s'était formée ces dernières années. D'abord grâce à Alice, lorsqu'elle s'était amourachée de Cédric : elle était en histoire, lui en philo, ils étaient faits pour se rencontrer, aussi calmes, timides et posés l'un que l'autre. De mon côté, mon bac en poche, un an après ma sœur, j'avais opté pour le confort d'une école de commerce dont les trois quarts des cours étaient délivrés en anglais. En première année, j'y avais rencontré Adrien, atterri là après des années de fac foireuses. Pas d'histoire d'amour entre nous, mais plutôt des bringues, des rires, des nuits blanches, et des cours séchés. Du jour au lendemain, il s'était rangé ; au détour d'une rue, il avait trouvé l'amour en la personne de Jeanne, vendeuse et mère célibataire. Il avait tout pris : le piercing sur la langue, le caractère bien trempé, et Emma, sa fille d'un an, sans pour autant perdre une miette de son humour (lourd), ni sa passion immodérée pour la fête. Et ce n'était pas l'arrivée de Marc qui avait diminué le nombre de nos bringues. Alice et Cédric l'avaient rencontré à la fac. Il était en histoire de l'art, ou plus exactement, il y était inscrit. En gros, il y allait quand il y pensait, toujours les mains dans les poches, sans jamais prendre de notes. De toute façon, s'il avait besoin de cours, il avait, aux dires de ma sœur, une armée de groupies prêtes à se dévouer pour lui donner des cours particuliers. Son air de feignant rêveur, décalé, un brin mystérieux, les faisait tomber comme des mouches. Il restait très secret sur ses conquêtes, mais il semblait assez indifférent à l'effet qu'il produisait sur les filles, pour ce que j'avais pu observer, puisque nous étions toujours fourrés ensemble tous les deux. Sauf que ce soir-là, il manquait à l'appel.

— Où est Marc ? demandai-je après m'être libérée de l'emprise des autres.

— Je ne sais pas ce qu'il fout ! me répondit Adrien. Il arrive toujours en premier, d'habitude.

Je sortis mon portable de ma poche, j'en étais toute fière, c'était mon premier !

— Je vais l'appeler.

Marc vivait chez son grand-père depuis qu'il était étudiant à Paris, laissant la vie de province à ses parents, en Touraine. Évidemment, personne ne décrocha. Son grand-père était un véritable courant d'air, le peu de fois où nous étions passés chez lui, nous n'avions fait que le croiser. C'était un original, toujours prêt à partir en vadrouille pour traquer la pépite, disait-il avec un regard espiègle. Quand nous demandions à Marc ce qu'il fabriquait, il haussait les épaules en nous disant que son Abuelo, comme il l'appelait, était un chasseur de trésors. Ce qui invariablement déclenchait rires et moqueries, puis nous passions à autre chose. Le peu de minutes où nous le voyions, il avait toujours un mot gentil pour nous, tandis que son regard nous sondait. J'avais parfois l'impression qu'il me connaissait par cœur, alors que nous n'avions jamais échangé plus de dix mots.

— Il va finir par se radiner, me dit ma sœur, me faisant revenir sur terre. Raconte-nous ton boulot ! C'est quoi cette histoire ?

Je leur traçai les grandes lignes de ma convocation dans le bureau du big boss, un œil sur l'entrée du bar.

— Yaël, tu as un gros problème ! m'annonça Jeanne.

Je tournai vers elle un visage surpris, ma pinte à la main. Elle affichait un sourire vicieux.

— Quoi ?

Je bus une gorgée ; je ne voyais pas où elle voulait en venir.

— Il faut que tu te sapes ! Tu n'as plus le choix ! Fini, les Pumas et les jeans. Ça devient sérieux !

Je recrachai ma bière en aspergeant le comptoir. Alice applaudit et s'esclaffa avec Jeanne, qui percuta tout de suite.

— Génial, on va jouer à la poupée avec toi, demain !
Quelle horreur !

— Non ! m'écriai-je. Je ne veux pas me déguiser !

— Qui t'a parlé de ça ? me rétorqua Jeanne. Je vais te trouver des tailleurs et des escarpins à la boutique. Ça fera l'affaire !

Je fis la lippe.

— Jamais, jamais je ne mettrai de talons.

Tout le monde éclata de rire en voyant ma mine, sourcils froncés et bouche pincée.

— Il se passe quoi ici ?

À l'instant où j'entendis la voix grave de Marc qui semblait toujours annoncer une catastrophe, j'oubliai mon problème vestimentaire, et me tournai vers lui à nouveau détendue et souriante. Il arriva nonchalamment, serra la main du barman et déposa son tabac à rouler sur le comptoir. Puis il vint derrière moi, passa son bras au-dessus de mon épaule et chipa ma pinte, dans laquelle il but une grande rasade de bière, en me faisant un clin d'œil.

— Bon, alors, qui me répond ? On fête quoi ? insista-t-il.

— J'ai un job, lui répondis-je, un grand sourire aux lèvres.

Il me fixa, franchement surpris.

— Et c'est une bonne nouvelle ? Tu veux bosser, toi ?

— Non, je veux pas bosser, mais bon, on me l'a gentiment proposé, je ne pouvais pas refuser ! lançai-je en éclatant franchement de rire.

— Tu es incroyable !

Il pencha son mètre quatre-vingt-cinq vers moi pour bien planter ses yeux malicieux dans les miens.

— Bringue de folie, ce soir ?

— *Yes !*

— Allez, je paye ma tournée en l'honneur de Yaël ! déclara-t-il, radieux.

La soirée démarra véritablement à partir de là. Ce ne fut plus qu'éclats de rire, blagues, plans débiles sur la comète et tournée sur tournée. Évidemment, il fallut qu'Adrien revienne sur mon état peu glorieux à notre dernière soirée en boîte la semaine précédente.

— Ton vol plané du podium restera dans les mémoires !

— Qu'est-ce que j'y peux moi, si je deviens hystérique avec ces chansons ?

J'avais soudoyé le DJ pour qu'il enchaîne sur mes deux tubes du moment : *Murder on the Dancefloor* et *I Am Outta Love*. À coups de clins d'œil et de promesses de prendre un verre avec lui, j'avais remporté mon pari. J'avais fait mon show durant sept minutes, sauf que j'avais trop tourné sur moi-même, vu mon niveau d'alcool dans le sang, et avais fini par tomber dans les pommes en dégringolant du podium. Marc m'avait rattrapée avant que je m'éclate la tête sur le sol.

— Moi, j'ai adoré jouer aux pompiers, annonça Marc.

— Tu parles, tu as fait ton beau, lui rétorqua Jeanne. Et après, plus personne !

— Attends, je n'allais pas la gifler ! lui répondit-il en levant les mains en l'air.

— C'est moi qui m'y suis collée, compléta ma sœur. Depuis le temps que j'attendais ça.

— Saleté ! lui balançai-je en me jetant sur elle.

Nous étions les seuls clients du *País* ce soir-là, ce qui nous valut un petit bonus, le patron nous offrit les tapas. On se rua dessus tels des ogres, en le remerciant la bouche pleine. Puis Adrien lança un concours de fléchettes. Comme d'habitude, je fis équipe avec Marc. J'étais son binôme depuis le jour où j'avais refusé de faire équipe avec les filles, plus nulles l'une que l'autre. La victoire fut pour nous. Pendant que Jeanne et Alice se faisaient engueuler par leurs chéris respectifs, je sautai sur le dos de Marc, qui me porta triomphalement dans tout le bar. Je m'accrochai à son cou et posai mon menton sur son épaule. Il nous amena jusqu'au comptoir.

— J'ai soif, femme, me dit-il.

Je claquai une bise sur sa joue et, sans quitter son dos, j'attrapai une pinte et lui donnai à boire avant de me désaltérer à mon tour.

— Les p'tits jeunes, nous interpella le barman. Votre bus passe dans trois minutes.

Je dégringolai de son dos en moins de deux secondes, Marc me rattrapa avant que je perde l'équilibre.

— La cata ! La concierge ! cria Jeanne, dont la gardienne de l'immeuble gardait Emma dans sa loge, en échange de réductions sur les fringues vendues dans la boutique où elle bossait.

Ce fut la panique générale, nos manteaux volèrent dans le bar, chacun fit ses fonds de poche pour payer l'ardoise.

— Filez, je mets ça sur votre note, nous lança le barman.

Je passai derrière le bar et lui fis deux grosses bises.

— Tu es un amour !

— Yaël ! Qu'est-ce que tu fous ? hurla Cédric.

Forcément, essayer de passer la porte tous les six en même temps ne fut pas une grande réussite. À l'instant où le bouchon sauta et qu'on se retrouva tous sur le trottoir, le bus nous passa sous le nez.

— Fait chier ! beugla Adrien. Courez !

Jeanne avait déjà filé, sa fille l'attendait. Elle courait à toute vitesse dans ses ballerines, l'alcool devait lui donner des ailes. Elle rattrapa le bus à l'arrêt suivant et réussit à faire patienter le chauffeur. Marc grimpa le dernier, sa cigarette aux lèvres ne l'ayant pas quitté durant notre course folle.

— Jeune homme ! lui dit le conducteur.

— Oh oui, pardon.

Il se mit à fouiller dans toutes ses poches et brandit sa carte de transport.

— Je suis en règle, monsieur, lui dit-il fièrement.

— Vous vous moquez de moi !

— Pas du tout ! répondit-il, franchement surpris.

— Ta clope, Marc ! criai-je.

— Merde ! Pardon monsieur.

Tout le monde éclata de rire, Marc balança son mégot à l'extérieur du bus, qui put enfin démarrer. Le trajet de Saint-Paul jusqu'à la place Léon-Blum dut être relativement pénible pour les autres usagers, vu le bruit que nous faisions. Ma vie était parfaite, merveilleuse, je ne souhaitais rien d'autre que de rester toujours auprès de ces cinq personnes que j'aimais, me promettant de ne jamais m'en éloigner, quoi qu'il se passe. Jeanne s'ébroua comme un chien devant la porte de l'immeuble avenue Ledru-Rollin, c'était sa technique pour dessoûler juste avant d'affronter la concierge. Nous traversâmes à pas de loup la cour intérieure pour l'attendre en rang d'oignons devant l'ascenseur, où elle nous rejoignit, Emma emmitouflée dans une couverture.

— Je monte en tête, toute seule, sinon vous allez me la réveiller.

Aucun de nous cinq ne moufta. Elle disparut.

— On prend l'escalier, proposa Cédric.

La montée jusqu'au quatrième fut mouvementée, tout le monde rata au moins une fois la marche et se mangea le mur.

La soirée se poursuivit dans le séjour de leur minuscule deux pièces, jusqu'au petit matin, Emma dormant du sommeil du juste dans la chambre. Ce fut Alice qui lança le signal de départ :

— On y va, miaula-t-elle en se collant à Cédric. Je n'en peux plus.

— Moi aussi, je veux dormir, ajouta Jeanne. En plus, on doit être en forme pour le relooking de Yaël.

— Oh non, ne gâchez pas la fête avec ce truc ! les suppliai-je.

— Je te ramène jusqu'à chez toi, me proposa Marc. Je prendrai le métro après.

— Si tu veux.

Il se leva d'un bond et entraîna tout le monde à sa suite, même si plus personne ne marchait droit. Adrien retomba directement sur le canapé, plié de rire. Marc le souleva et lui donna une accolade pour lui dire au revoir. Puis il s'approcha de Jeanne, qui jetait un coup d'œil à sa fille par l'entrebâillement de la porte de la chambre. Il la prit par l'épaule, en lançant un regard lui aussi dans la pièce, avant de lui claquer une grosse bise sur la joue. Ce qui fit rire tout le monde ; Marc, dès qu'il avait bu un petit coup de trop, devenait plus tactile. Il secoua la tête devant nos moqueries et dévala l'escalier en premier. Alice, Cédric et moi prîmes notre temps pour descendre à notre tour. Nos tourtereaux se soutenaient, le retour allait être épique, heureusement qu'ils n'habitaient qu'à trois rues de là. On retrouva Marc sur le trottoir, une roulée aux lèvres. Il serra contre lui ma sœur et son chéri. Après plusieurs secondes où il ne les lâchait toujours pas, je tirai sur son bras.

— Marc, c'est bon ! Tu les revois demain ! Laisse-les rentrer chez eux !

— Bonne route, leur dit-il en les fixant.

— On devrait s'en sortir, lui répondit Cédric. Je t'appelle dans la journée. Salut !

Le trajet n'était pas bien long jusqu'à chez moi, j'habitais une chambre de bonne dans un immeuble, rue de la Roquette, pas loin du métro Voltaire. Les rues se réveillaient tranquillement, en longeant la boulangerie, l'odeur de croissants et de pain chaud titilla mes papilles et me déclencha une série de gargouillis dans le ventre.

— C'était cool, me dit Marc en rompant le silence après plusieurs minutes de marche.

— Je remettrais bien ça ce soir ! Ça te dit ? lui proposai-je en lui donnant un petit coup de coude dans les côtes.

Il haussa les épaules.

— Quand je pense que tu as décroché un travail ! C'est la meilleure, celle-là.

— Qui te dit que je vais passer la période d'essai ! On en reparle dans trois mois !

Il me lança un coup d'œil indéchiffrable. Puis, tout en marchant, il se roula une nouvelle cigarette, sur laquelle il pompa comme un forcené dès qu'elle fut allumée. Nous n'échangeâmes plus un mot à partir de là.

— Te voilà arrivée à bon port.

Je levai les yeux vers lui, nous nous regardâmes de longues secondes. J'eus le sentiment qu'il essayait de me dire plein de choses mais qu'il n'osait pas.

— Tu montes prendre un café chez moi ? lui proposai-je en tirant sur sa veste en velours. Et puis je te filerai ton billet pour le concert de Ben Harper, mardi prochain.

— Oh… oui, c'est vrai, le concert…

— Tu as oublié ? lui demandai-je en boudant.

Son regard me sembla tourmenté, un bref instant. Puis, il me sourit.

— Non… mais garde mon billet, je serais capable de le perdre !

Je ris, détendue, puis je lui attrapai le bras pour l'entraîner vers la porte de l'immeuble. Je sentis une résistance.

— Faut que j'y aille, m'annonça-t-il. Ne ris pas, mais j'ai promis à mon grand-père de prendre le petit déj' avec lui.

J'éclatai de rire. Il était vraiment unique, avec son ancêtre, c'était son héros, et je trouvais ça génial. J'aimerais bien mieux le connaître, son Abuelo. Marc balança son mégot sur le trottoir et me prit dans ses bras, moi aussi, j'avais droit à mon câlin de fin de soirée, sauf que c'était un peu plus que les autres, il me serra contre lui, fort, le visage dans mon cou.

— Fais attention à toi, Yaël, murmura-t-il.

— Je n'ai que six étages à monter, lui répondis-je tout aussi bas. Si tu veux t'assurer qu'il ne m'arrive rien, ma proposition de monter tient toujours, je peux appeler ton grand-père pour demander l'autorisation…

— Ne me tente pas… pas aujourd'hui…

Je ris, toujours collée contre lui. Puis il embrassa ma joue, me lâcha, et recula de quelques pas.

— Tu me tiens au courant pour ce soir, lui dis-je.

— Va dormir !

Il me regarda avec insistance, me sourit en soupirant et tourna les talons. Je montai mes six étages, tout heureuse. Je m'écroulai sur mon lit habillée, et m'endormis sitôt la tête posée sur l'oreiller.

2

Dix ans plus tard…

Le couloir moquetté possédait un avantage ; en étouffant le bruit de mes talons tandis que je faisais les cent pas, la migraine provoquée par ma sœur ne s'aggravait pas. Je lui répondais par monosyllabes, pour économiser mon énergie, alors qu'elle continuait à piailler, refusant visiblement de prendre en considération le temps qu'elle me bouffait. J'étais attendue en réunion, et Alice, ne comprenant pas que je puisse encore travailler à 19 h 30, me tenait le crachoir depuis cinq minutes, et insistait lourdement pour que je vienne chez elle. Impossible de m'en dépêtrer !

— Yaël, je t'en prie, viens dîner à la maison, les enfants te réclament. Ça fait des semaines qu'on ne t'a pas vue.

Je levai les yeux au ciel en serrant les dents.

— Combien de fois va-t-il falloir que je te l'explique ? J'ai du…

— Travail, me coupa-t-elle, exaspérée. Oui, je sais ! Tu n'as que ce mot-là à la bouche !

Première nouvelle. Si elle avait vraiment su, elle ne m'aurait pas appelée pour me parler de ses gosses ! Je cessai de marcher et serrai le poing.

— Exactement, et là, tu me mets en retard ! Je suis attendue. À plus tard.

J'appuyai sur mon oreillette sans lui laisser le temps d'en placer une. J'inspirai profondément pour me calmer et chercher la concentration dont j'avais besoin. Une fois mon rythme cardiaque un minimum apaisé, je me dirigeai vers la salle de réunion et poussai la porte, l'air le plus neutre possible.

— Désolée, j'étais retenue.

Ils me répondirent d'un signe de tête tandis que je rejoignais ma place auprès de l'heureux futur acquéreur britannique d'une quelconque usine perdue en campagne. Ses avocats français, comme lui, jubilaient du plumage en règle qu'ils faisaient subir à son futur ex-propriétaire. Cela ne me concernait pas. Je pris place à sa gauche, légèrement en retrait, en croisant les jambes, et me penchai pour être au plus près de son visage. À partir de là, les paroles des avocats des deux parties pénétrèrent mes oreilles en français pour ressortir de ma bouche en anglais, en de légers chuchotis. À vrai dire, je n'avais aucune idée de ce que je racontais, le sens était secondaire pour moi, ma mission était de transmettre l'information et uniquement ça. Peu importaient la situation et l'enjeu, je devais être capable de traduire quelles que soient les affaires pour lesquelles l'agence était sollicitée.

Deux heures plus tard, les contrats étaient paraphés et signés. Des sourires fatigués, mais soulagés et satisfaits, fleurissaient sur tous les visages autour de moi. J'avais la tête farcie, je dus pourtant les accompagner jusqu'au bar de l'hôtel où la négociation avait eu lieu pour trinquer à leur réussite. Lorsqu'un des avocats me tendit une coupe de champagne avec un clin d'œil aguicheur, je lui jetai mon regard le plus froid ; j'étais là uniquement pour travailler. Et il croyait quoi, celui-là ? Je n'étais pas à vendre. Sous prétexte que nous passions plusieurs heures autour d'une table, certains partaient du principe que la prestation d'interprète incluait la gâterie. *Pauvre mec !* Ma journée touchait à son terme, ils étaient désormais capables de communiquer sans mes compétences ; tous parlaient un anglais suffisant pour se congratuler mutuellement d'avoir fait une bonne affaire. Je trempai mes lèvres dans le champagne par pure politesse, demandai au barman de m'appeler un taxi et, tout en abandonnant ma coupe, me tournai vers ce groupe d'hommes contents d'eux-mêmes. Je serrai leurs mains et pris la direction de la sortie. Sean, le client britannique, me rattrapa alors que je franchissais le tourniquet de l'hôtel. J'expirai un long soupir avant de lui faire face. Comme d'habitude, je restais professionnelle jusqu'au bout.

— Yaël, votre aide m'a été très précieuse toute la journée. J'aurais besoin de vos services dans les prochaines semaines, susurra-t-il.

Il ne manquait plus que ça ! Intérieurement, je rongeai mon frein. Sean était un client habituel, il n'y avait que moi qui m'occupais de lui, à sa demande expresse et non négociable. Il s'était mis en tête que nous partagions une connivence particulière, tout ça parce que j'avais eu le malheur, une fois, de déraper, en lui apprenant que ma mère était anglaise comme lui.

31

— Contactez Bertrand et nous ajusterons notre planning en fonction de vous.

Il sourit en secouant légèrement la tête, faisant semblant de ne rien comprendre. Il mit une main dans sa poche, me détailla, sans se départir de son air charmeur.

— Yaël… je voulais vous dire… ça serait plus simple, pour vous, pour moi… Nous pourrions nous arranger sans passer par lui, et votre rémunération n'en serait que plus importante.

Je connaissais sa phrase par cœur ; chaque fois que je lui servais d'interprète, il me sortait le même couplet. À ceci près qu'aujourd'hui il venait d'aborder la question de l'argent. Je plantai un regard déterminé dans le sien.

— Contactez Bertrand, lui répondis-je sèchement.

Il rit brièvement. Le message était passé. Enfin !

— Votre loyauté envers votre patron est définitivement inébranlable.

Imperturbable, je me redressai sur mes talons et fis un pas vers lui.

— La qualité de nos prestations en dépend, Sean. Je l'avertis à la première heure de votre demande.

— J'aurais besoin de collaborateurs tels que vous.

Il ne me lâchera donc jamais ! C'était le revers de la médaille, j'étais la meilleure.

— Je ne suis pas disponible, et vous le savez. Bonne soirée.

Le taxi arriva à cet instant, je lui lançai un dernier regard froid et montai dans la voiture en indiquant mon adresse au chauffeur. Sitôt ma ceinture bouclée, je ne perdis pas de temps en regardant Paris défiler – je connaissais par cœur le trajet entre le Pullman

Montparnasse et chez moi. J'attrapai mon téléphone dans mon sac. Alice avait poursuivi son harcèlement par SMS en m'implorant de venir prendre au moins le goûter chez eux le dimanche suivant. Soit, je ferais ma BA, et j'aurais ainsi la paix pour quelques semaines. Une fois la réponse envoyée, je pus enfin me consacrer à mes mails ; Bertrand m'en avait fait suivre plus d'une vingtaine ces dernières heures, concernant l'organisation de voyages de clients, des repérages d'appartements, de nouvelles négociations, ça me plaisait.

Il n'y avait jamais de temps morts dans mon travail. J'étais en permanence dans l'action, capable de switcher d'une séance d'interprète à un démarchage agressif de contrats, puis, dans l'heure suivante, de gérer de A à Z les détails d'un séjour parisien d'un de nos clients. Même lorsque je trouvais le temps d'être à mon bureau, au lieu d'avaler un sandwich, j'utilisais cette pause pour relancer, prendre des nouvelles des clients, ou encore savoir s'ils avaient besoin d'un de nos services. C'est en entendant le chauffeur réclamer le paiement de la course que je compris que j'étais arrivée chez moi, rue Cambronne, dans le quinzième.

À l'origine, mon appartement était tout ce qu'il y a de plus typique ; parquet pas droit, moulures défraîchies au plafond, vieille cheminée en marbre – tout juste bonne pour ramener de la poussière. La première fois que j'y étais entrée, il ne m'avait fallu que quelques minutes pour voir le potentiel de cet appart' et savoir que j'y serais chez moi, après quelques travaux, évidemment. J'avais tout fait sauter ; placo sur tous les murs, peinture blanc pur, parquet rénové et vitrifié – entretien facile et efficace –, disparition totale de la cheminée au profit d'un grand placard. Mon lieu d'habitation se devait d'être pratique, organisé, propre. Dans le séjour, un canapé, qui tenait plus d'une banquette ; j'avais refusé les coussins lors de son achat – inconcevable de travailler vautrée. Devant, j'avais une table basse en Plexiglas, sa transparence me rassurait et, visuellement, ça ne prenait pas de place. J'avais acheté un pack TV/Hi-Fi, qu'un livreur était venu installer, je n'utilisais tout ça que pour les chaînes d'info en continu. Je n'avais pas souvenir d'avoir allumé la musique une seule fois depuis mon emménagement, son mode d'emploi, que je n'avais jamais feuilleté, était classé dans la pochette spécifique, à côté de celle des garanties. Dans l'entrée, on trouvait uniquement une console avec un vide-poche pour mes clés, ainsi qu'un portemanteau, bien suffisant. Quant à ma chambre, elle ne possédait qu'un lit, dont les draps étaient toujours blancs, et une table de nuit sur laquelle reposait un chargeur de téléphone. Pour la cuisine aménagée, j'avais malgré tout investi dans une batterie d'ustensiles – que j'avais bien déballée, mais jamais utilisée. Le soir, quand j'arrivais après ma journée de travail, je m'asseyais dans ma banquette, j'observais autour de moi, j'étais bien dans cet environnement blanc, à la propreté clinique, l'ordre me tranquillisait.

Ce soir-là, un œil sur la chaîne d'info en continu, l'autre sur l'écran de mon MacBook Air, j'avalai une soupe miso avant de croquer dans une granny smith. L'actualité du jour n'était pas particulièrement intéressante, mais je me devais d'être au courant de tout, pour être prête à réagir aux demandes de certains de nos clients, les joueurs d'argent. Il était déjà tard, et vu la journée qui m'attendait le lendemain, je ne devais pas traîner. J'avais toutefois réussi à m'aménager quinze minutes de pause que j'utiliserais pour remonter les bretelles à mon assistante. Cette idiote avait perturbé l'organisation de mon bureau, en déposant un dossier sur la mauvaise pile ! Ça faisait pourtant des mois que je lui répétais qu'elle n'avait pas droit de toucher à quoi que ce soit. Je rangeai mon bol, mon assiette et mes deux couverts dans le lave-vaisselle et le lançai. Je trouvais répugnant de laisser traîner sa vaisselle sale ; en plus, ça empestait. Je me servis un grand verre d'eau minérale glacée avec lequel je rejoignis ma chambre. Les draps et les serviettes de toilette avaient été changés par la femme de ménage, comme elle devait le faire, deux fois par semaine. Dans le dressing, je retirai mes Louboutin, les rangeai à leur place et préparai mon tailleur du lendemain, ainsi que mon sac de piscine. Mes vêtements de la journée atterrirent dans le panier à linge sale. Nue, les cheveux toujours attachés, j'entrai dans la douche. Le contact avec le carrelage froid et l'eau glacée me fit du bien, je passai un long moment sous le jet, me lavant avec application. Une fois propre, séchée et revigorée, je m'occupai de mes dents avec la brosse électrique. Pour finir, comme chaque soir, j'utilisai du fil dentaire, traquant le moindre résidu. Satisfaite du résultat, je pus passer à mes cheveux. Je les détachai enfin, ils tombèrent dans mon dos, et je les brossai consciencieusement jusqu'à ce qu'ils soient lisses. J'enfilai un pyjama propre et rejoignis mon lit. Assise au bord, j'ouvris le tiroir de la table de nuit, sortis la plaquette de somnifères, en avalai un avec mon verre d'eau et réglai le réveil de mon portable sur 6 h 30.

Après avoir tout remis en place, je me glissai sous la couette bordée au maximum, j'aimais dormir comme ça. Je pus enfin éteindre la lumière. Je fixai le plafond, profitant de la demi-heure que me laissait le comprimé avant de sombrer dans le sommeil pour revoir mentalement mon planning du lendemain.

J'ouvris les yeux à 6 h 28, comme chaque matin. L'alarme du réveil, deux minutes plus tard, me fit sortir du lit. Comme chaque matin, j'attachai mes cheveux avec un élastique et enfilai ma tenue de sport. Je traversai l'appartement, mon sac sur l'épaule, attrapai mes clés dans le vide-poche, claquai la porte et descendis par l'escalier. Comme chaque matin, je me rendis à la piscine en courant et, comme chaque matin, j'étais la première à l'eau, plus exactement la seule. Ma cabine réservée m'attendait. En quelques minutes, je me changeai, mis le téléphone à l'abri dans sa housse waterproof que je fixai ensuite à mon bras. Je plaquai mes cheveux dans un bonnet infâme, mais indispensable, chaussai mes lunettes et pris mon pince-nez. Mon parcours jusqu'à l'eau n'était pas celui des autres usagers de la piscine, qui n'arriveraient que plus tard. Grâce à un billet glissé chaque mois à l'agent de service, je passais par l'accès du personnel ; j'avais en horreur les pédiluves, que je savais infestés de microbes. À 7 h 10, je plongeai dans un bassin désert et silencieux. Les quarante minutes suivantes, je crawlai sans interruption, relevant uniquement le nombre de fois où mon téléphone vibrait sur mon bras. La vibration fut plus forte à 7 h 50, je finis la longueur entamée et sortis de l'eau. Je repris le passage secret et retournai dans ma cabine me rhabiller. Je regagnai mon appartement au pas de course jusqu'en haut de l'escalier. La matinale de la télé m'accompagna durant mon cérémonial du matin. Après ma douche, j'enfilai la jupe crayon noire et le top crème soigneusement sélectionnés la veille. Je brossai mes cheveux méticuleusement et les attachai en queue-de-cheval stricte. Pour être certaine qu'aucune mèche ne dépasse dans la journée, je les laquai. Ensuite, le maquillage : d'abord l'application de ma crème de jour, suivie du fond de teint et de la Terracotta pour matifier mon visage toute la journée. Je ne supportais aucune brillance sur ma peau, ça faisait négligé. J'assombris légèrement mes paupières avant d'appliquer un léger coup de crayon et le mascara, pour faire ressortir mes yeux verts. La touche finale, le baume mat et transparent sur les lèvres. La souillon que j'avais été dans une autre vie avait dû se résoudre à prendre des cours avec des pros, et savait désormais se mettre en valeur et entretenir son corps. Je terminai par deux vaporisations de parfum – pas plus pas moins – dans le creux de mon cou, *Un jardin sur le toit*, le même depuis des années. Ma veste de tailleur enfilée, je me rendis dans la cuisine. Debout, accoudée au plan de travail, j'avalai une barre énergisante aux céréales et une capsule d'espresso avant de filer. Mon taxi m'attendait en bas de l'immeuble. Timing parfait, me félicitai-je en grimpant à l'arrière de la berline, le téléphone déjà à la main.

L'agence de Bertrand était située dans un immeuble à Miromesnil. Les lieux n'avaient plus grand-chose d'haussmannien. Lorsque Bertrand avait investi dans ces trois cents mètres carrés, cinq ans auparavant, il avait tout fait démolir. Pas d'accueil, un open space sans même une demi-cloison de séparation entre les collaborateurs. Le couloir s'élargissait uniquement pour définir les services. Les bureaux étaient organisés en plateaux de deux. L'intimité était plus que relative, il fallait le reconnaître ; de son bureau – le seul à posséder des cloisons vitrées –, notre patron pouvait en permanence garder un œil sur nous. Pour ma part, mon espace de travail était le plus proche du sien, et ma dernière promotion m'avait permis d'obtenir un bureau pour moi seule, d'où je pouvais surveiller mon assistante. Notre environnement de travail avait été calqué sur les start up américaines où Bertrand avait passé un bon bout de temps à la fin des années 1990 et début 2000. Nous bénéficiions d'une *kitchen* où nous avions à disposition du thé vert, des jus de légumes et différentes variétés de café. Tous les midis, on nous livrait des plateaux de sushis ainsi que des salades composées et des soupes bio ; Bertrand nous ayant tous convertis les uns après les autres à son alimentation saine et à son hygiène de vie irréprochable. Notre cadre de travail était lumineux, confortable, optimisé, pour que nous nous sentions le mieux possible au bureau. Bertrand avait raison, c'était l'endroit où nous passions le plus de temps. Il n'était avare ni en matériel ni en investissement haute technologie. Nous étions suréquipés en ordinateurs, tablettes et téléphones dernier cri, ce qui nous permettait de rester connectés à l'agence vingt-quatre heures sur vingt-quatre et sept jours sur sept.

En dix ans, la petite agence d'interprètes en conseils et services dans laquelle j'avais fait mon stage de fin d'études avait bien changé ; l'effectif avait triplé, nous étions désormais quinze salariés, pour la plupart français, à nous répartir les missions en deux équipes distinctes : ceux qui *parlaient* et ceux qui *écrivaient*. Ces derniers étaient souvent apporteurs d'affaires, malgré eux, puisqu'ils ne sortaient jamais du bureau. La subtilité et la précision de leur savoir-faire en matière de traduction permettait de fidéliser des clients et d'en accrocher de nouveaux, de même que les précieux conseils de rédaction de contrats qu'offraient nos deux juristes. Forts de cette réputation et de notre excellence, Bertrand et moi donnions le coup de grâce. Au-delà de notre capacité à naviguer d'une langue à l'autre, nous leur proposions dans la foulée nos compétences d'accompagnateur et d'organisateur de voyages d'affaires de clients étrangers. Ma position dans l'agence était centrale, je n'étais plus seulement interprète, j'avais pour mission de décrocher des contrats, de nous faire connaître, de « réseauter », comme on dit. Mes compétences en business et ma culture anglophone m'offraient aussi l'opportunité de soutenir des négociations dans tous les secteurs d'activité. *Merci l'école de commerce !* L'anglais hérité de ma mère me donnait accès au monde entier. Mon portefeuille clientèle était le plus important, je pouvais passer d'un scientifique agoraphobe qui ne sortait de son labo que deux fois par an pour un colloque à un riche homme d'affaires qui, lui, partait à l'autre bout du monde dans son jet privé une fois par mois pour s'assurer que son argent faisait des petits. De même, lorsque Bertrand n'avait pas le temps ou qu'il estimait que mon bilinguisme était impératif, il pouvait me confier ses plus gros clients. Dans ce cas précis, nous travaillions en binôme. Cette étroite collaboration me donnait droit au respect et à la crainte de mes collègues – ce qui me convenait parfaitement. J'adorais, lorsque j'arrivais à une conférence économique où j'accompagnais un client, entendre les murmures sur mon passage ; oui, j'étais enviée, crainte et courtisée. J'étais la plus ancienne à l'agence ; le turn-over ne faiblissait jamais. J'avais beau essayer de saisir leurs raisons de quitter le navire, j'étais littéralement sidérée à l'idée qu'ils préfèrent faire passer leur temps libre, les gamins et que sais-je encore avant leur vie professionnelle. Comment était-il possible de quitter un job pareil ! L'activité s'était amplifiée avec les années, le carnet d'adresses ne cessait d'enfler et nous réfléchissions en permanence au développement de nos services. Nous ne nous bornions plus au seul monde anglophone. Trois d'entre nous s'occupaient de l'Asie, et deux autres de toute l'Europe de l'Est, et même de l'Allemagne. Lorsque Bertrand avait décroché comme clients de prospères industriels de la vallée de la Ruhr, nos salaires avaient fait un bond.

J'étais assise devant mon écran, avec un café servi par mon assistante lorsque Bertrand arriva, oreillette en action. La cinquantaine sportive, mâchoire carrée, tempes grisonnantes, toujours impeccable dans son incontournable costume noir. En dix ans, il n'avait pas changé, contrairement à moi. Son regard bleu acier parcourut l'open space, traquant tout éventuel signe de relâchement, puis il se posa sur moi. D'un signe de tête, il m'invita à le suivre dans son bureau. Il faisait les cent pas dans la pièce, téléphone toujours activé au moment où je m'assis.

— Comment ça s'est passé hier ? me demanda-t-il une fois sa conversation achevée, un œil déjà sur son écran.

Quelle question !

— Parfaitement, lui répondis-je, d'un ton détaché.

Et pour cause, j'étais sûre de mon coup. Il s'enfonça dans son fauteuil et joignit ses mains sous son menton d'un air concentré mais satisfait.

— Il t'a encore proposé un poste ?

Je me contentai de hocher la tête. Les lèvres de Bertrand se fendirent d'un rictus mauvais.

— C'est bon pour les affaires.

Il se redressa et se lança dans un briefing sur ma prochaine mission, s'assurant que tout était prêt de mon côté. J'avais en charge de séduire des Américains qui avaient fait fortune dans le gaz de schiste et rêvaient d'investir en France, particulièrement dans l'immobilier parisien. Mon rôle serait de servir d'intermédiaire entre les agents immobiliers et eux, et ainsi de réaliser leur souhait le plus cher.

— Je compte sur toi, me lança-t-il en plantant un regard dur et déterminé dans le mien. Donne tout ce que tu as. Si tu décroches ce contrat pour l'immo, nous devrions pouvoir gérer toutes leurs affaires en France. Autant te dire qu'ils n'ont pas que le gaz de schiste.

Il me lança un regard appuyé.

— Je te laisse imaginer ce qui se passerait en cas d'échec…

L'adrénaline pulsait dans mes veines.

— C'est bien ce qui est prévu, lui répondis-je sans me laisser impressionner.

— Je n'en attends pas moins de toi.

Son téléphone vibra : fin de notre entretien.

J'avais loué les services d'un chauffeur de voitures de luxe pour aller récupérer les clients à l'hôtel. Je leur avais programmé six rendez-vous. Je les baladai d'agence immobilière en agence immobilière tout l'après-midi, nos partenaires « entreprises-habitat » les plus prestigieux présentaient leur catalogue, en leur déroulant le tapis rouge. C'était un sans-faute. Ils semblaient m'accorder toute leur confiance, ils se laissèrent porter d'un endroit à l'autre, décrivant à foison leurs besoins, envies et impératifs. Je pris des notes sans interruption sur le carnet qui ne me quittait jamais.

Après le dernier rendez-vous, je les invitai à dîner. J'avais fait réserver une table chez un chef étoilé et fait envoyer un taxi *classe affaires* récupérer leurs femmes, qui étaient du voyage. Au cours du repas, j'alternai entre conversations business et conversations plus légères. Ne jamais oublier de séduire les épouses, puisque bien souvent elles accompagnaient leurs maris en déplacement pour leur plaisir ou leurs propres affaires. Nous devions pouvoir les occuper, leur donner l'impression qu'elles avaient de l'importance, et ne jamais oublier de prendre en compte leur planning. Une femme se sentant délaissée par son businessman de mari pouvait faire capoter des collaborations historiques. J'avais sauvé *in extremis* le contrat du plus vieux client de Bertrand grâce à ce constat, ce qui d'ailleurs m'avait là aussi valu une promotion. Je glissai aux épouses, dans la discussion, que nous pouvions les accompagner dans leur shopping ou les mettre en relation avec les meilleurs guides touristiques de Paris si elles le souhaitaient, au cours d'un prochain voyage. Nous revêtions parfois les atours d'une super conciergerie de luxe. Ce petit plus dans nos prestations remportait un franc succès, particulièrement auprès de ces dames, elles-mêmes souvent femmes d'affaires, nous permettant de créer des liens privilégiés qui ne se limitaient pas qu'aux seuls contrats. Cette incursion dans l'intimité de nos clients faisait la différence avec nos concurrents.

En rentrant chez moi un peu avant minuit, je pris le temps de répondre au mail de Bertrand qui s'inquiétait, pour la forme, de la réussite de ma mission.

Bertrand,
Les contrats seront disponibles sur la table en salle de réunion demain à 15 h. Nos nouveaux clients souhaiteraient vous rencontrer à l'occasion de la signature.
À demain,
Bien à vous,
Yaël.

Je ne quittai pas l'écran des yeux la minute qui suivit, et bien évidemment sa réponse apparut :
C'est noté, je passerai.
Avant de me doucher, je pris le temps de retranscrire mes notes et la fiche technique de ces nouveaux clients ; les informations qu'ils m'avaient délivrées ainsi que ce que j'avais relevé de leurs habitudes et préférences. C'était le même coup chaque fois, ils parlaient, ils parlaient, ils se confiaient, sans se douter une seule seconde que j'enregistrais tout pour mieux les ferrer en vue de l'avenir et ainsi me rendre

particulièrement indispensable. Chaque personne de l'agence avait accès à ce document dans notre base de données pour ne jamais commettre d'impairs.

Le lendemain, à 15 heures précises, après avoir vérifié méticuleusement que tout était en place, j'invitai nos nouveaux clients à pénétrer en salle de réunion. Chacun prit place et je pus lire le contrat rédigé par un collègue du service juridique, expliquant point par point les prestations délivrées et leur coût. Bertrand arriva juste avant que je tende le stylo. Il serra les mains sans oublier la tape sur l'épaule à l'américaine, laissant entendre qu'ils étaient des connaissances de longue date. Nos clients ne tarirent pas d'éloges à mon sujet, mais je restai impassible comme chaque fois que ça arrivait – ne jamais montrer d'autosatisfaction.

— Vous êtes entre les mains de la meilleure, assura fermement Bertrand. Je savais ce que je faisais en vous confiant aux bons soins de Yaël.

À aucun moment, il ne m'avait regardée durant sa tirade. Les clients, non plus d'ailleurs. J'étais leur rouage transparent ; transparent certes, mais indispensable. Une fois la porte de l'ascenseur refermée sur nos nouveaux clients ravis, Bertrand tourna les talons, une main dans la poche.

— Félicitations, Yaël ! Continue comme ça, me dit-il d'un air détaché.

Pour la première fois depuis deux jours, je m'autorisai à sourire.

3

Du jour où ils étaient devenus parents, ma sœur Alice et Cédric – désormais son mari – étaient allés s'enterrer en banlieue, dans un pavillon avec balançoire et toboggan dans le jardin. Pour m'y rendre, j'utilisai une Autolib', m'évitant ainsi la corvée des transports en commun. Ça me déprimait chaque fois que je m'enfonçais dans l'allée de ces maisonnettes du bonheur familial où le voisin peut voir tout ce qui se passe chez vous. Forcément, avec une clôture à hauteur d'enfants, l'intimité n'existe pas ! D'ailleurs, c'était pour eux, leurs enfants, qu'ils avaient pris cette décision : quitter leurs trente-cinq mètres carrés dans Paris et trouver jardinet et calme. Pour moi, ça restait inimaginable, limite angoissant. L'intrusion des gentils voisins dans ma vie me hérissait le poil rien que d'y penser. Mais il n'était pas question de mes rêves, ce qui comptait c'était leur bonheur, et ils l'avaient trouvé là.

En approchant de chez eux, je marquai un temps d'arrêt. Pourquoi la voiture d'Adrien et Jeanne était-elle garée devant chez ma sœur ? Et surtout, pourquoi des ballons étaient-ils fixés à la porte d'entrée et au portail ? Dans quel piège étais-je tombée ? Je n'eus pas le temps de sonner qu'Alice sortit, un sourire démesuré aux lèvres, les yeux pétillants, et se jeta sur moi. À croire qu'elle ne m'avait pas vue depuis des années. Il ne fallait pas exagérer tout de même ! Elle m'enveloppa dans ses bras, ses cheveux blonds me chatouillèrent le nez. Elle m'écrasa, durant ce qui me sembla de longues secondes, contre son corps délicat et tout en rondeurs maternelles. Ma sœur, sans en avoir conscience, dégageait une hypersensualité. Et ce, alors même qu'à mon goût elle ne prenait pas assez soin d'elle, toute dévouée à ses enfants et à sa vie d'institutrice. Alice et le monde des enfants ! Une très longue histoire d'amour.

— Oh, j'ai cru que tu ne viendrais pas ! soupira-t-elle, soulagée.

Je me dégageai de son étreinte étouffante.

— C'est bon ! Je t'avais dit oui ! C'est quoi ça ? lui demandai-je en désignant les ballons. Vous avez changé la déco ?

Ses épaules s'affaissèrent. Visiblement, je venais de faire une boulette.

— Oh, ne me dis pas que tu as oublié… bon, tant pis… ce n'est pas grave. Tu es là… on va dire que c'est déjà ça.

— Oublier quoi ?

— Yaya ! cria une voix de petit garçon survolté.

Alice se décala pour laisser passer son fils, qui arrivait en courant, tel un boulet de canon.

— Marius, je te l'ai déjà dit, tu es trop grand pour m'appeler comme ça, lui rappelai-je.

Ce surnom idiot me mettait mal à l'aise, ça me renvoyait à la gamine que j'avais pu être. Mon neveu se propulsa sur moi, je tapotai maladroitement ses épaules.

— Yaya, tu as vu les ballons ? C'était pour mon anniversaire avec les copains, hier. Trop cool !

Mortifiée, je me tournai vers une Alice blasée. Elle secoua délicatement la tête d'un air de dire « ne t'en fais pas ». Je fis un rapide calcul mental.

— Bon anniversaire ! Sept ans, l'âge de raison, tu es un grand maintenant.

Ma sœur fit diversion en clamant mon arrivée. J'eus aussitôt envie de faire machine arrière en découvrant tout le monde dans le séjour, ça commençait doucement, mais sûrement, à tambouriner dans mon crâne. Adrien, Jeanne et leur fille de douze ans, Emma, étaient de la fête eux aussi. Ça faisait près de deux mois que je ne les avais pas vus. Et comme chaque fois, j'eus le sentiment de découvrir une nouvelle gamine en constatant à quel point leur fille grandissait. À cet âge-là, ça grandit tout le temps. Au moins, elle était plus discrète que ses parents, je n'entendais que très rarement le son de sa voix. Cédric me fit une bise fraternelle et un clin d'œil signifiant là encore « ne t'inquiète pas ». Léa, la petite sœur de Marius, se contenta d'un bisou timide ; je l'impressionnais, sans que je comprenne pourquoi.

Et voilà, la bande était au grand complet… ou presque, puisqu'il manquait quelqu'un. Pour nous – les cinq restants –, les liens ne s'étaient jamais disloqués. Du moins entre les deux petites familles. Ma vie était tellement différente de la leur… j'étais seule avec mon travail, et j'évitais le plus possible les réunions de « famille », pour ne pas perdre de temps ni d'énergie. Adrien me sortit de mes pensées :

— Une revenante ! s'exclama-t-il en tapant sur ses cuisses. T'as daigné passer le périph' aujourd'hui ?

Je soufflai bruyamment. Ça allait encore être ma fête !

— Ne commence pas !

Il étouffa un rire.

— Notre femme d'affaires est d'une merveilleuse humeur, on dirait, insista-t-il.

— Adrien, fous-lui la paix ! intervint Jeanne. Ce qu'il est chiant quand il s'y met !

Jeanne rattrapait toujours l'humour pénible de son cher et tendre, lui trouvant des excuses, même lorsqu'il dépassait les bornes. La championne pour arrondir les angles et lui sauver la mise. J'avais beau adorer Adrien, je m'étais toujours demandé comment elle pouvait le supporter !

— Ça ne t'a pas empêchée de l'épouser !

Elle éclata de rire et vint m'embrasser à son tour. Je ne tentai pas le diable, préférant esquiver une passe d'armes entre eux et moi, au sujet de mon travail. Je partis rejoindre Alice dans la cuisine. Je me sentais totalement gauche au milieu du bazar organisé qui régnait chez elle. J'avais toujours peur de provoquer une catastrophe au moindre geste. Elle disposait les bougies sur le gâteau, fait maison, mieux décoré qu'un sapin de Noël, et tout ça de ses doigts de fée de mère de famille modèle.

— Alice, je suis désolée d'avoir oublié…

— Il est tellement heureux de te voir qu'il ne s'en rendra pas compte. Tu sais, je m'en doutais, j'ai préparé le terrain avec lui…

Elle vint vers moi et prit mon visage entre ses mains, posant son doux regard bleu clair sur moi. Elle me fit un sourire dont elle avait le secret, le même que notre mère quand nous faisions des bêtises et qu'elle ne parvenait pas à nous en vouloir. Pourtant, je savais que ma sœur m'en voulait, ça se voyait, mais nous ne nous disputions jamais, c'était un pacte entre nous, et ce depuis l'adolescence. Sauf que depuis quelque temps, je sentais une tension monter entre nous, que j'étais bien incapable de faire baisser.

— Moi aussi, je suis heureuse, me dit-elle. Tu me manques, petite sœur.

Je m'éloignai d'elle.

— Écoute, c'est bon. On s'est vues le mois dernier ! Et je ne suis pas venue pour que tu me joues le couplet sentimental.

Elle parut désabusée.

— Un jour, il faudra que je rencontre ton patron pour comprendre ce qu'il a fait de Yaya, la fêtarde câline.

Sa remarque m'arracha un sourire. Ma sœur… nos différences se gonflaient avec le temps et la vie qui avançait, mais elle restait mon point de repère, mon ancrage. Je ne pouvais pas concevoir un monde, une vie sans elle. Il fallait que je la sache pas trop loin de moi, même si je ne la voyais pas. Je n'avais pas de temps à lui consacrer, mais elle devait être là. Nous avions toujours été comme les deux doigts de la main, notre petit écart d'âge n'avait jamais eu d'importance ; toujours tout faire ensemble… ou presque. Son mariage avec Cédric n'y avait rien changé ; ce grand type brun et tout maigre était comme un frère pour moi, et il la rendait heureuse. Plus le temps passait, plus il la regardait comme la huitième merveille du monde, et pour moi, c'était tout ce qui comptait.

— Vous venez ? nous interrompit-il. Il ne tient plus en place.

Alice prit le gâteau d'anniversaire et entonna un *Happy Birthday* à l'accent britannique prononcé, en passant devant moi. Je la suivis et m'adossai au mur du séjour pour mieux les observer : Marius encadré par ses deux parents, Léa dans les bras de son père et nos amis en face, chantant à tue-tête. Il souffla ses bougies et déballa ses cadeaux. Pendant ce temps, je pouvais sentir mon téléphone vibrer dans la poche de mon jean : mails en rafale. Comme par hasard, ma sœur me tendit une assiette au moment où je m'apprêtais à y jeter un coup d'œil. En voyant la tranche de gâteau au chocolat, je fis la moue, prête à décliner. Alice prit les devants :

— Écoute, il y a des limites à ce que je peux rattraper, me prévint-elle. Je t'en ai servi une toute petite part, fais au moins semblant, s'il te plaît !

La négociation était inenvisageable, toute douceur ayant quitté son regard. Je tendis la main et me saisis de l'assiette, luttant contre la mine dégoûtée que je n'étais pas loin d'afficher.

— Merci…

À cet instant, le téléphone de la maison sonna, Alice alla décrocher ; c'étaient nos parents, qui pour rien au monde n'auraient oublié de souhaiter l'anniversaire de leur petit-fils. J'en profitai pour légèrement saccager ma part de gâteau avec ma petite cuillère et abandonner l'assiette dans un coin. Lorsque papa avait pris sa retraite d'architecte, ils avaient bazardé l'appartement parisien où nous avions grandi et profité de la chute de l'immobilier au Portugal pour s'offrir une maison avec vue sur mer à quelques kilomètres de Lisbonne. Ma sœur, le téléphone à l'oreille, proposa de me les passer, je déclinai en secouant vigoureusement la tête – tant pis pour la migraine – et lui décochai un regard noir, lourd de sens. Je préférais largement leur écrire un mail le soir et m'éviter une énième invitation à venir passer un week-end chez eux ; à l'image de ma sœur, ils ne comprenaient pas que je travaille autant. Mes priorités les énervaient et moi, ce qui m'énervait, c'était que personne ne fasse l'effort de saisir l'importance de mon job.

L'heure suivante fut un véritable calvaire ; à croire qu'ils n'avaient plus d'autres conversations que leurs enfants ! Les activités extrascolaires, les sorties en tous genres, les bobos, les bons mots, et j'en passe… Et si la discussion cessait l'espace de quelques secondes, c'était pour demander à ces chères têtes blondes de baisser le son, pour que l'on s'entende mieux parler d'elles. Mon crâne et mes oreilles n'en pouvaient plus. Assise sur un petit bout de canapé, des jouets dans le dos, je finis par craquer et sortis mon téléphone. Je ne m'étais pas trompée. Bertrand m'avait envoyé plusieurs mails, qui semblaient importants ; il voulait que je l'accompagne toute la journée du lendemain. Il m'avait transféré le dossier clients à consulter au plus vite. J'étais fatiguée à l'avance ; j'allais prendre du retard sur certains dossiers, sans compter les rendez-vous organisés depuis longtemps. J'avais hérité d'une assistante quiche, incapable de gérer un emploi du temps ou de trouver des solutions pour satisfaire tout le monde. Je devais toujours repasser derrière elle.

— Yaya, tu as des jeux sur ton téléphone ? me demanda Marius en approchant ses mains pleines de chocolat de mon iPhone 6.

J'éloignai mon portable, en levant haut mon bras, pour éviter la catastrophe, juste à temps.

— Non. Je n'ai pas le temps de jouer.

— Mais…

De l'air ! Je me levai, un peu plus brusquement que je ne l'aurais voulu. Marius s'écroula à ma place vide. *Non, ça ne le fait pas, ça…*

— Il faut que je rentre, annonçai-je.

— Déjà ? râla Alice pour la forme.

Ouf ! Elle n'allait pas essayer de me convaincre de rester. Elle avait déjà compris que c'était une bataille perdue.

— J'ai du…

— Boulot ! répondirent en chœur Cédric et Adrien.

Tout le monde éclata de rire, sauf moi. Même Alice pouffa. Je fis une bise à tous et me dirigeai vers la porte d'entrée, suivie par ma sœur, sa fille dans les bras.

— Quand est-ce qu'on se refera un après-midi entre sœurs ?

— Je ne sais pas…

Elle soupira, déçue.

— OK. Donne-moi de tes nouvelles.

Nous nous regardâmes de longues secondes dans les yeux, et puis je tournai les talons.

Une heure plus tard, je plongeais dans le bassin et nageais un peu plus longtemps que d'habitude, profitant de ma ligne d'eau réservée pour me vider l'esprit. Le regard de cocker de ma sœur me revenait sans cesse en tête. Elle ne comprenait pas que je n'aie plus autant de temps à lui consacrer qu'avant. J'avais beau essayer de lui expliquer, mais ça ne passait pas. Sa carrière n'avait pas d'importance pour elle. Elle avait toujours rêvé d'être institutrice, elle y était, ça l'éclatait. Elle était consciencieuse, là-dessus pas de doute. Mais bon, elle n'avait envie de rien de plus. Pourquoi et comment pouvait-elle se contenter de si peu ? De mon côté, c'était différent ; avec l'agence, j'avais découvert que je pouvais aller loin, très loin, et rien ne me ferait dévier de ma trajectoire. J'avais envie d'être la meilleure, de prouver que je pouvais exister par mon travail, le tout pimenté d'un besoin vital de me dépasser. Je misais tout là-dessus. Pour moi, rien n'était impossible, rien n'était trop dur. Je gérais tout, la fatigue, le stress, les différents dossiers, toutes mes missions, et tout ça sans l'aide de personne. J'étais maîtresse et actrice de ma propre vie. Cependant, je m'en voulais d'avoir raté l'anniversaire de Marius. Comment avais-je pu oublier ? J'aurais dû mettre une alerte sur mon téléphone.

En rentrant chez moi, je corrigeai le tir en l'enregistrant pour l'année prochaine et toutes les suivantes, sans oublier celui de Léa par la même occasion. Après m'être douchée, je me fis un plateau/ordinateur avec une assiette de crudités et un yaourt au soja, et m'installai dans le canapé. Quelle perte de temps de manger ! Si seulement la science avait pu inventer des pilules pour remplacer les repas ! Avant de travailler, j'envoyai un mail succinct à mes parents et commandai une Nintendo DS dernière génération avec les cinq jeux vidéo en tête des meilleures ventes. Marius l'aurait à la sortie de l'école dès le lendemain, grâce au supplément « livraison express ». Mon oubli appartenait au passé. Je pouvais reprendre le cours de ma vie, en commençant par écrire à Bertrand pour l'assurer de mon entière disponibilité le lendemain. Je me couchai aux alentours de minuit et demi, non sans avoir avalé mon somnifère quotidien, avec le sentiment du devoir accompli. J'aimais les dimanches soir au calme pour préparer ma semaine de travail. Mis à part pour une mission évidemment, je ne supportais pas qu'on me dérange ce soir-là, j'aimais me coacher, organiser mes affaires, vérifier que tout était en ordre, à sa place, me préparer à l'imprévu en permanence. Pourtant, mon organisme lutta un peu plus longtemps que d'habitude avant de céder au sommeil ; la culpabilité vis-à-vis de ma famille et la pression à l'idée de la journée du lendemain m'avaient envahi l'esprit, retardant l'effet du cachet. Jamais Bertrand ne m'avait demandé de l'accompagner pour ce type de contrats. Et d'aussi loin que je m'en souvenais, personne à l'agence n'avait approché ce dossier. Pourquoi moi ? Et surtout pourquoi maintenant ?

Le rendez-vous était comme souvent fixé dans un hôtel de luxe. Au côté de mon patron, je traversai le hall les épaules en arrière, le menton fier, le regard droit. Rien ni personne ne pouvait ébranler mon assurance d'une quelconque manière. Nous étions attendus et j'étais prête pour ce round. La stimulation, l'adrénaline et le stress étaient essentiels à mon équilibre. J'aimais travailler en binôme avec Bertrand, ça me mettait en danger, ça me forçait à me surpasser, seule ma mission importait. Quand je me souvenais de ce que j'avais pensé de lui au moment de notre rencontre, j'avais honte. Je le prenais pour un tocard, en pleine crise de la quarantaine, alors que Bertrand était doué, excellemment doué, avec un sens aigu des affaires. Il était vif, intuitif, savait travailler dans l'urgence. Il possédait l'art de séduire et de convaincre. C'était un instinctif doté d'une formidable capacité d'adaptation. Chaque jour passé à travailler à ses côtés me rendait plus performante. Sans jamais en faire trop, je voulais me rendre indispensable auprès de lui ; l'impressionner grâce à mes capacités comptait plus que tout. J'aimais, lorsque parfois je faisais mouche, sentir son regard satisfait se poser sur moi. Notre complicité professionnelle nous permettait de nous comprendre d'un simple coup d'œil, d'échanger nos informations discrètement, et c'était une des choses qu'on nous enviait. Avoir le ventre noué, l'appétit coupé par l'enjeu de la journée, l'esprit en alerte, me rendait vivante, me stimulait. Autant ça me paralysait au début de ma carrière, autant aujourd'hui, ça me nourrissait. La pression m'était aussi indispensable pour vivre que le sang qui coulait dans mes veines. Je faisais tout pour ne pas perdre une miette de cette puissance ni de cette victoire sur mon corps.

Le soir même, on nous livra nos traditionnels plateaux de sushis en salle de réunion. Chacun rédigea son compte rendu de la journée. Il n'était pas loin de 1 heure du matin quand tout fut bouclé. Je n'avais pas vu le temps passer. J'étais prête à attaquer mes dossiers laissés en suspens. C'était compter sans l'intervention de Bertrand.

— Il est tard. Beau boulot, Yaël. Je te dépose en taxi chez toi, me proposa-t-il en se levant.

— Merci, lui répondis-je en levant à peine le nez de mon téléphone.

Il franchissait déjà le seuil de la pièce. Je le suivis. *Pourquoi souhaite-t-il que nous partagions le taxi ?* Cela n'arrivait jamais.

— Attends-moi.

Il alla dans son bureau pour en ressortir quelques minutes plus tard, les bras chargés de dossiers. Cet homme ne s'arrêtait jamais de travailler. Sa soif de réussite, de conquête était insatiable. Arriverais-je jamais un jour à son niveau ? Ça me paraissait tout bonnement impossible.

Le trajet se déroula en silence, chacun penché sur son téléphone. Celui de Bertrand sonna. Je compris très rapidement qu'il s'agissait d'un client satisfait. La voiture s'immobilisa en bas de chez moi, Bertrand me fit signe de ne pas bouger. Il raccrocha et posa sa nuque sur l'appuie-tête.

— Tu vois, c'est pour des journées comme ça que j'aime mon job. Je ne connais rien de mieux ou presque que ces appels à n'importe quelle heure pour louer la qualité de notre travail.

Je m'autorisai un sourire franc. Au fond de moi, je jubilais, sachant que je contribuais à cette réussite.

— Je suis bien d'accord, lui répondis-je, convaincue. Je vais vous laisser rentrer chez vous. À demain.

— Attends, me dit-il en se redressant et en braquant un regard impérieux sur moi.

Interloquée, je refermai la portière déjà ouverte. *Que me voulait-il ?* Il avait donc bien quelque chose en tête, et peut-être d'important, à m'annoncer. Machinalement, je passai en revue ma journée, traquant un faux pas.

— Yaël, tu es de la même trempe que moi, ambitieuse, prête à tout pour réussir, passionnée. Je ne me trompe pas ?

— Non, effectivement.

— Ton job, c'est ta vie. Comme moi ?

J'acquiesçai. Tout en me demandant vraiment où il voulait en venir. Le sens de cette discussion m'échappait, je n'aimais pas ça.

— Je songe à prendre un associé… J'ai réfléchi… observé tout le monde à l'agence, parcouru vos dossiers… cela ne peut être que toi.

Mon Dieu ! Suis-je en train de rêver ?

— Je ne trouverai pas mieux comme bras droit, enchaîna-t-il. En dix ans, tu as pris de l'envergure, rien ni personne ne t'a jamais fait sortir de la route. Tu es une guerrière, tu n'en as jamais assez et en veux toujours plus. Tu es hargneuse, tu gagnes à tous les coups. J'ai en tête de me, de *nous* développer dans le futur. Pour tout te dire, je n'exclus pas d'ouvrir une agence à Londres ou New York. Pour ça, j'ai besoin d'un associé. Et il me faut le meilleur. La meilleure, c'est toi. Je tenais à ce que tu le saches.

Je déglutis, ne sachant pour une fois pas trop quoi lui répondre. Je ne laissais rien transparaître, pourtant intérieurement, c'était la danse de la joie et de la fierté. J'avais eu raison de ne jamais baisser la garde et de toujours chercher le top niveau. J'étais la meilleure, il le savait enfin. Et je venais de remporter la victoire.

— Je reviendrai vers toi à ce sujet au moment opportun. Garde-le dans un coin de ta tête.

— Très bien.

— Bonne nuit.

Un dernier signe de tête, et je sortis de la voiture, tentant de garder une contenance. Le taxi démarra une fois que je fus entrée dans la cour de l'immeuble. Je ne sais comment je parvins à arriver jusque chez moi et à me retrouver assise sur mon canapé, les genoux s'entrechoquant, mon sac posé en vrac sur le parquet. Mon patron venait de me vendre du rêve, mon rêve, celui que je convoitais depuis si longtemps, sans jamais oser y croire. Enfin ! C'était réel ! Quand je repensais à mes premiers temps à l'agence, déjà dix ans auparavant, c'était tout bonnement impensable que j'en arrive là. Tout avait tellement mal commencé...

Le reste du week-end de notre fête de folie, le soir de mon embauche, Marc était resté introuvable. Comme d'habitude, nous avions tous, pour un oui pour un non, cherché à le joindre chez son grand-père, personne n'avait jamais décroché. Je trouvais ça étrange, mais les uns et les autres m'avaient convaincue qu'il ne fallait pas s'inquiéter, ce n'était pas la première fois qu'il oubliait de donner signe de vie. La tête un peu ailleurs, j'avais commencé à travailler. Le patron avait décidé de me former lui-même en tant qu'interprète. Au début, ça se résumait à m'asseoir dans un petit coin tandis qu'il était en pleine action, avec l'interdiction formelle d'ouvrir la bouche. Et quand je ne jouais pas à la potiche, je faisais de la prospection téléphonique ou du classement de dossiers. Hyper passionnant ! Pour ne pas trop avoir l'impression de ne rien faire, j'avais décidé de mettre au point les fiches de renseignements sur les clients, ce qui m'avait permis à l'époque de cerner l'étendue des champs d'action de l'agence et, sans m'en rendre compte, de mémoriser le fichier clients. Le mardi soir, soit après seulement deux jours, j'en avais déjà ras le bol de l'agence, je décidai de faire le minimum syndical pour ne pas m'attirer les foudres de Bertrand, me forçant sans cesse à faire profil bas pour profiter de la planque et gagner un peu d'argent. La seule chose qui me motivait était le concert de Ben Harper à Bercy, je savais que Marc ne louperait ça pour rien au monde. À 17 h 30, j'avais changé de chaussures sous mon bureau, troquant mes horribles escarpins pour glisser mes pieds ampoulés dans mes bonnes vieilles Puma et j'avais quitté le bureau en douce. J'avais commencé à m'inquiéter vers 19 heures, Marc n'était toujours pas là, alors que nous avions prévu d'aller au plus près de la scène dans la fosse, c'était raté. À 20 heures, le concert avait commencé, j'étais toujours seule, dehors. Après avoir fait les cent pas, je m'étais assise sur les marches de Bercy, j'avais mis les écouteurs de mon MP3 et écouté Ben Harper chanter *Alone* en boucle durant l'heure et demie de concert. Lorsque les spectateurs avaient commencé à sortir de la salle, je l'avais cherché partout, me persuadant qu'il avait réussi à rentrer sans billet et qu'il avait cherché à me rejoindre à l'intérieur. Évidemment, je ne le vis pas. À partir de là, la panique et l'angoisse m'avaient envahie, et je n'avais plus vécu que pour ça. Les autres aussi. Là, nous pouvions nous inquiéter, c'était permis. Rien de tout ça n'était normal. Il lui était arrivé quelque chose. Nous avions organisé des tours de garde dans ses lieux de prédilection. Quand l'un de nous était à la fac, un autre était au *País*, un troisième rôdait en bas de chez son grand-père, tandis qu'un quatrième cherchait à joindre des connaissances avec qui nous l'avions vu. Je faisais des sauts de puce à l'agence lorsque j'étais relevée d'un tour de surveillance. Après plus d'une semaine sans nouvelles, et sans réussir non plus à mettre la main sur son grand-père, Adrien et Cédric allèrent au commissariat, où on leur expliqua que c'était à la famille de s'occuper d'une disparition. Ils tombèrent sur des flics sympas qui se renseignèrent et leur assurèrent qu'aucun avis de recherche n'avait été diffusé au sujet de Marc. Je ne dormais plus, je ne mangeais plus, je ne pensais qu'à lui. Avec la bande, plus de rires, plus de blagues, on ne parlait que de lui, sans comprendre ce qui s'était passé. Les trois semaines suivantes, chaque après-midi, je quittais le bureau plus ou moins discrètement suivant les jours, me foutant royalement des remarques acerbes et menaçantes de l'assistante de Bertrand pour me rendre devant la fac, où je distribuais une photo de Marc, avec mon numéro de téléphone. J'y restais jusque tard dans la soirée, les larmes dégoulinant sur mes joues. Un soir où je sanglotais la tête sur les genoux, assise sur les marches devant l'entrée principale, sous la pluie, Alice, Cédric, Adrien et Jeanne étaient arrivés. J'avais senti une caresse sur mes cheveux, sans réagir.

— Yaël, avait dit ma sœur de sa voix douce, rentre avec nous, tu vas attraper du mal si tu restes là.

J'avais déjà mal partout, j'étais gelée, et je m'en foutais.

— Non... je veux rester... il va venir... il faut qu'il vienne...

— Ça ne sert à rien, il est tard... on a fait tout ce qu'on a pu...

60

— Non ! avais-je hurlé en me levant brutalement. On ne va pas l'abandonner !

Je les avais poussés violemment en criant.

— Je veux Marc, je veux le voir !

Alice et Jeanne pleuraient l'une contre l'autre. Cédric et Adrien m'avaient prise dans leurs bras, je m'étais débattue quelques minutes en frappant avec mes poings leurs torses sans m'arrêter de hurler, ils n'avaient pas cédé, j'avais fini par lâcher prise, en sanglotant, accrochée à leurs blousons. Ce soir-là, tout le monde avait passé la soirée chez Alice et Cédric. Jeanne avait demandé à la concierge de garder sa fille toute la nuit. Les garçons s'étaient pris la cuite de leur vie et, pour la première fois de ma vie, je les avais vus pleurer, avant de m'endormir toujours en larmes, la tête sur les genoux de ma sœur. Deux jours plus tard, Bertrand m'avait convoquée dans son bureau dès mon arrivée. La veille, j'avais tenté l'opération de la dernière chance pour retrouver Marc, et j'avais raté un rendez-vous, mon premier en solo. Je m'étais écroulée sur une des chaises qui lui faisaient face, mes cheveux gras attachés n'importe comment, mon jean dégueulasse, un pull emprunté à Cédric et mes baskets aux pieds.

— Vous n'avez rien à me dire, Yaël ? m'avait-il demandé d'une voix glaciale.

— Non, lui avais-je répondu en me rongeant les ongles.

— À cause de vous, j'ai perdu un client, mais ça, vous vous en moquez.

Les yeux pleins de larmes, j'avais essayé de le défier du regard. Le sien était froid, il me fixait du fond de son fauteuil, indifférent à ma détresse. Quel salopard !

— Vous êtes une fille intelligente. Vous aurez beau tout faire pour vous tirer une balle dans le pied, je ne changerai pas d'avis. Vous êtes douée, j'en suis convaincu, c'est pour ça que je ne vous virerai pas. Depuis votre coup d'éclat, je sais que vous pouvez beaucoup apporter à l'agence. À la condition que vous ayez un minimum de respect pour votre travail et pour vous-même. Un seul conseil : ne gâchez pas votre avenir pour une broutille.

J'avais bien essayé de bafouiller, il ne m'avait pas laissé la possibilité d'une quelconque explication.

— Je ne veux pas savoir, ça ne m'intéresse pas. Maintenant, rentrez chez vous, lavez-vous, et on se voit demain.

Étonnamment, il ne m'avait pas braquée, et le lendemain, pour la première fois, j'étais arrivée à l'heure à l'agence.

*
* *

Je me levai de mon canapé, ne voulant pas me replonger davantage dans des souvenirs douloureux, et allai me servir dans la cuisine un verre d'eau minérale glacée avant de rejoindre ma chambre. En dix ans, mon dressing s'était métamorphosé ; mes vieilles Puma devaient toujours traîner au fond – je n'avais pu me résoudre à les jeter, sans trop savoir pourquoi –, mes premiers escarpins ringards avaient cédé leur place à une dizaine de Louboutin, je touchais un salaire de ministre, sans compter les primes. Je devais avouer que j'avais pris goût à cette adrénaline de la réussite, du travail, à être entourée de gens de pouvoir. J'aimais terriblement mon job. Il y avait des années que Bertrand ne m'appelait plus la stagiaire, et voilà qu'il voulait faire de moi son associée, son bras droit.

En me glissant sous les draps une demi-heure plus tard, je renonçai à avaler mon somnifère quotidien, la nuit était bien avancée, je ne voulais pas risquer d'être abrutie le lendemain. Et puis, j'étais bien trop excitée par la proposition de Bertrand, je voulais y réfléchir. Une de ses phrases me revenait sans cesse en tête : « Yaël, tu es de la même trempe que moi, ambitieuse, prête à tout. » J'avais une telle admiration pour lui, pour sa carrière ! Le fait qu'il me hausse à son niveau me faisait grimper au septième ciel. Il avait tout sacrifié pour réussir, même sa famille. Bertrand avait été marié, il était père de deux grands enfants d'une vingtaine d'années, qu'il ne voyait qu'une ou deux fois par an autour d'un dîner. Lorsqu'il avait eu la possibilité de partir travailler aux États-Unis, de ce que j'avais compris, sa femme ne voulant pas le suivre avec les enfants, il avait pris la décision radicale de divorcer, quitte à être séparé de ses enfants. Ses ambitions n'étant pas compatibles avec une vie de famille, il avait choisi de ne pas jouer la comédie plus longtemps, « j'ai essayé de faire comme tout le monde, grand mal m'en a pris ». J'adhérais totalement à sa façon de voir les choses ; le travail était l'unique source d'épanouissement valable, la réussite comblait, le reste n'apportait que troubles et perturbations. Moi qui aimais la pression, j'étais servie avec cette proposition d'association qu'il me faisait miroiter. J'allais me défoncer encore plus au travail, et j'adorais cette idée. À trente-cinq ans, une telle opportunité ne se manquait pas. C'était *l'occasion* de ma vie.

Le mois suivant, je montai d'un cran mon exigence envers moi-même et envers les autres. Mon implication atteignait des sommets ! Le mini-requin que j'étais jusque-là était désormais devenu un requin adulte, aux dents acérées, jamais rassasié. Je décrochais contrat sur contrat tout en gérant le courant. Je faisais désormais partie de la famille des squales les plus dangereux, les plus féroces. Je faisais peur, et je m'en délectais. Je surpris tout le monde en réussissant à conclure un partenariat juteux : la gestion d'une dizaine d'invités à trois colloques organisés par une société pharmaceutique. Nous aurions affaire à des industriels puissants, mais aussi à des professeurs en médecine issus des plus prestigieuses universités américaines, dont les centres d'intérêt étaient diamétralement opposés, ça allait être tendu. Je profitais du moindre relâchement d'un de mes collègues pour récupérer ses dossiers. Je ne me faisais pas d'amis, ça tombait bien, je m'en foutais royalement, et je n'étais pas là pour ça. Tout, je voulais tout. Surtout prouver à Bertrand que je pouvais être sur tous les fronts : interprète, apporteuse d'affaires, manager, acharnée des réunions tardives. Le téléphone, en permanence greffé à l'oreille, je mettais mon nez dans les affaires de tout le monde, sauf dans les siennes. Chaque fois qu'il me sollicitait, je jubilais intérieurement. Les seules pauses que je m'accordais étaient consacrées à mes rendez-vous avec différentes banques ; je m'étais fixé comme impératif d'être prête à réagir au « moment opportun », selon son expression. Combien étais-je en mesure de mettre sur la table pour détenir des parts de l'agence ? Un bon paquet : entre mon salaire et mon appartement, dont j'étais propriétaire, les banquiers me courtisaient sans que je m'épuise en arguments.

Je m'obligeais à grignoter des barres énergisantes et des soupes protéinées pour tenir le coup ; manger était le cadet de mes soucis. Le corps était vraiment mal fait, il n'évoluait pas assez vite ! Ma femme de ménage était missionnée pour faire mes réserves. J'investis dans quelques tubes de Guronsan, n'ayant plus la possibilité de prendre de somnifères, je me couchais trop tard et me levais trop tôt, puisque je continuais à recharger les batteries en nageant invariablement tous les matins à 7 heures. Lorsque je trouvais le sommeil, ce n'était jamais pour plus de quatre petites heures. Ça me suffisait amplement, la fatigue n'avait aucune prise sur moi, j'étais maîtresse de mon corps. L'adrénaline du défi coulait dans mes veines, c'était mieux, plus fort, plus puissant que la drogue ou le sexe.

Je dus pourtant me résoudre à accepter une des invitations d'Alice à dîner chez eux. J'avais fait mes calculs : en la voyant une fois par mois, seule ou avec toute la troupe, j'espérais obtenir un semblant de paix. Et le dîner était le moins contraignant, je pouvais esquiver les sucreries écœurantes, et surtout, les enfants étant couchés tôt, je m'éviterais les migraines. Après tout, ce n'était qu'un sacrifice de quelques heures, une alerte de mon téléphone me rappelait tous les 20 du mois de donner signe de vie. Mais pour ça, il fallait que je parte du bureau plus tôt, trop tôt. Et j'avais horreur de ça !

Ce jour-là, je quittai donc l'agence à 19 h 30, sans avoir revu Bertrand, parti en rendez-vous – ce que je n'aimais pas du tout, ça me donnait le sentiment de faire l'école buissonnière. Avant de démarrer la voiture, j'installai mon kit mains libres, prête à réagir en cas d'appel. Me moquant totalement de la sécurité routière, je ne cessai de jeter des coups d'œil à mes mails. Arrivée sur l'autoroute, la monotonie de la conduite m'arracha un bâillement, qui fut le premier d'une série interminable, noyant mes yeux de larmes. Même si ça me faisait frissonner, j'avais ouvert ma vitre en grand, pour me donner un coup de fouet. Je fus envahie par un sentiment de soulagement en me garant devant chez Alice et Cédric. C'était le bout du monde ! Ça m'avait semblé interminable. La prochaine fois, je prévoirais un casse-croûte !

Ma sœur avait bien compris que le tir groupé était de rigueur, Adrien et Jeanne étaient de la partie. Marius, Léa cachée derrière lui, m'ouvrit la porte. Ils étaient en pyjama, les cheveux coiffés et encore mouillés après leur douche. Marius me prit par la main et m'entraîna vers le séjour où les adultes prenaient l'apéro, sans que je puisse récupérer ma liberté. Alice se leva et vint vers moi tout en s'adressant à ses enfants :

— Allez, vous avez vu Yaël maintenant, au dodo !

Puis, se tournant vers moi et fronçant les sourcils :

— Ça va, toi ?

— Très bien ! Pourquoi me demandes-tu ça ?

— Pour rien, me dit-elle en m'embrassant.

À d'autres ! Pourvu que cette soirée ne vire pas au tribunal de l'Inquisition ; Alice se retenait, mais pour combien de temps ? Je fis une bise aux autres, et trouvai une place dans le canapé.

— Je te sers un verre ? me proposa Cédric.

— Tout petit, s'il te plaît.

Deux minutes plus tard, j'étais affublée d'un verre de vin blanc rempli à ras bord, dans lequel je trempai mes lèvres. Je posai mon téléphone sur la table basse bien en vue et à portée de main, histoire de ne prendre aucun risque.

— Où est votre fille ? demandai-je à Jeanne et Adrien. Elle a passé l'âge de se coucher avec les poules.

— On l'a laissée à la maison avec une baby-sit'. Soirée entre adultes, me répondit Jeanne qui affichait un air satisfait et soulagé.

Alléluia ! En aurait-elle marre des soirées gamins ? Alice revint parmi nous, et s'assit à côté de moi.

— Que racontez-vous de beau ? demandai-je à la cantonade.

Sans trop savoir pourquoi, j'avais envie qu'ils me donnent de leurs nouvelles. Ça m'arrivait parfois et surtout ça m'évitait de parler de moi. Cédric se lança le premier, il fit rire tout le monde en nous racontant comment il essayait que ses élèves de terminale pro s'intéressent à la philo. Mon beau-frère était sidérant d'espoir, pour lui, les causes perdues n'existaient pas. Il ne tirait aucune gloire lorsqu'il réussissait à ce que tous ses élèves aient la moyenne au bac. Les lauriers ne l'intéressaient pas. Jeanne, quant à elle, était fatiguée par son recrutement d'extras pour les soldes ; elle était maintenant responsable de son magasin et n'arrivait pas à trouver d'étudiantes prêtes à avoir mal aux pieds durant tout le mois que ça durait. Alors que moi ça m'aurait tapé sur le système, elle restait optimiste, prenant ça avec philosophie, fidèle à elle-même.

Les années semblaient ne pas avoir prise sur Jeanne. Son look ne bougeait pas d'un iota, son carré plongeant noir corbeau toujours impeccablement en place, son éternel piercing et une garde-robe à la pointe de la mode, qu'elle faisait simplement évoluer au fil des saisons. Adrien prit la relève en faisant le guignol comme d'habitude.

— Je milite à la boîte pour qu'on instaure l'élection du meilleur commercial du mois avec sa photo dans le hall, comme aux States.

— Ou chez McDo, lui rétorqua sa femme.

Tout le monde éclata de rire, même moi. Adrien avait tout mis en œuvre pour ne pas avoir son diplôme à l'école, et Dieu sait qu'il fallait vraiment y mettre du sien pour échouer. Le corps enseignant avait tout de suite vu en lui le futur VRP hors pair, alors on lui avait passé ses absences, ses oublis de rendus de dossier, et toutes les âneries qu'il avait organisées avec le BDE. En revanche, personne ne put rien faire pour lui lorsqu'il oublia de se lever le matin des épreuves du diplôme. Ça ne l'avait pas empêché de trouver du travail en deux temps trois mouvements juste quelques jours après moi. Il était commercial pour une grande marque de fenêtres, et il en vendait des fenêtres, par palettes entières. Chez lui, les années avaient laissé quelques traces ; sa carrure trapue de rugbyman s'empâtait et sa tignasse brune se clairsemait.

Alice nous invita à passer à table et en profita pour prendre le relais.

— J'ai renoncé à faire une demande de direction d'école, nous annonça-t-elle en commençant à servir le poisson.

— Quoi ! m'insurgeai-je. Personne ne renonce à une avancée ! Tu ne vas pas rester toute ta vie institutrice en maternelle !

Je me tournai vers les autres, hors de moi :

— Mais dites-lui, vous aussi, qu'elle fait une connerie !

Ils soupirèrent tous.

— Je peux savoir ce qu'il y a de mal à être institutrice ? me rétorqua Alice sèchement. Tu m'agaces à la fin ! J'aime apprendre aux enfants, le reste ne m'intéresse pas. Je veux rester concentrée sur l'essentiel ! Alors, fiche-moi la paix !

Je secouai la tête, désespérée par le manque d'ambition de ma sœur. Elle tendit la main vers mon assiette.

— Un tout petit morceau, s'il te plaît, marmonnai-je.

— Il faut que tu manges ! s'énerva Alice. Ça devient n'importe quoi ! Tu t'es regardée, récemment ?

Je serrai les dents. Ça commençait à bien faire. *Pourquoi suis-je là déjà ?*

— C'est vrai, ça ! intervint Adrien. Avant tu étais petit cul, gros seins, mais là, y a plus rien. Redeviens Yaya, sexy girl.

Ma tête tourna si rapidement vers lui, que je crus un instant m'être déclenché un torticolis. Je le fixai, les yeux exorbités.

— Tu es un grand malade, ma parole. Tu ne dis rien, toi ? demandai-je à Jeanne.

— Que veux-tu que je fasse ? À toi de te débrouiller ! Avant, tu savais te défendre toute seule. De toute façon, il n'a pas tort… tu as prévu de prendre des vacances prochainement ? Tu es pâle comme la mort !

— Des vacances ! Et puis quoi encore ?

Je me fendis d'un large sourire carnassier. Les vacances, non, mais franchement ! Ça leur arrivait parfois de me regarder ? Quel intérêt à l'oisiveté ? Aucun si ce n'était pour provoquer de l'angoisse !

— Et ce n'est pas près d'arriver ! Avec un peu de chance, d'ici peu, je vais devenir associée à l'agence, annonçai-je triomphalement.

— Ce n'est pas possible, dit Alice d'une voix d'outre-tombe. Il ne manquait plus que ça…

Quant aux autres, ils restèrent silencieux.

— Votre bonheur pour moi fait plaisir à voir ! crachai-je.

Voilà, c'était comme d'habitude. On me demandait de comprendre leurs petits soucis, de les écouter parler de leurs mômes, mais eux ne faisaient aucun effort pour moi. Jamais ils n'avaient essayé de comprendre ce que mon job représentait.

— Mais si, mais si… bien sûr qu'on est heureux pour toi, s'empressa de répondre mon beau-frère.

— C'est juste que tu vas avoir encore plus de boulot, renchérit Jeanne.

— Ça tombe bien, c'est tout ce que je demande, marmonnai-je sans quitter ma sœur des yeux.

Elle piqua du nez et plongea sa fourchette dans son assiette.

— Changeons de sujet, c'est aussi bien. De toute façon, ça ne sert à rien, on n'est pas d'accord.

Alice avait donc décidé que ce soir-là nous ne nous battrions pas comme des chiffonnières. Je picorai un morceau pour bien signifier que de mon côté aussi le sujet était clos. Je n'avais pas d'énergie à perdre avec ces conneries. Je n'ouvris plus la bouche du repas.

Mon téléphone retentit au moment du dessert, je sautai de ma chaise pour le récupérer sur la table basse.

— Oui, Bertrand ?

— J'ai besoin de toi. Je t'envoie un taxi.

Victoire ! J'allais pouvoir me tirer !

— Je ne suis pas chez moi, lui répondis-je en faisant les cent pas.

— Où es-tu, alors ?

— Chez ma sœur, en banlieue.

— Donne-moi tout de suite l'adresse, on n'a pas une minute à perdre.

Je la lui dictai. Il me mit en attente le temps de commander un taxi. Puis il me reprit.

— La voiture sera là dans quinze minutes. Tu vas à Roissy récupérer Sean.

Encore lui ! Il allait falloir que je me retienne de lui balancer l'association à la figure quand il me proposerait un poste. Pourquoi venait-il encore à Paris, celui-là ? Allait-il vendre ou acheter une société ? Sean avait bâti sa carrière sur les reprises d'entreprises en difficulté à travers le monde. Il n'avait pas son pareil pour les dénicher. Avec son armée de conseillers, il faisait le ménage, trouvait les solutions, et relançait l'activité avant de revendre et d'empocher le maximum d'argent.

— Appelle-moi dès que tu es sur la route, je t'expliquerai, continua Bertrand.

— Très bien.

Je raccrochai et récupérai mon sac à main. Autour de moi, c'était comme si le temps s'était suspendu, Adrien avait encore sa fourchette en l'air, la bouche ouverte et tous me fixaient, l'air médusé.

— Je peux emprunter votre salle de bains ?

— Bien sûr, me répondit ma sœur. Mais que se passe-t-il ?

— J'ai un client à récupérer à Roissy.

— Tu es escort, maintenant ?

— C'est bon, Adrien, tes vannes pourries et tes grossièretés, j'en ai ma claque. Tu n'as jamais été classe, mais il y a des limites à ce que je peux supporter !

Encore un autre exemple ; je m'évertuais depuis des années à leur faire comprendre ce que je faisais comme boulot. Pas un effort de leur côté pour retenir mes explications. Je n'en pouvais plus. Sans un regard de plus, je fonçai dans la salle de bains et regrettai à l'instant où j'y pénétrai l'ordre et la propreté de la mienne ou celle de l'agence. Les verres à dents des enfants traînaient dans le lavabo, lui-même couvert de traces de dentifrice et de savon. Quant au miroir, il était moucheté de calcaire, tant pis, j'allais devoir faire avec. Je sortis ma trousse de secours de maquillage. Je me repoudrai avec ma Terracotta, c'est vrai que j'étais pâle ce soir. Ensuite, je remis un coup de crayon sous mes yeux. Alice entra à son tour dans la pièce et s'assit sur le rebord de la baignoire. Je pris un peu de recul, et me dis que j'avais un peu plus figure humaine. Je défis ma queue-de-cheval, ma sœur me prit la brosse à cheveux des mains et commença à les brosser.

— On n'a pas le temps, Alice.

— Pourquoi tu ne les détaches plus jamais ?

— Ça ne fait pas sérieux.

— Ça ne devrait pas être permis de camoufler une chevelure pareille, me dit-elle avec un sourire, voulant certainement rattraper les choses.

J'avais hérité des cheveux roux cuivré de ma mère, trop flamboyants à mon goût pour paraître crédible, je les entravais toujours dans une queue-de-cheval ou un chignon. Ceux d'Alice tiraient davantage sur le blond. J'aurais voulu les siens, elle crevait d'envie d'avoir les miens. Elle fut rapide et me les rattacha comme j'aimais. Je la remerciai et me vaporisai du parfum dans le cou. Un SMS m'informa de l'arrivée du taxi. Je fis un passage éclair dans le séjour, dis au revoir à tout le monde de loin et me dirigeai vers la porte d'entrée, Alice toujours sur les talons. Je pris le temps de l'embrasser.

— Désolée pour tout à l'heure, s'excusa-t-elle.

— Tant pis.

— Je m'inquiète simplement pour toi. C'est le rôle d'une grande sœur.

— Tes dix-huit mois supplémentaires ne te donnent pas vraiment le titre de grande sœur, la charriai-je. Et puis je vais très bien, tu n'as aucune raison de t'inquiéter, c'est le rêve de ma vie qui est en train de se produire.

— Si tu le dis.

— Je file, à très vite !

J'ouvris la porte et montai dans le taxi sans me retourner, en soupirant de soulagement, le téléphone déjà en main pour rappeler Bertrand. Il décrocha à la première sonnerie.

— Je vous écoute, lui dis-je immédiatement.

— Je ne sais pas ce qui s'est passé ! L'information n'est pas arrivée jusqu'à nous, je ne comprends pas. Mais c'est intolérable. Nous avons été négligents.

— Je suis navrée.

— Nous sommes fautifs tous les deux. À nous d'être plus vigilants. J'ai reçu un appel de son assistant juste avant de te joindre, il voulait s'assurer de notre présence à la descente de l'avion.

— Ah bon ? Sean ne m'avait rien dit.

— Il a décidé cet après-midi d'assister à une vente aux enchères demain et a sauté dans un avion. Réserve-lui une chambre immédiatement, tu passeras le récupérer demain matin à 9 h 30 à son hôtel et tu lui serviras d'interprète toute la journée.

Un soupir m'échappa. Comment allais-je m'en sortir ? J'avais dix rendez-vous de programmés le lendemain, dont un avec le responsable des relations publiques d'une marque de maroquinerie de luxe, rendez-vous que j'avais mis des mois à obtenir, je souhaitais développer notre conciergerie.

— Un problème, Yaël ?

Je sursautai.

— Pas du tout, lui répondis-je en essayant d'avoir un ton enjoué.

— À demain.

Il avait déjà raccroché. Sans plus attendre, j'appelai un des palaces où Sean avait ses habitudes, ainsi que la centrale des taxis pour le lendemain matin, sans oublier d'informer par mail mon assistante qu'elle irait faire un tour en banlieue le lendemain pour récupérer l'Autolib', je déposerais mon badge avant son arrivée à l'agence – ce qui promettait d'être épique. Je croisais les doigts pour qu'elle soit au moins capable de s'acquitter de cette mission. *Ça ne devrait pas être compliqué !* L'heure nécessaire pour rejoindre Roissy me servit à ruminer mon erreur ; j'avais baissé la garde en quittant plus tôt le bureau pour aller dîner chez ma sœur, où je m'en étais en plus pris plein la figure. Résultat des courses : j'étais passée à côté d'un truc. C'était bien la première et la dernière fois que ça se produisait. Le ronronnement de la voiture finit par me faire piquer du nez. Je sursautai lorsque le taxi s'arrêta et jetai un coup d'œil à l'heure, sur mon téléphone. Ponctuelle. Après un coup de spray pour me rafraîchir l'haleine, je demandai au chauffeur de laisser tourner le compteur et de me suivre. Je vérifiai les horaires des arrivées et allai me poster à la porte adéquate. Je me redressai, l'air conquérant, campée sur mes escarpins. Un quart d'heure plus tard, les portes s'ouvraient sur notre client anglais.

Il était plus de 3 heures du matin lorsque je me mis au lit. Mon sommeil fut agité. En ouvrant les yeux, à 6 h 28, je luttais contre une nausée naissante, mon corps était contracté ; je n'aimais pas ça. Visiblement, je n'avais pas mon quota de sommeil. Mes habitudes me remirent toutefois les idées au clair. En général, je n'avais pas très faim le matin, mais là, rien ne passait. Je me contentai d'une capsule de ristretto et de deux Guronsan. Avant de partir, je me regardai une dernière fois dans le miroir de l'entrée : même maquillée, mes cernes restaient prononcés.

En arrivant à Drouot, je vérifiai son inscription sur la liste des participants et nous nous installâmes dans la salle des ventes, l'un à côté de l'autre, moi prête à interpréter, dans le creux de son oreille, la plus totale discrétion étant de mise. Je pris le temps de feuilleter le catalogue, pour me mettre en tête les lots, il m'indiqua ceux qui l'intéressaient particulièrement, nous en aurions pour la journée. Il m'expliqua pourquoi il n'avait pas voulu d'intermédiaire, ça l'amusait d'y participer en personne. Avant que ça démarre, devant penser à tout pour lui, j'envoyai un mail à mon assistante pour qu'elle réserve une table pour le déjeuner. La matinée défila, sans que je m'en rende compte. Je mobilisais toutes mes capacités de concentration ; je ne pensais plus, j'écoutais, j'enregistrais, je retranscrivais, j'établissais la communication entre mon client et le commissaire-priseur, en demeurant transparente. Il devait avoir le sentiment de tout comprendre seul.

À 12 h 45, je poussai la porte du restaurant où nous allions déjeuner. Et quelle ne fut pas ma surprise de découvrir Bertrand nous attendant à table !

— Votre patron veille au grain, me chuchota Sean. Il a peur que je vous kidnappe.

Ce type m'insupportait. Pourtant, je n'avais d'autre choix que de prendre sur moi. Dieu sait que c'était de plus en plus difficile. Je lui décochai mon plus beau sourire.

— Vous vous trompez, *nous* savons prendre soin de vous.

Bertrand le salua, puis me serra la main, en m'interrogeant du regard. Je le rassurai en lui faisant comprendre que tout se déroulait parfaitement jusque-là. La raison de la présence de Bertrand était limpide ; il craignait que notre bug de la veille mette en cause notre collaboration avec lui. Il fut question d'affaires tout le temps du repas. L'appétit me faisait encore défaut, je me contentai d'un wok de légumes déniché dans la carte des entrées, que je fis passer à coups de grands verres d'eau gazeuse.

— J'ai décidé de profiter un peu plus longtemps de mon séjour parisien, nous apprit Sean alors qu'on nous servait le café. Yaël, je compte sur vous, j'ai programmé plusieurs rendez-vous avec des chasseurs de têtes, où vous me serez indispensable. Vous l'avez vu ce matin, je ne peux pas me passer de vous.

Oh, non ! Il foutait tout en l'air et, pourtant, je n'avais pas le choix, je ne pouvais pas le planter. Le casse-tête chinois de la nuit dernière n'avait servi à rien, je devais tout reprendre de zéro. J'eus conscience de mes veines battant douloureusement sur la tempe et de la nausée qui n'était pas loin d'arriver.

— Je ne vous ferai pas défaut, soyez rassuré, lui répondis-je en essayant d'avoir la voix posée. Veuillez m'excuser.

Je me levai et pris la direction des toilettes. Je m'y enfermai et m'assis sur la lunette refermée, téléphone en main. Ne sachant jusqu'à quelle heure j'en avais aujourd'hui, je devais anticiper. Je commençai par appeler mon assistante. Cette gourde ne décrocha pas : en pause déjeuner. Depuis le temps que je lui répétais qu'elle devait toujours répondre, n'importe quand, n'importe où, même aux toilettes, elle devait prendre mes appels ! J'inspirai profondément, me promettant de lui mettre les points sur les *i* rapidement. En même temps, elle était capable de confondre des clients ! Je ne pouvais avoir confiance qu'en moi-même. Je passai une dizaine de coups de téléphone et envoyai des mails à la pelle. Je n'avais plus qu'à attendre les réponses. Avant de quitter ma cachette, je tamponnai d'eau froide mes tempes et entrepris de me refaire une tête en me repoudrant le nez. Puis j'avalai un cachet d'aspirine indispensable ; la migraine prenait de plus en plus d'ampleur. Je sentais une barre sur mon front, un de mes yeux me faisait déjà souffrir, et des nausées contractaient mon estomac. Je pouvais encore contrôler ça. Je me forçai à respirer calmement, lentement pour maintenir la douleur à distance. En regagnant notre table, je découvris que Bertrand avait déjà réglé l'addition et qu'ils m'attendaient. J'avais donc été si longue. En m'ouvrant la porte, mon patron, la mine sombre, me retint quelques secondes :

— Je vous accompagne cet après-midi.

Un mauvais pressentiment m'envahit. Je brûlais de demander « pourquoi ? ». Bertrand était débordé, j'étais là, il n'avait pas besoin de perdre son temps. À moins que je sois en train de passer un test ? *Oui, c'est ça, c'est forcément ça. Ça ne peut être que ça !*

L'après-midi démarra assez bien, malgré cette migraine lancinante. Notre client semblait s'amuser à surenchérir, remportant chaque fois l'enchère, ses dépenses n'avaient pas de limites. Régulièrement, en fermant les yeux, j'inspirais profondément. Une chaleur étouffante envahissait la salle, je me sentais moite. Je jetai un coup d'œil à Sean et à Bertrand, ils devaient souffrir le martyre dans leur costume-cravate. À ma grande surprise, rien, aucun signe de malaise, l'un comme l'autre respirait la fraîcheur. J'étais donc la seule à avoir l'impression de me trouver dans une fournaise. Le brouhaha me gênait et me déconcentrait. Les enchères grimpaient rapidement, aucune pause, aucun temps mort, impossibilité de souffler ne serait-ce qu'une seconde. Tout allait si vite. Presque trop. Quelque chose tomba et cela me dissipa davantage, en me détournant je cherchai à savoir d'où ça provenait.

L'espace d'un instant, il y eut comme un trou noir, je perdis pied et décrochai. L'agitation de mon client me ramena à la réalité ainsi que le ton péremptoire de Bertrand :

— Yaël ! Que s'est-il passé ?

Je clignai des yeux, et découvris son visage fermé.

— Ça te dérangerait d'être avec nous ? Tu as raté une enchère !

— Mon Dieu… Pardon ! Excusez-moi.

La sueur dégoulinait dans mon dos. Je n'avais pas entendu. Pour la première fois de ma carrière d'interprète, je n'avais pas écouté, et j'avais échoué.

— Vous m'avez fait perdre une pièce maîtresse, fulmina Sean. Vous êtes fière de vous ?

Il était furieux et avait totalement perdu son flegme britannique. Il avait parlé si fort que plusieurs personnes se retournèrent, se demandant certainement qui se faisait engueuler de cette façon. Je me ratatinai, honteuse, humiliée.

— Je ne sais pas quoi vous dire. Je suis désolée…

— Par pitié, épargnez-moi vos excuses et ressaisissez-vous rapidement. Que ça ne se reproduise pas !

Il me tourna le dos, décidé à ne pas perdre une minute de plus à cause de mon incompétence.

— Aucun risque, intervint sèchement Bertrand. Yaël, je prends le relais.

Je nageais en plein cauchemar.

— Mais ?

— S'il te plaît ! me coupa-t-il, agacé. Va prendre l'air. On se voit demain matin à l'agence à la première heure. Ta journée est finie.

Il avait parlé à voix basse, contrairement à Sean, mais sa sentence était sans appel. Je savais qu'avec

Bertrand on n'avait pas le droit à l'erreur, j'en faisais les frais. Il n'avait fallu qu'une fraction de seconde. Je me levai donc de ma chaise, lui cédai la place et m'éloignai en soufflant discrètement un « au revoir ». Aucun des deux ne me répondit, je n'existais déjà plus pour eux. Je m'adossai au mur du fond de la salle pour les observer de loin. Puis, je finis par quitter Drouot. Rester et que Bertrand tombe sur moi attiserait encore davantage sa colère.

4

Qu'allais-je faire de cette fin de journée ? Impossible d'aller à l'agence, et de m'expliquer auprès de mes collègues sur ma présence. Pas envie de la bienveillance d'Alice. Terreur à l'idée de me retrouver toute seule chez moi. Je décidai de marcher. En réalité, j'eus plutôt l'impression d'errer dans les rues. Trouver une solution pour corriger mon échec. Ça m'étreignait, ça me coupait la respiration, ça me mettait sur le qui-vive. Les passants me terrifiaient, je faisais tout pour ne frôler personne, ne regarder personne. Mes chevilles me semblaient soudain étonnamment fragiles. Je serrais mon téléphone dans la main : sentir la moindre vibration. J'allais forcément finir par recevoir un appel de Bertrand. Le contraire était inenvisageable. Il n'était que 17 h 15. Que pouvait-on faire d'autre à cette heure-là sinon travailler ? On était en plein milieu de la journée. Je réalisai que je faisais le tour du quartier inlassablement, je ne m'étais pas beaucoup éloignée de la salle des ventes : être prête à accourir au cas où…

Je vagabondais depuis déjà plus de deux heures quand je sentis des gouttes de pluie. *Il ne manquait plus que ça !* Je n'avais pas de parapluie et j'étais au milieu de la rue avec le sentiment d'être perdue dans ma ville. L'averse s'intensifia : je devais me mettre à l'abri. Je poussai la première porte qui se présenta. Dans quelle boutique étais-je tombée ? On pouvait même se demander si c'en était une, je me trouvais dans un foutoir sans nom. J'hésitai à ressortir pour vérifier si c'était ouvert au public, j'avais pourtant bien aperçu une vitrine. Je préférai rester au chaud et au sec, tant pis si je dérangeais. Je partirais si on me mettait à la porte. À la réflexion, ça devait être la boutique d'un brocanteur. La poussière me piqua les yeux. Des odeurs de vieux cuirs, de cire, de bois, de friperie me sautèrent au nez. Au premier regard, il était impossible de discerner les objets et les meubles, vu l'enchevêtrement du stock. Cet endroit souffrait d'un sérieux manque de place. Impossible de circuler là-dedans. Les passages entre les meubles étaient microscopiques, ce qui donnait l'impression de pénétrer dans un labyrinthe. Mais on devinait bien qu'on était très loin du style Louis XV ou Empire. Ici, c'était le règne des Trente Glorieuses, niveau déco. Il y avait de tout : un canapé, des consoles, des tables gigognes, un buffet en Formica, quelques chaises Tulip dissimulées dans un coin et qui, vu leur état, devaient attendre la visite d'un tapissier, ainsi qu'une quantité d'objets dont l'utilité restait obscure. Dehors, il faisait de plus en plus un temps de chien, et pourtant l'endroit était lumineux, grâce à de nombreuses lampes vintage allumées un peu partout. L'absence de lumière directe donnait une atmosphère douce, chaleureuse, avec peut-être des vertus apaisantes. *Si seulement, ça pouvait marcher sur moi.* Je m'avançai un peu et m'arrêtai devant une étagère en métal et bois qui accueillait un tourne-disque, de vieux Polaroid et même une caméra Super 8. Mon regard accrocha un présentoir avec une collection de cartes Vidal, comme celles que nous avions à l'école. À cet instant, je tendis l'oreille ; cette musique… *Black trombone, monotone, le trombone, c'est joli. Tourbillonne gramophone…* Gainsbourg… une émotion furtive me fit reprendre ma respiration… une vision de mon père nous soûlant, ma sœur et moi, gamines. Je l'entendais encore nous dire à notre époque boys band : « Les filles, ça, c'est de la musique, je vais vous faire votre culture ! » En réponse, nous le charriions sur son âge avec Alice, et tout finissait en éclats de rire. Ce souvenir s'évapora lorsque j'entendis par-dessus la voix de Gainsbourg une autre voix, une voix d'homme : « *Black trombone, monotone, autochtone de la nuit, Dieu pardonne la mignonne qui fredonne dans mon lit… Black trombone, monotone, elle se donne à demi, nue frissonne…* » Je regardai partout, cherchant à distinguer d'où provenait cette voix. Impossible de le savoir, l'homme devait être au fond de la boutique, dissimulé derrière un paravent damier. En tout cas, il y allait le type, il s'y croyait, même. Et pourtant, il chantait faux ! Malgré tout, c'était plutôt agréable à entendre ; son souffle était en parfaite harmonie avec les notes, son timbre était chaud. Ça m'arracha presque un sourire, surtout quand il fit les cuivres avec sa bouche et sa voix. Je préférai repartir aussi discrètement que j'étais arrivée, quitte à me faire tremper.

— Yaël ? entendis-je dans mon dos.

Cette voix… Je me figeai, la main sur la poignée. Ma migraine me donnait des hallucinations, ce n'était pas possible autrement. Je me retournai brusquement ; les bras m'en tombèrent, ma gorge se serra, mes poings se fermèrent, mon cœur battit plus vite, en faisant un bond de dix ans en arrière. J'étais face à un revenant, qui semblait aussi sidéré que moi.

— Yaël... c'est bien toi ?

Il avança dans ma direction. Il n'avait presque pas changé, si ce n'étaient les lunettes en écaille qui avaient fait leur apparition sur son nez légèrement tordu depuis qu'il se l'était cassé en faisant l'imbécile avec Adrien ; ça avait pissé le sang et avec les filles on avait joué les infirmières en l'accompagnant aux urgences. Le maillon manquant de la troupe s'était matérialisé là, sous mes yeux.

— Bonjour, Marc, lui dis-je, la voix blanche.

Personne n'avait plus prononcé ce prénom depuis bien longtemps. Moi, la première.

— On t'a cru mort ! sifflai-je avec ironie.

Ma remarque le toucha, il retira ses lunettes et passa sa main dans ses cheveux courts ; il avait toujours ce même châtain clair virant au blond avec le soleil. Il regarda en l'air, la respiration coupée, totalement désarçonné. *Bien fait pour lui !* Il avait intérêt à s'armer de courage s'il comptait m'affronter. Puis il se frotta les yeux, ouvrit la bouche une première fois, sans rien dire, mais en bougeant les mains. Visiblement, il cherchait ses mots. Il ne fallait pas qu'il compte sur moi pour lui faciliter les choses.

— Yaël... si je m'attendais à ça...

— Tu n'as rien de plus à dire ! aboyai-je, mauvaise.

Ce cher Marc se liquéfiait à vue d'œil. C'était tout ce qu'il méritait.

— Si... Pardon... Que fais-tu ici ?

La question à ne pas poser.

— Je m'abrite de la pluie.

— Merci la pluie de t'avoir envoyée ici, me dit-il, un grand sourire aux lèvres.

Il allait mieux d'un coup ! Il croyait peut-être que je faisais de l'humour. Il ravala vite fait sa mine satisfaite lorsqu'il remarqua que je ne partageais pas son avis. Pourquoi fallait-il que ça tombe aujourd'hui ? Ça me soûlait ! Comme si je n'avais pas assez de choses et de soucis en tête ! Allez, j'allais rembobiner le film et faire comme si les cinq dernières minutes n'avaient pas eu lieu.

— Je vais te laisser, annonçai-je sèchement.

Il fit un pas vers moi en tendant le bras.

— Non… Attends… Tu ne peux pas repartir déjà ! Je veux avoir de tes nouvelles… savoir ce que deviennent les autres.

Il se foutait de moi ou quoi ! Avait-il oublié ce qu'il avait fait ? Je serrai les poings pour contenir ma colère.

— Il est un peu tard, non ? Qui a disparu de nos vies du jour au lendemain, sans jamais donner de nouvelles ? Qui nous a laissé imaginer le pire ? Le pire, Marc ! Tu m'entends ?

J'avais besoin de me défouler et il tombait à pic. Il me fixait, de plus en plus penaud.

— S'il te plaît… laisse-moi t'expliquer… et après tu décideras ou non de me dire ce que vous devenez.

Il avait toujours ce même regard noisette de chien battu, avec quelques rides d'expression en plus, qui lui donnaient de la maturité. Je détournai le regard, je ne voulais pas deviner s'il avait été heureux ou triste ces dix dernières années. Mais plutôt que broyer du noir dans les rues, pire, toute seule dans mon appartement, j'allais quand même rester un peu. Et au fond de moi, je voulais savoir pourquoi il était parti sans un mot, sans une explication. Depuis le temps que j'avais envie de régler mes comptes, nos comptes, avec lui ! Bras croisés, je me redressai, prête à mordre.

— Je t'écoute.

— Ne reste pas là, viens t'asseoir.

Il s'enfonça dans sa boutique en slalomant entre les meubles et je le suivis en évitant soigneusement de toucher quoi que ce soit. Nous passâmes derrière le paravent damier, et je fis face à un véritable chaos. À commencer par son secrétaire à rouleau, qui ne pouvait pas se fermer vu l'impressionnante pile de papiers sur laquelle trônait une calculatrice Texas Instrument, la même que je devais avoir en seconde. Il retira des magazines datant des années 1980, gisant sur les deux fauteuils club Le Corbusier, au cuir craqué par endroits, qui entouraient une petite table basse ovale et un cendrier sur pied, pas très net et pour le moins instable.

— Installe-toi.

Je m'apprêtais à le faire quand un nouvel arrivant se manifesta :

— Marc, où es-tu ?

— Abuelo ! Par là !

Je reconnus le grand-père de Marc à l'instant où il apparut. Il avait pris un coup de vieux en dix ans, il s'aidait désormais d'une canne pour marcher. Mais il avait conservé son espièglerie et sa capacité à vous sonder d'un regard, ça se sentait. La dernière fois que je l'avais croisé, je m'étais enfuie, désespérée, de son appartement du dix-septième arrondissement.

— Eh bien, mon petit-fils, tu ne perds pas de temps ! dit-il avec un sourire en coin et un clin d'œil égrillard à l'intention de Marc.

Il s'approcha de moi en me regardant par en dessous. Mes talons aiguilles me permettaient de le toiser, et j'en étais bien contente.

— Mademoiselle… votre visage m'est familier…

— C'est Yaël, intervint Marc. Tu te souviens ?

— Yaël ! La petite Yaël ! Tu es devenue une sacrée femme, me complimenta-t-il en se courbant légèrement.

Puis il baissa légèrement le ton, comme si nous allions comploter, tels de vieux amis.

— Tu vois, tu as fini par le retrouver, osa-t-il dire en me faisant un clin d'œil.

— Ce n'est pourtant pas ce que je cherchais, crachai-je du tac au tac.

Il se croyait drôle en plus ! Personne n'avait donc les pieds sur terre dans cette famille !

— Avec du caractère, dis donc ! Si j'avais vingt ans de moins…

— Ça suffit, Abuelo ! souffla Marc en lui posant une main sur l'épaule. On allait discuter.

Ils échangèrent un regard complice, certes, mais je sentais qu'il y avait autre chose derrière ça.

— Très bien… mais tu ne vas pas la recevoir ainsi ! Pardonne-le, il a oublié toutes ses manières. Allez, dehors ! Je ferme la boutique ! Va chez *Louis*, vous y serez bien.

Marc m'interrogea du regard, je hochai la tête et pris le chemin de la sortie. C'était un vrai guet-apens. J'attendis quelques minutes sur le trottoir, il pleuvait encore. Marc sortit à son tour, il ouvrit un parapluie, qu'il me tendit. Il avait enfilé une veste en velours camel élimée, dont il releva le col pour se protéger des gouttes de pluie.

— Désolé pour Abuelo, il ne peut pas s'empêcher…

Qu'est-ce que ça peut me foutre ?

— C'est bon.

— Ça t'embête de marcher un peu ?

Si tu savais… ça fait deux heures que je marche, un peu plus, un peu moins.

— Je te suis, lui répondis-je à contrecœur.

Il me regarda longuement, puis se mit en route. Je marchais à son côté, à un mètre de distance, mutique. Marc n'ouvrit pas la bouche non plus, et, sans s'arrêter, se roula une cigarette. Il avait définitivement la même allure que lorsque nous étions étudiants ; sa veste, ses roulées, il parlait toujours avec les mains, et sa voix grave et posée semblait toujours annoncer une catastrophe, même lorsqu'il voulait être drôle. Ça me laissait de marbre.

Je profitai du trajet pour vérifier mes mails sur mon téléphone : les affaires courantes, mais aucune nouvelle de Bertrand. Et il était déjà plus de 20 heures. Environ un quart d'heure plus tard, Marc poussa la porte d'un petit resto, version brasserie, carte traditionnelle, vieillot et totalement désert. L'odeur de cuisine me retourna l'estomac, un mélange d'ail, de graillon, de ragoût qui mijote. Il y en a à qui ça plaît, l'ambiance nappe à carreaux rouge, tête de veau. *Je n'en fais pas partie.* J'aurais dû me souvenir du fameux coup de fourchette de Marc. C'était un habitué ; il alla frapper à la porte de la cuisine, d'où sortit un homme bien en chair qui lui colla une bourrade dans l'épaule.

— Salut, Louis !

— Salut, Marc ! Il est pas là, le grand-père ?

— Non, mais je suis accompagné.

Louis, puisqu'il s'appelait ainsi, pencha la tête et me découvrit. Il s'essuya sur son tablier, et vint me serrer la main. À l'instant où il la lâcha, je me retins de sortir mon gel hydroalcoolique.

— Tu peux nous préparer quelque chose ? Prends ton temps, on n'est pas pressés.

Parle pour toi, Marc.

— Je vous mitonne un bon petit plat, vous m'en direz des nouvelles, mademoiselle !

Quelle horreur ! Je refusais catégoriquement d'avaler le moindre truc sortant de sa cuisine et tripoté par ses mains dégueulasses !

— Surtout rien pour moi ! Je n'ai pas faim !

— On me la fait pas, à moi ! Vous allez vous écrouler à la première rafale de vent ! Dites-moi ce qui vous ferait plaisir ?

J'allais tomber dans l'incorrection si j'insistais.

— Si vous avez des légumes verts ou une salade, mais sans rien avec...

— Vous allez vous régaler ! Marc, fais comme chez toi. Je te laisse vous servir un pichet.

Il disparut en cuisine, nous laissant là, en tête à tête. Marc, tout en passant derrière le bar, désigna la salle d'un air de dire « choisis notre table » ; il y avait l'embarras du choix. Je me décidai pour une place près de la devanture. Les pieds de la vieille chaise en bois crissèrent sur le carrelage, rappelant la migraine à mon bon souvenir. Une fois assise, j'hésitai à poser les mains sur la table, de crainte que la nappe soit poisseuse et collante. J'y allai à tâtons et soupirai de soulagement en constatant que le tissu semblait propre, j'y déposai mon téléphone. Marc s'assit en face de moi et nous servit du vin rouge dans des ballons. Il leva son verre et riva ses yeux dans les miens.

— Vu ton air pincé, j'imagine que si je te propose de trinquer à nos retrouvailles, tu refuses ?

Je le trucidai du regard. Il allait falloir qu'il comprenne fissa qu'il avait perdu le droit de me chambrer le jour où il était parti.

— Tu imagines très bien, en effet.

Par automatisme, j'avalai une gorgée. Marc en fit autant.

— Je n'ai pas eu le courage de vous dire au revoir, lâcha-t-il de but en blanc.

— Ça veut dire quoi ?

— J'ai été viré de la fac, ou plutôt Abuelo a décidé que j'étais viré de la fac… Tu ne te souviens peut-être pas… mais j'habitais chez lui pendant mes études.

Évidemment que je me souviens de tout. Comment peux-tu imaginer le contraire ? On était tout le temps fourrés ensemble.

— Quel rapport avec ta disparition ?

— Quand il a été évident qu'une fois de plus je n'aurais pas mes partiels, avec l'accord de mes parents, il m'a fait une proposition assez simple. Il voulait que je me secoue, que j'arrête de végéter, que je fasse quelque chose de mes journées, de ma jeunesse. Il m'a payé un billet open et m'a dit de voyager, de faire des petits boulots pour vivre, de rencontrer du monde, de voir du pays, et de revenir quand je saurais ce que je voulais faire de ma vie. La première fois qu'il m'en a parlé, je n'ai pas pris ça au sérieux, j'ai cru que j'avais le choix. La seconde fois, il m'avait réservé un aller simple trois jours plus tard. Je me suis retrouvé au pied du mur, coincé.

J'étais consternée, en plus d'être furieuse. La soupe servie par son grand-père était donc la vérité. Marc n'était qu'un crétin !

— Pourquoi tu ne nous as rien dit ? lui demandai-je en tapant du poing sur la table.

— Yaël, sois honnête avec moi. Souviens-toi de comment on était les uns avec les autres. Vous n'auriez pas tout fait pour que je reste ?

Il planta ses yeux dans les miens, je les détournai. Évidemment, je me serais battue comme une folle pour qu'il ne parte pas, ou alors je serais partie avec lui, c'était ce que je comptais faire de toute façon. Comment avait-il osé nous faire ça, me faire ça ? On se disait tout, on partageait tout.

— Ce n'est pas une excuse, lui rétorquai-je. Tu aurais dû nous dire au revoir. On aurait compris, on t'aurait aidé…

Puis la colère explosa, ma voix se fit tranchante, la rage sortait :

— Tu crois que ça ne nous a rien fait ! On t'a cherché partout, comme des dingues ! On était morts de trouille ! Tout nous est passé par la tête ! As-tu la moindre idée du mal que tu nous as fait ? Je ne peux pas admettre que tu ne nous aies rien dit, que tu aies pu nous mettre à l'écart de ta vie de cette façon. Tu as tiré un trait sur nous alors qu'on était comme une famille, tous les six. C'était pour la vie, notre amitié !

Ma tirade m'avait essoufflée. Il soupira, se pinça l'arête du nez, et me regarda, abattu, désarmé.

— Si je l'avais fait, je me serais débiné, je ne serais jamais parti et j'aurais perdu la confiance d'Abuelo.

Je ne pouvais pas lui faire ça, je l'aurais trahi. Je l'ai choisi lui, et pas vous. J'ai été lâche avec vous…

Se rendait-il compte que chacune de ses paroles équivalait à un coup de poignard en plein cœur ? Il me parlait de confiance. *Et la nôtre, alors ?* Il l'avait piétinée.

— Ce n'est pas pardonnable, j'en ai conscience… mais j'étais terrifié à l'idée de partir et de vous laisser… Je ne voulais pas passer pour un loser dont les parents et le grand-père se débarrassent. Ils ne savaient plus quoi faire de moi. Je ne valais rien, Yaël, j'ai refusé que vous vous en rendiez compte…

Il piqua du nez quelques secondes. Lorsqu'il me regarda à nouveau, il souriait tristement.

— Et puis, on a fait une fête de folie pour ton embauche, mon dernier soir.

— C'est vrai…

— Je n'arrêtais pas d'y penser, j'ai failli craquer et tout vous dire, mais je ne voulais pas gâcher ta joie, je voulais juste profiter de vous jusqu'au bout.

Une image très nette apparut dans mon esprit. Une image à laquelle je m'interdisais de penser depuis dix ans, tellement ça me faisait mal.

— Ça veut dire que quand tu m'as ramenée à pied jusqu'à mon studio à 7 heures du mat'…

— Je savais que je ne te reverrais pas après, m'avoua-t-il en me regardant droit dans les yeux.

— Avant de me prendre dans tes bras, tu m'as dit de garder ton billet…

— Pour le concert de Ben Harper… je m'en souviens très bien… Et après, je me suis enfui pour aller à l'aéroport.

Je pris ma tête entre mes mains et fixai les carreaux.

— Tu aurais pu donner des nouvelles, une fois parti !

— Ça aurait servi à quoi ? À vous dire que je déprimais, que j'étais un raté qui ne savait rien faire de ses dix doigts ! Et puis j'avais trop peur d'affronter vos reproches. Quand Abuelo m'a dit qu'il t'avait vue, j'ai su ce jour-là que c'était trop tard pour vous donner des nouvelles, que je ne ferais qu'envenimer la situation.

— Tu parles… ç'a été ton excuse pour couper définitivement les ponts avec nous et renier notre amitié.

— Tu ne peux pas me dire une chose pareille !

— Boucle-la, Marc !

Je soupirai profondément, et m'effondrai sur ma chaise, soudainement fatiguée, ne sachant plus quoi lui dire, dépitée et envahie par le souvenir de cette dernière rencontre avec son grand-père.

Le lendemain du jour où les autres m'avaient récupérée devant la fac, je n'étais pas allée travailler, pour passer la journée assise par terre devant la porte de l'immeuble du vieil homme, décidée à attendre qu'il rentre chez lui. Il n'était pas loin de 21 heures lorsque je l'avais vu arriver en sifflotant. Il s'était arrêté devant moi, un sourire doux aux lèvres, j'avais remarqué qu'il portait une des vestes en velours de Marc. Il m'avait invitée à le suivre. Je me souvenais encore d'avoir pensé en montant l'escalier derrière lui qu'il avait la forme, le grand-père, pour grimper jusqu'au troisième étage au petit trot. À aucun moment, il n'avait cessé de siffler, et ça m'avait prodigieusement agacée. Une fois dans l'appartement, j'étais restée plantée devant la porte d'entrée en croisant les bras alors que lui traversait le grand couloir aux tons chauds, ocre, acajou, et éclairé par des lampes de bibliothèque. J'avais fini par craquer :

— Où est-il ?

— Viens t'asseoir, ma petite Yaël !

— Non !

Il s'était tourné en riant.

— Quel caractère !

— Tant mieux si je vous amuse, mais où est-il ?

Il s'était approché et lorsqu'il avait posé sa main ridée sur moi, je m'étais reculée. Il s'était assombri.

— Il va bien, ne t'inquiète pas…

Un bref instant, j'avais soupiré de soulagement.

— OK ! Mais où est-il ?

Il s'était allumé un cigarillo, puis il avait secoué la tête en me fixant.

— Je savais que je finirais par voir un de vous cinq. Oh… j'avais une petite préférence pour toi…

— Je m'en fous de ça ! Je veux le voir !

— Marc est parti faire autre chose de sa vie, tenter une aventure… Il est loin…

— Mais où est-il ? Et pourquoi ? avais-je crié en tapant du pied.

— Je ne peux rien te dire de plus… Mon petit-fils est un crétin. Je lui avais pourtant dit de vous en parler… mais bon… il a fait son choix…

Il m'avait prise fermement par les épaules, alors que mes joues étaient baignées de larmes.

— Ça n'a pas été une décision facile, crois-moi, mais il fallait qu'il parte, c'était nécessaire… c'est pour son bien. Maintenant, reprends ta vie, ma petite Yaël. Et pareil pour tes amis…

— Il ne reviendra pas ? lui avais-je demandé, la voix brisée.

Abuelo avait haussé les épaules, j'avais vu un éclair de tristesse traverser son regard. Il avait serré plus fort mes épaules.

— Ne l'attends pas, m'avait-il dit tout doucement.

Je m'étais dégagée de son étreinte et j'étais partie en courant, laissant la porte de son appartement ouverte derrière moi. Il m'avait appelée dans la cage d'escalier, mais je m'étais bouché les oreilles, refusant d'écouter la suite. J'avais foncé chez Alice et Cédric pour tout leur raconter. Je m'étais sentie tellement seule sans lui à cette époque-là, partagée entre le manque et l'impression d'avoir été trahie. Et puis, sans nous concerter, nous l'avions moins évoqué. La vie avait suivi son cours, et le quotidien nous avait aspirés. Pourtant, personne ne l'avait oublié. Marc était devenu un sujet tabou. Je bottais en touche les rares fois où son prénom était prononcé.

Et ce soir-là, le hasard et la pluie avaient fait que nos chemins se croisaient à nouveau. Marc était là, devant moi, et tentait de s'excuser pour ce qu'il nous avait fait.

— Et alors ? Tes voyages ? finis-je par lui demander, pour sortir de mes souvenirs.

Il m'avoua qu'il avait passé une année au Canada, assez épouvantable ; la solitude l'avait dévoré et empêché d'aller vers les autres. Son incapacité à se prendre en main en France ne s'était pas envolée comme par magie en arrivant là-bas. La réserve d'argent avec laquelle il était parti fondait comme neige au soleil. Il avait traversé le pays d'est en ouest en train, vivant de petits boulots au noir. Il avait appris l'anglais, détail qui m'arracha un sourire, mais aussi à se débrouiller tout seul. Ces douze mois en solo avaient été le coup de pied « au cul » dont il avait besoin, il était devenu adulte, « mieux que l'armée », me dit-il. À Vancouver, il avait rencontré une certaine Juliette, qui en plus de lui redonner du baume au cœur, l'avait embarqué dans un tour des Dom-Tom. À partir de là, tout avait eu la couleur des vacances, même lorsqu'il faisait la plonge pour gagner quelques euros. Il me raconta qu'avec elle, il bougeait sans cesse d'un endroit à l'autre, pas de routine ni de monotonie. Chaque heure pouvait les lancer dans une nouvelle aventure. Et puis, un jour qu'il se baladait seul, il était tombé sur un marché aux meubles, il y avait passé un après-midi entier, bien que l'esprit ethnique ne l'intéressât pas, en parlant avec les menuisiers, les tapissiers, tous les artisans qu'il rencontrait. Il s'y était senti dans son élément à ce marché, et ses connaissances lui avaient sauté aux yeux. Les jours suivants, ça l'avait hanté. Il avait fini par s'avouer les raisons de cette obsession : Abuelo lui avait transmis sa passion, lui aussi était un chasseur de trésors. Il savait enfin ce qu'il voulait faire de sa vie : travailler à la brocante avec son grand-père. Ça avait sonné l'heure du retour au bercail.

— C'était quand ?

Il marqua un temps d'arrêt, se gratta la tête, et inspira profondément.

— Il y a cinq ans, me répondit-il tout en me fuyant du regard.

— Cinq ans ! Et là, tu n'as pas eu envie de nous faire signe ? lui hurlai-je dessus.

Ce n'était pas possible ! Il avait passé tant d'années si près de nous, sans lever le petit doigt pour nous voir. Pourquoi est-ce que je perdais mon temps ? J'avais autre chose à faire que d'écouter ses conneries d'ado attardé ! Ça ne rimait à rien. Quelle excuse bidon allait-il encore inventer ?

— Tu sais qu'en dix ans, il y a un truc génial qui a été inventé ? Les réseaux sociaux, lui balançai-je ironiquement. Adrien a même retrouvé ses potes de maternelle !

— Ce n'est pas mon truc…

— Pas ton truc ! m'insurgeai-je. Tu te fous de moi, Marc ! Quand on veut, on peut ! Mais en fait, je crois que tu ne voulais pas… je finis même par me demander si on a jamais compté pour toi !

— Je t'interdis de dire ça ! J'ai vécu l'enfer sans vous…

— Ton enfer n'est rien, comparé au nôtre ! aboyai-je. Marc, tu nous as trahis. On a tous été au fond du trou à cause de toi, Adrien a perdu sa gouaille des mois durant, Cédric a raté son Capes par ta faute, on n'a plus jamais foutu les pieds au *País*, parce que quand on y allait, il y en avait toujours un qui se mettait à chialer ! Ça te suffit ou tu veux d'autres exemples ?

Ses yeux se remplirent de larmes, il se prit la tête entre les mains. À une autre époque, et si j'avais été moins en colère, ça aurait pu m'émouvoir. Mais, là, je n'avais qu'une envie : lui coller un aller-retour.

— Alors maintenant, réponds-moi ! Comment peux-tu vivre depuis cinq ans à Paris sans avoir cherché à savoir ce qu'on était devenus ?

Il m'affronta du regard, l'œil à nouveau sec.

— C'était compliqué… Je vivais autre chose depuis si longtemps, qui n'avait rien à voir avec vous. J'ai préféré rester avec mes souvenirs plutôt que de vous faire face. Imagine, si je vous avais retrouvés, je serais tombé comme un cheveu sur la soupe… On s'était perdus de vue, Yaël... Tout le monde avait sa vie, moi le premier... Je ne suis pas rentré seul, Juliette m'a suivi, on s'est mariés juste avant de revenir à Paris.

— Tu es marié !

La dernière chose à laquelle je m'attendais. Sans trop savoir pourquoi, je me raidis, si tant est que ce soit possible. Il regarda par la fenêtre en touchant son annulaire gauche, marqué par la trace d'une alliance.

— Plus pour longtemps, soupira-t-il. J'attends la date du divorce.

— Tu n'as pas dû avoir les bons témoins, ricanai-je.

— Celle-là, elle est méritée, lâcha-t-il avec un rire amer.

Le silence se glissa entre nous. Marc but son vin à petites gorgées. Puis brusquement le calme cessa, la porte de la cuisine s'ouvrit sur le restaurateur.

— Eh bien, quelle ambiance !

— On évoque des souvenirs, lui répondit Marc.

— Bah... ils ont pas l'air drôles, vos souvenirs !

Je découvris mon repas. Effectivement, j'avais des haricots verts, je devrais même dire de splendides fagots... sauf qu'ils étaient entourés d'une grande tranche de lard.

— Tu t'es surpassé ! le complimenta Marc en découvrant son assiette.

La vue de son plat, une langue de bœuf qui baignait dans la sauce, me donna la nausée. Je dissimulai du mieux que je pus un haut-le-cœur.

— C'est parfait, merci, annonçai-je d'un ton neutre, luttant contre le dégoût.

— Ça vous convient ? insista-t-il, tout fier de lui.

Je hochai la tête et esquissai un léger sourire, que j'espérais convaincant. Le « chef » nous souhaita bon appétit et disparut. Du bout de ma fourchette, je retirai un maximum la cochonnaille, et piquai un haricot. Marc entama son plat à son tour.

— Yaël ?

— Oui, lui répondis-je en lui lançant un regard furtif.

Il se trémoussa sur sa chaise.

— Quoi ?

Il fallait que je prenne sur moi pour canaliser mon agressivité.

— Que deviens-tu ? Et les autres ? Je crève d'envie de savoir.

Je soupirai, fatiguée à l'avance de raconter la vie des autres et de broder autour de la mienne.

— Deux ans après ton départ, Alice et Cédric se sont mariés, puis Adrien et Jeanne ont suivi le mouvement.

— Adrien en marié ! J'aurais voulu voir ça !

Je lui envoyai un regard noir.

— Pardon, je n'aurais pas dû dire ça.

Je pris quelques secondes pour me calmer.

— Tu avais ta place à la table d'honneur, tu sais, lui appris-je avec un sourire triste, malgré moi.

— Hein ?

— Cédric a fait pareil, d'ailleurs. Nous avions une place vide à table…

Il serra le poing et vida son verre d'un trait.

— Alice a eu deux enfants, enchaînai-je. Marius a sept ans et Léa trois. Adrien a adopté Emma officiellement.

Je continuai à lui peindre le portrait de chacun un long moment sans lui laisser en placer une. Il m'écoutait avec attention, comme un enfant à qui on raconte une histoire extraordinaire, il souriait de temps à autre, je voyais à quel point il était bouleversé d'avoir raté tant d'événements. Nos assiettes disparurent comme par enchantement, sans que Louis cherche à intervenir, autrement que pour nous proposer un café, il avait dû comprendre que je refuserais un dessert, je n'étais pas véritablement branchée îles flottantes. Nos tasses arrivèrent avec un petit chocolat que je croquai sans réfléchir, malgré mon manque flagrant d'appétit.

— Et toi, Yaël ?

Je piquai du nez. Le souvenir de mon échec un peu plus tôt dans l'après-midi me sauta à la figure, je jetai un coup d'œil à mon téléphone. Rien. Ce n'était pas normal.

— Moi, rien de spécial… je travaille toujours pour la même boîte.

— Non ? C'est incroyable ! Tu fais quoi, en réalité ? Tu ne savais pas quand je suis parti.

— Interprète, entre autres.

— Tu es bien mystérieuse… Et le reste ? Ta vie ? Tu es heureuse ? Je veux savoir… Dis-moi ce que tu deviens, insista-t-il la voix enjouée, le sourire aux lèvres.

Ma vie l'intéressait. Mais je n'avais aucun doute sur le fait qu'il ne comprendrait pas davantage que les autres ce que je faisais. Et puis, c'était trop tard…

— Je suis désolée, Marc, il faut que j'y aille, j'ai une grosse journée demain.

Je m'apprêtais à sortir mon portefeuille quand il m'en empêcha, en tendant la main vers moi.

— Laisse, je passerai régler demain.

— Merci.

— Tu habites où, maintenant ?

— Dans le quinzième.

— Tu rentres en métro ? Je peux te ramener en voiture si tu veux.

— Ce n'est pas la peine, je vais me commander un taxi. Il sera là dans cinq minutes. Quand je vais dire aux autres que je t'ai retrouvé…

Je lui jetai un coup d'œil, curieuse de sa réaction. Avait-il envie désormais de renouer ? Ou tout ça n'était-il que du flan ? Il eut l'air stupéfait, ses mains s'agitèrent.

— C'est vrai ? Tu vas le faire ?

Même si j'aurais tout donné pour rembobiner et ne pas avoir vécu cette soirée, je ne pouvais pas faire ça aux autres. Je n'étais pas insensible au point de les priver de lui. Et je savais qu'ils accorderaient sans souci leur pardon à Marc. C'était tout eux…

— Comment pourrais-je leur cacher ça ? Ils vont tous être fous de joie. Donne-moi ton numéro de téléphone.

Il me décocha un sourire à décrocher la lune. Puis, il fouilla dans les poches de sa veste et en sortit un portefeuille au cuir râpé, prêt à exploser de papiers en tous genres. Fébrile, il l'ouvrit et attrapa un Post-it.

— Tu ne connais pas ton numéro par cœur ?

Je levai les yeux au ciel. Du Marc tout craché !

— Non. C'est bon, tu as de quoi noter ?

Je l'enregistrai directement dans le répertoire de mon téléphone, et me levai. Il en fit autant en appelant Louis.

— On y va ! À demain !

— À plus tard, mon p'tit gars. Mademoiselle, revenez quand vous voulez.

Et puis quoi encore ?

— Merci.

Je lui avais répondu ça en sachant pertinemment que je ne remettrais jamais les pieds dans cet endroit. Heureusement pour moi ! Le taxi m'attendait devant la porte du restaurant. Je me tournai vers Marc.

— Je t'appelle.

— À bientôt, alors.

Il avança d'un pas et me fit la bise. Je restai stoïque sans la lui rendre. Puis je grimpai dans le taxi, et Marc se chargea de fermer la portière. La voiture démarra directement. Ce retour dans le passé me laissait un goût amer. Je doutais que Marc ait compris que les choses avaient changé, surtout après ce qu'il nous avait fait ; nous aussi, nous étions devenus adultes, nous n'étions plus une bande d'étudiants insouciants. Pourtant, comme je le lui avais dit, les autres sauteraient au plafond. J'avais tiré un trait sur tout ça, sur ce passé, il n'existait plus pour moi. Je les laisserais fêter le retour de l'enfant prodigue, j'avais d'autres chats à fouetter et des préoccupations bien plus importantes. Le silence radio de Bertrand m'inquiétait, m'en voulait-il à ce point-là ? Je refusais d'y croire.

Cette journée improbable me permit de rentrer finalement assez tôt chez moi. Suffisamment pour avaler un somnifère et dormir sept heures d'une traite d'un sommeil lourd et sans rêves. Ça ne m'empêcha pas de me réveiller la boule au ventre, et, sitôt en alerte, je ressassai ma défaillance de la veille. Je fis baisser l'intensité de mon angoisse en enchaînant les longueurs.

À 9 heures pétantes, je prenais place derrière mon bureau, prête à me remettre au travail et à me faire pardonner mon erreur. Bertrand arriva moins de dix minutes plus tard et me fit signe de le suivre dans son bureau. Son attitude me fit craindre le pire, il fouillait au milieu de ses dossiers sans me jeter un coup d'œil.

— La femme de Sean est arrivée hier soir. Aujourd'hui tu l'accompagnes pour son shopping, m'annonça-t-il, l'air de rien.

Je me figeai.

— Quoi ? Mais je croyais qu'il avait des rendez-vous programmés et qu'il avait besoin de moi.

Il planta un regard froid dans le mien.

— Je m'en charge. Je préfère que tu t'occupes de son épouse. Tu ne crois quand même pas que c'est moi qui vais me transformer en *personal shopper* !

Mes mains se mirent à trembler, je les cachai derrière mon dos.

— Tu t'es reposée ?

— Il m'en veut tant que ça ?

Il soupira profondément, sans que j'en comprenne la raison.

— Non, c'est moi qui ai pris cette décision… Ça te donne l'occasion de te faire une journée off, enchaîna-t-il, la voix légèrement adoucie. Tu reprendras du bon pied demain.

— Je suis désolée pour hier.

Il balaya mes excuses d'un revers de main, et retourna à ses dossiers.

— Ne t'inquiète pas, c'est oublié.

C'était tout le contraire. Il me rappelait d'une façon très claire que je restais sous ses ordres, qu'il était le patron et que j'avais commis une erreur. Je n'avais qu'une chose à faire : encaisser.

Les deux semaines suivantes, je continuai à assurer les affaires courantes et d'autres prises en charge type baby-sitting. Cependant, le nombre de convocations dans le bureau de Bertrand revint très vite à la normale. J'avais conscience d'avoir frôlé la catastrophe et montré une faiblesse, je redoublais donc d'effort et d'implication. Et je repoussais toujours au lendemain la grande annonce à toute la bande, au sujet de Marc.

Ce samedi-là, je décidai de le passer à l'agence. Bertrand y fit un passage éclair entre 9 et 10 heures, en s'enfermant dans son bureau, avant de rejoindre une compétition de golf où nous étions sponsors.

Dans l'après-midi, je reçus un appel de ma sœur.

— Les banlieusards réinvestissent Paris ! me lança-t-elle joyeusement.

— Et je peux savoir comment ?

— Il fait beau tout le week-end, les enfants ont envie de remonter en haut de la tour Eiffel, alors on a décidé de se faire un pique-nique avant sur le Champ-de-Mars. Adrien, Jeanne et Emma seront là aussi. Tu viens avec nous ?

Nous n'étions pas encore le 20 du mois, je pouvais sauter sur l'occasion et prendre de l'avance.

— Je passerai.

— C'est vrai ? C'est vraiment vrai ? cria-t-elle dans le téléphone, complètement hallucinée.

— Puisque je te dis que oui ! Ne me fais pas changer d'avis…

— Génial ! On sera tous là, les enfants vont être fous de joie.

Je tiquai sur son « on sera tous là », aussi je saisis la balle au bond, ne pouvant plus reculer.

— Tu ne crois pas si bien dire !

— Hein ?

— Tu es prête ?

— Mais oui ! Qu'est-ce qu'il y a ?

— J'ai retrouvé Marc.

Un ange, plutôt joufflu, passa.

— Ce n'est pas drôle ! m'engueula-t-elle. Ton cynisme a ses limites !

— Je suis sérieuse, je te promets… j'ai même son numéro.

— Quand ? Où est-il ? Comment va-t-il ? Cédric !!! Marc est de retour ! Yaël l'a retrouvé !!!!

Il y eut du remue-ménage derrière le combiné.

— C'est vrai ce qu'elle dit ? hurla mon beau-frère dans le téléphone volé à sa femme.

— Oui, confirmai-je en levant les yeux au ciel.

— Faut que j'appelle Adrien !

— Je suis là, m'annonça ma sœur. Mon Dieu ! Je vais préparer le meilleur pique-nique de toute ma vie.

— Mollo, Alice, je vais l'appeler et lui proposer de venir. C'est lui qui décide, et il ne sera peut-être pas disponible. Maintenant je te laisse, je vais bosser.

— D'accord, d'accord, va travailler… Attends ! Ne raccroche pas !

— Quoi ?

— Comment vas-tu ?

— Ça va.

Je lui raccrochai au nez. Ma fin de journée tranquille à l'agence fut entrecoupée d'une multitude d'appels.

Aucun n'avait donc conscience que certains bossaient le samedi ! Alice, encore. Cédric aussi. Ensuite, ce fut au tour d'Adrien, totalement survolté, puis de Jeanne qui, depuis sa boutique de fringues, s'inquiétait de savoir si son mari avait « fumé la moquette ». Je les rassurai les uns après les autres, leur racontant dans les grandes lignes, chacun son tour, toute l'histoire de Marc.

Ce n'est qu'en rentrant chez moi, à 22 heures, que je réalisai qu'avec leurs conneries j'avais oublié de prévenir le principal intéressé. Marc décrocha après de nombreuses sonneries.

— C'est Yaël. Désolée de t'appeler si tard.

— Pas de problème. Tu vas bien ? me demanda-t-il, prudent.

— Oui. Tout le monde mange sur le Champ-de-Mars demain, si ça te dit ?

— Bien sûr ! Mais ils savent…

— La Terre entière doit être au courant à cette heure-là.

— Si je ne les reconnais pas…

— Tu m'as bien reconnue, moi ! Tu préfères qu'on se retrouve avant, tous les deux ?

— Ça ne t'embête pas ?

— Non. École-Militaire, à 13 heures.

— J'y serai. Merci beaucoup…

— À demain.

Cette journée me fatiguait d'avance. Mais j'allais y trouver mon avantage, toute l'attention serait dirigée sur Marc, j'aurais la paix, et je pourrais m'échapper rapidement.

5

Marc arriva tranquillement, avec un quart d'heure de retard, en tenant sa veste d'une main sur son épaule, il avait troqué ses lunettes en écaille pour des Persol 714. Je lui fis mécaniquement la bise. Prête à traverser, il me retint par le bras.

— On y va, déjà ?

— Tu es en retard, j'ai reçu pas moins de cinq appels et trois fois plus de textos me demandant ce qu'on fabriquait !

— Depuis quand tu es ponctuelle ? Attends… c'est pas facile, là.

Il soupira profondément, en esquissant un sourire paniqué. Puis, il tira sur la fin du mégot de sa roulée, au point que je crus que le filtre allait s'enflammer. Il était vraiment dans ses petits souliers.

— Ça va bien se passer, ne t'inquiète pas.

— Merci.

— On y va.

Nous avions fait une vingtaine de mètres sur la pelouse quand un cri de bête féroce retentit.

— Oh putain ! C'est pas vrai, murmura Marc.

Cédric n'était pas très expansif habituellement, mais là, avec Adrien, pire que des gamins. Mon beau-frère arriva en tête et souleva Marc, avec une force que je ne lui connaissais pas. Lorsque Adrien arriva à son tour, il se jeta sur eux. Les trois s'écroulèrent par terre, en hurlant de rire. Je finis le chemin jusqu'aux filles et aux enfants. Alice, la main sur la bouche, les fixait, des larmes plein les yeux. Jeanne devait expliquer à sa fille, la voix pleine de trémolos, qui était ce grand garçon. Ils nous rejoignirent en se donnant des tapes dans le dos, sur le ventre, en se tenant par le cou. Jeanne s'avança la première, Marc lui sourit et l'embrassa chaleureusement. Puis il remarqua Alice, attendant son tour. Ma sœur avait toujours été la plus douce, la plus discrète, la plus maternante de nous tous. Je crois que, pour elle, Marc était le frère que nous n'avions pas eu. Il fit les quelques pas qui les séparaient.

— Pleure pas, Alice.

— T'es couillon, toi ! lui répondit-elle en se jetant dans ses bras.

— Présente-moi tes enfants, lui demanda-t-il après de longues secondes d'étreinte.

Elle s'exécuta avec enthousiasme. Et, je tombai de haut ; Marius et Léa arrivaient tout joyeux en lançant des « tonton Marc ». Les enfants connaissaient son existence, je n'en savais rien. *C'est la meilleure, celle-là !* Les autres devaient souvent parler de lui. Pendant ce temps-là, Adrien récupéra des bières dans sa glacière toute option, et commença la distribution. Je refusai.

— Fais pas chier aujourd'hui, Yaël ! C'est la fête !

Il me colla d'office une bouteille dans la main et disparut.

— Tu ne sais toujours pas te servir d'un décapsuleur ? me demanda Marc que je n'avais pas entendu arriver.

— Non.

Il me prit la bouteille, et la décapsula avec son briquet.

— À l'ancienne, lui fis-je remarquer.

Il entrechoqua son goulot avec le mien, et nous échangeâmes un sourire.

— Bon retour parmi nous !

Adrien se chargea du toast et tout le monde put se poser dans l'herbe. Je m'assis dans un petit coin. Alice, après avoir installé toutes les réductions salées qu'elle avait dû préparer pour l'occasion, vint à côté de moi, et me tapota la jambe. Je restai silencieuse tout le temps que dura le pique-nique, comme je l'avais prévu, l'attention était tournée vers Marc, et c'était tant mieux : j'avais la paix.

Un peu plus tard, les trois garçons firent un foot avec Marius, aux anges et hyper à l'aise avec « tonton Marc ». Ils couraient tous les quatre, les grands laissaient le petit marquer un but, tout leur semblait si naturel. Mutique, je les observais, les jambes remontées sous le menton, recroquevillée, et j'avais l'impression d'être au cinéma. Un trait venait d'être tiré sur les dix dernières années. Cette scène aurait eu lieu même si Marc n'avait pas disparu du jour au lendemain. J'avais peu de doute sur le fait que l'avenir leur confirmerait que tout était comme avant. En une fraction de seconde, la complicité avait été de retour.

Moi… je ne savais pas trop où me situer. Mais je trouvais ça quand même un peu facile.

Lorsque la partie de foot se termina, Marc s'approcha et s'écroula à côté de moi, comme il l'aurait fait avant.

— Tu ne parles pas beaucoup, aujourd'hui, me dit-il en me regardant de biais. Tu fais toujours la gueule ?

J'arrachai un brin d'herbe et le triturai entre mes doigts.

— J'observe.

— Avant, tu aurais fait du foot avec nous.

— Je ne joue plus à rien, depuis bien longtemps.

— Je ne te crois pas, insista-t-il en me donnant un coup d'épaule.

— Tu as tort.

Mon téléphone sonna à cet instant. C'était Bertrand.

— Oui, me contentai-je de lui dire en bondissant sur mes pieds pour m'éloigner du vacarme des autres.

— J'ai besoin de toi, immédiatement. La remise du prix a lieu à 16 heures, il y a du monde et c'est le moment de nous montrer en force.

— Je fais au plus vite.

Sitôt raccroché, je balayai ma tenue. Heureusement, mis à part le jean, j'étais habillée comme pour aller à l'agence. J'enfilai ma veste de tailleur et récupérai mon sac. Ne me restait plus qu'à sauter dans un taxi.

— Que fais-tu ? me demanda Alice.

— J'ai du boulot, Bertrand m'attend.

— Pas aujourd'hui ! Pas dimanche ! râla-t-elle. Il ne te laisse donc jamais te reposer !

Je me raidis et levai une main vers elle.

— S'il te plaît ! sifflai-je entre mes dents. Pas de morale ! Pas maintenant !

110

— Tu ne peux pas lui dire que tu as une réunion de famille ? suggéra Cédric.

Tu es bouché, ma parole !

— Non ! criai-je en serrant le poing.

Foutez-moi la paix ! Laissez-moi mener ma vie et mon travail comme je l'entends ! Mes nerfs allaient lâcher s'ils continuaient ainsi. Ils ne pigeaient rien. Ils n'avaient aucune idée de ce que je vivais.

— Je vais vous dire une chose, commenta Adrien en se mettant debout. Elle nous emmerde, avec son job ! Rien, pas même ses potes et sa famille, ne l'empêche de décrocher son téléphone, le dimanche, le soir, en pleine nuit. Quand va-t-elle arrêter de nous faire chier ?

Il avait craché sa dernière phrase. C'était la goutte qui faisait déborder le vase.

— C'est bon, ça suffit maintenant ! gueulai-je en les pointant du doigt. Arrêtez de juger ma vie, mes choix ! C'est navrant que vous n'aimiez pas votre boulot, vous ne savez pas ce que vous perdez. Mais foutez-moi la paix !

Je me souvins de la présence de Marc, je fermai brièvement les yeux et me tournai vers lui. Il avait l'air complètement ahuri par ce qui était en train de se passer. Quel spectacle navrant étions-nous en train de lui offrir ? Il allait se rendre compte que, finalement, ce n'était plus comme avant.

— Désolée, je suis attendue… lui dis-je d'une toute petite voix. Je ne voulais pas gâcher la fête, mais j'ai des obligations.

— Eh… ne t'inquiète pas… Je ne t'en veux pas, me répondit-il, visiblement sincère.

Je détournai le regard et tombai sur celui, mauvais, d'Adrien.

— Tu vois ! l'interpellai-je. Marc, lui, ne m'accable pas de reproches.

— Ne te réjouis pas trop vite ! Quand il aura compris que tu n'es plus la même qu'avant, il ne te fera plus de risettes !

Je fis les trois pas qui me séparaient de lui, à la vitesse de l'éclair, et me redressai sur mes talons.

— Toi, c'est sûr, tu n'as pas changé avec ton humour lourdingue à la con ! Marc va vite s'en rendre compte aussi ! Vas-y, fais-toi plaisir ! Taille-moi un costard, depuis le temps que tu te retiens !

— Compte sur moi ! me balança-t-il. Tu es vraiment devenue une sale conne, Yaël.

Ma main se leva. Jeanne eut tout juste le temps de s'interposer entre nous avant que je le gifle.

— Vous allez vous calmer !

Son interruption, imprévisible de sa part, me fit redescendre ; ma main retomba, on aurait pu entendre les mouches voler. Je me sentis acculée par leurs regards à tous les cinq, sans oublier ceux des enfants. Je fis un pas en arrière.

— Je me barre, assez perdu de temps avec vos conneries.

Je tournai les talons et percutai Alice, venue me supplier.

— S'il te plaît, ne pars pas comme ça.

— Je suis fatiguée, lui dis-je en la regardant droit dans les yeux. Fatiguée de vos remarques.

Parce que c'était ma sœur, que malgré tout je l'aimais plus que tout au monde et que je ne supportais pas l'idée que nous soyons brouillées, je l'embrassai.

Et je partis en courant sur mes talons en direction de la rue la plus proche, où je pus héler un taxi, mettant tout en œuvre pour oublier ce qui venait de se passer, sinon j'allais craquer.

Le soir même, après avoir avalé mon somnifère, j'écoutai les messages de mes amis sur mon téléphone. Adrien : « *Bon, je suis un sanguin, tu me connais. Je croyais qu'on allait faire la bringue comme* AVANT AVEC *Marc, tous les trois, ça m'a sérieusement fait chier de te voir faire la gueule toute la journée et que tu te tires pour aller bosser. Tu nous manques.* » Cédric : « *Appelle ta sœur quand tu auras un moment, elle est inconsolable, et moi... je m'inquiète pour toi.* » Jeanne : « *Mon mari est un con, qui a du mal avec les femmes actives ! Mais... si tu pouvais lui dire que vous n'êtes pas fâchés à mort, je crois qu'il serait content... et rassuré.* » Et pour finir, Marc : « *Yaël, je voulais simplement te remercier de m'avoir proposé de venir aujourd'hui. J'avais aussi envie de savoir comment tu allais... J'espère que ta fin de journée au boulot s'est bien passée et... qu'on aura un peu plus de temps, une prochaine fois pour parler tous les deux.* » Leurs messages se voulaient réconfortants, ils eurent pour conséquence d'annuler l'effet du somnifère.

Le lendemain matin, je n'eus pas le temps de m'installer à mon bureau que Bertrand me demandait de venir le rejoindre.

— Félicitations pour hier, me dit-il. J'ai déjà reçu des demandes de devis et de propositions de collaboration. C'est en partie grâce à toi. Beaucoup exigent que tu t'occupes personnellement de leur dossier.

Je pris sur moi pour cacher ma jubilation.

— Merci, me contentai-je de lui répondre.

— La quinzaine qui s'ouvre va être chargée. Ne pas laisser traîner les affaires d'hier, et un très gros contrat est tombé ce matin : un soutien à la négo. Un de nos meilleurs clients investit dans une société étrangère.

C'est bon, ça ! J'allais véritablement me remettre en selle ! J'étais dans la course. Je me redressai dans mon fauteuil.

— Très bien.

— Nous ne serons pas trop de deux. Je ne veux prendre aucun risque, tu vas aller récupérer le dossier là-bas, pas un coursier.

— J'y vais tout de suite, le mieux est qu'on se mette au travail rapidement. Qui est le client ?

— Gabriel.

Je me sentis blêmir : je détestais ce type, et je détestais encore plus travailler pour lui. Ses deux activités principales étaient la gestion de patrimoine et donc l'investissement dans des sociétés. Il jouait avec l'argent comme si c'était des bonbons, se croyait tout permis et avait des attitudes de sale gosse. Mais il était doué, très doué. C'était ma bête noire et, bien qu'il ne me porte pas particulièrement dans son cœur, il s'évertuait en permanence à me réclamer. Une fois de plus le revers de la médaille ; ça pouvait avoir ses inconvénients d'être la meilleure ! Cependant, j'allais mettre mes rancœurs de côté, c'était l'occasion de briller et peut-être que Bertrand évoquerait à nouveau l'association.

À 9 h 45, je sonnai à l'interphone du premier étage de l'immeuble, près de la Madeleine, où se situaient ses bureaux. La porte s'ouvrit automatiquement. Je dus patienter à l'accueil sous les regards vicelards des employés. À croire qu'il les recrutait sur leur capacité à reluquer les femmes qui passaient par là. Puis je finis par entendre sa voix éraillée, mon corps se tendit, mes poings se fermèrent et mon calvaire débuta :

— L'interprète la plus souriante du monde est là ! Je suis sauvé.

— Ça suffit ! lança une voix féminine.

Je reconnus sa femme, l'ayant déjà croisée à plusieurs reprises. Elle était magnifique, avec un sourire délicat, un regard clair, malicieux, et des cheveux savamment coiffés qui donnaient l'impression qu'elle les avait attachés en deux temps, trois mouvements. Un rien l'aurait habillée. Mais elle ne s'habillait pas avec rien. C'était une créatrice de mode de talent, son carnet de commandes était plein en permanence, il fallait plusieurs mois pour obtenir un rendez-vous avec elle et ses petites mains. Cette femme était la classe et l'élégance incarnées. Comment pouvait-elle supporter un goujat pareil ?

— Bonjour, Yaël, je ne sais pas si vous vous souvenez de moi. Je suis Iris, la femme de Gabriel, se présenta-t-elle gentiment.

— Ravie de vous revoir, Iris.

J'avais une réelle sympathie pour elle. Si j'avais eu le temps, et si elle n'était pas mariée avec ce sale type, j'aurais aimé m'en faire une amie.

— Il faut que vous passiez à l'Atelier, ça me ferait plaisir, vraiment. J'aurais de nombreuses tenues à vous proposer, aussi ravissantes que celle que vous portez aujourd'hui, d'ailleurs.

— Iris, mon amour, cette fille est une machine. Tes créations méritent la lumière, sur elle tout devient terne !

Elle se tourna vivement vers lui, se redressant sur ses douze-centimètres, et le fusilla du regard.

— OK. C'est bon ! dit-il en levant les mains en l'air, un rictus aux lèvres. Allons travailler, très chère Yaël.

Sa fausse courtoisie me donnait envie de vomir. Et dire qu'il se croyait drôle ! *Connard fini !*

— Surtout, ne le laissez pas vous marcher sur les pieds, ajouta Iris en désignant son mari. Je vous attends à l'Atelier.

— Merci pour la proposition.

— C'est un ordre, Yaël.

Elle ne plaisantait pas et devait être redoutable en affaires. Elle était l'exemple même d'une main de fer dans un gant de velours. Puis elle se tourna vers Gabriel :

— Tu me retrouves pour déjeuner ? Je demande à Jacques de s'occuper de la réservation ?

— Je n'attends que ça, lui dit-il en l'attrapant par la taille.

Ce genre de choses me laissait de marbre en temps ordinaire, mais il faut avouer que l'amour était palpable, électrique, entre ces deux-là. Ils s'embrassèrent à pleine bouche, comme s'ils se quittaient pour des semaines, au point qu'ils réussirent à me mettre mal à l'aise. Iris s'éloigna de lui, visiblement à contrecœur, et prit le chemin de la sortie.

— Tiens-toi bien ! ajouta-t-elle à son intention avec un rire cristallin.

Gabriel ne la lâcha pas des yeux jusqu'à ce que la porte se referme sur elle. Il poussa un soupir à réveiller les morts.

— Ah… ma femme… Vous devriez en prendre de la graine, Yaël.

Je fis le choix de me taire.

— Dans mon bureau, tout de suite ! m'ordonna-t-il, brusquement sérieux.

Je le suivis, et m'installai dans la chaise lui faisant face. Il se vautra dans son fauteuil, la joue appuyée sur une main, et me fixa. S'il croyait m'impressionner, c'était raté. Je croisai les jambes en le défiant du regard.

— Ça ne me réjouit pas de travailler avec vous, m'informa-t-il.

— Dites-le à Bertrand.

— Vous êtes la meilleure, il le sait, je le sais.

Dans les dents !

— Eh bien, dans ce cas, nous devrons nous supporter.

— Vous êtes froide, mécanique, lugubre, impénétrable. Je ne vous ai jamais vue sourire depuis que je vous connais. Ça vous arrive de vous envoyer en l'air ?

— Comment… comment osez-vous ? criai-je en me levant d'un bond.

Lui ne se départit pas de sa mine satisfaite de voyou.

— En même temps, si vous baisez comme un robot, il doit s'emmerder, le mec !

Contiens-toi, Yaël.

— Si vous avez besoin de moi, tenez-vous correctement. Nous sommes là pour évoquer votre négociation et pas ma vie privée.

Son air provocateur disparut de son visage, il m'observa des pieds à la tête. Je serrai les poings pour faire cesser le tremblement de mes mains.

— Vous me faites de la peine, Yaël. Sincèrement.

Sur l'instant, je le crus, et ça me désarçonna.

— Juste un petit conseil : mettez un peu de passion dans votre vie, détendez-vous, vivez un peu, et tout ira mieux. Vous serez meilleure encore. Maintenant, prenez le dossier. Si vous avez des questions, contactez-moi.

Il me tendit une pile de documents, et se leva pour m'escorter jusqu'à la sortie.

— C'est toujours un plaisir d'échanger avec vous, Yaël.

Il referma la porte. Je demeurai de longues secondes paralysée, sur le palier, me demandant ce que j'avais fait pour mériter ça. Je me retins de mettre un coup de pied dans le mur pour me défouler. Il allait falloir que j'investisse dans un punching-ball. Hier, mes amis qui s'étaient acharnés sur moi. Aujourd'hui, ce sale type qui venait de me traiter de frigide et qui me parlait de passion. J'étais passionnée par mon métier, ça me suffisait. De quoi avais-je besoin de plus ? J'avais quinze jours pour prouver que c'était moi qui avais raison. Gabriel s'excuserait à la fin de sa négociation, j'allais lui montrer que j'en avais. Quant à mes amis, ils réaliseraient enfin ce que signifiait l'agence pour moi.

Les dix jours qui suivirent, vu le peu d'heures de sommeil que je m'accordai, j'aurais pu passer mes nuits à l'agence. Je n'y étais jamais seule puisque Bertrand tenait, évidemment, le même rythme que moi. Il me proposa de me faire relayer par un collègue pour mes autres clients, je refusai, sachant gérer une période de rush, j'aurais tout le temps de me reposer après. Nous parlions peu, si ce n'est de l'affaire de Gabriel où nous serions en tandem, son dossier devant être épluché dans les moindres détails, jusqu'à l'alinéa microscopique en fin de proposition de contrat ; il fallait tout connaître, tout comprendre, pour que rien ne nous échappe. Gabriel passa régulièrement à l'agence, sur demande de Bertrand ou de son propre chef pour s'assurer de notre avancée. Entre nous, c'était la guerre froide ; durant les points que nous faisions tous les trois, nous ne nous adressions la parole qu'au sujet de l'affaire, il ne fit plus aucune remarque douteuse, de mon côté, je restai hyper concentrée.

Le samedi soir, aux alentours de 22 heures, j'étais à mon bureau quand Bertrand vint me chercher.

— Viens dîner.

Ma tablette en main, je rejoignis la *kitchen* et m'installai sur un des tabourets de bar de l'îlot central, en face de Bertrand. Je pris le temps d'observer mon patron. Son visage était fermé et concentré sur l'écran. Fatigué, tout comme le mien, sans doute. Il dut sentir que je le regardais, il leva les yeux et les planta dans les miens. J'y lus de la détermination. Ne voulant pas qu'il décèle la plus petite part de lassitude chez moi, je piquai du nez. Il fit glisser vers moi un plateau en travers du bar. Quatre sashimis suffirent à me rassasier, je jetai ma barquette, nettoyai ma place et m'apprêtai à retourner à mon bureau.

— Rentre chez toi, m'ordonna tout d'un coup Bertrand.

Hallucinée, je fis volte-face, il m'observait avec attention. Croyait-il que j'allais craquer sous la pression ?

— Non, je vais rester encore un peu.

— Il est tard, on a été là toute la journée, et je suppose que tu reviens demain ? finit-il avec un demi-sourire.

— Exact.

— Va te coucher, et ne viens pas aux aurores demain matin. Je t'appelle un taxi.

Que lui prenait-il ? Travaillant une partie de la nuit sur mes dossiers, je dormis à peine cinq heures. C'était presque un record en comparaison des nuits précédentes, et ça me requinqua. En avalant un café, j'écoutai les messages qu'Alice m'avait laissés dans la semaine. Rien de bien neuf sous le soleil, tout le monde allait bien, Marc avait, semble-t-il, repris ses marques à vitesse grand V. Ce jour-là, ils faisaient un barbecue chez Adrien et Jeanne, j'y étais attendue si je le souhaitais. Eh bien, ils se passeraient de moi, c'était certainement mieux ainsi, je ne souhaitais pas plomber à nouveau l'ambiance entre eux.

À 9 heures, je poussai la porte de l'agence, bien silencieuse et déserte. Bertrand n'était pas arrivé. Peut-être ne viendrait-il pas ? Quinze minutes plus tard, je ris intérieurement, la porte d'entrée s'ouvrit. Comment avais-je pu imaginer qu'il s'accorderait une grasse matinée dominicale ?

— Petit déjeuner ! m'annonça-t-il.

Un sachet de croissants atterrit sur mon bureau. Je levai le nez de mon écran et fus totalement désarçonnée.

Ce fut plus fort que moi, je m'écroulai dans le fond de mon fauteuil. Bertrand était en tenue de sport, en sueur, de retour de son running, et tout signe de fatigue avait disparu chez lui.

— Je t'avais dit de dormir ce matin, me reprocha-t-il, un sourire aux lèvres.

— Pour éviter que je vous voie dans cette tenue ? rétorquai-je sans prendre le temps de réfléchir.

— Je perds toute ma crédibilité, c'est ça ? me dit-il en éclatant de rire.

Je me redressai vivement, surprise par ma repartie.

— Absolument pas ! Je vais faire un café.

— Merci.

Je venais de remplir nos deux tasses quand il revint de sa douche. Je l'avais toujours suspecté de dormir de temps en temps sur le canapé de son bureau, j'en avais la confirmation.

— Je savais que je te trouverais là à mon retour, me dit-il en s'asseyant en face de moi. C'est agréable et indispensable d'avoir quelqu'un sur qui compter. Je te remercie.

— Ne me remerciez pas, c'est mon job, et j'aime ça.

Il me scruta longuement, puis secoua la tête.

— Au travail !

*
* *

Jour J. Nous y étions enfin, j'étais prête à entrer dans l'arène. J'avais tout organisé pour n'avoir à subir aucune contrariété durant la négociation. Pourtant à 9 h 30, une demi-heure avant que ça commence, un détail m'irrita en passant devant le bureau de mon assistante.

— C'est quoi, ça ? lui demandai-je sèchement en désignant une enveloppe.

Elle leva un visage paniqué vers moi.

— Euh… euh…

— Vous deviez faire partir ce pli par coursier dans les plus brefs délais. N'avez-vous pas lu mon mail ?

— Mais… Yaël… je… vous m'avez écrit à 22 heures, hier soir… Je n'étais plus au travail…

— Ce n'est pas une excuse ! m'énervai-je. *Urgent !* Ça signifie quelque chose pour vous ? En quelle langue dois-je le dire pour que vous percutiez enfin ?

— Le coursier va arriver dans quelques minutes, me dit-elle, la voix tremblante.

— On est déjà en retard ! Oh non… ce n'est pas vrai, poursuivis-je en la voyant se mettre à pleurer.

— Yaël, m'interpella le responsable du service de traduction.

Je lui fis face, en croisant les bras. *Que me voulait-il, celui-là ?* Certains jours, je me demandais ce qu'il faisait à part se balader dans l'open space en se tournant les pouces.

— Quoi ? aboyai-je.

— Je crois qu'elle a compris, me dit-il en désignant mon assistante.

— Tu n'as pas à t'en mêler, lui rétorquai-je sèchement. Je suis sa supérieure.

Puis vers ma pleureuse :

— Il faut vous endurcir et vous mettre enfin au travail. Rapidement !

Je rejoignis mon bureau en me massant les tempes. Ces imbéciles n'allaient quand même pas me déclencher une migraine ! Je leur jetai un regard noir par-dessus mon épaule ; il lui tapotait le dos en la réconfortant. À croire qu'on venait de lui apprendre qu'elle était atteinte d'une maladie incurable.

À 10 heures, tout le monde était autour de la table, prêt à attaquer la négociation. D'un côté, Bertrand et moi entourions Gabriel, accompagné de deux de ses collaborateurs et de trois avocats. De l'autre, la partie adverse, avec interprètes et conseillers, se révélant elle aussi extrêmement bien préparée, tenace, et ne voulant rien lâcher. Bertrand se chargeait d'interpréter en français pour notre client, j'étais la seule à parler en anglais et à m'adresser directement à nos interlocuteurs. Au soir du deuxième jour, un accord commençait à se dégager, à la grande satisfaction de tous. Gabriel nous invita Bertrand et moi à dîner une fois que nous fûmes seuls en salle de réunion. Mon patron accepta, et se tourna vers moi.

— Je vous remercie, mais je préfère revoir les derniers points pour demain.

— Vous faites du zèle, ricana Gabriel.

— On verra si c'est du zèle quand vous serez satisfait de votre accord !

La hargne de ma remarque et l'agressivité émanant de mon corps me surprirent.

— Détendez-vous, Yaël ! Si je vous propose de dîner ce soir, c'est justement parce que je suis satisfait. Vous avez été parfaits, tous les deux. Accordez-vous une pause.

— Je ne te laisse pas le choix, insista Bertrand.

Ce dîner était un vrai supplice, j'avais le sentiment de perdre mon temps. J'aurais pu être au bureau, en train de travailler, de me préparer pour la dernière journée, ou encore de tenter de rattraper le retard accumulé sur les autres dossiers. Au lieu de ça, je devais les écouter parler de tout et n'importe quoi. À croire qu'ils faisaient exprès d'évoquer tout ce qui ne concernait pas le dossier. Pourquoi étaient-ils si légers ? Comment réussissaient-ils à parler affaires avec distance ? Et d'où provenait leur appétit ? Je triturais le contenu de mon assiette avec ma fourchette, rien ne passait, il me fallait plusieurs minutes pour réussir à avaler ne serait-ce qu'une bouchée. À un moment, ils éclatèrent de rire tous les deux, parfaitement détendus, sans que j'en comprenne la raison. Je les écoutai plus attentivement, Bertrand interrogeait Gabriel sur la réussite fulgurante de sa femme.

— D'ailleurs, Yaël, Iris vous attend toujours à l'Atelier. Bertrand, accordez-lui une petite pause pour qu'elle aille se détendre et se rhabiller chez ma femme !

— Elle n'a pas besoin de mon autorisation ! C'est même une bonne idée !

Mon patron devenait dingue…

— Remerciez-la pour moi, mais je n'ai pas le temps.

Bertrand secoua la tête, dépité, je me braquai davantage.

— Vous n'êtes vraiment pas drôle, compléta Gabriel.

Comment pouvaient-ils tous les deux être si éloignés de l'enjeu du dossier ? Au moment du dessert, j'eus des bouffées de chaleur, mes mains devinrent moites, le bout de mes doigts gelé. Le moindre bruit de couvert résonnait dans mon crâne. Je serrai les dents, ne prononçant plus une parole jusqu'à la fin. La délivrance arriva – heureusement, car je n'aurais pas pu tenir plus longtemps. Bertrand fit appeler des taxis pour nous deux, Gabriel se déplaçant exclusivement à moto.

Je réussis à retenir mes nausées jusqu'à chez moi. La nuit fut épouvantable ; après le maigre repas, je ne vomis que de la bile, n'ayant plus rien dans l'estomac. J'étais si faible que, lorsque ça se calma, je restai assise par terre à côté des toilettes, les bras accrochés à la cuvette. Je vis les minutes et les heures défiler les unes après les autres. Je réussis à gagner mon lit et à m'assoupir vers 5 h 30. Quand le réveil sonna, la migraine reprit de plus belle. Je mis plusieurs minutes à m'asseoir dans le lit et, lorsque je réussis enfin à me mettre debout, ça tangua dangereusement. En prenant appui sur les murs, je parvins jusqu'à la salle de bains et m'accrochai au lavabo pour éviter de tomber. Je me regardai dans le miroir : mon reflet me terrorisa, je n'étais pas pâle, j'étais cadavérique, les cernes me mangeaient le visage. Vu mon état, je dus me résoudre à ne pas aller nager, alors que c'était d'habitude l'unique moyen pour me détendre et me donner des forces. Je mis plus d'une heure à me préparer, tant je me sentais mal et qu'il y avait du travail pour être présentable. C'était peine perdue, malgré la couche de fond de teint, rien n'y faisait, je n'avais toujours aucune couleur. En enfilant ma jupe crayon noire, je remarquai que je flottais dedans. Quand avais-je maigri à ce point-là ? Une fois perchée sur mes talons aiguilles, je ne me sentis pas stable du tout. Je n'avais pourtant pas le choix, il était hors de question que je flanche si près du but. Avant de partir, j'avalai un cocktail d'aspirine et de Guronsan en croisant les doigts pour que ça ne ressorte pas. Lorsque je donnai l'adresse de l'agence au chauffeur de taxi, je ne reconnus pas ma voix, ce qui ne l'empêcha pas de résonner dans mon crâne au supplice. Durant le trajet, je fermai les yeux, m'appliquant à respirer profondément et lentement. J'utilisai le peu de force à ma disposition pour faire le vide autour de moi. Cependant, le combat contre les frissons et les sueurs froides accaparait toute mon énergie.

En pénétrant en salle de réunion, je dus me rattraper au chambranle de la porte, saisie d'un étourdissement.

— Tu as un problème ? me demanda Bertrand que je n'avais pas remarqué juste derrière moi.

— Non, non, je vous assure, tout va bien, réussis-je à lui répondre d'une voix presque éteinte.

— Ça m'étonnerait, constata-t-il froidement. Je peux finir seul, aujourd'hui…

— Surtout pas !

— Tu ne me caches rien ?

— Non, bien sûr que non.

Il secoua la tête, ne croyant pas un mot de ce que je lui disais. Ça n'allait pas du tout, mais vraiment pas. Je pris place à gauche de Gabriel, Bertrand à droite. Je posai mes mains sur la table, elles se mirent à trembler, je les cachai sur mes genoux, à l'instant où je surpris le regard de mon patron rivé sur elles. La rage me saisit ; mon corps me lâchait au moment le plus critique. Je mobilisai toutes mes capacités de concentration, en oubliant tout ce qui n'était pas le dossier, je devins sourde aux battements irréguliers de mon cœur, je serrai les poings, me redressant et regardant la partie adverse bien en face. Malgré tous mes efforts, je n'arrivais pas à me mettre en condition de travail ; je cherchais compulsivement des éléments dans mes notes, je bafouillais, je parlais franglais, tripotant mes mains, clignant régulièrement des yeux pour les maintenir ouverts. Bertrand me corrigea à plusieurs reprises. À l'heure du déjeuner, mon patron ayant déserté la table, je dus assurer la conversation et faire le relais entre Gabriel et son futur associé autour des plateaux-repas que nos assistantes avaient fait livrer. Avant de reprendre, certains allèrent se dégourdir les jambes, j'en profitai pour m'esquiver aux toilettes, à l'abri des regards. La nausée ne revenait pas, à mon grand soulagement, le peu que j'avais picoré resterait probablement en place cet après-midi. Plus qu'une poignée d'heures et je pourrais me reposer. Ce constat me frappa, j'avais envie et peut-être même besoin de me reposer. Sauf qu'il était hors de question de faiblir maintenant. Je me promis de rentrer plus tôt dès que l'occasion se présenterait, pour avoir le temps d'avaler un somnifère et m'accorder une plus longue nuit de sommeil. Si j'étais sur les nerfs, c'est parce que j'avais été flemmarde ce matin, en renonçant à mes longueurs. En revenant dans l'open space, je remarquai Bertrand en pleine conversation avec mon assistante, ils me regardèrent tous les deux.

— Vous avez besoin de moi ? leur demandai-je.

La bécasse baissa les yeux. J'étais peut-être affaiblie, mais quand même.

— Non, retourne en salle de réunion, je te rejoins, me lança Bertrand sans plus se préoccuper de ma présence.

Sur le chemin, je jetai un coup d'œil par-dessus mon épaule dans leur direction, saisie d'un mauvais pressentiment. Un détail m'avait échappé. Bertrand ne tarda pas à regagner sa place, lançant le signal de départ de la dernière partie. Gabriel prit la parole, je m'apprêtai à traduire en anglais à nos interlocuteurs, lorsque Bertrand me coupa la parole, avant même que ma bouche s'ouvre. La gorge soudainement nouée, je lui lançai un regard discret ; celui qu'il me renvoya fut lourd de sens, il prenait le relais et assurerait la totalité de l'après-midi.

À partir de là, je n'entendis plus rien, les sons, les visages étaient entourés de brouillard, comme si j'étais dans un rêve où tous les contours, flous, disparaissaient en fumée. La seule chose dont j'avais une conscience aiguë était que mes yeux se remplissaient de larmes par moments, et je puisais dans le peu de volonté qu'il me restait pour les empêcher de rouler sur mes joues. J'aperçus le responsable du service traduction de l'agence pénétrer dans la salle de réunion et confier des copies du futur contrat à chacune des parties, pour relecture à tête reposée avant la signature qui aurait lieu la semaine suivante. Tout le monde se leva, les mains se serrèrent, Bertrand d'un simple regard m'intima l'ordre d'aller dans son bureau. Je les laissai sortir de la pièce avant de traverser l'open space, désert à cette heure-ci, un vendredi soir. En attendant son retour, je restai plantée au beau milieu de son antre, les bras ballants.

— Alors, Yaël, un petit coup de mou ? me demanda Gabriel, arrivé seul.

Muette, je lui accordai un regard larmoyant.

— Vous voyez, j'avais raison quand je vous disais de vous détendre. Si vous continuez comme ça, vous allez flancher…

Il me tendit la main, je la serrai mollement.

— Je vais retrouver ma femme, m'apprit-il. Le meilleur moment de la journée ! À la semaine prochaine.

Il disparut. Je ne comprenais vraiment pas ce type ; il venait de remporter un contrat exceptionnel pouvant lui faire récolter des millions, et il me parlait de sa femme, à croire que c'était le but de sa journée. Et c'était lui qui me disait que je flanchais… Totalement faux. Je devais commencer par m'excuser auprès de Bertrand. Puis, après une bonne nuit de sommeil, tout serait réglé et je pourrais reprendre le rythme.

— Assieds-toi, m'ordonna Bertrand en pénétrant dans son bureau.

Je sursautai et, une fois assise, me mis à trembler. Il traversa la pièce d'un pas déterminé, le visage fermé, desserra sa cravate et balança violemment un dossier sur une étagère. J'étais terrifiée, c'était la première fois que ça m'arrivait. Je tripotai mes mains nerveusement.

— Que puis-je faire pour me rattraper ? lui demandai-je avec un filet de voix.

— Ne plus mettre les pieds ici, les trois prochaines semaines.

Je redressai brusquement la tête. Il me fixait durement.

— Quoi ?! Non, Bertrand ! Vous ne pouvez pas me faire ça !

— Je suis ton patron ! J'ai tous les droits. J'ai vérifié ce midi, ça fait quatre ans que tu n'as pas pris un seul jour de congé. Tu es à bout ! finit-il en tapant du poing sur la table.

— C'est juste un coup de fatigue, quelque chose qui n'est pas passé. Je vais me ressaisir et revenir en forme lundi ! Ce n'est rien !

Mâchoires tendues, il inspira profondément sans me lâcher du regard.

— Ne discute pas, assena-t-il d'un ton tranchant.

Je me levai violemment, ça tanguait à nouveau.

— Je vous en prie ! criai-je, me moquant du vertige. Ne me retirez pas votre confiance.

— Ce n'est pas une question de confiance, Yaël. Tu franchis la ligne rouge. Je t'ai observée ces dernières semaines, chaque jour, tu arrives à l'agence plus fatiguée que la veille. Tu as une mine de déterrée, tu fais peur à voir. Volontaire, tu l'es. Mais à quel prix ? Tu ne t'en rends même pas compte, mais tu agresses tes collègues, qui ne savent plus comment s'adresser à toi, ils te fuient, se plaignent de ton comportement. Certains ne veulent plus travailler avec toi.

Je le fixai, tétanisée, je ne comprenais pas comment la situation avait pu se détériorer si rapidement et sans que je m'en rende compte.

— Je regrette d'avoir évoqué avec toi cette idée d'association.

Le sol s'ouvrit sous mes pieds. J'étais en train de perdre tout ce pour quoi je me battais depuis des mois. Je m'écroulai sur ma chaise, la tête entre mes mains, en larmes. Je sentis la présence de Bertrand à proximité ; il s'accroupit en face de moi, et attrapa mes poignets pour que je le regarde.

— Tu n'as pas su gérer ton stress ni prendre soin de toi pour tenir le coup. Résultat des courses, je dois me passer de toi et ça ne m'arrange pas. Je n'ai pas le choix et pas de temps à perdre. Tu es en train de te rendre malade, et je ne peux pas toujours te surveiller pour anticiper tes conneries lorsque tu accompagnes nos clients. Tu prends trois semaines de congés, à partir de maintenant. Va chercher tes affaires et rentre chez toi.

Il se remit debout et retourna derrière son bureau.

— Je serai là, lundi, lui annonçai-je.

Il planta un regard dur dans le mien.

— Ne m'oblige pas à prendre une décision plus radicale.

Ma respiration se coupa, je mis ma main devant ma bouche. Ça virait au cauchemar. Vaincue, j'étais vaincue, ne me restait plus qu'à obéir à mon patron, mon patron qui préférait se passer de moi. Le dos courbé, les épaules rentrées, je pris la direction de la sortie.

— Repose-toi, Yaël, l'entendis-je me dire alors que je refermais la porte de son bureau.

Je ne voulais pas me reposer, je voulais travailler, encore et encore. Je récupérai mon sac à main, regardai l'agence comme si c'était la dernière fois. Ces trois cents mètres carrés étaient davantage chez moi que mon appartement, il n'y avait que là où je me sentais bien, à ma place, rassurée, sûre de moi. Je restai plus de vingt minutes sans bouger sur le trottoir au pied de l'immeuble. Il était plus de 20 h 30, que pouvais-je faire d'autre que d'espérer me réveiller de ce cauchemar ?

— Je peux vous aider, mademoiselle ? me demanda un passant.

Son inquiétude me fit comprendre que mes joues étaient toujours ravagées par les larmes. Depuis combien de temps n'avais-je pas pleuré ainsi ? Ni même pleuré tout court ?

— Non, lui répondis-je méchamment pour qu'il me laisse en paix.

Je sentis mon téléphone vibrer dans mon sac, je balançai son contenu à mes pieds en me mettant à quatre pattes, sur le trottoir. Il regrettait, ça ne pouvait être autre chose.

— Bertrand ! pleurai-je dès que je décrochai.

— Yaël ! me dit la voix toute joyeuse d'Alice.

— Oh, murmurai-je, c'est toi…

— Mon Dieu ! Yaël ! Que t'arrive-t-il ?

— J'ai fait une connerie au boulot ! criai-je. Et Bertrand m'a mise en congé, je suis complètement perdue, je ne sais pas quoi faire.

Je me mis à faire les cent pas sur le trottoir, en sanglotant.

— Oh… tu m'as fait peur, souffla-t-elle dans le combiné. Calme-toi. Tu vas prendre un taxi et venir nous rejoindre, on est tous ensemble, ça va te faire du bien.

— Je ne veux voir personne, je vais rentrer chez moi.

— Je te préviens, si tu n'es pas là dans l'heure, on vient te chercher !

Toute négociation semblait inenvisageable.

— Je n'ai pas de voiture, je n'ai pas le courage de venir jusqu'à chez vous.

— Ça tombe bien, on est chez Marc. Il paraît qu'il t'a laissé un message et que tu ne l'as pas rappelé.

Que venait faire Marc dans cette histoire ? *Marc par-ci, Marc par-là !* Ils n'avaient que ce prénom à la bouche ! Maintenant, ça me revenait, j'avais bien vu qu'il avait essayé de m'appeler. Je cessai de marcher.

— Attends, je te le passe ! Marc !

— Non, lui répondis-je, trop tard.

— Yaël ?

— Bonsoir.

— Tu viens, finalement ?

— Ça ne sert pas à grand-chose, je ne suis pas en forme.

— Raison de plus ! J'habite au-dessus de la brocante. Tu te souviens de l'adresse ?

— Oui.

— À tout de suite.

Et il raccrocha. Dans la seconde qui suivit, je reçus un SMS de ma sœur : « Les garçons sont prêts à venir te chercher. » « J'arrive », lui répondis-je, contrainte et forcée. Quand Alice prenait les choses en main, il n'y avait rien à faire d'autre que de lui obéir. Pourtant, j'avais envie d'y aller comme de me pendre. De toute façon, où que je sois, j'aurais eu la même envie de me tresser une corde.

Vingt minutes plus tard, le taxi me déposait devant la brocante.

— Je viens t'ouvrir ! me cria Marc d'une fenêtre du premier étage.

Quelques secondes lui suffirent pour descendre, je distinguai sa silhouette se mouvoir dans la pénombre de sa boutique, dont il finit par ouvrir la porte, le sourire aux lèvres.

— Tu ne vas pas rester là, sur le trottoir ?

À contrecœur, je franchis le seuil. Il ne put que remarquer ma sale tête, il ne dit rien. Pourtant, il y avait matière. Je n'avais pas eu le courage de me remaquiller dans le taxi, j'avais concentré mes efforts pour cesser de pleurer, refusant que mes amis me voient ainsi. Vu l'agitation de ses mains et son attitude de plus en plus coincée, il ne savait pas trop comment s'y prendre.

— Alice nous a dit que tu avais eu un petit problème au boulot ?

— C'est pire que ça ! Mon patron m'a mise en congé.

Ses épaules tombèrent et il me regarda, l'air interloqué.

— Ah bon ! Ce n'est que ça ! Tu devrais t'en remettre. Les vacances, ce n'est pas si horrible que ça.

Il éclata de rire et ajouta :

— Qui se plaint d'être en vacances !

Ça y est, il était détendu, lui ! Affligée, je levai les yeux au ciel. Comment avais-je pu imaginer une seule seconde qu'il comprenne ?

— Laisse tomber, tu ne peux pas comprendre.

— Il n'y a pas grand monde qui te comprenne, j'ai l'impression. Faudra que tu m'expliques, me dit-il avec un sourire en coin. Suis-moi.

Il m'attrapa par la main et m'entraîna dans la brocante, je me dégageai vivement. J'étais encore capable de marcher sans l'aide de personne. Sauf que je n'avais pas fait dix pas que je me cognai violemment le bras contre un meuble.

— Aïe !

— Tu veux que j'allume ?

— Ranger serait une meilleure idée ! Je n'ai jamais vu un bordel pareil !

— C'est ce qui fait le charme de l'endroit, on n'est pas chez Ikea ici. Viens par là.

Il passa un bras dans mon dos pour me guider jusqu'à une porte tout au fond qui menait à l'escalier de l'immeuble, je me laissai faire. Avant de pénétrer chez lui, je marquai un temps d'arrêt, sentant mes nerfs craquer à nouveau. Je regrettais d'être venue ; j'aurais donné n'importe quoi pour pouvoir aller me terrer quelque part, seule, sans personne à qui parler. J'entendais des éclats de rire, de la musique. La main de Marc sur mes reins me força gentiment, mais sûrement, à avancer. L'appartement me sembla assez grand, une entrée menait au séjour, dont les deux fenêtres donnaient sur la rue, et j'eus le sentiment de plonger dans une série TV des années 1960. À commencer par la lampe Arco. Un grand canapé en palissandre et cuir vert olive occupait une partie de l'espace, flanqué d'une table basse Le Corbusier, avec en vis-à-vis un fauteuil et une chauffeuse en tissu chiné moutarde. Qui aurait pu imaginer que Marc vivrait un jour dans un endroit pareil ? Ça n'était pas à mon goût bien sûr, il y avait beaucoup trop de choses, mais on sentait qu'il avait mis un soin particulier dans l'aménagement et la déco de son appartement. Ça ne ressemblait en rien à l'image que j'avais de lui. Comme nous tous, il avait changé. J'eus le temps de dire bonjour à tout le monde, de m'asseoir dans le canapé et de prendre le verre de vin rouge que me tendit Marc avant que les remarques fusent.

— Je propose qu'on trinque aux vacances de Yaël !
dit Adrien en se levant. C'est un miracle qui vient de
se produire.

— Tu es le roi des cons ! Pour moi, c'est un cauchemar !

Ma voix se brisa, je baissai la tête et serrai les
poings.

— Je risque de perdre mon boulot, leur annonçai-
je, lugubre.

— Est-ce que quelqu'un peut lui expliquer la différence entre des vacances et se faire virer ? hurla
Adrien, les deux mains sur le sommet de son crâne.

— Il ne t'a pas viré, me dit Cédric. Il t'a demandé
de prendre des congés, ça n'a rien à voir. Finalement,
il n'est peut-être pas si con.

Je le fusillai du regard. Ils me fixaient tous comme
si je débarquais d'une autre planète, une fois de plus
personne ne faisait d'effort, la gravité de la situation
leur passait au-dessus. Alice vint s'installer à côté de
moi, et m'entoura de ses bras. *Pousse-toi, Alice. Ne
me touche pas. Ça m'étouffe.*

— Je comprends que tu sois triste, mais ça va te
faire du bien.

— Non ! Non ! Tu ne captes rien ! lui renvoyai-je,
la voix trop haut perchée, cassée. Que veux-tu que je
fasse pendant trois semaines ?

— Viens avec nous !

— *Yes !* cria Adrien.

— Oh oui, intervint Jeanne en applaudissant. Ça va
être super ! Des vacances tous ensemble !

— De quoi parlez-vous ? leur demandai-je en me
détachant enfin d'Alice.

— On part dimanche, tu le sais, je te l'ai dit.

136

Je n'en avais aucun souvenir.

— Vous êtes tous en vacances ?

— Yaël, beaucoup de personnes le sont, le 31 juillet ! m'informa Cédric.

Il venait de me remémorer quelque chose, nous étions au cœur de l'été.

— Tu en fais une de ces têtes ! me dit Marc. Tu n'étais pas au courant que c'étaient les vacances ? Avant, tu ne pensais qu'à ça !

Cédric lui fit signe de se taire par mesure de sécurité. Je piquai du nez et tripotai mes mains, sidérée par cet oubli. Je n'assimilais pas l'été, la hausse des températures ni le soleil aux vacances… En dehors des conséquences sur mon travail, l'été n'existait pas pour moi.

— Non, avouai-je. De toute façon, je ne vais pas m'incruster.

— Je le fais bien, moi ! m'apprit Marc.

Je redressai vivement la tête et nos regards s'accrochèrent. Des vacances tous ensemble, comme avant, avec lui, sauf que plus rien n'était comme avant. Cette idée était étrange et perturbante. Il esquissa un sourire.

— Et puis, Yaël, ce n'est pas comme si ce n'était pas un peu chez toi qu'on partait, compléta doucement Jeanne, ce qui me fit détourner le regard de Marc.

— Je ne comprends rien, où partez-vous ?

Alice se leva et s'accroupit devant moi en attrapant mes mains dans les siennes.

— À ton avis ? Où veux-tu qu'on parte ?

Ma bouche s'ouvrit toute seule, sans que je réfléchisse, ça venait de loin, de très loin.

— À la Petite Fleur…

Elle hocha la tête, visiblement heureuse. La Petite Fleur était la maison de vacances de mes parents, dans le Luberon, à Lourmarin. Cette maison s'appelait ainsi en souvenir d'un voyage humanitaire que mes parents avaient fait en Éthiopie, Alice avait d'ailleurs été conçue là-bas. Ils étaient tombés amoureux du pays, de ses habitants et de la capitale, Addis-Abeba, qui signifiait la Petite Fleur. Depuis, ils étaient toujours très actifs dans une association caritative, porteuse de projets humanitaires là-bas. Mon père avait hérité du terrain à la mort de nos grands-parents, dont je me souvenais à peine. Cette maison, il l'avait quasiment construite de ses mains durant notre enfance. Il avait allié matériaux modernes et anciens ; les grandes baies vitrées contrastaient avec les pierres de taille. Ça créait un mélange harmonieux et reposant. Pendant les travaux, nous avions habité une roulotte et la grange avec maman et Alice. Ça faisait des années que je n'y avais pas mis les pieds. Plus de quatre ans, en réalité… mes dernières vacances, comme me l'avait rappelé Bertrand. Pourtant, j'adorais cet endroit, je m'y sentais chez moi, avant.

— Y a pas à péter, on t'embarque ! jubila Adrien.

— On prend la route dimanche matin, m'apprit Cédric. On passe te prendre à 6 heures.

— Le mieux est que tu dormes à la maison demain soir, décréta Alice.

— Stop ! Stop ! Stop ! J'ai mon mot à dire, non ?

Je m'extirpai du canapé. Tout ça allait trop vite. Je leur fis face, cinq paires d'yeux me fixaient.

— Je suis certaine que Bertrand va me rappeler dans le week-end, je ne peux pas quitter Paris.

— Si, tu es en vacances.

Dans un premier temps, l'objectif était de les calmer. J'irais trois jours. Ensuite, rien ne m'empêcherait de rentrer.

— Laissez-moi deux jours et je vais prendre le TGV.

Alice poussa un cri de joie et me sauta au cou. Je mis quelques secondes à refermer mes bras autour d'elle, saisie par la situation et pétrifiée par le regard de Marc sur moi. Je ne le connaissais pas, ce regard, il était à la fois sérieux et pénétrant. Je réussis à m'y soustraire, mal à l'aise.

6

Mon week-end se résuma à deux activités simples : j'enchaînais les longueurs à la piscine et, lorsque je n'étais pas dans le bassin, je travaillais depuis mon ordinateur chez moi, malgré mon envie, pour ne pas dire besoin vital, d'aller à l'agence. Dès que je validais un dossier en cours, je le faisais suivre à Bertrand, aucun de mes mails ne reçut de réponse. Tout portait à croire qu'il ne me rappellerait pas, je m'étais donc trompée et n'avais pas le choix ; je devais partir prendre l'air, à moins de vouloir devenir folle en ruminant enfermée dans mon appartement. Ça me rendait pourtant dingue de faire un truc pareil.

Je venais de raccrocher d'avec Alice, arrivée à destination avec toute sa petite famille, complètement survoltée à l'idée que je débarque le lendemain. D'ordinaire, le dimanche, je préparais mes tenues de la semaine en fonction de mes différents rendez-vous. Et là, j'étais assise sur mon lit, face à mon dressing, dans le désemparement le plus total, incapable de déterminer le contenu de ma valise. J'étais équipée pour assister nos clients lors des conférences financières, des négociations, bref pour être interprète dans le milieu des affaires pour le compte de l'agence ; et ma garde-robe était exclusivement composée de tailleurs, de pantalons noirs ou gris, d'une dizaine de jupes crayon. Évidemment, j'avais quelques jeans qui me servaient pour de pseudo-garden-parties où je pouvais être amenée à faire du baby-sitting pour certains de nos clients, ceux qui voulaient une interprète pour faire bien. Quant à mon placard à chaussures, il ne contenait que des stilettos. En observant toutes ces paires d'escarpins parfaitement alignées, j'eus un flash de la séance de torture que Jeanne m'avait fait subir pour m'apprendre à marcher avec, ça avait duré des mois. Je ressemblais à une dinde lors de mes premiers pas, je ne pouvais pas passer une journée sans me tordre au minimum trois fois la cheville, alors même qu'ils avaient à peine cinq centimètres de talon. Mais ça avait fini par venir. À tel point que, depuis, la hauteur avait doublé.

Je secouai la tête pour m'extirper de ces souvenirs et revenir à mon problème de valise. Eh bien, j'embarquerais un échantillon de mes uniformes de boulot. De toute façon, c'était ça ou j'étais toute nue ! Au moins, j'avais un maillot de bain et une tenue de sport. Sauf que j'angoissais déjà à l'idée de partager la piscine avec tout le monde, particulièrement les enfants, qui risquaient de ne pas me laisser nager tranquille.

Après une énième nuit blanche, je sortis de mon lit à l'aube, profitant des quelques heures restantes pour ranger mon appartement. Même ma femme de ménage était en vacances. Personne ne bossait en août ! Sauf moi… Tout mon intérieur devait être nickel, chaque objet à sa place pour mon retour dans quelques jours. Je n'osais imaginer que mon séjour là-bas se poursuive au-delà d'une petite semaine. Je briquai, astiquai, javellisai, aspirai de 4 h 30 à 7 heures ; je nettoyai la propreté. Ensuite, je pus me préparer et profiter de ma salle de bains ; la promiscuité de la vie en communauté me terrifiait. Rien qu'à l'idée, j'en avais de l'urticaire. Alors, une fois n'est pas coutume, je pris tout mon temps. Quand j'imaginais qu'il allait falloir que je partage la douche, les toilettes, que je risquerais d'être dérangée par n'importe lequel de mes colocataires quand je me laverais ! Non, vraiment, comment allais-je faire pour supporter ça ? Pourquoi j'avais dit oui ?!

Je traversai le hall de la gare de Lyon et j'avais l'impression d'être une extraterrestre. En quoi était-ce dérangeant de ne pas se la jouer miss Camping ? Pas de short, ni de tongs pour moi. Plutôt ma tenue de travail de week-end, une valise cabine, une sacoche avec mon Mac, et mes oreillettes en place, juste au cas où… Heureusement, j'avais réussi à obtenir une place en première, isolée. Pourtant, sitôt le TGV parti, je dus fuir ma place ; la SNCF devrait aménager des compartiments sans gamins, impossible de me concentrer. Direction le wagon-bar, je demandai un café et trouvai un coin où m'asseoir, j'allumai mon ordinateur, prête à lancer un hot spot avec mon téléphone. Et là, bug, pas de réseau, pas de 4G. Ça y est, ça faisait à peine trente minutes que le train avait quitté Paris et j'avais le sentiment d'être perdue en pleine pampa. Si Bertrand m'écrivait, si mes collègues cherchaient à me joindre ce matin au sujet d'un de mes dossiers… J'avais plusieurs rendez-vous de prévus aujourd'hui, qui allait s'en occuper ?

Le TGV entra en gare d'Avignon à l'heure, Cédric devait venir me récupérer. La descente du train eut des allures de foire d'empoigne ; les voyageurs se bousculaient, se donnaient des coups de valise et de sac à dos : aucun savoir-vivre. Je les laissai passer avant de fermer le rang. Là, je fus scotchée, étouffée, paralysée par la chaleur. En moins de deux secondes, je fus en sueur, avec déjà l'impression d'être sale. Je repérai le panneau de la sortie et commençai à remonter le quai. Je fus stoppée dans mon élan : mon talon était piégé entre deux lattes en bois du quai. Quelle idée ! Rien de mieux que le béton ! Ça commençait mal. Je rejoignis l'ascenseur sur la pointe des pieds, évitant ainsi d'être à nouveau coincée. Mon beau-frère m'attendait à l'extérieur de la gare devant son Espace. Mon calvaire continuait : Cédric, en bermuda multipoche, tee-shirt bariolé « spécial vacances » et espadrilles, me souriait de toutes ses dents. Il avait beau être accueillant, je n'avais qu'une envie, filer par le prochain train direction Paris. Mais pour quoi faire ? Bertrand ni personne de l'agence ne m'avaient donné signe de vie, depuis que j'avais récupéré du réseau. M'auraient-ils tous déjà oubliée ? J'étais coincée. Cédric vint me coller une bise et attrapa ma valise.

— Ça s'est bien passé le voyage ?

— Épouvantable, il n'y avait pas de réseau, et plein de gamins.

Il chercha à prendre ma sacoche d'ordinateur, je la gardai contre moi en lui lançant un regard qui signifiait très clairement « pas touche ». Il se retint de rire.

— En voiture ! chantonna-t-il en refermant le coffre.

L'habitacle était un vrai champ de bataille, je repérai immédiatement les restes du pique-nique de la veille : du papier aluminium en boule, des paquets de chips éventrés, du Sopalin usagé dans la portière passager. Je m'installai comme je pus, et glissai mes pieds entre des sacs plastique et des jouets que ma sœur avait laissés là après leur voyage. En un quart d'heure, j'étais encore plus en nage qu'à la gare, avec l'impression de dégouliner de partout.

— Cédric, tu ne veux pas mettre la clim', s'il te plaît ?

Il roulait les fenêtres ouvertes, qui ne laissaient entrer rien d'autre que l'air chaud.

— Désolé, c'est impossible. Elle a trop fonctionné hier, je vais l'économiser, je ne veux pas qu'elle me claque entre les mains avant le retour, ça me coûterait une blinde ici. Mais tu sais, enlever ta veste et tes chaussures serait une bonne idée pour te rafraîchir.

La veste, pourquoi pas ! Mais hors de question pour les chaussures, je n'allais pas prendre le risque de poser le pied sur un bout de jambon. Je mis mes lunettes de soleil et regardai la route sans la voir. Mon beau-frère finit par rompre le silence :

— Comment vas-tu ?

Je soupirai en jetant un coup d'œil à mon téléphone : pas d'appels, pas de mails.

— Aucune idée, lui avouai-je.

— Ces vacances ne peuvent te faire que du bien.

Je secouai la tête.

— Je sais que tu n'y crois pas, mais fais-moi confiance.

— Je ne doute pas de ta sincérité, mais je ne me sens pas à ma place.

Il m'apprit qu'ils avaient roulé en convoi avec Adrien et Jeanne. Tout s'était parfaitement déroulé jusqu'au moment où Adrien avait écouté 107.7 qui annonçait les traditionnels bouchons de la vallée du Rhône. Il avait alors pris la tête de la caravane pour sortir de l'autoroute et emprunter la nationale. Ça avait viré au cauchemar, et servi à rien puisqu'ils s'étaient retrouvés au beau milieu d'une fête de village. Jeanne avait gueulé, pleuré, et Cédric avait repris les choses en main, renvoyant Adrien au rôle de voiture-balai. Je sentais bien qu'il faisait tout pour me faire rire et me mettre dans un état d'esprit « vacances ». Il se fatiguait pour rien ! Ça ne l'empêcha pas de continuer, il poursuivit en m'apprenant que Marc n'arriverait que le lendemain.

— Pourquoi ? lui demandai-je pour lui prouver que je l'écoutais un minimum.

— Son divorce était prononcé ce matin.

— Ah bon ?

— Tu n'étais pas au courant ?

— Il m'en a vaguement parlé le jour où je l'ai retrouvé. Mais, non, je ne savais pas que c'était pour aujourd'hui.

Le profond soupir de Cédric me fit tourner la tête vers lui, il avait l'air totalement désappointé.

— Quoi ? lui demandai-je.

— Rien, Yaël. Rien…

Une bonne heure plus tard, nous traversions Lourmarin avant de prendre un tout petit peu de hauteur par rapport au village. Le trajet était intact dans mes souvenirs, je crois que j'aurais pu y revenir les yeux fermés, alors même que ça faisait des années que je n'y avais pas pensé, ne serait-ce qu'une seule fois. La voiture quitta la route principale, empruntant un chemin privé, plus chaotique, qui menait à la maison. Cédric mit le frein à main, et alla ouvrir le portail. Lorsque nous pénétrâmes dans le jardin, il klaxonna, pire qu'à une sortie de mariage. L'effet fut immédiat, un troupeau débaoula autour de la voiture, tous parés de leur maillot de bain. Alice ouvrit ma portière et me tira par le bras pour que je sorte rapidement.

— Je suis tellement contente que tu sois là, me dit-elle en m'embrassant et me serrant contre elle.

Ce n'est pas un exploit non plus ! Il ne faut pas exagérer ! Je tapotai gauchement son dos, en me retenant de lever les yeux au ciel.

— Lâche-la que je la foute à la flotte, histoire de la mettre dans l'ambiance, ricana Adrien.

En guise de bonjour, je le fusillai du regard.

— N'essaie même pas !

— Je vais le retenir pour le moment, mais ça ne va pas durer, me dit Jeanne en me faisant une bise. Allez, va vite te changer ! Ce n'est pas une tenue !

Les trois enfants s'approchèrent à leur tour et me firent des bisous chlorés.

— Yaya, tu vas m'apprendre à nager ? me demanda Marius.

— On verra.

Cédric porta ma valise jusque dans la maison, l'odeur de lavande et de rose que notre mère affectionnait tant me sauta au nez. Mis à part un rafraîchissement des peintures, rien n'avait changé. Les murs étaient dans des tons clairs et naturels et le sol en vieilles tomettes que mon père avait réussi à trouver après des mois de recherches. Malgré leur amour pour

146

la région, mes parents n'avaient jamais donné dans la déco provençale ! Pas de jaune, ni de dessins d'olives noires sur le linge de table et encore moins de cigales en porcelaine. Mon père l'avait conçue de plain-pied, avec de nombreuses portes-fenêtres, « toujours plus de lumière », nous disait-il, même si l'été les volets restaient désespérément clos ! Une vaste entrée desservait la partie où nous vivions le plus clair du temps ; le séjour/salle à manger avec une mezzanine, le tout donnant sur la terrasse. La cuisine quant à elle était séparée. Un couloir desservait les chambres et les salles de bains. Tout avait été fait et organisé pour le confort – trop rustique à mon goût – et qu'on ne manque jamais de rien, sans oublier de conserver l'esprit maison de vacances ; d'où la vaisselle ébréchée, la caisse de jouets pour les enfants d'Alice dans le salon, la bibliothèque avec les vieux bouquins de ma mère et les prospectus de tourisme de la région. Autour de la piscine et sur la terrasse, nous savions que nous ne trouverions jamais des meubles de jardin Luxembourg de chez Fermob, mais plutôt des chaises longues en plastique blanc dont les matelas étaient dépareillés et qui risquaient à tout moment de s'effondrer. Quant aux murs, chacun avait le droit à sa croûte immonde dénichée sur un petit marché par ma mère ! Bref, tout ce que j'adorais…

— Je dors où ?

— Dans ta chambre ! me répondit Alice, surprise que je puisse poser une telle question.

Ma chambre… je ne l'avais plus vue depuis bien longtemps. C'est vrai que mes parents me le rappelaient souvent, convaincus que ça pouvait me faire venir.

— Je ne vais pas te cacher que d'autres y ont déjà dormi, mais tu es là, c'est ta place, poursuivit-elle.

Pour y accéder, il fallait traverser la cuisine, puis la buanderie, c'était la seule chambre ouverte sur la terrasse et la piscine. Et surtout la seule avec sa salle de bains privative. J'étais sauvée ! Cinq ans plus tôt, papa avait souhaité ajouter une seconde salle de bains à la maison. Je me souvenais qu'à l'époque j'avais bataillé pour que nous échangions, il n'y avait rien eu à faire ; je venais déjà de moins en moins souvent et toute la famille avait décidé que je devais avoir le maximum de confort le peu de fois où je me déplaçais jusque-là. Alice m'expliqua la répartition des couchages ; elle et Cédric avaient leur chambre habituelle, Adrien et Jeanne étaient dans celle des parents, les enfants tous les trois dans le dortoir. Quant à Marc, il hériterait de la mezzanine du salon, disons plutôt qu'il la retrouverait puisqu'il avait toujours dormi là lorsque nous y venions étudiants.

— On te laisse t'installer, me dit ma sœur. C'est bon de te voir là. Tu nous rejoins à la piscine ?

— Tout à l'heure.

Elle embrassa ma joue et sortit par la porte-fenêtre de ma chambre. Je luttai contre le découragement en évitant de m'écrouler sur mon lit, dont le sommier devait toujours autant grincer. J'accrochai ma veste au portemanteau, et vidai ma valise dans la commode, sans me changer, ça n'aurait pas servi à grand-chose. Ensuite, n'ayant pas de temps à perdre, je partis en quête de la box dans l'entrée, puis dans le séjour, et jusque dans le buffet de la salle à manger… impossible de la trouver. Je rejoignis la terrasse où l'odeur de barbecue m'écœura.

— Alice ! Où papa a mis la box ?

— Quelle box ? brailla-t-elle de la piscine.

Ça commençait à bien faire. À peine une heure que j'étais là et ils me sortaient tous par les yeux, à commencer par ma sœur !

— Bah, la box, Internet, tout ça quoi ! La communication avec le monde extérieur, ça te parle ?

— Il n'y en a pas, me répondit-elle sèchement.

— Plus pour longtemps ! répliquai-je, horrifiée.

J'appelai les parents sans plus réfléchir.

— Ma Yaël ! s'exclama mon père. Alice nous a appris que tu étais à la Petite Fleur ! Alors comment trouves-tu la maison ?

— Très bien, papa !

— Va faire un tour dans la grange, je voudrais ton avis…

— On verra, le coupai-je. Tu n'as pas installé Internet ?

— À qui voudrais-tu que ça serve ?

À moi. Et comme d'habitude, je me dégonflai face à mon père.

— Tu veux parler à maman ?

— Non, je la rappellerai, je vous embrasse.

— On est heureux de te savoir à la maison.

Qu'avaient-ils tous à me dire ça ? Ça devenait franchement pénible.

Dès que je raccrochai, j'établis mon camp de base dans le séjour et plus précisément sur la table de la salle à manger, j'avais réfléchi, je n'allais pas laisser la situation s'envenimer, il fallait provoquer le destin. J'installai mon hot spot, en priant le bon Dieu pour que le réseau ne fasse pas trop des siennes. Je me sentis mieux lorsque je pus enfin me connecter au serveur de l'agence, comme si l'air devenait plus respirable. Aucun nouveau mail sur ma boîte : incompréhensible. À moins que Bertrand ait vite réagi : il pouvait très bien rediriger tout mon courrier vers sa boîte à lui – réaction qui aurait prouvé sa détermination. Je décidai de lui écrire :

Bertrand,
Je vous prie encore de m'excuser pour mon coup de fatigue en fin de semaine dernière, cela ne se reproduira plus.
Pourriez-vous réactiver mes mails ? Je souhaiterais me tenir informée de l'avancée de mes dossiers durant mon séjour à Lourmarin. Je vous remercie à l'avance.
Comment s'est déroulée la signature du contrat avec notre client ce matin ? Est-il satisfait de la prestation ?
Dans l'attente de vos nouvelles,
Bien à vous,
Yaël.

Ensuite, je m'attaquai à Gabriel. Pour revenir plus tôt à l'agence, j'étais même prête à m'écraser devant ce sale type ! Je mis Bertrand en copie.

Bonjour Gabriel,
J'espère que la signature du contrat vous satisfait. Je vous souhaite une grande réussite dans ce nouvel investissement.
Je tenais à m'excuser pour ma baisse de régime vendredi. J'espère pouvoir collaborer à nouveau avec

vous très prochainement. Je ne suis pas à Paris actuellement. Cependant, je saurai me rendre disponible si vous avez besoin de mes services.

Transmettez mes amitiés à votre femme, je ne manquerai pas de lui rendre visite à l'Atelier.

Bien à vous,

Yaël.

Il ne me restait plus qu'à attendre. Je levai le nez de l'écran et découvris l'activité autour de moi : une vraie fourmilière. Les uns et les autres passaient sous mon nez, les bras chargés de vaisselle et de victuailles. *Ça va s'arrêter quand ? Il y en a pour un régiment !*

— À table ! s'exclama Cédric.

— Ça vaut pour toi aussi, me dit Jeanne en tapotant sur la table.

À reculons et sans aucun appétit, je me rendis sur la terrasse, où le couvert avait été mis. Les enfants, encore en maillot, se faisaient servir par leurs mères respectives. Quant à Adrien et Cédric, ils s'apprêtaient à s'asseoir eux aussi en maillot de bain et torse nu, attendant certainement de se faire servir par leurs femmes. Sauf que Jeanne leur lança un coup d'œil furibard. Adrien, au garde-à-vous, fila dans la maison et revint avec deux tee-shirts.

— C'est mieux comme ça, les félicita-t-elle.

— Nous, ça ne nous dérangerait pas que vous mangiez les seins à l'air, lui répondit son mari.

— Les enfants ! crièrent en chœur les filles.

— Que fais-tu dans ton coin ? m'appela Cédric.

Je franchis le seuil de la terrasse et pris à mon tour place à table.

— Tu te souviens du concept ? continua-t-il. On met tout sur la table et chacun se sert. Les vrais repas sont pour le soir ! Bon app' !

J'attrapai une tomate, la coupai et mis dessus un filet d'huile d'olive ; je ne pourrais rien avaler de plus, mon appétit ne revenant toujours pas. Mon estomac restait désespérément noué. Le brouhaha était tel à table qu'une nouvelle migraine se déclencha. Je n'ouvris pas la bouche : rien à dire. Je me contentai de les observer : souriants, ornés des premiers coups de soleil, évoquant les parties de pétanque dès l'arrivée de Marc. J'esquivai le dessert en débarrassant mon assiette, et allai gober un Doliprane dans la cuisine.

— Ça va ? Ça a été ? me demanda Alice en me rejoignant.

Merveilleux ! Au fait, merci pour le mal de crâne ! Je me forçai à sourire en hochant la tête.

— Tu vas pouvoir te baigner en paix dans peu de temps, les enfants sont interdits de piscine en début d'après-midi.

— Merci pour l'info. Je vais bosser un peu avant.

— Tu vas quoi ? s'étrangla-t-elle.

— Ne dis rien.

Je tournai les talons et retrouvai mon écran pour actualiser ma boîte mail. Rien. Le déjeuner de Bertrand s'éternisait peut-être…

Je restai enfermée dans la salle à manger un bon bout de l'après-midi sans chercher à parler à qui que ce soit. Les rires de la terrasse et les jeux dans la piscine parvenaient jusqu'à mes oreilles. Je mis à jour une dernière fois – avant la prochaine – mes mails, et décidai de me montrer. Je retirai mes chaussures et en deux secondes, j'oubliai mon mètre soixante-quinze artificiel. J'étais petite, en réalité. Le carrelage frais glaça ma voûte plantaire, en me retrouvant à plat, j'eus le sentiment d'être une funambule en équilibre et de perdre davantage pied dans ma vraie vie. Les filles bronzaient, un œil sur leur progéniture, en feuilletant des magazines people, les garçons faisaient les clowns dans l'eau avec les enfants. Le courage me fit défaut, je ne franchis pas la barrière de protection et me contentai de m'y appuyer. Ma gorge se serra ; quel supplice de les voir s'amuser, être détendus les uns avec les autres, sans me sentir capable de participer à ce bonheur, je ne savais plus comment c'était, ni comment faire. *Pourquoi je suis là, déjà ?* Cette question revenait sans cesse depuis que j'étais descendue du TGV. Que faisais-je là alors que ma vie continuait sans moi à Paris ?

— Yaël !

Adrien... Je ne l'avais pas vu arriver.

— Viens, je promets de ne pas t'arroser.

Dans ma vision périphérique, je remarquai toutes les têtes tournées dans notre direction.

— OK.

Il m'ouvrit la barrière, je descendis les deux marches et me retrouvai au niveau de la piscine. Il s'éloigna et fit une bombe dans l'eau, faisant éclater de rire tout le monde, sauf moi, qui lui décochai un regard assassin. Ayant peur de glisser, j'avançai à pas précautionneux jusqu'aux filles, Alice se redressa et me fit une place sur sa chaise longue. Jeanne remarqua mes pieds nus.

— Tu t'es enfin décidée à faire tomber tes pompes. Y a pas à dire, c'est beau, mais comment fais-tu pour marcher avec un truc pareil ?

— Question d'habitude, lui répondis-je en haussant les épaules.

— Pourquoi tu ne te changes pas ? m'interrogea Alice. Mets un short et un débardeur, tu seras plus à l'aise !

— Je n'en ai pas, marmonnai-je.

— Ce n'est pas possible ! Ton dressing est prêt à éclater !

— Je n'ai que des fringues de boulot ! Ça fait belle lurette que je n'ai besoin que de ça.

Une heure plus tard, j'esquivai la balade de fin d'après-midi en troupeau à Lourmarin pour profiter de la maison et de la piscine en paix. Très peu pour moi, la crise des gamins en passant devant le glacier. Enfin un peu de calme ! Sans perdre de temps, j'enfilai mon maillot et mes lunettes, renonçant malgré tout au bonnet de bain. Avant d'entamer mes longueurs, je retirai les jouets d'enfants, les bouées et les deux matelas pneumatiques. Le silence de l'eau me vida la tête, mes nerfs commencèrent à se décharger grâce à une nage rapide, je m'épuisai avec de l'effort physique, je n'avais que ça pour compenser le manque et oublier la notion du temps. Chaque minute depuis que j'étais arrivée me semblait équivalente à une heure. Les prémices d'une crampe irradièrent mon mollet, ce qui me contraria car j'avais encore besoin de temps pour évacuer, mais je dus pourtant rejoindre le bord pour m'étirer dans l'eau. Des applaudissements retentirent dans mon dos, je tournai vivement la tête, en retirant mes lunettes. Ils étaient alignés devant la piscine. Depuis combien de temps étaient-ils là ?

— Un vrai hors-bord ! s'écria mon beau-frère.

— Ça doit défouler, ajouta Jeanne.

Je leur souris franchement, sortis de l'eau et allai vérifier mon téléphone à l'abri dans sa housse étanche. Toujours pas de réponse de Bertrand. Mon sourire s'évanouit.

— Je vais me doucher.

Je quittai ma chambre uniquement lorsque j'entendis des bruits dans la cuisine ; trop tard pour un coup de main, le dîner était prêt et le couvert mis. J'avalai deux gorgées du verre de rosé que Cédric me servit et trois fourchettes de la ratatouille maison d'Alice. J'aurais voulu la savourer : impossible. Je n'avais que mes souvenirs pour me rappeler qu'elle était délicieuse avec ses légumes gorgés de soleil. Je n'avais plus goût à rien et pour rien. Ne supportant pas de les voir traîner à table, je pris en charge la vaisselle et soulageai mes nerfs avec le ménage de la cuisine. Deux jours que les « vacances » avaient commencé et c'était déjà, à mon sens, une porcherie. Cependant, je fus très vite calmée dans mon élan par Alice et Jeanne me rappelant que les enfants étaient au lit et que l'aspirateur n'était pas recommandé lorsqu'ils dormaient. Je les avais oubliés. La conséquence fut immédiate : j'allai me coucher, tout en sachant pertinemment que je ne fermerais pas l'œil de la nuit. Je ne me trompais pas ; je tournai et virai sous mon drap, ayant chaud, puis froid, la nuit noire me gênant, et l'angoisse m'étreignant. Le silence oppressant laissait percevoir des bruits de bestioles qui me donnaient la chair de poule. Dès que je fermais mes paupières, je ne savais plus où j'étais, ni pourquoi j'étais là. Je ne tiendrais pas trois semaines à ce rythme-là, sans parler, sans travailler, sans connexion

Internet digne de ce nom, sans négocier, sans interpréter, avec le bruit incessant des enfants, les blagues des garçons, la joie de ma sœur, leur bonheur, leur détente, leur vie… Je me redressai d'un bond dans le lit, le cœur battant, les muscles raides. Ma place n'était pas là, elle était à l'agence. Ce n'était pas pour rien que je ne prenais plus de vacances depuis quatre ans, je ne supportais plus de ne rien faire, de ne pas être dans l'action. C'était décidé : j'allais rentrer à Paris, le plus rapidement possible. D'ici la fin de la semaine, retour à la maison. Personne ne m'en empêcherait. J'entrais en résistance.

Le lendemain, je traversai la matinée en me faisant discrète. Cachée derrière mon écran, je consultai les horaires de train et cherchai une voiture de location pour rejoindre la gare sans rien demander à personne. Absorbée par mon petit projet pour me faire la malle, le boucan des enfants et des garçons ne me dérangea presque pas. Sauf que dans l'après-midi, je compris très vite que mon plan ne serait pas tout de suite mis à exécution.

— Prends ta carte bleue, on va faire du shopping ! m'annonça joyeusement Jeanne.

C'est quoi cette histoire ?

— Je n'ai pas envie ! Laisse-moi tranquille à la fin !

— Parce que tu crois que tu as le choix ! Tu as pris tes runnings ?

— Oui.

— Mets-les, on descend à pied au village.

Un quart d'heure plus tard, nous laissions les garçons et les enfants à la maison. Je restai sans voix durant le trajet en les écoutant m'exposer l'objectif de ce shopping : me rhabiller. Il était inconcevable que je reste engoncée dans mes tenues de travail toutes les vacances. C'était une manie chez elles de vouloir me rhabiller ! Non ! En fait, ce qu'elles voulaient aujourd'hui, c'était me déshabiller ! Ayant une vague idée du contenu de mon compte en banque, elles partaient du principe que je pouvais me faire plaisir dans les boutiques de Lourmarin, pas toujours réputées pour les bonnes affaires. Sur le chemin, Alice et Jeanne m'encadraient, me tenant chacune par le bras. À croire qu'elles avaient peur que je parte en courant. Malgré l'idée plus que tentante de m'enfuir, je ne chercherais pas à le faire ; mon envie de leur faire plaisir était plus forte et j'en étais la première surprise, d'ailleurs. Elles savaient où elles allaient, et dans le cas où je l'aurais souhaité, je n'aurais pas pu m'arrêter et partir flâner dans les ruelles du village. Alice passait son temps à dire bonjour, elle connaissait tout le monde. Ou plutôt, elle n'avait perdu personne de vue depuis notre enfance et adolescence.

— On a fait du repérage hier, m'apprit Jeanne.

— La voilà ! s'exclama ma sœur à l'intention d'une commerçante.

Je voyais déjà le tableau ! Ça devait être l'ex-Parisienne bobo qui avait voulu se mettre au vert ! J'allais lui en donner, moi, des leçons de Parisienne !

— Je vous attendais ! Yaël ! Quel plaisir de te recevoir ! m'accueillit-elle avec un accent très, très chantant.

Ah, j'avais été mauvaise langue. Elle me fit une bise et m'incita à pénétrer dans sa boutique. Cette femme était toute douce et tout sourire, avec une jolie petite robe bleue, accessoirisée d'un sautoir en argent. J'étais tombée dans un sacré traquenard !

— Va dans la cabine ! m'ordonna Jeanne. On s'occupe de tout !

Durant près de deux heures, je me laissai faire en essayant tout : des robes, des jupes, des shorts, des débardeurs… Un second commerçant se joignit à la fête en fournissant des sandales et des spartiates. À force de m'habiller et de me déshabiller, j'étais en nage, j'avais soif, je m'en plaignis alors que je sortais de la cabine affublée d'une robe légère, assez près du corps, fleurie et à fines bretelles.

— Alice, tu as une bouteille d'eau ?

— J'ai mieux.

Elle fit des messes basses avec la commerçante et disparut dans la rue. Jeanne se posta derrière moi.

— Pendant que ta sœur fait ce qu'elle a à faire, dis-moi ce que tu penses de celle-là ?

Je fixai l'image que le miroir me renvoyait ; c'était mon visage, mon corps, et pourtant… voilà bien longtemps que je n'avais pas porté autre chose que du noir, du bleu marine et du gris. Mon uniforme me donnait un sentiment de pouvoir, d'assurance. Là, je me sentais fragile, vulnérable, exposée, et peu sûre de moi. Impossible de me tenir droite. Les filles, sans le savoir, me renvoyaient à l'adolescence ; l'époque merveilleuse où l'on ne sait pas quoi faire de son corps, où l'on voudrait se cacher, où l'on est gauche. Alice revint accompagnée d'un serveur muni d'un plateau portant des verres à pied et une bouteille de blanc.

— Je voulais juste de l'eau ! lui dis-je en pignant.

— Il est 17 h 30, c'est l'heure de l'apéro. Et encore une fois, tu n'as pas le choix !

— Vos maris ont une très mauvaise influence sur vous !

Elles éclatèrent de rire et, sans le réaliser, je les suivis et bus mon verre, le vin était délicieux, son goût frais et fruité m'évoqua des souvenirs et m'indiqua sa provenance ; c'était un château-fontvert. Avant, quand je venais encore, j'accompagnais toujours papa faire les réserves de vin au domaine. Cet élan de bonne humeur s'évanouit à la vitesse de la lumière quand ma sœur brandit sous mon nez une toute petite chose, que je pointai d'un doigt interrogateur. En réponse, elle m'envoya un sourire sadique.

— Franchement, ton maillot, ce n'est pas possible, m'expliqua Jeanne.

— Quoi ? Qu'est-ce qu'il a ?

Elle grimaça, luttant contre un fou rire.

— Digne d'une nageuse est-allemande, ce sont les propos exacts d'Adrien.

Je devais ressembler à une carpe, la bouche grande ouverte, happant l'air. Piquée au vif, j'arrachai les quelques centimètres carrés de tissu des mains de ma sœur, m'enfermai dans la cabine et l'essayai.

— C'est bon, il me va, je le prends, leur dis-je derrière le rideau.

— Mets ça pour repartir, me dit Alice en glissant un short et une petite blouse colorée sur le côté du rideau.

La séance de torture prenait fin. Je passai au tiroir-caisse, sans vérifier le montant de la note. À vrai dire, je m'en moquais, ça ne m'empêcherait pas de manger à la fin du mois. Mais pour une autre raison aussi, j'avais le sentiment d'avoir été dans le corps et la tête d'une étrangère pendant ces deux heures, et cette étrangère avait passé un bon moment, elle devait le reconnaître. Pour autant, le quart d'heure de détente était fini. Avant de sortir de la boutique, je profitai qu'elles aient le dos tourné pour consulter mon téléphone et ma boîte mail. Encore rien. Toujours rien. Quand cet enfer s'arrêterait-il ? Ce ne fut pas uniquement ma nouvelle tenue qui me fit rentrer les épaules. Sur le chemin du retour, je parlai de moins en moins, pensant à Paris, à l'agence, à Bertrand qui se passait de moi, alors que les filles, légèrement pompettes à cause du blanc, n'arrêtaient pas de jacasser. Nous marchions sur la route, uniquement fréquentée par les habitants des quelques maisons voisines de la nôtre, quand un bruit de pétarade se fit entendre.

— Tiens, le voisin a toujours son tracteur comme quand on était gamines, dis-je à Alice.

— Ah bon ! me répondit-elle, surprise.

Nous nous décalions sur le bas-côté pour jeter un coup d'œil en arrière quand un klaxon retentit. Le véhicule s'approchant de nous n'avait rien d'un tracteur, c'était une vieille Porsche grise, qui s'arrêta d'ailleurs à notre niveau. La tête de Marc émergea par la vitre ouverte.

— Alors, on se balade ?

Il sortit de sa voiture, sous les gloussements des filles.

— C'est à toi, cette caisse ? lui demanda Jeanne en l'embrassant.

Il se dandina d'un pied sur l'autre en agitant ses mains.

— Non… enfin si, en réalité elle était à Abuelo, il me l'a donnée quand il a arrêté de conduire.

— Ça te va bien, constata Alice en lui disant bonjour à son tour.

Je lui fis la bise sans un mot.

— Ça va ? me demanda-t-il avec précaution.

— Très bien.

— Si ça ne vous dérange pas de vous tasser, je suis votre chauffeur jusqu'à la maison.

— Vas-y, Jeanne, déclara Alice. Nous, on marche !

— Youpi ! s'excita Jeanne.

Elle fit le tour de la voiture en courant. Marc se saisit de tous nos sacs, les tendit à sa passagère, et reprit le volant. Il fit vrombir le moteur et démarra dans un nuage de poussière. Alice m'empoigna par le bras.

— À nous deux !

J'allais passer un sale quart d'heure. *Bon... quand faut y aller...*

— Que veux-tu me dire ?

Elle soupira.

— Essaie de te mettre un peu dans l'ambiance.

— Je fais ce que je peux.

— Je n'en suis pas certaine... tu sais, c'est dur pour tout le monde de te voir comme ça, à l'écart, tu ne nous parles pas, rien ne semble te faire plaisir. On est impuissants, on ne sait plus quoi faire pour te dérider.

Tout sauf ça... Alice s'inquiétait vraiment pour moi et elle n'aurait pas dû.

— Tu te trompes, c'était bien cet après-midi.

Elle me lâcha le bras et accéléra la cadence de la marche, visiblement pas convaincue.

— Ah bon ? Tu t'es refermée comme une huître dès qu'on est reparties. Tu envoies paître Adrien dès qu'il fait une blague, Cédric passe son temps à te tendre des

161

perches, tu ne jettes pas un regard aux enfants, qui se faisaient pourtant une joie que tu sois là. Tu as à peine calculé Marc. Sympa l'accueil, pour lui qui patauge dans la semoule pour qu'on le pardonne. N'oublie pas non plus qu'il a divorcé hier, la moindre des choses est d'essayer de lui remonter le moral. Ça t'arrive de penser aux autres, de temps en temps ? Elle t'intéresse, notre vie, ou tu n'en as rien à faire ?

— Mais bien sûr qu'elle m'intéresse !

— Ne me prends pas pour une idiote !

C'était l'occasion idéale pour mettre mon plan à exécution.

— Tu as raison, je vais vous plomber les vacances si je reste. Le mieux est que je rentre à Paris.

Je crus qu'elle allait me sauter à la gorge, j'avais tout faux. De plus en plus mal, je me ratatinai et piquai du nez en me tordant nerveusement les mains.

— Hors de question ! Tu n'as rien compris à ce que je te dis !

Voir Alice s'énerver de cette façon était rarissime et me vrillait le cœur. Jamais elle n'élevait la voix contre moi. Elle s'arrêta net et me détailla des pieds à la tête, elle avait les joues écarlates, signe flagrant que la cocotte-minute était prête à exploser.

— Tu es brillante, question boulot, mais niveau rapports humains, tu es zéro ! On t'aime, nous ! Lâche ce putain de téléphone et vis !

Les bras m'en tombaient, Alice porta une main à son front, exaspérée.

— En plus, tu me fais jurer ! Et tu sais que je déteste me mettre dans cet état ! Si tu tiens un tant soit peu à la santé mentale de ta grande sœur, et j'insiste sur le « grande », réagis. Maintenant, on y va !

Oh que oui, là c'était la grande sœur, aucun doute. Et moi, j'étais la sale gamine. Elle partit devant, je la suivis, me repassant en boucle la scène, réalisant à quel point j'étais un boulet pour tous, à me comporter de cette façon. Que faire ? Alice avait raison, je ne savais plus me comporter normalement avec les autres, dès lors qu'ils n'étaient pas Bertrand, mes collègues ou mes clients. Et encore, je considérais mes collègues comme une quantité négligeable, et ils me le rendaient bien en me détestant. Notre arrivée à la Petite Fleur pointa mon incapacité à participer à la fête, comme si je n'avais aucune légitimité à me joindre à leurs éclats de rire, partant du principe que je n'avais plus ma place parmi eux, qu'ils vivaient dans un monde qui m'était désormais inaccessible. De toute façon, dès que j'essayais de participer, j'étais complètement à côté de la plaque. Léa, ma nièce, me le prouvait, en me fuyant. Mon attitude fermée faisait peur aux enfants. Adrien et Cédric avaient balancé Marc à l'eau tout habillé dès qu'il avait surgi de sa voiture : la portière était encore ouverte. Tout le monde riait, je ne parvins qu'à esquisser un sourire forcé. En les observant, je me dis que Marc était revenu dans nos vies au bon moment, il prenait la place que je laissais vacante depuis des années. Sauf que ce n'était absolument pas suffisant pour ma sœur. Elle me voulait, là, présente, dans la place.

— Préparez l'apéro, ordonna Jeanne aux garçons. Pendant ce temps, on gère les enfants.

Alice, sans oublier de me lancer un regard, récupéra Marius et Léa, et partit dans la maison, accompagnée par Jeanne et Emma. Je profitai d'échapper à sa surveillance pour sortir mon téléphone de ma poche et m'assis sur le muret qui longeait la terrasse. Vérifier, encore et toujours vérifier. Encore et toujours rien. Pas de mail, pas d'appel.

— Yaël !

C'était Marc. Les autres l'avaient enfin laissé sortir de l'eau. Il était dans un de ces états, dégoulinant de partout, son jean et sa chemise collés sur la peau.

— Je n'ai pas pu m'occuper de tes sacs, comme tu peux le constater. Viens les prendre, je ne voudrais pas faire de dégâts.

Je sautai du muret et le suivis jusqu'à sa voiture. Je récupérai mes biens et m'apprêtais à faire demi-tour quand je le vis se débattre avec son sac de voyage, que je reconnus au premier coup d'œil : c'était le même qu'il y a dix ans, un grand sac en cuir marron, usé jusqu'à la trogne, dont les lanières avaient d'ailleurs été réparées à de multiples reprises.

— Tu veux une serviette ?

— J'essaie désespérément d'en attraper une dans mon sac sans tout ruiner ! me dit-il en riant.

Je m'approchai, et lui lançai un regard interrogatif. Avant, ça ne me serait même pas venu à l'esprit de lui demander l'autorisation de fouiller dans ses affaires, je l'aurais fait sans me poser de questions. C'était loin, cette époque-là !

— Je peux ?

Il me sourit. En moins de deux secondes, je sentis la texture de l'éponge au milieu de ses affaires, et lui tendis sa serviette. Il s'essuya le visage.

— La salle de bains est prise ? C'est ça ?

— Oui. Il y en a pour un bout de temps avec les enfants et les filles.

— Ce n'est pas grave, j'attendrai.

Je le plantai là, ne sachant pas quoi lui dire d'autre.

Après avoir rangé mes nouveaux vêtements dans la commode de ma chambre, je me rendis dans la cuisine où je préparai un plateau avec la vaisselle pour le dîner, sans oublier celle des enfants. J'apportai tout sur la terrasse, mais me figeai sur le seuil. Les trois garçons prenaient un verre autour de la table et ne remarquèrent pas ma présence dans leur dos. Marc, toujours avec son jean trempé, avait retiré sa chemise et ses baskets. Cédric et Adrien se renseignaient sur son moral :

— Ça va ? Ce n'était pas trop dur, hier ?

Voilà ce que j'aurais pu lui demander. Ça ne m'était même pas venu à l'idée. *Quelle abrutie !* Il passa la main dans ses cheveux courts et s'écroula dans sa chaise en plastique. Puis il leur adressa un regard amer et un sourire dépité.

— Ah, non… l'ambiance était bonne ! C'est l'avantage quand on ne s'engueule pas… De toute façon, je ne pouvais rien faire pour la retenir. C'est comme ça, ça passera… Mais bon… j'espérais autre chose de ma vie… Vous avez de la chance, tous les deux, vous avez la recette pour rendre votre femme heureuse.

Il soupira en regardant au loin. Ce que je décidai de faire me demandait un effort surhumain, mais c'était un moyen de prouver que j'essayais.

— Marc, les interrompis-je en sortant de ma cachette pour les rejoindre. Il y a une salle de bains dans ma chambre, vas-y si tu veux.

— Tu es sûre ? Ça ne m'embête pas d'attendre.

— Tu serais con de t'en priver ! brailla Adrien.

— Si je te le dis, insistai-je.

Il avait intérêt à se décider vite fait, parce que je commençais déjà à regretter ma proposition. Et puis il fut trop tard, Marc sauta sur ses pieds, attrapa son sac de voyage et entra dans ma chambre par la porte-fenêtre.

— Merci ! me dit-il avant de disparaître au fond de la pièce.

— Tu mérites un p'tit verre pour ça, me complimenta Cédric.

Je saisis le verre de rosé et m'assis en sortant mon téléphone, encore une fois. Le réseau étant élevé, j'en profitai pour lire les flashs info. Plongée dans la lecture des nouvelles économiques – pas bien passionnantes au mois d'août –, je ne remarquai pas que la table était presque au complet jusqu'au moment où la voix de ma sœur me fit lever le nez de l'écran.

— Où est Marc ?

— Sous la douche, chez Yaël, lui annonça son mari.

— Quoi ?

Elle me regarda comme si un troisième œil avait poussé sur mon front. Je me retins de lui tirer la langue.

— Tu m'as demandé d'être gentille, non ?

Elle ne trouva rien à répondre.

Les deux jours suivants, je m'isolai sur la terrasse à demi allongée sur un transat, tournée vers les vignes, parfois à l'ombre du cyprès, supportant difficilement le mistral lorsqu'il se levait. Je pouvais malgré tout distinguer la piscine et ses occupants sur ma droite ; je les entendais, surtout. Je passais mes journées, là, à penser à mon travail, fixant la pelouse cramée par la chaleur et le soleil, ne lâchant pas une seule seconde mon téléphone, espérant encore et toujours une réponse, un appel de Bertrand. Je ne parlais aux autres que lorsqu'ils s'adressaient à moi, mes seules véritables compagnes étaient les cigales, dont le chant me tapait sur le système et me rendait nerveuse. Je me contentais du strict minimum pour ne pas contrarier ma sœur ; en aidant à la préparation des repas, en continuant à proposer ma salle de bains à Marc, et en ne portant que mes nouveaux vêtements. L'ennui me rongeait, j'avais les nerfs de plus en plus à fleur de peau, je ne dormais toujours pas, ou si peu, j'étais lucide sur mon état. Par moments, j'aurais voulu exploser, hurler, taper sur quelque chose, tout faire pour cracher ce poids qui m'envahissait, me dévorait de l'intérieur.

Ce soir-là, lorsque les enfants allèrent se coucher, je pris garde à leur souhaiter une bonne nuit. Et durant notre dîner, je fis attention à ne manger et boire que ce que mon estomac pouvait supporter, c'est-à-dire pas grand-chose, mais c'était toujours mieux que rien pour faire illusion. Les adultes parlaient des excursions que nous pourrions faire. Les filles voulaient aller à l'expo des Carrières de Lumières des Baux-de-Provence, les garçons avaient envie de faire les mines d'ocre, pour le plaisir de porter un casque de chantier. Évidemment, à part demander à quelqu'un de me passer le sel, je n'intervenais dans aucune discussion, ne voulant pas être davantage à côté de la plaque. Marc se débattait pour me faire entrer dans la conversation. Comme je ne répondais que par monosyllabes, il finit par lâcher l'affaire, sans pour autant cesser de me jeter des coups d'œil curieux et inquiets. La vibration inopinée et tant espérée de mon téléphone sur la table me fit sursauter et pousser un cri de joie. Et déclencha aussi sec un silence de cathédrale. Tous les regards se portèrent sur mon portable. Un mail ! Je venais de recevoir un mail ! La délivrance ! J'allais reprendre un train et ma vie !

— C'est quoi, ça ? me demanda Jeanne.

— Des nouvelles du boulot !

Mon cœur battait la chamade, j'avais un sourire démesuré aux lèvres, des frissons sur la peau, ma respiration s'accéléra. C'était tellement bon que je fis durer le plaisir. L'extase était à portée de main. Je pris tout mon temps. L'icône des mails portait enfin un chiffre. Je fermai les yeux, mon pouce effleura l'enveloppe. Puis mes paupières papillonnèrent. Et là, j'eus envie de vomir, de pleurer, de hurler, de frapper. C'était une réclame pour une vente privée. Je n'en recevais jamais, j'avais tout bloqué. Pourquoi maintenant ? Pourquoi ce mail sans intérêt avait-il réussi à se faufiler à travers une brèche alors que je n'avais toujours pas un mail de Bertrand ou d'un client ? J'allais devenir folle. Je serrai les mâchoires, ne voulant pas m'effondrer devant les autres.

— Quelque chose d'important ? s'inquiéta Marc.

Sa voix me parut venir de loin.

— Ce n'est rien, répondis-je sombrement. Excusez-moi, je vais me coucher.

Je débarrassai mon assiette aux trois quarts pleine et mes couverts, les déposai dans le lave-vaisselle et me barricadai dans ma chambre. Je dus pourtant affronter encore une fois leurs regards en fermant les volets donnant sur la terrasse, dans un concert de « bonne nuit ! ». J'étais tellement dépitée qu'il me manqua la force pour râler après Marc qui avait laissé traîner sa trousse de toilette dans ma salle de bains.

Je passai une partie de la nuit à ruminer, la tête enfoncée dans l'oreiller, et je dus réussir à somnoler une ou deux heures. À 5 h 30, n'en pouvant plus, je pris une douche. Une demi-heure plus tard, je m'installais sur la terrasse – il faisait déjà bon, limite chaud pour l'heure si matinale –, avec mon ordinateur portable, déterminée à écrire un mail suffisamment convaincant à Bertrand. Ça ne pouvait plus durer ainsi. Une fois les mains sur le clavier, j'eus l'impression d'avoir perdu tous mes neurones en l'espace de quelques jours ; je ne savais pas quoi lui dire, j'écrivis dix brouillons qui finirent tous dans la corbeille. J'allais perdre toutes mes facultés, à ce rythme-là. Définitivement, les vacances n'étaient pas pour moi ! La porte-fenêtre du séjour s'ouvrit sur Marc, ensommeillé.

— Je t'ai réveillé ? Excuse-moi.

— Ne t'inquiète pas, je suis un lève-tôt.

Il posa à côté de mon Mac une tasse de café.

— Merci, lui dis-je avant de retourner à mon écran.

Il s'assit en face de moi, et pour mon plus grand bonheur ne dit rien. Pourtant, sa présence me mettait mal à l'aise ; à cette heure-là, je pensais être tranquille et, là, on me surveillait. Je soufflai de soulagement quand il quitta sa place et retourna à l'intérieur. Cette relative paix ne dura pas longtemps, puisque, quelques minutes plus tard, il revint habillé et se posta à côté de moi.

— Tu as besoin de quelque chose ? lui demandai-je sèchement.

— C'est plutôt toi qui as besoin de quelque chose.

— C'est bon ! Va te recoucher et fiche-moi la paix.

Sans me laisser le temps de réagir, il ferma le clapet de mon ordinateur et s'en saisit.

— Rends-moi ça ! hurlai-je en bondissant de ma chaise.

Il mit sa main sur ma bouche.

— Chut ! Tu vas réveiller tout le monde… Je ne sais pas ce que tu es en train de faire, mais ce que je sais, c'est que tu n'y arrives pas.

Je fronçai les sourcils, il rit.

— Il y a dix ans, tu faisais déjà cette tête-là quand quelque chose te résistait. Genre, je lève les yeux au ciel et j'ai la bouche pincée. Je me trompe ?

Je secouai la tête, mauvaise.

— Ne t'acharne pas. Tu réessaieras plus tard. Viens avec moi faire un tour. Si j'enlève ma main, tu te tais ?

J'acquiesçai. Il s'exécuta et, me tirant par le bras, il m'entraîna à sa suite. Je pus malgré tout attraper mon téléphone que je glissai dans la poche de mon short. Il trouva un bout de papier sur lequel sa main de gaucher griffonna que nous partions nous promener et de ne pas s'inquiéter. Moins de cinq minutes plus tard, son moteur pétaradait.

— Et ça, ça ne réveille pas tout le monde, peut-être ?

Il arbora un sourire satisfait. Je lui tournai le dos et regardai le paysage, en boudant.

— Tu m'en veux toujours ? me demanda-t-il en brisant le silence plusieurs kilomètres plus tard. D'être parti, je veux dire…

— Non ! lui répondis-je vivement. N'imagine pas un truc pareil !

— Pourtant si.

— C'est bon, Marc ! lui balançai-je, exaspérée. Il y a prescription maintenant.

— J'ai l'impression que tu me fuis, il n'y a jamais moyen qu'on se parle tous les deux.

— Tu es revenu au mauvais moment, c'est tout. J'ai beaucoup de soucis à gérer au boulot et pas de temps pour le reste. Les choses ont changé. Tout le monde te l'a dit ! Il serait temps que tu l'intègres.

Je stoppai là la discussion en récupérant mon téléphone dans ma poche, et je poursuivis mes brouillons, inlassablement, sans trouver satisfaction. Et puis, brusquement, l'appareil disparut de mes mains, je me tournai vers Marc, qui tout en conduisant me l'avait subtilisé. Sa vitre était ouverte, il le tenait, serré dans sa paume, au-dessus de la route, un grand sourire aux lèvres.

— Rends-le-moi ! criai-je.

— Et puis quoi encore !

— Ce n'est pas un jouet !

— Je trouve ça plutôt drôle !

J'étais hors de moi. Marc n'avait aucune idée de ce qu'il était en train de faire. Pire qu'un ado attardé ! Je détachai ma ceinture, prête à enjamber le levier de vitesses, et lui grimper dessus s'il le fallait.

— Yaël, déconne pas, me dit-il en riant. Tu vas nous foutre dans le décor.

— Rends-moi mon téléphone, immédiatement.

Je tentai de tirer sur son bras, et la voiture fit une embardée. Tout se déroula en moins d'une seconde, je vis le téléphone disparaître, puis Marc me poussa sans ménagement à ma place, remit les deux mains sur le

171

volant, et un camion venant d'en face nous frôla en s'acharnant sur son klaxon.

— Ouh ! Putain ! Ça décoiffe, les balades avec toi, me lança Marc, le sourire toujours aux lèvres, à peine crispé, maîtrisant parfaitement sa conduite.

Je me recroquevillai dans mon siège et fermai les yeux de toutes mes forces. Mon corps ballotta mollement lorsque la voiture ralentit et fit demi-tour.

— Yaël ! Tu es avec moi ?

Je n'arrivais plus à ouvrir la bouche, j'avais l'impression que mon visage était figé dans le marbre. Marc arrêta la Porsche et je compris qu'il en sortait. Il ouvrit ma portière quelques minutes plus tard.

— C'est tout ce qu'il en reste.

J'ouvris les yeux et les vestiges de mon téléphone apparurent sous mon nez. Marc les déposa sur mes genoux et s'adossa à la voiture en récupérant son tabac à rouler dans la poche de son bermuda. Je fixai les lambeaux d'électronique qui avaient failli nous coûter la vie, surtout la sienne. Puisque finalement, la mienne se résumait à ça. *Cette chose*. Le monde, les autres n'existaient plus, je n'avais plus aucune notion de ce qui était bon, mal, juste ou injuste. Mon existence se résumait au prisme des informations délivrées par *cette chose* inanimée, sans émotions. J'étais une coquille vide de tout, sans considération pour mon entourage. Et j'avais failli tuer Marc pour sauver mon téléphone, cet iPhone 6 avec lequel je dormais, qui finalement était mon bien le plus précieux, l'unique d'ailleurs. Je sentis une main sur mon bras, je me tournai vers Marc, accroupi à mon niveau.

— Je suis désolé pour la blague, ça ne devait pas finir comme ça, s'excusa-t-il.

Non, ça n'aurait pas dû finir comme ça et ce n'était pas sa faute. Je n'aurais pas dû essayer de le récupérer, je n'aurais pas dû perdre conscience de la réalité, je n'aurais pas dû devenir complètement irrationnelle pour *cette chose*, j'aurais dû rire, j'aurais dû lui tirer la langue, j'aurais dû lui promettre de le mettre à l'eau pour me venger.

— Yaël… tu as mal quelque part ? Tu as eu peur ? C'est fini, on n'a rien…

Je secouai la tête, le regard toujours rivé sur le téléphone.

— Si c'est pour ton portable, ne t'inquiète pas. On va faire le tour des villages pour t'en trouver un autre, je vais te rembourser.

Mon corps tout entier se mit à trembler, comme si je ressortais d'un bain glacé. Mon cœur s'emballait. La rage enflait en moi, incontrôlable, dévorante, j'eus besoin d'air, je bousculai violemment Marc et sortis de la voiture. Je me mis à marcher sur le talus de cette départementale, à faire les cent pas, les restes de mon téléphone serré dans ma main, l'écran brisé me coupa la paume, je ne réagis pas. Même mon corps était anesthésié par cette chose. Je stoppai net et ouvris la main. Un dernier relent de dépendance me fit récupérer ma carte SIM, broyée, pour la glisser dans ma poche. Et puis, je balançai les débris de toutes mes forces, le plus loin possible sur la route, en me mordant le poing pour ne pas hurler. Un camion passa, roula dessus, et fit voler en éclats ce qui restait de mon portable.

— Mets-toi à l'abri, m'ordonna Marc en m'éloignant de la circulation. Ça ne rime à rien.

Il me tira par les épaules et me tourna face à lui, alors que j'étais secouée de tremblements, la tête basse. Je finis par lever les yeux, il me regardait sans animosité ni jugement.

— Pardon, pardon, pardon… me mis-je à répéter sans interruption.

Et là, je sentis les larmes rouler sur mes joues.

— Vas-y, pleure un bon coup, lâche tout.

Il me prit contre lui, et je pus pleurer tout mon soûl, les mains agrippées à sa chemise. J'évacuais je ne savais quoi, mais je me délestais d'un poids. Cela dura, sans que Marc cherche à m'éloigner de lui. Et puis, après un temps infini, mes sanglots s'espacèrent.

— Merci pour l'adrénaline, j'en avais besoin, chuchota-t-il.

Je me détachai de lui, il me sourit et passa une main sur mes joues pour essuyer mes larmes.

— En voiture ?

Je hochai la tête, toujours incapable de parler.

— Je voulais aller passer la journée à L'Isle-sur-la-Sorgue. Dis-moi si tu préfères rentrer.

— On y va, lui répondis-je, la voix enrouée.

— C'est parti.

7

N'ayant plus l'heure sur moi, je n'avais aucune idée du temps qu'il fallut pour rejoindre L'Isle-sur-la-Sorgue. Je fixais la route à travers la vitre sans parler, respirant les effluves de moteur chaud et de cuir, avec l'impression d'être au ras du sol tant la Porsche était basse. Marc sut exactement où se garer. Il arrêta la voiture sur un parking, juste derrière le centre-ville. Docile, je le suivis, sans rien dire ni demander, supportant la chaleur écrasante sans me plaindre. Pour lui, l'incident semblait oublié. De mon côté, je restais abasourdie par mon comportement et celle que je venais de découvrir en moi. Qu'étais-je devenue ? Une femme insensible, irrationnelle, prête à nous foutre en l'air pour un téléphone, tout ça pour écrire un mail à son patron. La peur rétrospective de ce qui aurait pu nous arriver, et surtout arriver à Marc, par ma faute, me rongeait. Je n'avais envie que d'une chose : m'enterrer quelque part pour qu'on m'oublie.

— Café-croissants pour commencer ! m'annonça-t-il joyeusement.

Comment pouvait-il être comme ça avec moi, après ce que je venais de faire ? Il s'installa sur la première terrasse qui se présenta sur notre chemin, passa commande en se roulant une cigarette. Nous fûmes rapidement servis, je repoussai mon assiette avec le croissant. Pas faim.

— Je viens là une fois par an, m'apprit-il entre deux bouchées. À cette époque-là d'ailleurs…

— Ah bon ?

— Rappelle-moi, Yaël, c'est bien toi qui passais toutes tes vacances dans la région ? se moqua-t-il. On est chez les brocanteurs ici ! Et en ce moment, c'est la foire internationale.

— C'est vrai… mais si tu viens là tous les ans, tu n'as jamais eu envie de passer à la Petite Fleur ?

— Comment peux-tu me poser une telle question ?

— Excuse-moi.

— Arrête de t'excuser, espèce d'andouille. Tu as droit de la poser, cette question ! Je sais que tu ne me crois pas… mais je ne vous ai jamais oubliés.

— Ne reparlons pas de ça, Marc, s'il te plaît.

— Il le faudra bien pourtant. Mais OK, pas maintenant.

À son regard, je compris qu'il souhaitait faire table rase du passé. J'aurais voulu lui dire que je le croyais à cent pour cent, mais je n'arrivais pas à comprendre et admettre son silence radio depuis qu'il était revenu à Paris.

— On bouge ? me proposa-t-il.

— Si tu veux.

Il fouilla dans une de ses poches, y trouva des pièces qu'il laissa sur la table. Avant de me lever, je lui tendis mon assiette, il m'interrogea du regard, je lui fis un petit sourire, et il se chargea de croquer dans le croissant que j'avais laissé.

À partir de là, je ne fis que le suivre d'un antiquaire à l'autre, d'un stand à l'autre. Le centre-ville était transformé en place forte des antiquités et de la brocante. Il y en avait partout, une partie des rues était bloquée, Marc avait parlé de Foire internationale. Effectivement, c'était vraiment la foire ! Malgré le monde, il n'y avait pas trop de bruit, les exposants échangeaient entre eux silencieusement, les badauds chinaient sans lever la voix, certains s'émerveillant de leur trouvaille. Il faut dire qu'il y en avait pour tous les goûts, tant la diversité était hallucinante, ça allait du meuble de famille ancien – très, très ancien – au détournement de mobilier industriel, sans oublier les objets religieux ou les services entiers en porcelaine. Je vis même un portail en fer forgé à vendre sur le trottoir. Les professionnels côtoyaient les vendeurs occasionnels de vide-greniers, en parfaite harmonie et, semble-t-il, animés pour la même passion des vieilles choses. Souvent, Marc s'arrêtait et discutait : riant, blaguant avec ses confrères, les charriant, agitant ses mains dans tous les sens. Il slalomait au milieu du chaos de certaines boutiques, à son aise, comme chez lui. Pour moi, ce n'étaient que des vieilleries bonnes pour la déchetterie, pour lui, c'étaient des merveilles, qui méritaient dix vies. Quel intérêt à passer son existence au milieu de reliques poussiéreuses ? À l'instant où je me fis cette remarque, je pensai à ma propre vie : à mon travail, à mon téléphone disparu, aux conséquences et circonstances de cette disparition. Ma respiration s'accéléra, mon ventre et ma gorge se nouèrent.

— Ça va ? me demanda Marc.

Je le cherchai du regard, il était apparu derrière une desserte.

— Oui, c'est bon.

Je me concentrai sur lui pour éviter de trop ruminer et tenter de faire passer la crise d'angoisse naissante. Toujours avec le même intérêt, il chinait sur le trottoir et entrait dans des boutiques de design et d'art contemporain, il passa d'un luminaire ultra-moderne et conceptuel à de vieilles bouteilles en verre provenant d'un troquet en Bourgogne avec la même excitation. Son regard s'attardait sur certaines découvertes ; comme à cet instant avec un meuble de pharmacie plus haut que lui, dont il caressa le bois, le laiton des poignées, avant de s'agenouiller et même de carrément s'allonger pour scruter le dessous et, j'imagine, les défauts potentiels. Puis il se remit debout, se gratta la tête et posa son regard sur moi, sans me voir, il réfléchissait. Je me retins de lui dire que ce truc énorme ne rentrerait jamais dans sa brocante. Et, comme à deux autres reprises, il négocia le prix ; alors le ton des paroles échangées baissait en intensité, les têtes se hochaient, les sourcils se fronçaient, des sourires forcés apparaissaient. Et de l'argent en liquide passait de main en main. Au bout d'un moment, il remit ses lunettes de soleil sur le nez en s'approchant de moi, une moue boudeuse aux lèvres.

— On s'en va. Si je continue, je vais claquer tout ce que j'ai dans les poches et pour les vacances !

— Utilise ta carte bleue.

— Je n'en ai pas !

— Quoi ? Mais dans quel monde vis-tu ?

— Je suis un vrai panier percé, je ne crois qu'aux billets.

— Tu veux dire que quand tu as besoin d'argent, tu vas à la banque pour retirer du liquide ?

Je n'en croyais pas mes oreilles, Marc était un ovni.

— Exactement.

— Comme les vieux, en fait ! Tu es un grand malade !

Il éclata de rire.

— J'ai même une réserve sous mon matelas ! Il serait temps de déjeuner, non ?

Sa question n'attendait pas de réponse, heureusement, parce qu'il aurait été déçu. Il ne pensait vraiment qu'à manger ! Il nous trouva rapidement une table – heureusement à l'ombre – en terrasse, *Au Chineur*, le long de la Sorgue. Décidément, il aimait les nappes rouges à carreaux blancs ! Mon coup d'œil sur la carte fut extrêmement bref, le sien aussi, puisqu'il fit signe à un serveur à l'instant où il comprit que j'étais prête. Il me laissa commencer.

— Un Perrier rondelle et… une salade verte.

— Pour moi, une pression et la pièce du boucher, s'il vous plaît, enchaîna Marc. Bleue, la cuisson.

Il me jeta un coup d'œil, et rappela le serveur.

— Ajoutez une assiette de frites.

Puis se tournant vers moi :

— J'espère que ça n'a pas été trop long pour toi, je n'ai pas vu le temps passer.

Il était incroyable. Il était en plein boulot, et il s'inquiétait de savoir comment j'allais. Quand je bossais, le reste n'existait pas !

— Non, c'était plutôt intéressant de te voir en action, lui répondis-je. Il y a un truc que je ne comprends pas, dans ta boutique, tu n'as que des meubles et des objets des années 1950 à 1970…

— Exact, me coupa-t-il, visiblement surpris par ma réflexion. Et…

— Le meuble de pharmacie de tout à l'heure, tu l'as acheté alors qu'il n'a rien à voir avec ce que tu vends.

— C'est vrai… ce n'est pas ce que je préfère, mais il est magnifique, il a un passé, ça se voit, ça se sent quand tu le caresses. Tu sais, c'est comme une peau qui raconte l'histoire de sa vie. C'est beau. Et j'ai des clients qui en cherchent un depuis longtemps, je l'ai réservé pour eux.

— Il est quand même en sale état, lui fis-je remarquer. Ça t'arrive de restaurer des trucs que tu trouves ?

— En général, je préfère les choses dans leur jus, mais parfois ça m'arrive de travailler dessus, de les arranger à ma sauce. C'est Abuelo qui m'a appris à le faire quand j'étais gosse. Quand je sens que des acheteurs sont un peu perdus, je leur file des conseils sur ce qu'ils peuvent en faire. Et des fois, je mets la main à la pâte, c'est plutôt sympa.

Il me fixa, l'air heureux.

— Tu ne t'es pas ennuyée ? Vraiment ? s'inquiéta-t-il encore une fois.

— Non. Et ça n'a pas été si long que ça, quelle heure est-il ? Je n'en ai aucune idée, sans mon…

— Il est presque 15 heures.

Je restai bête. C'était tout simplement inimaginable, j'aurais parié qu'il était à peine midi. En réalité, nous étions au cœur de l'après-midi. Ma journée n'était rythmée par rien, je me laissais porter par Marc, sans réfléchir.

— Alors ça fait quoi d'être sans horaire ? Ça fait du bien, non ?

Je le regardai étonnée, incapable de répondre à sa question.

— C'est étrange pour moi, murmurai-je.

Mon regard s'attarda sur son poignet.

— Tu dis ça, mais, toi, tu as une montre ! Et quelle montre !

Ses yeux brillèrent d'excitation.

— Tu vois, encore un truc de vieux !

Spontanément, j'attrapai son poignet par-dessus la table pour la voir de plus près : une Jaeger-LeCoultre.

— C'est une Memovox, m'apprit-il. Elle date de 1950.

— On ne s'en fait pas ! La Porsche, la Jaeger ! Ça rapporte, la brocante !

Il récupéra son bras, que je tenais toujours. Son visage se figea, visiblement ma remarque le choquait. Je venais de dire une grosse bêtise.

— Ce n'est pas son prix qui a de la valeur, mais plutôt son parcours et comment je l'ai eue.

Tout en sirotant sa bière, il me raconta l'histoire de sa montre. Son grand-père l'avait traquée pendant des années, c'était une des premières Memovox à remontage manuel, et il avait fini par l'obtenir. Petit garçon, Marc était obsédé par le poignet d'Abuelo, la seule fois où il s'était pris « une trempe », c'était parce qu'il avait osé y toucher. Cet événement signa le début de son apprentissage du respect des belles choses. Abuelo commença après ça à le traîner de brocante en brocante ou au marché aux puces de Saint-Ouen, quand ses parents et lui venaient en week-end à Paris. D'où le « chasseur de trésors », les puces étaient leur terrain de jeu, ils s'y lançaient des défis. C'était comme ça qu'il lui avait transmis sa passion. À son retour de voyage, il avait trouvé la Memovox sur la table de nuit de sa chambre.

— Depuis, elle ne quitte plus mon bras, finit-il.

— Elle fonctionne toujours, après ton bain forcé ?

— J'ai eu un trait de génie. Quand j'ai vu Adrien et Cédric foncer sur la voiture, je l'ai retirée et rangée dans la boîte à gants ! Abuelo me tuerait si elle disparaissait !

— Tu le vivrais très mal aussi ?

— Oui, je crois que c'est la chose à laquelle je tiens le plus.

Il la remonta.

— Il y a plus pratique quand même ! lui fis-je remarquer.

— On s'en moque, c'est ce qui la rend encore plus belle.

Marc était complètement détaché du pratique, la seule chose qui comptait pour lui était la dimension affective et sentimentale des choses. Ça me semblait complètement ahurissant et si éloigné de ce que je vivais au quotidien… Le serveur nous interrompit en apportant nos plats. Dès qu'il eut disparu, Marc prit l'assiette de frites et me la tendit.

— Je n'ai pas commandé ça.

— C'est pour toi, me dit-il le sourire aux lèvres.

— Je n'ai pas faim, n'insiste pas.

Il poussa malgré tout l'assiette devant moi. Je la repoussai vers lui. Il la retint. Nous nous défiâmes du regard.

— Tu crois que je n'ai rien vu ! Tu n'as rien mangé hier soir, tu n'as rien mangé ce matin. Et ce n'est pas ta salade qui va te nourrir. Mange une frite, tu as de la marge, si tu as peur de grossir.

Mes épaules s'affaissèrent. J'en avais marre de me justifier pour tout.

— Ce n'est pas ça, le problème. Plus rien ne passe depuis plus d'une semaine.

— Une semaine, ne te moque pas de moi ! Je ne t'ai pas vue manger une seule fois normalement. Tu sais ce qu'on dit : l'appétit vient en mangeant. Essaie de te forcer, tu…

— OK ! C'est bon ! Lâche-moi.

J'attrapai une frite et mordis dedans pour qu'il arrête de m'enquiquiner avec ça. J'étais strictement incapable de me souvenir de la dernière fois que j'avais eu ce goût de friture, croustillante, salée, dans la bouche. Contrairement à ce que je pensais, c'était bon, et ça ne m'écœura pas immédiatement. Depuis combien de temps je n'avais pas eu de plaisir à manger, ou à me mettre à table, tout simplement ? Je croisai le regard satisfait et rieur de Marc sur moi, j'esquissai un petit sourire.

— Qui avait raison ?

— Je vais peut-être en manger deux ou trois, mais pas plus.

— C'est mieux que rien ! Compte sur moi pour te surveiller les prochains jours.

Je fus repue après trois feuilles de salade et quatre frites. Marc ne me fit aucune remarque et poursuivit son repas. Il finit son assiette et picora dans mes restes, je me demandais où il mettait tout ça, lui qui avait la même allure qu'il y a dix ans. Il tint à payer la note, ce qui me fit réaliser qu'il ne m'avait pas laissé la possibilité d'emporter mon portefeuille ce matin. En même temps, je n'imaginais pas partir pour la journée, et encore moins pour une journée perturbante à ce point. Il fut l'heure de reprendre la route. En regagnant le parking, j'aperçus une boutique de téléphonie mobile, Marc s'en rendit compte.

— Je vais trouver une banque pour t'en racheter un.

— Non ! Déjà, il est inconcevable que tu paies pour ma connerie. De toute façon, je n'ai ni mes papiers, ni ma carte bleue.

— Raison de plus !

— J'ai dit non, Marc. Et puis… je me dis que je pourrais peut-être essayer de tenir jusqu'à demain… j'ai bien survécu depuis ce matin… Je me connecterai à Internet en empruntant celui d'Alice, dès qu'on sera rentrés.

— C'est toi qui choisis.

En grimpant dans la Porsche, la chaleur étouffante me permit de passer à autre chose le temps de quelques minutes.

— J'imagine que ta voiture aussi est trop ancienne pour avoir la clim' !

— Figure-toi que tu te trompes ! Certes, c'est une vieille dame, mais elle a une des toutes premières clim' ! Abuelo l'a achetée en 1990. Je m'en souviens comme si c'était hier.

— Raconte, lui demandai-je, cherchant par tous les moyens à oublier mon téléphone.

Je devais aussi reconnaître que ça me détendait quand il racontait les histoires de son grand-père.

— Quand il s'est retrouvé veuf, il a observé un deuil d'un an, on se serait cru au XIXe siècle. Ses origines latines avaient dû se réveiller. Et puis la date anniversaire passée, il est redevenu lui-même, en pire ! Tant que ma grand-mère était en vie, elle le canalisait, alors il se restreignait. Après il a flambé. Un jour, j'avais onze ans, il est passé me récupérer chez mes parents, et m'a embarqué avec lui dans une concession Porsche. Ce jour-là, ça a aussi été une étape de ma formation. Pour lui, ces voitures sont synonymes de travail bien fait, de respect des belles matières, de quelque chose de sobre, pur, racé. Enfin bref… Imagine ma tête de gosse au milieu de toutes ces bagnoles, il me vendait du rêve en boîte. On y a passé un après-midi entier, il paraît que je suis resté la bouche grande ouverte tout le temps que ça a duré.

J'éclatai de rire.

— Continue.

— Il a jeté son dévolu sur celle-là, me dit-il en passant la main sur le tableau de bord au-dessus du compte-tours. C'est un de mes plus beaux souvenirs d'enfance quand il a sorti le chéquier. Mon grand-père flambeur et frimeur qui se payait sa 911 en l'honneur de l'amour de sa vie disparue, et ce pour la modique somme de 45 000 francs.

— Les garçons ne savaient pas que ton grand-père possédait cette voiture ?

— Non… j'aurais eu l'impression de commettre un sacrilège. C'était comme un secret que je partageais avec lui.

Je lui souris.

— Et c'est toi qui la conduis aujourd'hui ?

— Oui… une Porsche, on fait tout pour la léguer… Et Abuelo me l'a donnée en héritage. Le jour où il m'a tendu la clé, et que j'ai pu pour la première fois mettre le contact à gauche… tu n'imagines pas l'effet…

Il sourit, les yeux dans le vague.

— On y va ? me demanda-t-il en redescendant sur terre.

— Si tu veux.

Il démarra et je me retrouvai aussitôt plaquée à mon siège. Délibérément, il ne mit pas la clim' et ouvrit les fenêtres. « Écoute », me dit-il. Mes oreilles se réveillèrent avec le bruit du moteur ; ça ronflait, ça grognait. Mes sens étaient plus aiguisés que quelques heures plus tôt. Il sortit prudemment de la ville, avant de pousser l'accélérateur et de filer. Grâce à sa conduite souple et détendue, on oubliait la puissance de sa « vieille dame », comme il l'appelait.

— Et la modernité, le GPS ? le charriai-je. Ça ne te parle pas du tout ?

— Je préfère me perdre et ne pas avoir de fil à la patte.

Tout le contraire de moi. Ça doit être reposant de vivre comme ça.

Quand je vis la direction de Bonnieux, je sus qu'il nous restait à peine une demi-heure de route. Je n'avais pas envie de rentrer, de répondre aux questions des uns et des autres, de retourner dans la réalité, de me confronter à l'image qu'ils avaient de moi. Marc semblait ne pas me juger, il avait toujours été comme ça et n'avait pas changé, j'en prenais de plus en plus conscience. Avec lui, j'étais protégée de mes tourments, de mes obsessions et de mes soucis, j'avais l'impression d'être en liberté dans cette voiture qui sentait l'essence et qui vrombissait. Pourtant, cette journée avait été l'occasion d'appuyer le doigt là où ça faisait mal : le vide intersidéral de ma vie. Je soupirai en retournant à l'observation de la route ; ces paysages que je connaissais par cœur enfant, que j'adorais, qui faisaient partie de moi, et que j'avais oubliés. Que m'était-il arrivé pour que je devienne comme ça ? Un nouveau panneau attira mon attention.

— Marc, dis-moi, tu es pressé de rentrer ?

— Je ne suis pressé de rien. Pourquoi ?

— Tourne à droite au prochain carrefour, direction Lacoste. Nous allons rendre une visite au marquis de Sade. Du haut du château, c'est une des plus belles vues de la région, tu vas voir.

Il poussa l'accélérateur et la voiture fila. Au détour de la route sinueuse dans la forêt, nous alternions entre ombre et lumière. Le calme mystérieux et envoûtant de Lacoste m'avait toujours plu, même gamine, alors que je ne connaissais pas le Marquis. Je compris beaucoup plus tard les expressions à la fois gênées et amusées de mes parents quand je réclamais, et même tapais du pied, pour aller au château en ruine. Je proposai à Marc de se garer sur un petit parking près de la mairie.

— On va marcher un peu ! le prévins-je en sortant de la voiture.

— C'est toi, le guide !

Je pris la tête, me forçant à ne pas avancer trop vite. J'avais tout compte fait rapidement pris goût à mes spartiates, qui me donnaient l'impression d'être sur roulettes, et en contact avec le plancher des vaches. J'essayai d'en profiter pour flâner dans les ruelles en pierre, au milieu des vieilles bâtisses. Et puis il fut temps de commencer l'ascension sur le chemin plus caillouteux qui traversait les ruines non restaurées du château. Les rayons du soleil, de plus en plus bas, ne passant plus au-dessus des pans de mur encore debout, ne nous frappaient plus, la fraîcheur était reposante. Marc me suivait sans parler et, de temps à autre, je me retournais ; il marchait les mains dans les poches, ses Persol sur le nez, observant tout autour de lui. J'arrivai là-haut la première et l'attendis.

— Quel calme ! chuchota-t-il. C'est quoi, ce truc ?

Il regardait par-dessus mon épaule la sculpture des *Mains de bénédiction* en fer.

— C'est absolument fascinant !

Il traversa toute l'esplanade pour l'observer de plus près, il tourna autour, passa en dessous des bras géants ouverts vers le monde, et, même de loin, je pus apercevoir son sourire. De mon côté, je pris mon temps pour contempler le château et le profil du Marquis qui encadrait la porte d'entrée. Je finis par m'asseoir sur un muret, les jambes dans le vide au-dessus des douves et contemplai le massif du Luberon et le mont Ventoux. Mes muscles étaient endoloris, à cause de la tension que je leur imposais depuis des semaines. Je laissai retomber mes épaules en respirant à pleins poumons, ça sentait le chaud, la nature, et les cigales – désormais silencieuses – nous laissaient en paix. Quelques minutes plus tard, Marc me rejoignit, prit la même position que moi et inspira profondément.

— Après quoi tu cours ? me demanda-t-il après un moment.

— Et toi ? lui renvoyai-je sans le regarder.

— Je te répondrai après… Tu as encore trouvé le moyen de me faire parler aujourd'hui et, toi, de ne rien me dire. Alors je répète ma question : après quoi cours-tu avec ton boulot, tout ça ?

Je soupirai. Je ne pouvais ni ne voulais plus lutter.

— Au bout du compte, je ne sais pas… la réussite peut-être, j'essaie d'être la meilleure, ne pas décevoir aussi. Avec les années, j'ai découvert que je ne supportais pas l'échec. J'en veux toujours plus…

— Ah bon !

Je me tournai vers lui, il était réellement surpris.

— Tu n'étais pas comme ça, avant… Je me souviens de toi, tu faisais le strict nécessaire pour avoir tes exams…

— C'est vrai, puisque même mon job, je n'ai rien fait de particulier pour le décrocher… J'ai eu envie de prouver à Bertrand qu'il avait eu raison de m'embaucher. J'ai commencé par du classement de dossiers et il m'a appris le métier d'interprète. J'en ai bavé, mais je me suis accrochée…

Pour la deuxième fois, en l'espace de peu de temps, les souvenirs de mes premiers mois à l'agence refaisaient surface. Marc fronça les sourcils, sans cesser de me fixer. Puis, il eut un léger mouvement de recul, avant de regarder au loin.

— Ce type, ton patron, il a bien dû voir que tu étais douée, sinon tu n'en serais pas là, aujourd'hui…

— Certainement. Au fur et à mesure, j'ai eu de plus en plus de choses à faire et des responsabilités. Avec le temps, j'ai pris goût à l'adrénaline du boulot, des contrats, des victoires. Il n'y a pas deux jours qui se ressemblent… J'ai fini par avoir le bureau le plus proche de celui du patron, et je tiens farouchement à ma place.

Il éclata de rire.

— Il n'y a rien de pire qu'un feignant qui se met au boulot ! C'est bien pour ça que je n'ai jamais essayé ! Je serais trop bon !

Sa blague nous fit rire quelques secondes, puis il redevint sérieux :

— Mais Yaël, il y a quelque chose que je ne comprends pas.

— Je t'écoute.

Il planta ses yeux dans les miens.

— Je me répète, mais tu n'étais pas comme ça, avant. Je veux dire, on n'entendait que toi, t'étais grande gueule, tu riais tout le temps, tu prenais tout à la légère… et aujourd'hui, tu te caches, tu fais tout pour qu'on t'oublie dans un petit coin… J'ai l'impression que tu as peur de tout.

Était-ce vraiment l'image qu'il avait de moi ? Je fuis son regard. La fille dont il me parlait était désormais une étrangère pour moi. Comme si j'avais occulté celle que j'avais pu être dans une autre vie.

— Je n'allais pas rester une éternelle étudiante, Marc, lui répondis-je, un demi-sourire aux lèvres. Je suis devenue adulte, ce n'est peut-être pas plus compliqué que ça…

— Si tu le dis… mais tu es obligée de tout sacrifier pour avoir ça, ton job ?

— J'ai pris ce tournant, sans m'en rendre compte. Ça me plaît… je me suis prise au jeu… J'adore mon boulot. J'aime être pressée, overbookée, demandée, connectée… ça me permet de respirer.

— Pourquoi tu as besoin de ça ? De courir tout le temps ? Tu fuis quoi ?

Je grattai un peu de mousse séchée sur la pierre.

— Rien… je ne fuis rien… Et tu sais, mon patron réfléchit à me proposer de m'associer à lui.

— Si je comprends bien, c'est toute ta vie ?

— Peut-être… En réalité, je n'ai que ça… je ne sais plus, en fait… si je n'ai plus mon job, je m'effondre, je crois… je suis un peu perdue, là.

La véracité de mes propos me frappa, je ne savais plus… En repensant à ce que m'avait dit Alice quelques jours plus tôt et à ce que j'avais fait le matin même à cause de mon téléphone, je commençais à me dire qu'il fallait peut-être revoir deux, trois choses dans ma vie. Mais lesquelles ? Comment ? N'existe-rais-je qu'à travers mon travail ? Je n'avais jamais voulu écouter les autres, leurs interrogations, leurs avis sur ma vie. Ça faisait tellement longtemps que je me coltinais leur discours… Je m'étais fermée à tout ce qui pouvait mettre en péril mon équilibre, qui me sem-blait bien fragile d'un coup. Marc, lui, d'une certaine façon, ne me connaissait plus, et en si peu de temps il allait bien au-delà de ce que ma sœur et mes amis me serinaient. Auraient-ils tous à leur manière vu juste sur moi et sur ce que je ne voyais pas de ma vie ? Je me sentis lasse tout d'un coup, fatiguée à l'avance par ces questions que je devrais me poser un jour ou l'autre.

— Et toi alors, Marc ?

— Moi… je ne cours après rien.

Il fixa le ciel quelques instants, et soupira.

— Je sais ce que je veux et, à partir de là, tout va bien. Peu importe, finalement, que j'obtienne ce que j'attends de la vie ou non. Le principal, c'est que je garde ma ligne de conduite, toujours droit dans mes bottes. On ne peut pas savoir ce qui nous va tomber dessus du jour au lendemain. Ces dix dernières années en sont la preuve. Je suis en accord avec moi-même et c'est ce qui compte.

Il riva son regard au mien.

— Il n'y a pas eu un jour où je n'ai pas pensé à vous…

J'ouvris la bouche, prête à lui couper la parole. Il anticipa et leva la main pour me faire taire.

— Laisse-moi finir, s'il te plaît.

Je hochai la tête en soupirant.

— Merci, me dit-il en m'adressant un sourire en coin. Je sais, je n'ai rien fait pour vous retrouver… parce que je suis parti du principe que j'avais fait une connerie, peut-être une des plus belles de ma vie, en vous abandonnant comme ça. Il ne me restait plus qu'une chose à faire, assumer le fait que je vous avais perdus par ma faute… et c'est ce que j'ai fait. Ça peut te paraître étrange, bête, mais je suis comme ça. J'ai toujours su que je vous avais fait du mal et j'en ai encore plus conscience depuis le jour où tu as débarqué à la brocante et où tu m'as sorti mes quatre vérités. Je ne me le pardonnerai jamais. Si vous m'aviez oublié, complètement et définitivement, j'aurais eu ce que je méritais. Jamais je ne t'en aurais voulu, si tu ne m'avais pas rappelé.

Son regard, l'expression de son visage étaient criants de sincérité. Il était en train de me dire qu'il n'avait jamais tiré un trait sur nous, mais qu'il se punissait lui-même pour ses erreurs passées.

— Renouer avec vous était un rêve que je ne me serais jamais permis de provoquer. Et pourtant, regarde-nous aujourd'hui. C'est pour ça qu'à mon sens, ça ne sert à rien d'anticiper. Je me laisse porter par la vie, car tout peut arriver. C'est ce que j'ai appris avec le temps. Regarde, quand on était étudiants, s'il y en avait bien un qui n'était pas censé bourlinguer pendant des années, c'est bien moi, je n'étais pas vraiment un aventurier… et pourtant je l'ai fait. Inconsciemment, je fuyais certainement l'héritage d'Abuelo, par trouille. C'est pour ça que vous ne connaissiez pas la brocante, que je n'en parlais pas à l'époque. Et tu vois, ça a fini par me claquer à la gueule. Aujourd'hui, c'est moi qui tiens sa brocante, parce que je le veux. J'en suis le plus heureux des hommes.

Il avait l'air tellement en paix. Le regard lucide qu'il portait sur sa vie témoignait d'une maturité impressionnante. Marc était devenu un homme intègre avec lui-même, qui inspirait la confiance, qui rassurait. Jamais je n'aurais pu imaginer qu'il devienne si fort.

— Attention, Yaël, je ne dis pas que c'est la solution à tout. Ça te fait faire des conneries de ne rien anticiper parfois.

— Pourquoi dis-tu ça ?

Il eut un petit sourire triste et jeta un coup d'œil au loin.

— Mon divorce… ça ne faisait pas vraiment partie de mes projets ni de mes aspirations…

— Que s'est-il passé ?

— C'est assez simple. Je n'ai pas voulu voir le coup venir. J'ai fermé les yeux sur l'état de notre vie de couple, on prenait deux chemins différents, mais je ne voulais pas y croire. Au bout du compte, il ne devait plus y avoir grand-chose entre nous… Je suis si bien posé, à la brocante. Je parlais régulièrement à Juliette de l'idée de fonder une famille. Je veux des enfants, ça peut paraître con, mais c'est comme ça. Avec elle, ça aurait suffi à mon bonheur. Sauf que c'est une femme qui a la bougeotte, une routarde qui ne tient pas en place, je l'ai pourtant toujours su… Elle est restée cinq ans à Paris, ce qui est un record, pour me faire plaisir, je pense… Un soir, en rentrant chez nous, j'ai vu son sac à dos dans l'entrée… elle m'a avoué ce qu'elle avait sur le cœur depuis des mois, je ne lui suffisais plus, je n'avais pas su lui donner envie de rester avec moi, elle n'en pouvait plus de la vie que je lui proposais… c'était déjà trop tard, je n'avais plus rien à faire, alors, on s'est dit au revoir et souhaité bonne route… Elle a fait un saut en France cette semaine, pour le divorce… ça m'a fait drôle de voir qu'elle est bien plus heureuse sans moi qu'avec moi.

Il encaissait ça avec calme et recul. J'étais admirative, il me scotchait. Admirative aussi de sa façon spontanée de se livrer sans s'épargner, en reconnaissant ses torts.

— Et comment tu le vis ?

— Pas terrible, au début… beaucoup mieux depuis que tu es tombée du ciel, et que vous faites tous à nouveau partie de ma vie.

Il me fit un grand sourire et se leva en enjambant le muret.

— On rentre ? me proposa-t-il en tendant la main pour m'aider à revenir du bon côté.

Je descendis de la Porsche pour ouvrir le portail de la Petite Fleur. Marc roula au pas, puis se gara. Je le rejoignis au moment où il sortit à son tour. Je restai là, sans bouger, tout près de lui, je savourais la bulle dans laquelle nous avions été toute la journée, lui ne disait rien non plus. Et le silence fut rompu. Je soupirai et fermai les yeux quelques instants.

— Où étiez-vous passés ? hurla Alice en accourant vers nous, complètement affolée.

— À L'Isle-sur-la-Sorgue, répondit nonchalamment Marc.

— J'ai essayé de t'appeler dix fois ! continua ma sœur. Pourquoi tu ne m'as pas répondu ? Tu es toujours pendue à ton téléphone !

— Son portable est tombé dans la Sorgue, mentit Marc. Et je n'avais pas le mien.

Alice se pétrifia sur place, les autres me scrutèrent, stupéfaits.

— Comment ?

— Oh… bêtement… Je consultais mes mails en marchant, j'ai buté sur une pierre, et… et… plouf !

— Yaël, tu es en train de nous dire que tu as passé la journée sans téléphone ? Et tu es toujours vivante !? C'est une caméra cachée, beugla Adrien.

— Marc, dis-nous la vérité, lui demanda Jeanne. Elle a piqué une crise de nerfs, elle s'est roulée par terre, a couru comme une folle dans toute la ville pour s'en racheter un dans la minute.

— Même pas ! Elle…

— Stop ! hurlai-je en me mettant au milieu d'eux, les bras en l'air. J'en ai marre ! Arrêtez de parler de moi comme si j'étais malade. Ça vous fait rire, je sais que je le mérite… mais peut-on changer de sujet ?

Marc sourit le premier, puis baissa la tête. Adrien vint me prendre par l'épaule et m'entraîna vers la terrasse.

— Ça mérite de boire un coup ! Les gosses sont couchés, c'est au poil ! La nuit est à nous.

Il me serra la nuque avec son bras et m'embrassa dans les cheveux.

— C'est cool, ça !

Je renonçai à emprunter celui d'Alice pour regarder mes mails, refusant de gâcher leur joie. La table était déjà mise, ils n'attendaient plus que nous. Rien d'étonnant à plus de 21 heures. Tout le monde trinqua, je bus quelques gorgées de mon rosé, et avec plaisir. Comme si mes papilles étaient à nouveau capables d'en apprécier la saveur. Alice vint s'installer à côté de moi, la mine contrite.

— Tu sais, l'autre jour, quand je te disais de lâcher ton téléphone, je ne te demandais pas de le lancer à la flotte.

Je ris légèrement, la tête me tournait déjà. Le petit verre de rosé avalé me mettait dans une brume, pas désagréable.

— Tu as quand même passé une bonne journée ?

— Oui…

J'étais sincère.

— Tu es sûre ? Tu as petite mine.

Elle passa délicatement sa main sur ma joue. Son geste me rassura. Si nous avions été seules toutes les deux, j'aurais laissé reposer mon visage dans sa paume, pour profiter de sa douceur, plus longtemps encore.

— Je suis fatiguée, mais c'était bien… lui annonçai-je en cherchant Marc du regard.

— Je t'ai préparé une tomate-mozza, j'ai pensé que ça te plairait.

— Merci, lui répondis-je en retenant les larmes qui montaient.

Sans savoir pourquoi, j'avais envie de pleurer. Les vannes s'ouvraient, et ça me soulageait. Les garçons revinrent avec les grillades. Une demi-merguez atterrit devant moi.

— Ça devrait passer avec la tomate, me glissa Marc à l'oreille avant de continuer à servir.

Je réussis à finir mon assiette, c'était déjà extra-ordinaire. Les quelques gorgées de rosé me tapaient de plus en plus sur la tête, mes paupières étaient lourdes, mes yeux me piquaient, je n'avais plus de forces. Je quittai la table et commençai à débarrasser. En arrivant dans la cuisine, je pris appui sur le plan de travail, la tête bourdonnante. J'entendis la voix de Marc me souffler : « Va te coucher. » Je me retournai. Il arrivait à son tour, les bras chargés.

— C'est le vin qui ne passe pas.

— Non, tu as juste besoin de dormir.

— Je vais t'apprendre un nouveau truc sur moi pour compléter mon merveilleux portrait : je suis insomniaque ! lui annonçai-je en riant jaune.

— Quelque chose me dit que tu vas dormir, alors au lit, Yaël, l'insomniaque !

Et s'il avait raison…

— Je capitule, si tu me dis pourquoi tu as menti pour mon téléphone ?

— Pour nous éviter une prise de tête avec les autres.

Je lui fis un petit sourire.

— Tu peux me rendre un dernier service et leur dire que je suis allée me coucher ?

— Compte sur moi.

Les volets étaient restés fermés toute la journée, il faisait assez frais dans ma chambre. En me brossant les dents, la mollesse envahit mon corps et mon cerveau. Mes yeux se fermaient tout seuls, au point que je renonçai à une douche. Je me déshabillai, enfilai un pyjama léger, éteignis la lumière, et m'assis sur mon lit, laissant ma tête s'écrouler sur l'oreiller. Je remontai le drap, le tissu me sembla doux sur ma peau. Il y eut un grattement sur la porte.

— Yaël ? Tu dors ? Je peux venir chercher ma trousse de toilette ?

— Bien sûr.

La lumière du couloir suffit à l'éclairer jusqu'à la salle de bains ; je le distinguai tandis qu'il récupérait ses affaires.

— Bonne nuit, murmura-t-il.

— Marc ?

Il s'approcha du lit. Je trouvai la force de le regarder.

— Merci pour la journée. Merci…

— Dors.

Il sortit. Je l'entendis répondre aux questions des autres sur ma disparition, il rassura Alice qui s'inquiétait pour moi, mais lui interdit de venir me voir. Progressivement, les voix s'étouffèrent, et je m'enfonçai dans le sommeil, incapable de lutter.

Mes yeux restaient désespérément fermés, je les frottai avec mes poings comme un enfant, en bâillant. Puis, j'étirai mes muscles ankylosés. Je me redressai péniblement dans le lit, le drap glissa, il n'avait pas bougé depuis la veille. Mes paupières clignèrent ; à travers les persiennes, le soleil filtrait, déjà haut. Aucun bruit, le silence le plus parfait régnait dans la maison. Debout, il me fallut quelques instants pour trouver un semblant de stabilité, je fis craquer mon dos. En traînant les pieds, je me rendis dans la salle de bains pour me regarder dans le miroir : j'étais bouffie de sommeil et j'avais la marque de l'oreiller sur la joue. Je m'aspergeai le visage d'eau froide ; rien à faire, cette sensation d'engourdissement ne disparaissait pas. Je retournai m'asseoir sur le lit, il fallait réagir, sinon j'étais capable de me rendormir. Je cherchai mon téléphone sur la table de nuit. Et je me souvins… Je serrai les poings en m'enjoignant de ne pas m'énerver. Pas déjà, pas tout de suite une boule dans le ventre. Je voulais encore un peu la paix. Je me relevai et fouillai dans la commode, je tombai en premier sur le maillot de bain que les filles m'avaient trouvé ; il ferait l'affaire. Puis j'attrapai ma serviette, ouvris les volets et fonçai à la piscine ; elle n'était plus bâchée, ça tombait bien, il devenait urgent que je nage. Débarrassée de mon drap de bain, je pris ma respiration et plongeai la tête la première. La fraîcheur de l'eau mordit ma peau, particulièrement celle de mon ventre, qui n'avait plus l'habitude d'être à découvert, même mon décolleté le ressentit, mes seins étant toujours enfermés jusqu'au cou dans le carcan de mon maillot de nageuse. Je fis une première longueur sous l'eau, remontai à la surface où j'entamai un crawl, plus lent que d'habitude. Suivirent plusieurs longueurs avant que je marque un arrêt. Je repoussai mes cheveux en arrière, ils avaient recouvré leur liberté, je pouvais les sentir dans ma nuque, l'eau dégoulinant sur mes épaules. Accrochée au rebord, je penchai la tête en arrière pour les remettre sous l'eau, le clapotis chatouilla mes oreilles. Je posai mes pieds contre la paroi de la piscine et, au lieu de me propulser en arrière pour démarrer un dos crawlé, comme d'habitude, je m'arrêtai et fis la planche. Je restai parfaitement immobile, les bras légèrement écartés du corps, les yeux fermés, le soleil chauffant ma peau, et je souris. Je n'étais pas loin de rire, et de pleurer aussi, tant je sentais un sentiment de plénitude enfler en moi. Je me remis à la verticale et descendis au fond, où je regardai les bulles remonter à la surface, vers la lumière. Puis je les suivis et sortis de l'eau. Je récupérai ma serviette pour m'essuyer, m'en entourai le corps, puis regagnai la terrasse en essorant mes cheveux. Ce n'est qu'à cet instant que je découvris Marc assis là, un bouquin entre les mains, les yeux cachés derrière ses lunettes de soleil.

— Salut, me contentai-je de lui dire.

— Salut. Bien dormi pour une insomniaque... chuchota-t-il.

Je vins me camper dans son dos, il me mit son poignet sous le nez : il était 11 h 20. J'avais donc fait le tour du cadran.

— Merci, lui dis-je en rejoignant ma chambre, complètement hallucinée par ma nuit de sommeil.

Je me douchai vite fait, enfilai une robe légère, démêlai mes cheveux, et décidai de les laisser libres, Alice serait contente. Ensuite, je passai par la cuisine, il restait du café, je m'en servis une tasse, en pris une pour Marc, et le retrouvai sur la terrasse. Il semblait avoir décroché de son livre, il regardait au loin tout en remontant sa montre.

— Où sont-ils tous passés ?

— Au marché.

— Tu n'avais pas envie d'y aller ?

— J'y suis allé à la fraîche, c'est plus agréable, tu peux discuter avec les commerçants, prendre un café et lire ton journal, peinard.

— C'est vrai qu'à cette heure-ci, c'est la cohue !

Je finis mon café et me levai.

— Je vais essayer de les rejoindre. Tu veux venir avec moi ?

— Non, je vais rester et allumer le barbecue.

— Comme tu veux.

200

En arrivant sur la place du marché, je me dis que ce n'était pas gagné de tomber sur toute la petite troupe, même s'ils étaient plus que repérables ! Pourtant, il devint rapidement urgent que je les trouve, je commençais à avoir l'impression d'être cernée par des téléphones portables, me rappelant sans cesse que je n'avais plus le mien, que j'étais injoignable. La voix de ma sœur s'égosillant sur ses enfants me ramena les pieds sur terre, je regardai à droite, à gauche. Adrien et Cédric étaient en pleine dégustation de vin, Jeanne fouinait sur un stand de vêtements avec Emma et ma pauvre Alice, ses deux enfants autour d'elle, se débattait pour acheter des melons et des pêches. Je slalomai entre les badauds et réussis à l'atteindre, Marius et Léa me repérèrent. Les yeux de Marius s'allumèrent et ceux, plus timides, de Léa se baissèrent. Je leur fis signe de se taire, le doigt sur la bouche, avec un clin d'œil.

— Besoin d'aide ? proposai-je à ma sœur en calant ma tête sur son épaule.

Elle sursauta.

— C'est toi ? Tu m'as fait peur ! Et…

Elle me fixa, passa sa main sur mes cheveux, et me fit un immense sourire.

— Allez, je m'occupe de tes monstres !

— Tu es un ange ! Merci ! On est garés près du château. On s'y retrouve.

J'attrapai mon neveu et ma nièce par la main, et traversai la foule sans les lâcher une seule seconde. En passant à proximité de Cédric, je ne pus m'empêcher de lui faire une remarque :

— Va aider ta femme et prépare les billets pour le baby-sit' !

— Hein ?

Je lui tirai la langue, il éclata de rire. Quelques minutes nous suffirent à gagner l'aire des jeux d'enfants. Marius fila et grimpa tel un asticot sur les toboggans. Léa, elle, ne bougeait pas, sa main toujours accrochée à la mienne. Un banc était libre, je l'y entraînai.

— Tu n'as pas envie de jouer ?

— *No*, répondit-elle en secouant la tête. *Stay with you.*

Du haut de ses trois ans, ses phrases étaient bien légères. Mais j'eus une bouffée d'amour soudaine pour cette petite fille qui, pour la première fois, me parlait dans la langue de sa grand-mère ; Alice s'appliquant à parler anglais à ses enfants un jour sur deux, rêvant de les rendre bilingues comme nous. Léa fixait mes pieds, dont les ongles étaient faits.

— Ça te dirait d'avoir pareil ?

— Oui !

— On va demander à maman, et je te fais ça.

Elle grimpa sur mes genoux, me fit un bisou baveux, et s'installa à califourchon sur moi, sans plus bouger, ni rien dire.

En revenant à la Petite Fleur, nous trouvâmes Marc en maillot de bain, les cheveux mouillés, la tête dans le barbecue, une bière à la main, repas prêt et couvert mis pour toute la tribu. Alice alla lui faire une bise.

— Merci, tu sais prendre soin des femmes, toi. Pas comme certains !

Elle trucida son mari du regard, le coup du marché ne passait pas. Adrien donna un coup de coude à Cédric, se moquant de lui.

— Fais pas le malin, toi ! l'interpella Jeanne.

— Bah… j'ai rien fait.

— Justement ! La calvitie, passe encore, mais tu as vu ta bedaine en comparaison de Marc. Beau gosse ! siffla-t-elle.

Tout le monde éclata de rire.

— Après ces considérations hautement philoso-phiques, à table ! décréta Marc, visiblement gêné par le compliment.

Durant le repas, Léa ne me lâcha pas, Alice et moi échangions fréquemment des clins d'œil. J'avais réussi à apprivoiser ma nièce, et je savais désormais m'adresser à elle sans l'effrayer. Ça me rendait heu-reuse. Du coup, je me chargeai de la coucher pour sa sieste, et pris tout mon temps en lui lisant une his-toire, une que notre mère nous lisait à Alice et moi. En revenant avec le café sur la terrasse, je m'apprêtais à emprunter le téléphone de ma sœur pour tenter une connexion quand Adrien anticipa :

— Yaël, ça fait plus de vingt-quatre heures, main-tenant ! Ça va, t'as pas trop la tremblante, ni de suées ? Regarde ce que j'ai dans la main !

Il se leva et me passa sous le nez son portable. Je vis ma sœur se décomposer, Jeanne prendre un air exas-péré, et Cédric gigoter.

— Fous-lui la paix, grogna Marc, le regard ora-geux.

— On peut bien rire ! Et moi, je dis qu'elle craque dans la journée.

— Tu veux parier ? ricanai-je.

— Chiche ?

— Je t'écoute.

Je faisais ma fière, je n'en menais pourtant pas large.

— Pas de téléphone jusqu'au dernier jour des vacances, si tu tiens, c'est moi qui banque et t'en rachète un. Si tu perds, tu nous invites tous à dîner dans le laboratoire médical qui te sert d'appart'.

— Ouh… dur ! commenta Cédric.

— Banco ! déclarai-je sans même prendre la peine de réfléchir.

— Elle est de retour, les amis !

Je servis le café à tout le monde pour me donner une contenance. Autant commencer à réfléchir au menu que j'allais leur proposer. Je venais de me mettre dans un sacré pétrin. Pourtant, je sentais comme une petite excitation grandir en moi, quelque chose qui remontait de loin.

— Je suis fière de toi, me félicita Alice.

— Ne te réjouis pas trop vite !

Je préférai rester debout, ma tasse à la main, j'allais devoir m'occuper et payer les conséquences de mon orgueil démesuré.

— Je comprends mieux ce que tu me disais hier, me dit Marc qui s'était matérialisé devant moi.

— À propos de quoi ?

— Tu n'aimes pas l'échec.

— Prise à mon propre piège, lui répondis-je en riant.

Un peu plus tard dans l'après-midi, après avoir renfilé mon maillot de bain, je croisai Jeanne sur la terrasse.

— Alice a très bien choisi, me dit-elle.

— Merci. Ça change du… Attends, tu permets que je secoue un peu Adrien ?

— Vas-y, fais-toi plaisir ! J'ai regretté de t'avoir confié sa remarque, c'était pas sympa.

— Pas de souci ! Tu as bien fait, je le méritais.

Je lui fis un clin d'œil, puis me frottai les mains.

— C'est parti !

Je passai la barrière de sécurité enfant de la piscine, suivie par elle. Alice feuilletait un magazine sur une chaise longue, Cédric et Marc discutaient les pieds dans l'eau, assis sur le bord, et ce cher Adrien faisait un petit somme sur un transat, il devait être bouillant.

— Adrien, lui murmurai-je à l'oreille.

— Mmm…

— Tu as gagné, j'ai craqué.

D'un bond, il fut debout, face à moi, dos à la piscine.

— Hein ! Quoi ! Déjà !

D'une pichenette, je le fis basculer dans l'eau. Il cracha tout ce que ses poumons contenaient d'air. Quand il remonta à la surface, je mis les mains sur mes hanches et pris mon air le plus sérieux et professionnel :

— Tu devrais savoir que la nageuse est-allemande a plus de cran que ça !

Cédric, Alice et Jeanne hurlèrent de rire. Marc, ne comprenant rien, demanda des explications à mon beau-frère, puis il me dévisagea avec son regard de cocker avant de suivre le mouvement.

— Oh, tu vas me le payer ! La p'tite Anglaise en bikini va morfler !

D'un bond, il s'extirpa de l'eau, je partis en courant et fis le tour de la piscine, en riant comme une folle, je pouvais presque sentir des ailes me pousser, tant je me sentais légère. Je pris de l'élan et fis une bombe ! J'éclaboussai tout le monde, pour mon plus grand bonheur.

Je passai tout l'après-midi dans l'eau avec Marius, qui avait sauté à son tour dès qu'il m'y avait vue. Léa, sitôt levée de sa sieste, enfila ses brassards et nous rejoignit. Elle passa tout son temps accrochée à mon cou. Emma craqua à son tour, c'était difficile pour elle de trouver sa place ; à douze ans, on n'est plus tout à fait une enfant, mais on n'est pas encore une ado. Je me souvenais d'elle à l'âge de Léa et, là, je la découvrais en deux-pièces, à peu de temps d'avoir ses premières règles, en réalisant que j'étais passée à côté de son enfance. Je me promis de ne pas faire la même erreur avec Léa.

Nous étions lundi, déjà une semaine que j'étais là, trois jours que j'étais déconnectée de ma réalité et de Paris, et, contre toute attente, je survivais. Après déjeuner, au lieu de profiter de la piscine, la demande de mon père me revint en mémoire, je décidai d'aller faire un tour dans la grange. C'était le seul bâtiment d'origine du terrain, en pierres de taille claires, polies par le soleil et le mistral. Elle devait atteindre les deux cents mètres carrés, en comptant l'étage au plancher troué. Durant la construction de la maison, après l'épisode de la roulotte, mon père y avait installé la famille. C'était un de mes endroits préférés, petite fille. Elle était un peu éloignée de la maison et pouvait tout à fait être indépendante. En y pénétrant, je compris pourquoi mon père m'y avait envoyée ; il comptait sur mes facultés d'organisation et de rangement, elle n'avait jamais été dans un tel état. Tous les meubles de l'appartement parisien avaient atterri là, sans compter tout ce que mes parents avaient entassé au cours des années : objets, papiers, vêtements, nos jouets d'enfant... Ils avaient même gardé le Minitel ! En somme, tout ce qui fait une vie. Le chantier était impressionnant ; il me faudrait plus d'une journée, voire une semaine entière pour remettre un peu d'ordre toute seule dans ce bazar géant.

Je m'acharnais à faire bouger ne serait-ce que d'un millimètre un buffet en teck quand la porte grinça.

— Alice ! braillai-je. Viens m'aider à bouger cette horreur. Je te mettrais tout ça au clou !

— C'est moi, m'annonça Marc. Et ce que tu as devant toi n'a rien d'une horreur.

Je me redressai et essuyai mon front couvert de sueur et de poussière avec mon bras. Marc, quant à lui, était déjà à quatre pattes en train de détailler le buffet. Puis il se releva et fit un tour d'horizon de la grange, en prenant son temps, sifflant d'admiration, avant de revenir vers moi.

— C'est le paradis, ici ! me dit-il, les yeux pleins de malice.

— J'essaie de le rendre accessible, ce paradis ! Mais il faudrait d'abord bouger ce truc, lui répondis-je en tentant à nouveau de déplacer le meuble.

— Pas comme ça, tu vas l'abîmer. Regarde, tu fais travailler les pieds. Je vais te filer un coup de main, il faut tout faire pour que toutes ces merveilles ne se détériorent pas. Heureusement, ce n'est pas humide, mais il faut prendre certaines précautions.

Nous entamâmes un véritable déménagement, il était efficace, sauf lorsqu'il tombait sur une « pépite », occasion pour lui de me donner un cours. Ce qu'il fit par exemple lorsque je suggérai que les vieilles chaises en plastique – qu'on trouve aux kermesses d'école ou dans les salles des fêtes et que mon père traînait depuis des années – pouvaient prendre la direction de la déchetterie.

— Yaël, tu ne réalises pas, je crois ! Ces chaises que tu veux mettre à la benne sont emblématiques. Ce sont des Polyprop. Sais-tu que depuis la première sortie d'usine en 1963, 14 millions d'exemplaires de ce modèle ont été vendus ?

Je mis ma main sur la bouche pour éviter de lui rire au nez. Sitôt que j'eus tourné le dos, je craquai. Mes parents avaient dépassé la fin des années 1970, Marc, lui, faisait tout pour y retourner, il était prêt à remonter le temps encore plus loin. En repensant à son appartement, ça n'aurait pas dû m'étonner.

Chaque meuble trouva sa place. Marc, après être allé fouiner dans le garage sur mes conseils, bâcha les plus fragiles, mit des cales en carton sous les pieds de chacun. Dès qu'il m'en donnait l'autorisation, j'utilisais la place disponible pour y ranger tout le reste : objet de déco, vaisselle, garde-robe de ma mère et de mon père. J'eus un énorme fou rire en tombant sur les vestiges de leurs années hippies avant notre naissance ; les pattes d'eph'orange, les robes violettes de ma mère et les chemises col pelle à tarte de papa. Et un encore plus gros lorsque je tombai sur mes bulletins de terminale ! En anglais : « *Yaël a un très grave problème avec l'autorité. Insolente !* » En français : « *S'il y avait un bac option bavardage, Yaël l'obtiendrait avec les félicitations du jury.* » Et en éco : « *Si elle n'ouvrait ne serait-ce qu'une fois par mois ses cours, Yaël serait promise à un grand avenir.* »

Quand ça commença à ressembler à quelque chose, Marc s'assit dans un fauteuil que j'avais toujours connu chez mes parents. Pour le plaisir, je lui demandai une dernière leçon.

— Tu n'as rien à dire là-dessus ?

— Tu te fous de moi, là ? me répondit-il, le sourire aux lèvres.

— Pas du tout ! J'ai toujours vu mon père se vautrer dedans, et je suis curieuse.

— Iconiques, ce fauteuil et son repose-pied ! C'est un Eames qui a été créé en 56. Tu vois, c'est du bois cintré et du…

— Cuir noir, le coupai-je. Je sais encore reconnaître le cuir !

— C'est bien ce que je disais, tu te fous de moi !

Je ris, puis lui tendis la main pour qu'il se lève.

— Viens voir l'étage. Il faut passer par l'échelle.

Une fois là-haut, je lui indiquai la solive sur laquelle marcher pour éviter de passer à travers le plancher. Par je ne sais quel miracle, je réussis à ouvrir une des fenêtres pour lui faire découvrir la vue imprenable sur les vignes et le clocher de Lourmarin. Nous nous accoudâmes au rebord, sans rien dire durant de longues minutes.

— Pour quelqu'un qui n'aime pas les vieilleries, tu sembles t'y sentir bien, dans cette grange, finit-il par me dire.

— C'est vrai… Je venais toujours là pour bouder ou rêvasser quand j'étais petite.

— Ton père n'a jamais voulu en faire quelque chose ?

— Oh, tu sais, papa, il a toujours plein de projets, mais il ne va jamais au bout… Je ne sais pas trop pourquoi d'ailleurs… Il faudra que je lui pose la question. Tout ce que j'espère, c'est qu'il ne la vendra jamais. En tout cas, merci, soufflai-je dans un soupir. Je n'y serais pas arrivée sans toi.

Il me sourit et prit la direction du rez-de-chaussée. Je fis un dernier tour de l'étage avant de le rejoindre, repensant à tous les souvenirs liés à cet endroit. Je descendis à mon tour l'échelle, Marc m'attendait en bas. Un peu avant les derniers barreaux brisés, je sentis ses mains sur ma taille, à moitié sur le tee-shirt, à moitié sur ma peau. Je me raidis, non pas par malaise, mais par surprise.

— Tu fais quoi, là ? lui demandai-je, la voix perchée.

— Je t'évite de te casser la figure.

— Merci, chuchotai-je.

Personne ne me touchait jamais. Je fuyais le contact, mais là, c'était agréable. Il me serra plus franchement et me souleva pour me faire retrouver la terre ferme. Lorsqu'il me lâcha, j'eus des frissons.

Ce soir-là, après dîner, j'eus envie de poursuivre mon retour dans le passé. Je farfouillai dans l'armoire du séjour, y retrouvai tous les albums photo et revins sur la terrasse, les bras chargés. La température était délicieuse, même pas besoin d'une petite laine. Je débouchai une nouvelle bouteille de rosé, me sentant particulièrement en forme. Durant plus d'une heure, je parcourus nos souvenirs d'enfance et d'adolescence avec Alice, qui ne manquait jamais de faire le tour de table pour venir regarder par-dessus mon épaule. Je revécus la construction et les travaux de la Petite Fleur, l'époque de la roulotte et du camping dans la grange, celle où la piscine n'existait pas et où maman nous mettait dans une grande baignoire en plastique pour patauger. Les souvenirs de vacances tous les quatre, dans le break Nevada, les courses en culotte dans l'appartement parisien, nos boums toujours en duo… Plus d'une fois, des larmes m'échappèrent et de nombreux fous rires retentirent sous l'auvent. Le rosé coulait à flots, ce qui avait le mérite de nous faire oublier les horribles frelons qui s'agglutinaient sur la lampe de la terrasse, juste au-dessus de nos têtes. Les années passaient à chaque page. Et puis je découvris qu'il y avait une suite ; sans que je le sache, Alice avait poursuivi les albums de nos années étudiantes et des suivantes. Elle avait tout construit en fonction de l'apparition des uns et des autres dans nos vies.

— Je m'y suis mise la première fois où tu n'es pas venue ici. Tu me manquais, alors…

Je lui envoyai un baiser avec la main, et me tournai vers Marc, en pleine discussion avec Adrien et Cédric. Il avait droit lui aussi de replonger dans nos souvenirs communs.

— Marc ! Viens à côté de moi.

Il attrapa une chaise et s'installa en remplissant à nouveau nos verres. Ensuite, je posai l'album sur ses genoux en l'incitant du regard à tourner la première page. Je découvris en même temps que lui une photo de nous tous, en pyramide humaine, lors de notre premier week-end tous ensemble.

— Oh la vache ! lâcha-t-il.

Nous riions tellement que, bientôt, le reste de la bande se tassa derrière nous, les albums passèrent de main en main. Alice avait scrupuleusement tout conservé, tout consigné, même les photos que je lui avais refourguées. J'avais voulu faire du vide chez moi, je lui avais proposé de les récupérer, sinon je m'en débarrassais. En y repensant, je me demandais comment j'avais pu songer à une chose aussi horrible ! Et que dire de celle que je redécouvrais : toujours avec le sourire, à faire des blagues ou le pitre, prête en permanence à faire la fête, ne prenant rien au sérieux. Certes, je reconnaissais mon visage – un peu plus rond à l'époque, quand même –, mais je n'arrivais pas à croire que c'était moi.

— C'était génial, ces vacances ! s'exclama Cédric.

Il nous tendit un album, à Marc et moi, le même fou rire nous saisit.

À l'époque de cette photo, nous ne savions pas que nous passions notre dernier été tous ensemble. Nous avions décidé de casser la tirelire et de partir en troupeau en Grèce, Emma avait été elle aussi de la partie, du haut de ses deux ans. Marc et moi étions les moins organisés ; lorsque nous avions acheté nos billets, à la dernière minute, nous n'avions pas réussi à prendre le même vol que les autres, j'étais partie du principe qu'en une petite heure nous aurions allègrement le temps de faire le trajet entre l'aéroport d'Athènes et le port du Pirée, or autant le dire : mission impossible. Nous nous étions perdus, trompés de bus, et avions dû prendre un bateau qui arrivait aux alentours de 5 heures du matin sur l'île d'Amorgos. La nuit avait été un vrai calvaire, sans fermer l'œil à cause du mal de mer. En arrivant à destination, nous avions renoncé à monter les tentes au camping et avions fini sur la plage. Les autres nous avaient trouvés endormis, affalés l'un sur l'autre, nos sacs à dos à l'abandon. Ils avaient immortalisé la scène et nous avaient laissés rôtir au soleil.

Marc rit à l'évocation de ce souvenir, puis vint le moment où il disparut des photos. Je remarquai très vite à quel point il était ému, pourtant, il voulut tout savoir, même les petits détails. Je continuai à regarder avec lui les photos, alors que moi aussi j'étais remuée, mais pas pour les mêmes raisons. Au fur et à mesure que les années passaient, je m'éloignais de l'objectif, je n'étais plus au premier plan. Lorsque je me voyais distinctement, je distinguais une tristesse, de plus en plus plombante sur mon visage. Mon regard s'était fait fuyant avec le temps, j'avais toujours l'air ailleurs. Et puis, je ne me vis plus du tout. Certains événements immortalisés sur le papier glacé m'étaient complètement inconnus. Où étais-je ? Que s'était-il passé ?

— Il va falloir que tu m'expliques, me dit Marc tout bas. Je n'ai pas été le seul à disparaître.

— C'est vrai, répondis-je sur le même ton.

À quoi bon chercher des excuses, je n'en avais pas. Je relevai la tête vers lui.

— Mais c'est derrière nous, maintenant, me dit-il, sûr de lui.

— Tu as raison.

Au fond de moi, je n'en étais pas certaine.

— On en fait une ? nous interrompit Alice, son appareil photo en main.

Nous nous tassâmes les uns contre les autres, en souriant, en grimaçant, en nous regardant, en riant. Cet instant était merveilleux, mais que m'en resterait-il une fois rentrée à Paris ? En garderais-je des traces ou rien du tout, comme tous les souvenirs que j'avais évacués ces dernières années ?

La deuxième semaine défila, paisiblement, et je me ressemblais de moins en moins. La Yaël de l'agence s'éloignait. Sans reproduire l'exploit de la première nuit où j'avais fait le tour du cadran, je m'endormais facilement chaque soir, et je n'étais plus la première levée. Je m'assoupis à deux reprises sur une chaise longue l'après-midi, lorsque le calme régnait autour de la piscine. Je savourais ce laisser-aller avec un plaisir non dissimulé. La sensation de fatigue s'envolait chaque jour un peu plus. Mon estomac supportait les repas, sans se manifester ; mon appétit revenait à la normale, je mangeais même les merguez, les burgers maison, ne me contentant plus que de salades. Bien au contraire, et j'en étais la première étonnée. Je participais à présent à la préparation de repas avec enthousiasme. Je passais beaucoup de temps avec les enfants, dans l'eau ou autour de jeux de société. Mes réserves en vernis à ongles diminuaient à vue d'œil ; Emma et Léa voulant tester une nouvelle couleur chaque jour, au grand dam de leurs mères respectives. J'étais régulièrement lancée à l'eau par un des trois garçons, ça ne m'énervait plus. Je crois même que, parfois, je provoquais les choses en leur rendant la pareille. Après quelques coups de soleil, mon teint se hâlait de jour en jour ; j'avais hérité de la peau brune de mon père et pas de la rousse de ma mère.

Ce serait mentir de dire que je vivais bien l'absence de téléphone, de connexion Internet et de nouvelles de l'agence, mais je composais avec, me disant que d'ici peu je reprendrais mon rythme, mes habitudes, que le téléphone sonnerait à nouveau, que les mails s'accumuleraient. Quand des bouffées de stress me saisissaient à l'improviste, j'arrivais à les canaliser et à passer à autre chose. De la même manière, il m'arrivait de zapper totalement Paris et l'agence. Lorsque je le réalisais, mon esprit vagabondait, s'interrogeant sur ce qui m'attendait à mon retour de vacances, sur les conséquences de ma disparition de tout mode de communication. Marc m'empêcha *in extremis* de perdre mon pari. Durant un après-midi où tout le monde roupillait autour de la piscine, je tentai une percée sur la mezzanine où il avait planqué mon ordinateur, ayant dans l'idée de récupérer quelques numéros de téléphone dans le répertoire sauvegardé sur le Mac et d'utiliser le fixe de la maison, histoire de prendre des nouvelles de Paris. Ce fut un échec total : je n'eus pas le temps de grimper la moitié de l'échelle de meunier qu'il était en bas et me faisait redescendre. Il ne dit rien à personne, et Adrien n'apprit pas mon idée d'entorse au pari.

Ce matin-là, la fournaise dans ma chambre me réveilla. J'attrapai sur la table de nuit le vieux réveil, retrouvé dans la grange : il était à peine 8 heures. La terrasse semblait déjà fourmiller d'activité. J'ouvris mes volets et découvris Marc en train de mettre le couvert du petit déjeuner.

— Déjà debout, me dit-il.

— Qu'est-ce qu'il a fait chaud, cette nuit !

— Ne m'en parle pas, j'ai dormi sur le carrelage du salon avant de finir près de la piscine.

Avec la mezzanine, Marc avait hérité d'un sauna.

— Tu dois être claqué !

— Absolument pas, me répondit-il en bayant aux corneilles.

Tout le monde avait souffert de la température dans la maison. À table, les conversations allèrent bon train : qu'allions-nous faire ? Bouger ? Rester à la maison ? Sortir en petits groupes ou en troupeau ? Mener chacun sa vie sans s'occuper des autres ? Je n'entrai pas dans la mêlée, préférant les observer ; Adrien, Jeanne, Alice et Cédric ne s'écoutaient pas parler, changeant sans cesse d'avis, n'arrivant pas à trancher, se coupant la parole. C'était à mourir de rire, j'avais l'impression d'être au spectacle. Et la représentation avait lieu chaque jour. Marc, assis à côté de moi, ne disait rien non plus.

— Je descends faire un tour au village. Ça te dit de venir ? me proposa-t-il.

— Avec plaisir.

Je me préparai en moins de dix minutes et le rejoignis sur la terrasse. Les autres réagirent à peine en nous voyant partir, si ce n'est pour nous demander de ramener le pain et du rosé.

Nous nous débarrassâmes rapidement des courses pour flâner ; les souvenirs des heures passées dans ces ruelles pavées ressurgissaient, ça me faisait tout drôle, mais ça me faisait du bien. Gamines, nous y passions toutes les vacances d'été avec maman, papa nous y rejoignant uniquement pour trois semaines, Lourmarin était le point de repère dans l'année scolaire. À quel moment avais-je décidé de m'en passer ? Comment avais-je pu tourner le dos à cet endroit, à la douceur de vivre qu'il incarnait ? Marc s'arrêta dans plusieurs boutiques de déco, et fit ensuite le pied de grue pendant que je fouinais chez une créatrice de bijoux, *Gris Piedra*. J'avais dans l'idée d'amener les filles dans

216

cette boutique, souhaitant leur offrir quelque chose pour les remercier de l'après-midi shopping ; je savais déjà ce que je voulais, un bracelet en argent pour Alice et des boucles d'oreilles pour Jeanne.

— Je vais prendre un café, finit par me dire Marc dont la tête émergea de la porte entrebâillée.

— Attends, je t'accompagne.

En promettant de revenir dans la journée, je lâchai tout pour le suivre. Marc s'installa à la terrasse du *Café de l'Ormeau* et nous commanda deux espressos avant de se tourner vers moi :

— Ça fait du bien d'être au calme, tous les deux.

— Tu as raison… Je suis heureuse que tu sois là, les vacances n'auraient pas eu le même goût sans toi.

L'espace d'une seconde, il se figea.

— Quoi ? Qu'est-ce qu'il y a ? lui demandai-je face à son visage fermé.

Il souffla et reprit une expression normale.

— Te rends-tu compte que tu prononces le mot vacances sans t'évanouir ?

J'éclatai de rire.

— C'est vrai. Et je suis bien partie pour gagner mon pari !

— Je n'en ai jamais douté, me dit-il, sérieux.

— Merci…

Nous fûmes interrompus par le serveur. Marc sucra son café, le touilla et se roula une cigarette. Je m'enfonçai dans ma chaise après avoir bu le mien, et fermai les yeux en me tournant vers le soleil ; j'étais si détendue, apaisée, reposée, j'avais réussi à évacuer tout le stress qui bouillonnait en moi. Je soupirai de contentement, puis ouvris à nouveau les paupières. Marc me fixait, je lui souris.

— On va y aller, c'est plus raisonnable… soupira-
t-il en secouant la tête.

— Pourquoi ?

— Ta sœur va encore criser, si on disparaît tous les
deux, me répondit-il en sortant des pièces de sa poche.

À notre retour, la matinée était déjà plus qu'avancée
et tout le monde était au bord de la piscine, les garçons jouaient aux cartes, les enfants pataugeaient et les
filles bavardaient, comme toujours. Après avoir mis le
rosé au frais, j'enfilai mon maillot et rejoignis Jeanne
et Alice. Je n'eus pas le temps d'entamer la conversation avec elles, car Marius m'entraîna à l'eau, pour
nager avec lui ; j'étais heureuse des progrès qu'il faisait chaque jour en natation. Un peu plus tard, Adrien
décréta qu'il était l'heure de « l'apéro tous en maillot de bain au bord de la piscine » : il était presque
midi ! Je sortis du bassin en promettant à mon neveu
de continuer « l'entraînement » l'après-midi même. La
discussion s'enflammait au sujet du menu du déjeuner : « Côtelettes ou brochettes ? » Marc et Adrien
bataillaient pour que les brochettes remportent la victoire.

— Y a rien à bouffer, sur les côtelettes ! s'insurgea
Marc.

— T'es mon pote, toi ! lui répondit son acolyte.

J'attrapai le verre de rosé qu'on me tendit et m'assis au bout d'une chaise longue, à côté de Marc. Mon
attention se fixa soudain sur la proximité et la semi-
nudité de son corps, sentant son bras contre le mien,
sa jambe collée à la mienne. Je n'avais pas réfléchi
en m'installant près de lui, c'était naturel, comme si
c'était ma place attitrée. Ça faisait quoi, presque deux

semaines que je le voyais à longueur de journée en maillot de bain, à moitié nu. Il se passait quoi, là ? J'eus des frissons, alors qu'il faisait une chaleur à crever. Je baissai mon visage – en feu –, en lançant un regard vers lui et remarquai sa montre, une fois de plus.

— Évite de finir à l'eau, lui murmurai-je en me relevant légèrement pour poser mon verre sur la table basse en plastique.

Ma pseudo-tentative de prise de distance échoua, je me remis tout aussi près de lui. Que me prenait-il ?

— Pourquoi ? m'interrogea-t-il.

Sans mesurer ni calculer mon geste, je lui attrapai le poignet, il se laissa faire, et sa main reposa sur la mienne. Il se décala imperceptiblement, en prenant appui derrière mon dos avec son bras droit, mon épaule calée au creux de la sienne.

— Tu as oublié d'enlever ta montre.

Mes doigts caressèrent le cadran, le cuir du bracelet. Puis je me décidai à la lui retirer ; retournant son poignet, je détachai la boucle.

— Je me demande bien où j'ai la tête, chuchota-t-il.

Nos regards s'accrochèrent ; je déglutis, mon ventre se contracta. D'accord, ça faisait plusieurs mois que je n'avais pas eu d'aventure d'un soir, mais quand même… je ne maîtrisais plus rien.

— Yaël !

— Oui, Cédric… murmurai-je sans quitter Marc des yeux ni bouger.

Impossible de lutter contre ce qui se passait dans mon corps. Sa pomme d'Adam tressaillit. Nos mains restaient l'une contre l'autre, alors que sa montre n'était plus à son poignet, mais au creux de ma paume.

— Yaël ! Téléphone !

Mon esprit mit quelques fractions de seconde à saisir le sens de la phrase de mon beau-frère. *Téléphone*. Ça ne pouvait être que le fixe de la maison. Je n'eus pas le temps de réagir qu'il poursuivit :

— Yaël ! Téléphone ! C'est ton patron !

Toutes les conversations autour de nous cessèrent. Je m'éloignai de Marc brusquement et me levai d'un bond, sans me préoccuper des remarques des uns et des autres. Malgré tout, je notai que le seul silencieux était Marc. Je ne voyais plus rien autour de moi. Mon but : l'entrée de la maison. Cédric avait posé le combiné sur la console. Avant de le prendre, je l'entendis au loin interdire à quiconque de venir me déranger. Je soupirai et collai le téléphone à mon oreille.

— Bonjour, Bertrand.

— Yaël ! Comment vas-tu ? Es-tu reposée ?

— Je vais très bien, je vous remercie.

— Tu profites de tes vacances à ce que je vois ! C'est une bonne chose. Tu as même éteint ton téléphone !

— En réalité, il est cassé.

— Ce n'est pas bien grave, le principal est que j'aie réussi à te joindre. Je t'ai réservé un billet de train à 15 heures aujourd'hui, rejoins-moi à l'agence dès ton arrivée.

— Entendu.

Il me donna le numéro de réservation, que je notai sur un bout de papier qui traînait.

— À tout à l'heure, me dit-il.

Il raccrocha. Je restai de longues secondes, figée, le combiné encore en main. Cédric me sortit de ma catatonie.

— Que se passe-t-il ?

J'eus l'impression d'atterrir, j'étais en maillot de bain, et le travail reprenait.

— Quelle heure est-il ?

— 13 heures.

— Je rentre à Paris, Bertrand a besoin de moi à l'agence. Le train est à 15 heures.

Il me fit un gentil sourire.

— Va vite te préparer, je vais prévenir les autres.

— Merci.

Je traversai la maison pour rejoindre ma chambre, tout en réalisant que j'avais encore la montre à la main, je la posai délicatement sur ma table de nuit. Puis j'ouvris ma valise sur le lit et y fourrai mes vêtements n'importe comment, sans réfléchir. Au loin, j'entendis les cris de ma sœur, les pleurs des enfants, les jurons d'Adrien. Et puis, brusquement, le silence revint. Je m'apprêtai à aller prendre une douche quand la silhouette de Marc se dessina dans l'encadrement de la porte-fenêtre, tenant mon ordinateur à la main. Il venait de piquer une tête, son torse était constellé de gouttes d'eau.

— Je me suis dit que tu en aurais besoin, se contenta-t-il de me dire en le déposant sur mon lit.

— Merci. Attends.

Je récupérai sa montre et la lui tendis, nos doigts s'effleurèrent lorsqu'il s'en saisit.

— Cédric voulait t'emmener à la gare, m'annonça-t-il. Mais je m'en charge. On part dès que tu es prête.

— Marc, le rappelai-je alors qu'il s'apprêtait à s'éloigner. Prends ma chambre à partir de maintenant.

Il ne me répondit rien et me laissa seule. Il me fallut peu de temps pour me doucher, me sécher les cheveux, les tirer en queue-de-cheval et m'habiller. Je pris quelques secondes pour me détailler dans le miroir ; je remplissais à nouveau ma jupe, et ça m'allait. Sinon, mis à part le bronzage, j'étais la même qu'à mon arrivée : stricte, sérieuse, professionnelle, mais je me trouvais belle. Voilà bien longtemps que je ne l'avais pas pensé, comme si quelque chose avait changé dans mon regard, une petite étincelle en plus. J'inspirai profondément et sortis sur la terrasse, la valise à la main, perchée sur mes Louboutin, où un comité d'accueil m'attendait autour de la table du déjeuner déjà mise et prête. Tout le monde se figea et m'observa sans dire un mot. Marc arriva de son côté, en jean et polo noir, il marqua un temps d'arrêt lui aussi, en me scrutant d'un air impénétrable. Puis il secoua la tête et vint me prendre mon bagage des mains. Sans un mot, il disparut derrière la maison en direction de sa voiture.

— Ça y est, tu as remis ton uniforme, dit Jeanne, tristement.

Puis elle tapa dans ses mains pour se ressaisir.

— Vous allez avaler un morceau avant de partir, proposa-t-elle.

— On n'a pas le temps, lui répondis-je, sincèrement triste.

Je piquai du nez, fuyant le regard embué de ma sœur.

— Pardon de vous laisser comme ça... Je vous dois un dîner chez moi, leur dis-je. Tu as gagné, Adrien.

— J'aurais préféré perdre.

— Yaël, m'appela Marc. On y va ?

— Oui... Bon... bah... continuez à bien profiter.

Je m'approchai d'eux, prête à démarrer le tour des bises d'au revoir.

— On t'accompagne à la voiture, décréta Alice.

Elle vint me prendre par les épaules et marcha, la tête collée à la mienne.

— Tu ne vas pas oublier qu'il y a une vie en dehors du travail ?

— Je vais essayer…

Je ne dis plus un mot en les embrassant les uns après les autres avant de monter dans la Porsche. Marc, déjà derrière le volant, démarra aussitôt à mon grand soulagement. Dès que nous fûmes sortis de Lourmarin, il poussa l'accélérateur et fit ronfler le moteur ; nous n'avions aucune marge. Sa conduite n'avait plus rien de souple, elle était sportive, saccadée, nerveuse, même. J'aurais dû être pleinement satisfaite et heureuse de cet appel de Bertrand. Pourtant, le chagrin m'envahissait maintenant que j'avais tourné le dos à la Petite Fleur ; je n'avais pas eu le temps de repasser dans la grange, ni de changer le vernis des filles, ni d'apprendre à Marius à faire la planche, ni d'offrir les bijoux à Alice et Jeanne. Ni de comprendre ce qui s'était passé avec Marc. Au bout du compte, rien de spécial. Il fixait la route à travers ses Persol, le visage fermé et concentré, une main sur le volant, l'autre sur le levier de vitesses, près de ma cuisse, qu'il effleurait à chaque changement. C'était bien ce que je pensais, rien de spécial.

Les kilomètres défilaient, les minutes s'égrainaient et nous restions silencieux. Marc jetait de fréquents coups d'œil à sa montre, ce qui avait le don de me mettre davantage sur les nerfs.

— Tu crois que je vais l'avoir ? finis-je par lui demander.

— Tu vas grimper dans ce train, si c'est ce que tu veux.

Il retourna à sa conduite en accélérant. Lorsque nous nous approchâmes de la gare, je le guidai, tout en retirant mes chaussures.

— Que fais-tu ?

— Je ne vais pas pouvoir courir avec ça aux pieds.

— Ton billet ?

— Pas le temps.

Marc serra le frein à main à 14 h 55, sur une place de parking qui n'en était pas une. Il sortit de la voiture en premier, se précipitant à l'avant pour récupérer ma valise. De mon côté, sac sur l'épaule et Louboutin à la main, je m'extirpai de la Porsche, Marc attrapa ma main libre en m'entraînant vers la gare en courant. Il bouscula plus d'un passager en traversant le hall, je m'agrippai à lui de toutes mes forces dans l'escalier menant au quai. Le TGV était là, les contrôleurs prêts à donner le signal de départ, Marc nous dirigea vers la voiture la plus proche, posa ma valise à l'entrée du wagon et se décala pour me laisser passer. Face à lui, la main toujours dans la sienne, mes yeux rivés aux siens, je m'approchai et déposai mes lèvres sur sa joue, mon ventre vibra des mêmes contractions qu'une heure plus tôt. Le coup de sifflet retentit et nous éloigna l'un de l'autre. Je fis un pas en arrière en grimpant sur le marchepied. La sonnerie de la porte obligea nos mains à se lâcher, alors que nos regards, eux, ne se lâchaient pas.

— On se voit à Paris, me dit-il.

La porte se ferma. Marc recula de deux pas, le train s'ébranla et quitta le quai. J'eus beau me pencher contre la vitre, la gare devint très rapidement un petit

224

point au loin, les personnes restées sur le quai disparurent. Mes épaules s'affaissèrent, mon corps se relâcha, mes chaussures tombèrent par terre, ce qui me tira de ma torpeur. Façon de parler, puisque je me contentai de les récupérer et de me traîner jusqu'aux marches de l'escalier menant à l'étage du TGV pour m'y écrouler. Que m'étais-je dit dans la voiture ? Rien de spécial. En étais-je toujours aussi certaine ? Je regardai ma main, celle qui avait été dans la sienne, je pouvais encore sentir sa chaleur sur ma peau, tout comme mes lèvres marquées par le picotement de sa joue mal rasée. Il fallait que ça arrive alors que Bertrand me rappelait à Paris, je ne pouvais pas me permettre d'être ailleurs, me retournant le cerveau pour saisir la portée de ces dernières heures. Exit Marc, ses mains, le creux de son épaule, sa peau… Je rechaussai mes stilettos, inspirai profondément, et partis en quête des contrôleurs pour régulariser ma situation.

8

À 18 h 45, je franchis le seuil de l'agence, ma valise à la main. Le calme le plus parfait y régnait, tout le monde était déjà parti, après tout, nous étions vendredi soir et au mois d'août. Me retrouver là après mes deux semaines de vacances me remplissait d'excitation. *Je suis dans la place !* J'aperçus Bertrand derrière le mur vitré de son bureau, il était au téléphone et me fit signe de patienter. J'en profitai pour retrouver mon bureau et allumer mon ordinateur ; enfin découvrir ce qui m'attendait sur ma boîte mail. Et là : douche froide. Pas un mail. Rien. Pourquoi m'avoir demandé de revenir dans ce cas ? Mon attitude au téléphone n'avait pas dû arranger les choses, je ne lui avais posé aucune question au sujet de l'urgence. Après tout, qui m'avait dit qu'il y en avait une ? Personne à part moi. Je refusais d'imaginer que ma situation se soit aggravée pendant mon séjour dans le Luberon. Je me forçai à respirer calmement. Mon palpitant s'affolait. Pas de panique ! Pas encore ! Pas déjà ! Hors de question de perdre si rapidement le bénéfice des vacances ! Mais mon Dieu que c'était dur !

— Yaël !

Je sursautai, noyée dans mes craintes de licenciement. Je bondis du fauteuil en lui tendant la main.

— Bonjour, Bertrand.

— Viens dans mon bureau.

Je le suivis et retrouvai le capharnaüm de son antre, me souvenant avec horreur de la dernière fois où je m'y étais trouvée.

— Tu as une mine resplendissante, me dit-il une fois assis.

— Merci.

— Je m'absente une dizaine de jours, je te confie les clés de la boutique. Tu es maître à bord.

Je n'étais pas certaine de tout saisir. Pourtant, en l'écoutant m'expliquer de quelle manière il s'était organisé une tournée de rendez-vous avec nos principaux clients américains, je dus me rendre à l'évidence : il me laissait les pleins pouvoirs durant son absence. J'avais le week-end pour me mettre à jour sur les dossiers en cours et être prête à prendre le relais dès lundi matin au retour de mes collègues. Un clignotant s'alluma dans mon esprit : l'association n'était pas oubliée, Bertrand me faisait passer un test de résistance à la pression.

— Rentre chez toi, maintenant. Tu vas avoir besoin de toute ta niaque !

Je me levai, il fit de même pour me raccompagner. En passant devant mon bureau, il ouvrit un tiroir et me tendit une boîte contenant un iPhone 6 flambant neuf.

— J'ai cru comprendre que tu avais eu un souci de téléphone…

— Merci.

Arrivé devant l'ascenseur, il me scanna de la tête aux pieds.

— Fais en sorte de conserver cette dynamique, je n'aimerais pas à avoir à me passer de toi à nouveau.

— Faites-moi confiance. Bon voyage, je vous donnerai des nouvelles régulièrement.

Le matin même, la chaleur me réveillait dans ma chambre à la Petite Fleur, alors que j'étais sans nouvelles de Paris, incertaine quant à mon avenir. Ce soir, la chaleur parisienne, malgré la clim' du taxi, m'étouffait, me rendait moite, et j'étais suppléante de Bertrand durant son voyage d'affaires.

Mon premier geste en pénétrant dans mon appartement fut de retirer mes chaussures ; mes pieds étaient douloureux et les ampoules toutes proches, il ne m'avait pas fallu beaucoup de temps pour perdre l'habitude de porter des stilettos. En savourant la douceur du parquet sous ma voûte plantaire, je me dirigeai vers la chambre pour vider ma valise. Ma récente garderobe d'été trouva une place au fond du dressing ; je n'étais pas près de la réutiliser. Une fois tout rangé, je regagnai le séjour, allumai mon ordinateur portable et récupérai le téléphone encore dans son emballage. Je l'observai sous toutes ses coutures ; un flash de la disparition de son prédécesseur me noua la gorge et le silence de l'appartement me saisit au même instant. Je bondis du canapé et allai dans la cuisine à la recherche de quelque chose à manger ; le frigo et les placards étaient vides. Je commandai un japonais par réflexe et allumai la télévision sur une chaîne d'info en continu : je me sentis moins seule. Puis je me lançai dans la configuration du téléphone. Une fois confrontée à mon plateau de poisson cru, mon appétit s'envola, alors que j'aurais salivé devant une viande grillée au barbecue.

Je me forçai pourtant à manger ; je ne pouvais pas me permettre la moindre faiblesse les jours prochains. Dès que le téléphone fut opérationnel, je me connectai au serveur de l'agence pour y relier mon mail. Immédiatement, le compteur de la boîte s'activa, s'envola pour atteindre le score de 547 mails ; Bertrand venait de relancer la machine. Je parcourus l'étendue de ce qui m'attendait ; le programme du week-end était tout trouvé, je serais à l'agence dès la première heure le lendemain. Lorsque je fus prête à aller me coucher, je découvris un SMS d'Alice, elle avait dû me l'envoyer quand j'étais sous la douche : « J'imagine que tu as récupéré un téléphone, donne-nous des nouvelles. » J'envoyai une réponse brève : « Tout va bien, beaucoup de travail en perspective. Merci pour les vacances. Je vous embrasse. » Je me glissai sous la couette, en éteignant la lampe de chevet. Et je pensai, non pas à Alice ou aux vacances, mais bien à Marc, et uniquement à lui, à la sensation d'être contre lui, de mon corps réagissant au sien. Ça me rendait folle ! Ma vie sentimentale se résumait à des aventures sans lendemain, qui ne me donnaient jamais envie de remettre le couvert avec le même partenaire. C'était parfait. Le reste, je n'en voulais pas ! De toute façon, je n'avais pas de temps pour davantage ; il m'était strictement impossible de me laisser perturber par ça, encore moins par Marc. Soit, les vacances m'avaient reposée, requinquée, prouvé que je devais prendre un peu plus soin de moi et des autres pour ne plus flancher au travail, mais il était hors de question que la paix disparaisse de mon esprit et encore moins de mon corps ; je continuerais à trouver de temps à autre un homme d'une nuit, et l'hygiène serait assurée. D'un bond je filai à la salle de bains, mis de l'eau du robinet dans le verre à dents pour avaler un somnifère. Je refusais que des images du corps de Marc troublent mon sommeil. Pourtant sitôt les yeux ouverts, après une nuit sans rêves, je me souvins de sa dernière phrase : on se voit à Paris. *Non ! Non ! Non !* Je sautai de mon lit, le cœur battant la chamade. Je ne connaissais qu'un moyen pour me le sortir de la tête : le travail !

Je passai le week-end enfermée entre les quatre murs de l'agence, consultant les dossiers, préparant le planning de la semaine qui s'annonçait. Lorsque je faillis balancer le téléphone par la fenêtre après un énième appel d'Alice, je pris le taureau par les cornes. Ça n'allait pas recommencer comme avant ! Il fallait que ça cesse, sinon je n'y arriverais pas. Je lui écrivis un SMS entre vérité et mensonge : « S'il te plaît, arrête de m'appeler, ça me donne le bourdon d'avoir de vos nouvelles. Je t'embrasse grande sœur. » Sa réponse arriva dans la seconde qui suivit : « Pardon, pardon. Tout le monde t'embrasse fort, fort. » J'eus enfin la paix et pus me mettre la tête dans le guidon.

Le lundi matin, j'étais à l'agence à 8 heures, prête à recevoir mes collègues. Une heure plus tard, je les accueillis dans la *kitchen* avec un café et des chouquettes. Ils arrivèrent les uns après les autres, pas surpris de me voir là, ni par l'absence de Bertrand, visiblement tous au courant de la responsabilité qui m'incombait. Ils n'avaient pas l'air franchement ravis de me retrouver, échangeant des messes basses, se lançant des coups d'œil peu encourageants. Je m'attendais à quoi, aussi ! Malgré leur manque d'enthousiasme, ils me zieutaient mi-perplexes, mi-amusés.

— Il y a un problème ? finis-je par demander.

— Non, rien de particulier. Tes vacances t'ont changée, c'est certain, m'annonça le responsable du service traduction. La semaine qui s'annonce ne va peut-être pas être si horrible que ça.

— Ne comptez pas sur moi pour vous laisser partir plus tôt.

Comment avais-je pu sortir un truc pareil ! Ça commençait mal !

— On s'en serait doutés, mais c'est plus agréable de bosser avec une personne en chair et en os qu'avec un robot.

Ils me plantèrent là et rejoignirent chacun son poste.

*
*   *

La semaine passa à la vitesse de la lumière. Le dimanche soir, j'eus Alice au téléphone, ils venaient tout juste de rentrer de Lourmarin. La fin des vacances s'était bien déroulée, bien que plus calme aux dires de ma sœur ; les petites familles s'étaient baladées séparément, Marc avait passé la majeure partie de son temps à bouquiner près de la piscine et était aussi retourné à L'Isle-sur-la-Sorgue une journée. Je coupai court à la discussion sur les vacances en lui proposant de passer prochainement un samedi avec moi à Paris, ça me faisait envie. Elle sauta au plafond et, par la même occasion, j'évitai d'avoir trop de nouvelles de Marc.

231

Bertrand venait de rentrer, satisfait de son voyage, et prêt semble-t-il à démarrer une nouvelle année. Il fit le tour de l'agence, faisant le point avec chacun. Une fois qu'il eut fini, il me convoqua dans son bureau. Durant deux heures, il me questionna sur le travail des uns et des autres, sur les contrats signés, les missions accomplies et celles en cours. Ensuite, je lui présentai le projet sur lequel j'avais travaillé durant son absence : prospecter dans de nouveaux domaines, à commencer par les salons professionnels importants. J'avais établi une liste des plus intéressants en fonction du domaine d'activité, de la présence internationale et des exposants. J'avais aussi en tête de développer la mise en relation de certains de nos clients entre eux. J'avais tout bêtement pensé que Gabriel et Sean pourraient faire affaire ensemble. D'une manière générale, grâce à notre carnet d'adresses, nous avions tout pour devenir des intermédiaires idéaux.

— Je suis content de t'avoir envoyée en vacances. Tu as fait un excellent boulot, je te félicite.

— Merci, répondis-je, soulagée.

— Et je ne parle pas que de tes projets que je vais étudier de plus près. L'agence tout entière m'a fait un retour plus qu'élogieux de ton travail la semaine dernière.

Je me trémoussai sur ma chaise, sentant mon visage virer au rouge.

— J'ai fait mon job, Bertrand. C'est tout.

— Je ne regrette pas de t'avoir fait prendre le large, j'espère que tu as retenu la leçon. Tu es revenue plus performante que jamais, et c'est une très bonne chose pour l'avenir.

— Je ne vous décevrai plus.

— Je te fais confiance, me répondit-il, blasé, sans que je saisisse pourquoi. Avant que tu retournes travailler, j'ai un dernier service à te demander.

— Je vous écoute.

— Occupe-toi de convier toute l'agence à un dîner un samedi, pour lancer l'année et présenter nos ambitions. Créons un peu plus de cohésion d'équipe, et profitons de ce que tu as généré.

Ce pouvoir inattendu et inespéré me fit entrevoir le futur, lorsque je deviendrais associée : cela ne faisait plus de doute.

Je sortais tout juste d'un déjeuner avec nos Américains enrichis dans le gaz de schiste et obsédés par l'immobilier parisien. Plus tôt dans la matinée, j'avais interprété pour la signature d'un acte de vente d'un immeuble du seizième arrondissement. Ils avaient ensuite tenu à ce que nous déjeunions ensemble. Entre deux gorgées de chardonnay, dont ils raffolaient, je fis en sorte de leur extirper des noms dans leurs relations de travail. Des types comme eux avaient nécessairement des contacts qui auraient besoin des services de l'agence. Maintenant qu'ils me mangeaient dans la main, je ne pouvais pas rater une occasion pareille. J'avais une niaque d'enfer et, après les avoir laissés, je fis le choix de marcher jusqu'à une station de taxis, plutôt que d'en appeler un. J'en profitai pour téléphoner à Bertrand et lui faire part de mes avancées avec enthousiasme. Brusquement, je m'arrêtai de marcher et de parler ; je venais d'apercevoir Marc installé à une terrasse. Que faisait-il là ? Ce n'était pas possible, un truc pareil ! J'avais la guigne : je commençais tout juste à moins penser à lui et le voilà qui apparaissait sous mes yeux.

— Yaël, tu m'entends ?

La voix de Bertrand me ramena à la réalité.

— Oui, pardon. Vous me disiez ?

— Je pars en rendez-vous, on reparle ce soir, à l'agence.

— Très bien.

Il raccrocha. Que faire ? Tout m'était encore permis ; Marc ne m'avait pas vue, je pouvais faire demi-tour et aller chercher un taxi ailleurs. Pourtant, au fond de moi, je savais que je devais aller lui parler, pour me rendre compte que le soleil m'avait tapé sur la tête dans le Luberon et que ça s'arrêtait là. Mes jambes se mirent en marche sans que je réfléchisse davantage. Marc griffonnait sur un Moleskine, ses lunettes en écaille sur le nez, sans rien regarder autour de lui, au point que même lorsque je fus devant sa table, il ne s'en rendit pas compte.

— S'il y a bien un endroit où je ne t'imaginais pas, c'est le seizième !

Son critérium cessa d'avancer, il referma son calepin et retira ses lunettes, qu'il rangea dans la poche intérieure de sa veste en velours. Puis il leva enfin la tête en esquissant un sourire.

— C'est ta spécialité de tomber du ciel au moment où je m'y attends le moins.

— Je peux te rétorquer la même chose !

Il se mit debout et nous nous fîmes une bise au-dessus de la table, en nous effleurant à peine. *Tant mieux.*

— Tu attends peut-être quelqu'un ? Je tombe mal, lui dis-je.

— Pas du tout… Tu as le temps de prendre un café ?

— Oui, lui répondis-je en m'asseyant en face de lui. Alors que fais-tu par là ?

— Je travaille, figure-toi ! On m'a appelé pour faire une proposition de rachat pour le mobilier d'un appartement qui va être vidé après succession.

— Et sur ton carnet, tu fais quoi ?

— Je calcule les prix, je note les caractéristiques des meubles et je compare avec les estimations de l'expert. C'est ça, aussi, mon boulot.

Le serveur nous interrompit en déposant nos cafés.

— Et toi ? me demanda-t-il.

— Je sors d'un déjeuner d'affaires.

— Comment vas-tu ?

— Très bien.

— La reprise ?

— Parfaite…

Il regarda au loin en remontant sa montre. Puis il sucra et touilla son café longuement, d'un air concentré. De mon côté, je fis tourner ma tasse dans la soucoupe à plusieurs reprises avant d'avaler une gorgée.

— Tu as revu les autres ? finit-il par me demander, d'un ton détaché.

— Non, pas encore, j'ai été très prise.

Le silence se réinstalla à nouveau. Je finis mon café, il se roula une cigarette et l'alluma. Sa fumée ne me dérangeait pas, contrairement à celle des autres. Après des secondes à éviter son regard, je décidai de l'affronter, il me fixait. Nous ne nous quittâmes pas des yeux. *Fuis !* J'avais bêtement cru que cette rencontre due au hasard apaiserait mon esprit et mon corps, c'était tout le contraire qui se produisait. Malgré mon envie plus qu'évidente de lui attraper le poignet pour savoir l'heure, je fouillai dans mon sac pour trouver mon téléphone et occuper mes mains : je n'avais que trop tardé à rentrer au bureau.

— Il faut que j'y aille. Désolée, je suis attendue.

— Évidemment… Je suis en voiture, tu veux que je te dépose ?

— Non ! m'exclamai-je, la voix montant dans les aigus.

Impossible d'être plus ridicule ! Mais je me sentais franchement incapable de me retrouver enfermée dans la Porsche avec lui.

— Je vais prendre un taxi, il y a une station un peu plus loin, repris-je plus posément, tentant de retrouver un semblant de dignité.

— Je suis garé à côté.

Nous marchâmes l'un à côté de l'autre, en silence, en longeant les immeubles. La station était en vue, plusieurs taxis patientaient, et l'un d'eux m'offrirait la paix. Au loin, j'aperçus sa vieille Porsche. À dix mètres de mon but, Marc me retint par le coude, j'eus à peine le temps de le regarder, qu'il m'entraînait sous une porte cochère ouverte et me ceinturait avec ses bras. En me poussant contre le mur de la cour inté-rieure, il écrasa ses lèvres sur les miennes, qui s'ou-vrirent naturellement, nos langues se mêlèrent dans une lutte acharnée. Mon corps réagit instinctivement, se coulant contre lui, mes bras se nouant autour de son cou, ses mains pressèrent ma taille, le creux de mes reins. Ses lèvres délaissèrent ma bouche, pour s'atta-quer à mes joues, ma nuque ; je me cambrai, ma res-piration se saccada, il gémit dans mon cou avant de m'embrasser à nouveau, une main me tenant le visage, l'autre remontant le long de mon dos. C'était tellement fort que mes jambes n'étaient pas loin de se dérober sous moi. Et puis, brusquement, il me lâcha, le mur me retint, m'évitant de m'écrouler par terre, Marc se massa les tempes.

— Yaël, excuse-moi… oublie ça.

Il me jeta un regard et me planta là, comme ça, sans rien dire de plus. Au loin, la Porsche vrombit ; Marc démarrait comme s'il était poursuivi par une horde de furies. Je passai mes doigts sur mes lèvres gonflées, alors que mon corps frémissait encore. Je passai la porte cochère, en trouvant la lumière éblouissante. Je grimpai dans le premier taxi libre, donnai l'adresse de l'agence et me tassai dans le fond de la voiture.

Arrivée à destination, je m'écroulai dans mon fauteuil, regard braqué sur l'écran, tête entre les mains, et restai dans cette position sans rien faire les deux heures suivantes. Chaque fois que j'étais sollicitée par quelqu'un, je répondais : « Demain. »

— Nous devions nous voir ce soir, non ?

— Hein ? rétorquai-je en levant les yeux.

Je venais d'adresser le dernier « demain » à Bertrand sans même m'en rendre compte. La catastrophe ! Je sautai de mon fauteuil.

— Bertrand ! Oui, bien sûr ! J'arrive.

Il me regarda étrangement et partit dans son bureau. Je n'avais aucune note sur laquelle m'appuyer. L'espace d'un instant, j'eus un énorme trou de mémoire. Qu'avais-je fait avant l'épisode de la porte cochère ? Le café avec Marc. Mais encore. Je me creusais encore la tête en prenant place en face de lui.

— Donc, les Américains ?

Il me restait trois neurones pour m'éviter de crier « Alléluia ». Petit à petit, les informations émergèrent, et je pus lui raconter le déjeuner, en lui confiant les contacts décrochés. Il finit par me souhaiter une bonne soirée, et me rappela le dîner du lendemain avec toute l'équipe – dîner que j'avais totalement zappé. Où avais-je la tête ? Sous une porte cochère.

Le somnifère mit plus de temps à agir que d'habitude ; chaque fois que je fermais les yeux, je revivais mon baiser avec Marc, avec le sentiment de ne jamais avoir été embrassée de cette façon. À mon réveil, le samedi matin, j'avais toujours la tête en vrac, le ventre tiraillé par le désir, qui refaisait surface dès que les lèvres de Marc se rappelaient à mon bon souvenir. Je me sentais totalement stupide, ayant l'impression d'être une gamine après son premier baiser. M'occuper devenait impératif. Après mon café, j'enfilai ma tenue de sport et préparai mon sac de piscine, en prenant bien soin d'y mettre le maillot de nageuse, c'était fini le bikini ! Pour ce que ça m'avait servi.

Arrivée au bord du bassin, ma tête me gratta, mes cheveux manifestaient très clairement leur goût pour la liberté. N'en pouvant plus et préférant ne pas m'imposer une contrariété supplémentaire, je retirai le bonnet avant de plonger. Durant une heure, dans le couloir de nage, j'enchaînai les longueurs rageusement, comme avant. L'effet fut immédiat : ma respiration se régula, mon corps se détendit, mon esprit se tourna vers le travail et le dîner du soir avec l'agence. Ma seule distraction fut d'imaginer le programme de l'après-midi avec Alice, elle me manquait depuis mon retour.

Elle m'appela après avoir réussi à garer sa voiture, près de chez moi, vers 11 h 30. Je claquai la porte de l'appartement et la rejoignis sur le trottoir. Elle me sauta au cou en me serrant contre elle. Je lui rendis son étreinte.

— Si tu savais à quel point je suis heureuse de passer la journée en tête à tête avec toi ! me dit-elle.

— Moi aussi.

Je la pris par le bras, l'entraînai rue de Vaugirard, puis nous marchâmes jusqu'à la rue de Rennes. Je la fis parler des enfants, de Cédric, et de la rentrée des classes. Nos parents s'invitèrent aussi dans nos discussions, ils avaient pris le relais à la Petite Fleur, mon père était ravi du déblayage effectué dans la grange, et lui comme ma mère n'avaient de cesse de me réclamer. Depuis combien de temps ne les avais-je pas vus ? Longtemps, bien longtemps. En franchissant le seuil d'un premier magasin, un regard échangé suffit à nous comprendre : Alice choisirait pour moi, et inversement. Elle était là pour détendre ma garde-robe et, moi, je me faisais le devoir de la féminiser. Je voulais à tout prix qu'elle remette sa beauté naturelle en valeur.

— Quand veux-tu que je mette ça ? me demanda-t-elle en découvrant la robe et les bottes que je lui présentais.

— Le week-end, pour sortir ! Les bottes, tu peux les porter au travail, vu la hauteur des talons !

— D'accord… à la condition que tu prennes ça, toi !

Elle sortit de derrière son dos une paire de bottines plates, type motard, un sweat à capuche et un petit blouson de cuir.

— Si je débarque à l'agence avec ça…

Elle me décocha un sourire sadique.

— Le week-end, pour te balader ! Quand tu ne travailles pas…

Je lui arrachai le tout des mains et écrasai contre elle ce que je lui avais déniché.

— En cabine !

Les bras chargés, nous nous écroulâmes sur une banquette du *Saint-Placide* ; il était déjà plus de 15 heures. Après avoir commandé pour chacune une omelette-salade, je jetai un coup d'œil à mon téléphone.

— Yaël, s'il te plaît ! geignit Alice.

— C'est la première fois que je le regarde depuis qu'on est ensemble. Je te signale que toi, tu n'as pas arrêté de vérifier le tien.

— Pour savoir si les enfants vont bien !

— Et moi, je m'assure qu'il n'y ait aucun désistement de dernière minute, Bertrand le prendrait très mal.

Elle pouffa.

— En fait, tes collègues, ce sont un peu vos enfants, à ton patron et toi.

— N'importe quoi ! lui balançai-je en levant les yeux au ciel, un léger sourire aux lèvres.

Je lui expliquai le programme et l'enjeu de la soirée pour l'agence.

— Excuse-moi, Yaël, mais les gens ont une vie privée… et ont peut-être envie de faire autre chose que bosser le samedi soir.

— On ne bosse pas, c'est un dîner !

— Il y a encore des progrès à faire, avec toi… Bien sûr que c'est du boulot quand on dîne avec ses collègues et son patron, je doute que vous finissiez en boîte de nuit.

J'éclatai franchement de rire.

— Mais ce Bertrand, il n'a pas de vie, à côté ?

— Pas que je sache.

— C'est d'un triste… Enfin… c'est bête que tu sois prise, tu aurais pu dîner à la maison, on a Marc ce soir.

— Ah…

Mon omelette devint absolument magnifique ; je la détaillai du regard et avec la fourchette.

— Cédric l'a eu au téléphone hier, il a l'air d'être en forme.

Avant ou après la porte cochère ?

— Tu as eu de ses nouvelles depuis le retour ? voulut-elle savoir.

J'aurais donné n'importe quoi pour tout lui raconter, ça m'aurait soulagée, mais je ne pouvais pas. Dès qu'elle saurait que Marc m'avait embrassée la veille, Alice ne serait plus gérable, d'autant plus lorsqu'elle apprendrait qu'il avait pris la fuite ; parce que c'était bien ça qui s'était passé. Obsédée par ce que j'avais ressenti, j'avais occulté la fin plus que brutale de ce baiser. Ma sœur irait lui demander des comptes. Ce n'était pas à elle de le faire, mais bien à moi. Je devais régler le problème toute seule, sans l'aide de personne. Mais avant ça, je devais déjà réussir à comprendre ce qui m'était tombé sur la tête avec ce baiser. Le simple fait d'y repenser me fit pousser un profond soupir.

— Ça va ? me demanda ma sœur, me tirant de mes pensées.

Question discrétion, c'était raté ! Je lui lançai un petit regard timide. Je ne pouvais pas la mêler à ça, et pourtant Dieu que j'aurais eu envie de me confier à elle.

— Euh… oui, oui… ça va…

— Alors, Marc ?

— Euh… non, aucune nouvelle, lui répondis-je avant d'avaler une bouchée qui faillit passer de travers.

J'avais réservé une table dans un grand restaurant japonais, les plats étaient préparés sous le nez des clients par trois grands chefs de cuisine traditionnelle. La décoration était tout ce qu'il y a de plus nippone. L'ensemble ne pouvait que satisfaire les exigences de Bertrand. En y arrivant, je me promis de mettre Marc de côté le temps du dîner et de me concentrer sur le travail. Ensuite, j'aviserais.

Jusqu'au dessert, Bertrand nous laissa parler les uns avec les autres de la pluie et du beau temps dans une ambiance assez détendue, bien que lui n'ait pas fait tomber le costume. Je n'avais rien à dire, moi non plus. Je me surpris à trouver agréable de faire plus ample connaissance avec les personnes avec qui je passais plus des trois quarts de mon temps ; jusque-là, je ne m'étais jamais intéressée à eux, à leur vie, leurs goûts ou leur intérêt pour l'agence et le travail. Au tout début du dîner, je dus me creuser la tête pour me souvenir que le responsable du service de traduction, mon voisin de table en l'occurrence, s'appelait Benjamin. Je ne pensais à mes collègues qu'à travers leur fonction, jamais avec leur prénom. Et à ma grande surprise, moi qui le considérais comme la pire espèce de tire-au-flanc, j'échangeai facilement avec lui, et découvris à quel point lui aussi aimait son métier. Du coin de l'œil, j'observais régulièrement notre patron ; il intervenait peu dans les conversations, pianotant sur son téléphone, mais il parvenait toujours à avoir le bon mot au bon moment. De l'extérieur, on aurait pu penser qu'il gérait ses mails, moi j'aurais mis ma main au feu qu'il prenait des notes sur ce qui se déroulait sous ses yeux. Ce qui m'étonna par-dessus tout, ce fut sa connaissance des uns et des autres. J'étais véritablement impressionnée par ses capacités d'adaptation à ses salariés.

Lorsque le café fut servi, il se redressa, et exigea notre attention.

— Avant toute chose, félicitations à chacun d'entre vous pour le travail accompli au premier semestre. Maintenant que l'été est passé, vous êtes reposés, et j'ai le sentiment qu'un esprit d'équipe est en train de naître…

Il me lança un regard discret, mais qui, je suis sûre, n'échappa à personne.

— Je vous demande de mettre les bouchées doubles, et ce dès lundi. Je suis en réflexion pour développer l'agence. Pour tout vous dire, il n'est pas exclu que j'ouvre un bureau à l'étranger. Je prendrai ma décision d'ici la fin de l'année. En conséquence, vous devez me prouver que vous êtes capables de gérer le stress, la pression et un rythme soutenu. Les quatre prochains mois, je ne veux pas entendre parler de bobos, d'enfants, d'arrêts maladie, ni de demandes de congés. Si certains ne s'en sentent pas capables, nous prendrons rendez-vous et le problème sera réglé. Inutile de s'acharner. Pour les autres, c'est un véritable défi avec de nombreuses perspectives d'avenir, des déplacements ainsi que des augmentations de salaire à la clé. La prime de Noël bénéficiera d'un bonus si nous avançons tous dans le même sens.

Son regard passa sur chacun, sauf moi. Certains échangèrent des coups d'œil, d'autres se raidirent, déjà affolés par la période qui nous attendait.

— Quelqu'un a-t-il des questions avant que je poursuive ?

Personne ne broncha, il ne valait mieux pas, de toute façon.

— Yaël a récemment évoqué avec moi la possibilité d'étendre nos champs d'action. Elle va se charger de développer ce projet en plus de ses clients habituels. Cependant, à terme, tout le monde devra s'impliquer d'une façon ou d'une autre. Je la laisse vous expliquer en détail. À toi !

Encore un de ces tests dont il avait le secret. Je ne me laissai pas démonter, tout était parfaitement clair dans ma tête. Tous les regards convergèrent vers moi. C'était parti ! Les mots sortaient tout seuls. J'eus l'attention de tous les membres de l'équipe durant le quart d'heure suivant, au même titre que Bertrand précédemment. C'était grisant. Surtout que, contre toute attente, mes collègues semblèrent tous intéressés par ce que je leur proposais. J'étais prête à me faire fusiller du regard, et non, rien, pas un soupçon de colère ou de reproche, plutôt des hochements de tête approbateurs. Étions-nous véritablement en train de former une équipe ? Cette idée me plaisait, je devais le reconnaître. Mon intervention conclut la soirée. Bertrand ne chercha pas à me retenir pour débriefer ma prestation. Chacun eut droit à son taxi en quittant le restaurant.

Tout le monde se souhaita cordialement un bon dimanche et rentra chez soi.

Je passai le mien à travailler sans sortir de chez moi, et sans m'habiller, grande nouveauté ! Cette mise en avant de la veille boostait ma motivation si besoin en était. La seconde étape vers l'association était en cours. Je n'avais plus qu'à rester concentrée sur mon objectif, sans me laisser distraire. Pourtant, j'avais beau mobiliser tous les moyens à ma disposition, le souvenir du baiser avec Marc ne cessait de revenir me hanter. Et il avait osé me dire : « Oublie ça. » Comme si c'était facile ! C'était quoi son problème ! Il n'avait pas le droit de me faire ça ! J'étais censée réagir comment ? Ça me bouffait, ça m'envahissait. Résultat des courses : je me couchai furibarde et renouai avec les nuits blanches. Même mes longueurs matinales ne parvinrent pas à me calmer. Pourquoi avait-il fait une chose pareille ? Et au pire moment !

La matinée fut catastrophique. D'une humeur de chien, j'étais allée à mon bureau sans adresser la parole à personne. En contactant une organisatrice de salon, je me trompai de langue, parlant anglais avec un accent plus prononcé encore que celui de ma mère ; la pauvre femme fut totalement décontenancée, et crut à un canular téléphonique lorsque je me repris et m'adressai à elle en français, si bien qu'elle me raccrocha au nez. Ensuite, Bertrand m'appela dans son bureau pour me présenter un nouveau client, la rencontre se déroula parfaitement jusqu'au moment où mon regard accrocha la montre de l'homme, une Jaeger-LeCoultre, et je ne dis plus un mot, ne pensant qu'à la main de Marc remontant le mécanisme de la sienne. Pour finir, Benjamin, le responsable du service traduction, vint me trouver après la pause déjeuner, que j'avais moi-même sautée, souhaitant mon avis sur une subtilité de langage, je parcourus la feuille qu'il me présenta sans chercher à comprendre.

— Je n'en sais rien, lui annonçai-je sans lui jeter un regard.

— Quelle mouche t'a piquée ? Rien à voir avec celle des dernières semaines. Tu oublies un peu vite à mon goût l'esprit d'équipe vanté par Bertrand et toi samedi soir, c'est vraiment dommage.

Lorsque je levai la tête, il avait déjà tourné les talons. Je perdais les pédales, totalement. Je devais de toute évidence empêcher cette situation de pourrir davantage. Marc allait cesser de perturber mon travail. J'attrapai mon sac à main en annonçant à mon assistante que finalement je partais déjeuner. Puis je me plantai devant le bureau du service traduction.

— Je n'ai pas oublié l'esprit d'équipe. Excuse-moi. J'ai un léger souci à régler… À mon retour, je m'occupe de ta trad' !

Je quittai l'agence d'un pas déterminé et hélai le premier taxi qui passa. Le chauffeur fit les frais de ma mauvaise humeur :

— Pressez-vous, je n'ai pas que ça à faire !

— La petite dame, elle va se calmer, sinon je l'arrête là. Compris ? me rétorqua-t-il en me dévisageant dans le rétroviseur.

Je me renfrognai sur ma banquette. Quand il s'immobilisa, je lançai un billet sur le siège passager, et claquai la portière de toutes mes forces. J'ouvris tout aussi brusquement la porte de la brocante et entrai.

— Marc ! criai-je.

Il apparut dans le fond de sa boutique et avança nonchalamment vers moi. Sans dire un mot et sans me lâcher du regard, il retira ses lunettes et les déposa sur un meuble au passage. Puis, tranquillement, il s'appuya contre un mur, mit une main dans sa poche et osa se fendre d'un sourire en coin. *Non, mais j'hallucine. Il se prend pour qui ?*

— Je t'attendais, Yaël. Vas-y, je t'écoute.

Où était passé le fuyard de la porte cochère ?

— Pourquoi as-tu fait ça ? hurlai-je, refusant de me laisser impressionner par son attitude désinvolte. Tu n'avais pas le droit ! Tu m'empêches de travailler ! Je n'arrive pas à me concentrer.

Vu son rictus, il était satisfait, limite fier de lui.

— Tu m'en vois désolé.

Son ironie m'exaspéra.

— C'est intolérable ! m'énervai-je de plus belle. Et ta phrase à deux balles : « Oublie ça. » Tu as pêché ça où ?

— Si seulement je le savais.

— De toute façon, c'était complètement débile de dire ça.

Il haussa un sourcil.

— Je te l'accorde, je dirais même stupide, déclara-t-il, un sourire idiot aux lèvres.

Son insolence nonchalante me tapait sur les nerfs. Il mettait le Bronx et ça l'amusait !

— Ne rie pas ! m'égosillai-je. On est adultes maintenant !

— Être adultes ne change pas grand-chose à notre situation, me rétorqua-t-il, brusquement sérieux.

Ça me coupa la chique. Il se redressa et fit deux pas en rivant ses yeux aux miens. Il faisait quoi, là ? Je ne savais plus quoi faire, quoi dire, de plus en plus désarçonnée. Je m'attendais à tout, sauf ça. Il était tellement sûr de lui. Bizarrement, j'avais beau me dresser sur ma hauteur artificielle, je me sentais de plus en plus petite, face à son regard pénétrant. Tout ça devenait trop dangereux. J'étais venue là pour remettre les choses à leur place, pas pour…

— Tu es calmée ?

Calmée de quoi ?

— Euh…

Il se rapprocha encore, ses yeux toujours ancrés dans les miens. J'étais bien incapable de me défaire de son emprise, ma respiration se fit plus courte.

— On va dire que oui, répondit-il à ma place, toujours aussi sûr de lui. Alors, Yaël ? Que proposes-tu pour régler le problème ?

Craquer.

Je balançai mon sac à main par terre et franchis la dernière distance qui nous séparait. Un gémissement de soulagement s'échappa de ma bouche au moment où je me jetai sur la sienne, ses bras se refermèrent sur moi. Je lâchai prise, incapable de me contrôler, ni de maîtriser la fièvre qui s'était emparée de mon corps dès que je l'avais vu. Marc m'entraîna vers le fond de la boutique en répondant furieusement à mon baiser, une étagère chancela à notre passage, un objet se brisa sur le sol.

— On s'en fout, me dit-il. Viens par là.

Il ouvrit la porte et m'attira dans l'escalier de l'immeuble. Heureusement il habitait au premier, je n'aurais pas tenu jusqu'au deuxième étage, lui non plus d'ailleurs. Sitôt la porte de l'appartement fermé, il me plaqua contre elle, se colla à moi en passant ses mains sous mon top en soie, en dévorant mon cou, mes épaules. Je déboutonnai sa chemise, la repoussai sur ses épaules et parsemai son torse de baisers. Plus rien d'autre n'existait, j'oubliais tout le reste, pourquoi j'étais venue. Depuis combien de temps n'avais-je pas eu envie d'un homme à ce point ? Peut-être jamais. Après avoir balancé mes escarpins, je le poussai vers le séjour.

— Ta chambre, murmurai-je en dézippant ma jupe.

Nos vêtements volèrent les uns après les autres. Nous étions totalement nus au moment de nous écrouler sur le lit. Marc et ses lèvres explorèrent la moindre parcelle de ma peau, mes mains s'agrippant parfois aux draps, parfois à ses épaules, mes yeux roulant sous mes paupières. Je n'en pouvais plus, j'avais le sentiment que mon corps allait exploser sous la puissance du désir.

— Viens… s'il te plaît, le suppliai-je.

Dans la seconde, Marc m'obéit et nos lèvres se retrouvèrent pour mieux étouffer nos gémissements de plaisir. Faire corps avec lui… j'avais ma réponse ; je n'avais jamais ressenti une telle fusion. La jouissance me donna le vertige, il me suivit de peu. Il reprit sa respiration, le visage niché dans mon cou durant quelques secondes, tandis que je fixais le plafond. Mes mains encore accrochées à ses épaules retombèrent au ralenti le long de mon corps. Puis il se retira, je refermai mes jambes et ne bougeai plus, Marc remonta un drap sur moi avant de s'allonger à mon côté. Il restait parfaitement silencieux, je sentais qu'il me regardait, attendant certainement un geste, un mot de ma part, j'étais absolument incapable de parler, la gêne m'envahissant, la réalité refaisant surface. La descente était violente. J'étais venue pour régler le problème. *Échec total*. J'eus conscience de mon incapacité à réfléchir rationnellement avec lui à quelques centimètres de moi, le corps encore marqué de ses mains. Que venais-je de faire ? D'un mouvement brusque, je m'assis au bord du lit, dos à lui, les bras autour des seins.

— Je dois retourner au travail.

Il y eut de longues secondes, interminables, pendant lesquelles je sentis mon corps se contracter de plus en plus. Ce silence se solda par un profond soupir de Marc.

— Bien sûr, finit-il par lâcher d'un ton las.

Comment faire pour me lever et récupérer mes vêtements aux quatre coins de son appartement ?

— Ne bouge pas, je vais te chercher tes affaires.

Je soufflai de soulagement, il m'épargnait la honte de me rhabiller devant lui, en plein jour. Je me sentais tellement mal à l'aise, d'un coup. À croire qu'une autre avait pris possession de mon corps depuis que j'avais franchi le seuil de sa brocante. J'entendis le bruissement des vêtements qu'on renfile.

— Tout est là, m'annonça-t-il quelques minutes plus tard. Je t'attends à côté.

La porte de la chambre se ferma. Avec une lenteur infinie, je me levai. Puis j'enfilai ma lingerie en dentelle et mon top. Mes gestes étaient brusques ; je crus ne jamais réussir à remettre la fermeture Éclair de ma jupe. Je tanguai dangereusement une fois perchée sur mes escarpins. La main sur la poignée de la porte, je pris quelques secondes pour respirer calmement. Marc fumait une de ses roulées à la fenêtre du séjour, perdu dans ses pensées ; je toussotai :

— Je dois récupérer mon sac en bas.

— Je t'accompagne.

Il écrasa son mégot dans le cendrier. Je n'osais toujours pas le regarder dans les yeux. Il s'approcha de moi, posa délicatement sa main sur mes reins, je frémis. Puis il me guida sur le palier. Nous descendîmes côte à côte l'escalier. Après un temps d'arrêt, durant lequel je fixai le bout de mes chaussures, il ouvrit la porte de la brocante. Et là, j'eus envie de disparaître sous terre ; son grand-père était là et nettoyait les débris de l'objet que nous avions brisé plus tôt. Marc passa devant moi en se dirigeant vers lui.

— Abuelo, laisse, je vais le faire.

— Et puis quoi encore ? Laisse-moi donc rêver à ma jeunesse.

— Arrête.

Le rire était perceptible dans la voix de Marc. Pendant qu'ils se chamaillaient, je récupérai mon sac à main laissé à l'abandon et saisis l'opportunité pour m'enfuir.

— Au revoir, murmurai-je en m'échappant vers la sortie.

J'ouvris la porte de la brocante en me faisant discrète. *Raté !*

— Yaël ! Tu fais quoi ? me demanda Marc, sidéré.

À ton avis, je fais quoi, là, Marc ? Je me tire, je me casse, je m'enfuis. Je ne peux pas rester une minute de plus à côté de toi, sinon, je deviens folle. Ce n'est pas moi qui viens de faire ça, c'est une autre, une furie, une irresponsable, qui ne sait plus qui elle est.

— Je m'en vais, lui répondis-je d'un ton que j'espérais neutre.

— Attends deux secondes ! m'ordonna-t-il sèchement.

— Désolée, je suis attendue. Je n'ai pas le temps.

Je partis en courant et en priant le bon Dieu pour ne pas me casser la figure. Dans ma tête, c'était la panique générale. Dans mon corps, c'était l'éruption volcanique, je sentais encore sur ma peau le parfum de Marc, et c'était intenable.

Avant de franchir le seuil de l'agence une demi-heure plus tard, je mobilisai toutes mes capacités de concentration, ayant en tête la matinée catastrophique ; je devais rattraper le coup et remettre à plus tard l'analyse de ce qui venait de se passer, sans oublier que j'étais censée revenir d'une pause déjeuner. J'allai voir mon assistante pour prendre connaissance de mes messages. Heureusement, Bertrand n'avait pas cherché à savoir où j'étais.

— Yaël, me rappela-t-elle alors que je m'apprêtais à rejoindre mon bureau.

— Oui.

— Vous êtes allée chez le coiffeur ? me demanda-t-elle d'un air joyeux.

— Non ! Pourquoi ?

— Vos cheveux… ils sont détachés.

Je les touchai ; elle avait raison : ils étaient sur mes épaules, je ne m'en étais pas rendu compte et j'avais dû perdre mes épingles dans la bataille.

— Merde, répondis-je spontanément.

— Tenez.

Elle me tendit un élastique et je m'empressai de rattacher ma crinière.

— Ça va ? lui demandai-je. J'ai l'air de quoi ?

— Heureuse… mais professionnelle.

— Merci.

Elle arborait une expression amusée ; je lui rendis son sourire. Avant de me remettre au travail, je passai à la traduction et réglai le problème de contresens de Benjamin.

— C'est sympa d'être revenue me voir, me dit-il.

— Je t'en prie.

— Au fait, tu as réglé ton problème ?

— Quel problème… ? Ah oui ! On peut dire ça !

Ce fut presque en courant que je regagnai mon bureau pour ne plus décoller de l'écran et du téléphone jusque tard dans la soirée. Bertrand commanda des sushis, je ne touchai pas aux miens, et restai concentrée pour faire barrage au reste. À 22 heures, estimant que j'avais rattrapé une bonne partie du retard de la journée, je décidai de rentrer chez moi et passai saluer mon patron.

— Tout avance comme tu veux ? chercha-t-il à savoir alors que j'avais la tête dans l'entrebâillement de la porte.

— Oui.

— N'hésite pas à déléguer tes petits clients aux autres.

Il n'avait peut-être pas tort, il fallait que j'y songe. Mes collègues, depuis que je les connaissais mieux, ne me semblaient plus si nuls que ça.

— J'y penserai. À demain.

Trois quarts d'heure plus tard, j'étais enfin chez moi. Je me traînai jusqu'à la salle de bains, me déshabillai en laissant à même le sol mes vêtements, n'ayant plus de forces, totalement lessivée. Me voir nue dans le miroir me renvoya dans la chambre de Marc, le bouleversement suscité par nos ébats refit surface, avec un sentiment étrange d'apaisement. Comme si le fait de me lâcher, d'exprimer ma colère et ensuite mon envie de lui, m'avait libérée d'un poids ; à l'image de la disparition de mon téléphone durant les vacances. Marc avait fui après le baiser, je ne savais toujours pas pourquoi. Ça avait été à mon tour de fuir, paniquée et incapable de me confronter à la réalité. Une réalité dont je ne connaissais pas les codes, une réalité qui n'avait pas de place dans ma vie, qui n'en avait jamais eue depuis que je travaillais. Le simple fait de fermer les yeux me renvoyait dans ses bras, je pouvais encore sentir ses mains et sa bouche sur ma peau. Je m'appuyai sur le rebord du lavabo, le souffle court, je n'en avais pas eu assez. Cet après-midi, j'avais découvert un plaisir jamais égalé en dix ans. À croire que seul Marc connaissait la méthode pour que je m'abandonne, que je perde le contrôle. J'avalai mon somnifère et me glissai sous la couette, en proie aux questions. Étais-je prête à me laisser porter par les événements ? Certainement pas ! Rien ni personne, et surtout pas Marc, ne devait mettre en danger ma carrière sur le point de prendre le tournant tant attendu. *Je vais réussir, je dois réussir, je veux l'association.* J'avais tellement lutté pour y arriver. Si près du but, je n'avais d'autre solution que de tout verrouiller, mes désirs et mon cœur qui battait plus vite quand je pensais à lui ; je ne devais prendre aucun risque. Mais que se passerait-il la prochaine fois que nous nous verrions ? Je n'allais pas pouvoir l'éviter éternellement. Je venais de reprendre ma place dans notre groupe d'amis, je retrouvais ma sœur, j'avais appris à leur octroyer une place dans ma vie et à prendre la mienne dans la leur, je n'allais pas, sous prétexte de la présence de Marc, renoncer à ce nouvel équilibre qui m'avait tant fait défaut ces derniers temps.

9

— J'ai tranché cette nuit pour les salons, se contenta de m'annoncer Bertrand avant même que je sois assise dans son bureau.

— Je n'ai pas fini la prospection, me permis-je de lui répondre.

— Je l'ai fait à ta place, ça prenait trop de temps, et je veux avancer. Il faut être réactif, maintenir l'équipe dans le jus.

Il exagérait tout de même, ça faisait deux semaines qu'il m'avait donné le feu vert et quatre jours que l'ensemble de l'agence avait été informé du projet. Ça sentait mauvais, tout ça.

— Il te reste peu de temps pour obtenir les accréditations.

— Pourquoi ?

— Nous serons présents au Salon nautique pour proposer nos services aux participants.

Il se moque de moi, là !

— Quoi ? Mais Bertrand ! C'est dans à peine deux mois, je l'avais exclu d'emblée. Je visais le printemps.

Il arqua un sourcil, et se carra dans le fond de son fauteuil.

— Tu ne t'en sens pas capable ? Préviens-moi si c'est le cas et je mets quelqu'un d'autre sur le coup.

— Non, non ! Ce n'est pas ce que j'ai dit. Je voulais simplement éviter à tout le monde de trop travailler sous pression, mais je vais très bien m'en sortir.

— Je préfère ça. Autre chose maintenant. Choisis deux personnes pour le salon, tu n'iras pas. J'ai d'autres missions à te confier. Tu vas récupérer certains de mes clients, dont je n'ai plus le temps de m'occuper, et concentre-toi sur le reste.

Il se redressa et son attention se dirigea vers son écran ; il en avait donc fini.

— Yaël, entendis-je mon assistante m'appeler. Vous voulez déjeuner ? Il est 13 h 30.

— Quoi ? Déjà !

Je soupirai et me calai au fond de mon fauteuil en la regardant, dépitée.

— Vous n'irez pas chez le coiffeur ce midi ? me demanda-t-elle d'un air complice.

Tout sauf ça ! Aurais-je perdu tout mon crédit la veille ? Je n'avais ni le temps ni l'énergie à consacrer au souvenir du 5 à 7 avec Marc. Elle voulait être gentille, aussi ne m'énervai-je pas après elle. Malgré tout, elle n'avait pas intérêt à prendre trop de liberté, on n'était pas copines, loin de là !

— Je n'ai pas le temps, Bertrand veut que les choses avancent, lui répondis-je en me redressant.

— Venez grignoter quelque chose avec nous dans la *kitchen*, alors.

— J'arrive, merci.

Elle tourna les talons. Et je marquai un temps d'arrêt. Était-ce vraiment moi qui avais dit « j'arrive, merci » ?

À première vue, oui, puisque je pris ma tablette et la suivis. Une grande partie de l'équipe déjeunait là, dans une ambiance détendue, joviale, même. À ma grande surprise, ça sentait la cuisine, les épices. Et le gras ! Personne ne mangeait les plats livrés par les traiteurs de Bertrand. Dès qu'ils remarquèrent ma présence, les rires cessèrent. En silence, ils me firent une place autour de l'îlot. Sans que je sache qui me l'envoyait, un plateau de sushis glissa jusqu'à moi. J'en attrapai un avec des baguettes, et continuai mes recherches sur le Net. Comment allais-je faire pour m'en sortir ?

— J'ai besoin de vous, annonçai-je brusquement à mes collègues.

Ils me regardèrent bouche bée. Au point que je fus à deux doigts de me retourner pour voir si quelque chose ou quelqu'un se cachait dans mon dos.

— On t'écoute, me répondit Benjamin.

— On finit de déjeuner tranquillement, et on s'installe après en salle de réunion, pour ceux qui n'ont rien de prévu, évidemment. Ça vous va ?

J'eus droit à des hochements de tête en guise de réponses. Au moment de quitter la *kitchen*, j'eus envie de rire, en les voyant sortir un vaporisateur de Febreze pour camoufler les odeurs de cuisine. Je découvrais dans cette agence des habitudes dignes d'une double vie.

Lorsqu'un peu plus tard toute l'équipe fut réunie autour de la table, je leur annonçai la décision de Bertrand et le délai très court qu'il nous restait pour déterminer un nouveau plan d'attaque. Des murmures de mécontentement s'élevèrent. Ensuite, je fis ce que j'avais toujours refusé, tant c'était inconcevable pour moi :

257

— Voilà mes rendez-vous de cette semaine, comme vous le constatez, il y en a beaucoup : une vente aux enchères, une négo, une conf' call, etc. En sachant que Bertrand va me transférer plusieurs des siens. Qui peut prendre en charge les miens ?

Mes collègues me fuyaient du regard, aucun ne se proposant.

— Vous êtes tous pris ?

Silence…

— Tout le temps ? paniquai-je.

Benjamin soupira profondément et s'accouda à la table en jetant des regards à droite et à gauche, avant de me scruter.

— Non, écoute, ce n'est pas ça, me dit-il.

— C'est quoi alors ?

Il lança un dernier coup d'œil aux autres, qui le fixaient l'air l'affolé, comme s'il relevait de l'hôpital psychiatrique.

— OK, je m'y colle. Je vais te dire ce qui nous retient de te rendre service… On va t'avoir sur le dos si on te remplace, tu vas nous faire vivre l'enfer.

C'est de bonne guerre.

— Je comprends. Mais je vous jure que c'est fini, ça. Consultez le fichier clients pour connaître leurs habitudes et demandez-moi s'il vous manque des infos, je serai disponible. Et après, je vous promets de vous laisser travailler en paix et de ne pas vous emmerder… S'il vous plaît ?

— Incroyable, tu as dit le mot magique, se moqua gentiment Benjamin. Allez, balance !

Il tendit la main, je lui passai mon emploi du temps, et il fit signe à tous les autres de regarder de plus près. Timidement, ils se dévouèrent chacun à son tour.

— Merci beaucoup…

Quel soulagement ! Je n'en revenais pas d'avoir fait ça, et sans trop de difficulté.

— Maintenant, passons à la prospection. Ça a beau être mon projet, je ne le mènerai pas à terme sans la mobilisation de chacun, j'ai besoin de vous et je souhaite que cela soit un travail collectif. J'attends vos idées, vos connaissances, bref tout ce que vous pouvez apporter ! Commençons par le salon. Ça vous parle, le nautisme ?

— Je fais de la voile depuis que je suis gamine, j'aurais deux ou trois petites choses à vous apprendre, nous déclara l'interprète de russe, visiblement satisfaite et fière d'elle.

C'était bien la première fois que je la voyais sourire en ma compagnie.

— Génial ! Tu sais où tu seras la première semaine de décembre.

Ce brainstorming improvisé permit de défricher le terrain, chacun y allant de son idée, dans la concentration et la bonne humeur générale. Ceux qui n'avaient pas d'obligations restèrent tout l'après-midi avec moi. Je fus soulagée de sentir que je pouvais m'appuyer sur toute l'équipe et je travaillai avec eux sans feindre le plaisir d'être en leur compagnie. Ça me donnait la pêche et pas de migraines, malgré nos conversations à bâtons rompus.

J'aurais pu continuer encore longtemps comme ça si on ne m'avait pas fait remarquer qu'il était plus de 20 heures et que certains étaient attendus chez eux.

— Je suis désolée, je n'ai pas vu le temps passer. Merci à tous, à demain. Je vous tiendrai au courant du feed-back de Bertrand. Bonne soirée.

L'agence me parut bien vide d'un coup. Je n'étais pas loin de me sentir seule ; ça m'arracha un sourire ! Moi, je me sentais seule sans mes collègues, c'était risible. Après avoir envoyé à Bertrand mon compte rendu, je m'attaquai aux mails du jour, auxquels je n'avais pas pu répondre dans la journée. Entre deux, j'écoutai un message d'Alice : « Salut, sœurette, je venais aux nouvelles. Chez nous, tout va bien. On a prévu de faire garder les enfants samedi soir pour se faire un resto avec tout le monde. Tu viens ? Rappelle-moi vite. Bisous. » Ça n'avait pas duré longtemps pour que je me retrouve dans la situation que je craignais. Tout le monde, ça voulait dire Marc compris. Fatiguée à l'avance par ce qui m'attendait, je posai le front sur le clavier en braillant un « merde ».

— Un problème, Yaël ?

— Oups…

C'était sorti tout seul. Je sursautai, écarlate. Bertrand, visiblement amusé par mon attitude, pénétra en salle de réunion, et s'assit sur le rebord de la table en positionnant correctement son pantalon de costard.

— Non, non, tout va bien. Vous avez eu mon mail ?

— C'est pour ça que je viens te voir, c'est du bon boulot. Tu as réagi vite en impliquant toute l'agence, c'est une très bonne idée.

Yes ! Yaël : Two points ! J'eus brusquement envie d'écouter de la musique et de danser de joie. *Il y avait quoi dans le café de ce midi ?*

— Tant mieux, j'espère récupérer les accréditations en fin de semaine.

— Très bien. Et à tes heures perdues, commence déjà à préparer un prochain salon pour le printemps en piochant dans ceux que tu avais déjà repérés.

Quelles heures perdues ? La masse de travail s'accumulait de façon exponentielle. Il se releva, prit la direction de la sortie, mais stoppa son geste et me regarda par-dessus son épaule, l'œil plein d'ironie.

— Tu as délégué... tu as eu raison... C'est le métier qui rentre...

Association, association.

Mes collègues s'en sortirent à merveille. Je n'avais pas besoin d'être inquiète, et c'était tant mieux. Je le vivais plutôt bien, tout en espérant pouvoir bientôt récupérer mes clients. Malgré ma fatigue, le somnifère restait indispensable pour que mon esprit ne soit pas parasité par le reste. Je n'avais pas cherché à joindre Marc, le travail avait bon dos. Lui non plus n'avait pas essayé de m'appeler. Alice se contenta de ma promesse de faire de mon mieux pour venir. Adrien et Jeanne, ce fut une autre paire de manches. Si je n'acceptais pas, ils menaçaient de tous débouler chez moi, tenant à me rappeler mon pari perdu des vacances. Le vendredi soir, je pris mon courage à deux mains en envoyant un SMS de groupe : « Salut, je serai là demain ! » Mon téléphone bipa dans la seconde qui suivit, tout le monde manifesta son bonheur de me savoir parmi eux. Tous sauf un. Ç'allait être sympa comme soirée !

Qu'allais-je faire en me retrouvant face à Marc ? Et lui ? L'avantage d'être en compagnie de toute la troupe ; je pourrais éviter tout contact direct, ou faire semblant. Du moment qu'on ne se retrouvait pas coincés à table à côté, ça devrait le faire... Après avoir vidé mon dressing pour choisir ma tenue – et écarté les vêtements choisis par Alice une semaine plus tôt : j'avais besoin de toutes mes capacités et de me sentir forte pour affronter les prochaines heures –, je me rabattis vers l'option tailleur de week-end, slim et Pigalle. Moi d'habitude si ponctuelle, je trouvai le moyen d'arriver en retard. Enfin pas tant que ça, puisqu'en poussant la porte du restaurant, je les découvris tous autour du bar, attendant notre table et bavardant un verre à la main. Au moins, je pourrais choisir ma place. Marc était là, d'une main il tenait sa veste sur son épaule, les manches de sa chemise retroussées, il riait avec Cédric. Il me repéra avant les autres et riva ses yeux aux miens. Des réminiscences de nos baisers, de ses caresses m'envahirent, mon corps fut traversé de frissons, ma respiration se coupa un bref instant. L'espace de quelques secondes, j'eus l'impression que le resto était désert, que nous étions seuls. Je me forçai à me soustraire à son regard. Ça s'avérait déjà plus compliqué que prévu. Je me frayai un chemin jusqu'à eux, des exclamations m'accueillirent.

— Waouh ! Tu es là ! Comment va ton patron ? ricana Adrien. Il passe te choper à quelle heure ?

— Je lui ai proposé de passer prendre le dessert avec vous, ça te convient ?

Il éclata de rire. J'entamai la ronde des bises, en prenant tout mon temps. Et puis, avant que je n'arrive jusqu'à Marc, miracle ; le serveur nous annonça que notre table était prête, j'aurais pu lui embrasser les pieds pour le remercier. Personne ne sembla repérer que nous nous évitions, en tout cas je l'espérais. Pour détourner plus encore l'attention, je pris ma sœur par le bras et lui fis remarquer à quel point je la trouvais radieuse :

— Tu as une mine magnifique ! Tu as des choses à me raconter ?

— Rien de spécial, je suis heureuse, c'est tout, me dit-elle avec un grand sourire.

Prends-moi pour une idiote, Alice. Elle me cachait un truc, je comptais bien ne pas la lâcher du dîner pour qu'elle me crache le morceau… accessoirement, me concentrer sur elle éviterait que mon regard ne dévie trop vers Marc. Le savoir tout près de moi mettait mes sens en ébullition ; c'était insupportable de me sentir si faible face aux hormones ! Jeanne annonça qu'il était hors de question qu'on fasse « un côté mecs, un côté gonzesses à table ». *Bingo !* La seule chose que je voulais éviter. Ce dîner allait s'avérer infernal, puisque, comme par un fait exprès, je me retrouvai à côté de lui. J'osai lui jeter un coup d'œil lorsque la sentence tomba ; il baissa le visage, en se pinçant l'arête du nez, puis mit ses lunettes. Je fis le tour de la table pour rejoindre ma place, il m'aida avec ma chaise, sans dire un mot ni me regarder et attendit que je sois assise pour s'installer à son tour. À partir de là, je discutai, ris, répondis aux questions qu'on me posait, en étant pleinement consciente que si le lendemain on me demandait de quoi nous avions parlé, je n'en aurais aucune idée. Mais j'étais bien, je nageais comme un poisson dans l'eau avec eux. Et dire que pendant des mois, des années, je m'étais passée de ça. Sans échanger un mot avec Marc, nous avions une chorégraphie bien rodée faisant en sorte de ne jamais nous adresser directement l'un à l'autre. Quand il posait son bras sur la table, je reculais dans le fond de ma chaise, et inversement. La seule chose qui me fit palper sa tension fut qu'il passa son temps à remonter sa montre ; au moins, elle ne risquait pas de s'arrêter ! Sauf qu'après le plat, il se mit à gesticuler, ne tenant plus en place, sa jambe gigotant compulsivement sous la table, je me retins de poser la main sur sa cuisse pour qu'il cesse, car nous avions beau mettre le maximum de distance physique entre nous, je sentais son corps de plus en plus près de moi, et ça devenait intenable. Je n'avais qu'une envie ; que tous les autres disparaissent, me retrouver en tête à tête avec lui pour régler cette histoire, ou bien me jeter sur lui, j'hésitais encore. Il craqua le premier :

— Je vous abandonne cinq minutes, nous annonça-t-il en se levant.

Il se pencha et fouilla dans les poches de sa veste en velours. Je ne pus m'empêcher de me tourner ; nos visages furent tout proches, je fixai ses lèvres, lui les miennes. Il se redressa vivement, son tabac à rouler à la main et prit le chemin de l'extérieur. J'avalai la fin de mon verre de vin rouge et croisai le regard curieux et amusé d'Alice. Il me fallait d'urgence une issue de secours. Les joues en feu, j'interpellai Adrien :

— Ce sont tes quarante ans l'année prochaine ! Tu vas nous organiser une fête ?

— Plutôt deux fois qu'une ! La date est presque calée !

— Déjà ?

Je n'avais plus qu'à croiser les doigts pour que je puisse y aller, hors de question que je rate cette soirée. J'avais besoin de mes amis, j'avais repris goût à être avec eux, je les aimais, ils avaient retrouvé une place dans ma vie.

— Pas d'embrouille, Yaël ? Tu seras là ? C'est en partie à cause de toi que je me décide si tôt ! Je veux te voir danser sur les tables !

— Je ferai tout pour… je te le promets… En revanche, pour ce qui est de danser sur les tables…

— C'est ce qu'on verra !

Adrien partit dans son délire, l'attention se tourna vers lui, je m'enfonçai sur ma chaise. Quelques minutes plus tard, je sentis la présence de Marc avant même qu'il soit revenu à sa place. Le parfum de son tabac me tourna la tête et me donna envie de me coller à lui.

— Ça vaut pour toi aussi ! lui ordonna Adrien. En même temps, je sais déjà que tu seras là, puisque vous viendrez ensemble avec Yaël.

Il passa à autre chose dans la foulée alors que Cédric s'étouffait en buvant une gorgée de vin. Quant à Jeanne et Alice, elles gloussèrent comme si elles avaient quinze ans. Je restai imperturbable.

— De quoi parle-t-il ? me demanda Marc en se penchant vers moi, un bras sur le dossier de ma chaise.

Tu cherches quoi, Marc, là ? À me provoquer ?

— Ses quarante ans, lui répondis-je sans le regarder. L'année prochaine…

Je me redressai pour reprendre le fil de la conversation de groupe. Marc ne changea pas de position et s'inséra à son tour dans la discussion. J'allais devoir rester raide comme un piquet pour éviter d'avoir l'impression d'être dans ses bras si je me calais à nouveau dans le fond de ma chaise.

La fin du dîner traîna en longueur, nous étions les derniers clients encore présents dans le restaurant. Progressivement, je décrochai des conversations, le sourire aux lèvres, et même si mes nerfs étaient à fleur de peau, je ne cherchai pas à m'échapper. La présence de Marc me mettait sur le qui-vive, et en même temps je me sentais bien, presque à ma place, avec lui tout près. Pourtant, au fond de moi, je savais qu'il fallait que je me retienne, pour ne pas trop prendre goût à tout ça. Si comme je l'espérais je devenais l'associée de Bertrand d'ici la fin de l'année – maximum deux mois – j'aurais encore moins de temps à consacrer à ma famille et mes amis, et devrais me contenter de sauts de puce pour les voir. C'était tout le paradoxe de ma situation ; j'avais appris durant les vacances que le travail ne me suffisait pas pour être bien dans ma peau et ne plus risquer de pétage de câble comme en juillet. Sauf que pour devenir l'associée de Bertrand, il fallait tout donner et pas de distraction. Les uns et les autres me parlaient de la Yaël d'avant, je la sentais se réveiller en moi, comme si elle souhaitait qu'on se retrouve et qu'on ne forme plus qu'une seule et même femme. Mais cette Yaël-là ne pouvait pas être celle de l'agence, elle exaspérait Bertrand. Je me tournai vers Marc, qui s'était rapproché à nouveau de la table. Que faire de lui et de l'effet qu'il me faisait au milieu de tout ça ? Il dut sentir que je le regardais ; il me lança un coup d'œil, je détournai la tête en soupirant.

— Il va être l'heure de se rentrer, déclara Cédric, en passant la main sur les traits fatigués de ma sœur.

— La plaie ! Il est hyper tard, embraya Jeanne. On va encore dérouiller avec la baby-sit' !

Tout le monde se leva dans la minute qui suivit, à part moi, qui ne quittais pas Alice des yeux ; elle me cachait définitivement quelque chose. Je ne fis pas attention en suivant le mouvement à mon tour et me retrouvai contre Marc.

— Pardon, murmurai-je sans le regarder.

Il se décala et me laissa passer devant lui sans dire un mot.

— Alors, tu le retrouves où, ton boss ? me demanda Adrien.

— Au bureau, lundi, lui répondis-je en riant. Je commande simplement un taxi.

Je gagnai la rue pour passer mon appel. Marc me suivit et s'alluma une cigarette.

— Laisse tomber le taxi, je te ramène, me dit-il en plantant son regard dans le mien.

— Je vais me débrouiller.

Son visage se ferma.

— Et moi, je te dis que je te ramène, me rétorqua-t-il sèchement.

Il fit les deux pas qui nous séparaient.

— Non…

— Je vous dérange, tous les deux ? nous interrompit innocemment Alice.

— Pas du tout, lui répondit Marc. Je proposais à Yaël de la ramener chez elle.

— Bonne idée, lui dit-elle avant de m'attraper par le bras en m'entraînant à l'écart. Convocation demain à la maison pour le poulet petits pois du dimanche midi !

— Euh… je ne sais pas…

— Tsss ! Je crois que j'ai quelques épisodes de retard dans la vie de ma petite sœur.

Je levai les yeux au ciel.

— D'accord, je passe à table, mais toi aussi ! lui répondis-je. Je ne suis pas la seule à cacher des choses.

Elle me prit dans ses bras, je restai bête. Cédric lança le signal de départ :

— Allez, au lit !

Adrien, Jeanne, Cédric et Alice partaient d'un côté, Marc et moi de l'autre. Ils nous dirent au revoir. Adrien se mit à lever le pouce en signe de victoire, à grand renfort de clins d'œil. Jeanne le calma en nous disant : « Ne vous occupez pas de lui ! » Ils éclatèrent de rire tous les quatre et tournèrent les talons. Marc se contenta de m'envoyer un regard et se mit en route à son tour, je le suivis. Il cala son pas sur le mien, nous fîmes le chemin épaule contre épaule, sans échanger un mot. Il s'engouffra dans un parking souterrain. Dans l'allée silencieuse, je commençai à bouillir intérieurement, je ralentis le pas à quelques mètres de la Porsche.

— Ça ne rime à rien ! Je vais prendre un taxi, finis-je par lui dire en arrêtant d'avancer.

Il ne réagit pas et poursuivit son chemin. Arrivé devant sa voiture, il ouvrit la portière passager et me fit signe de grimper. Je restai quelques secondes, sans bouger, avant de céder et de m'approcher. Je marquai un temps d'arrêt lorsque je fus tout près de lui, puis je m'installai, en respirant les effluves de cuir et de moteur. Marc finit par prendre place à son tour, il mit la clé dans le contact, mais ne démarra pas.

— On est ridicules, Yaël. Tu le sais, ça ?

Je soupirai et regardai par la vitre.

— OK, je vais faire un monologue… Je t'embrasse, je m'enfuis comme un crétin. J'ai merdé, j'ai paniqué… Trois jours plus tard, tu débarques à la brocante comme une furie, on fait l'amour et c'est toi qui t'enfuis sans que je lève le petit doigt pour que tu restes et qu'on parle de tout ça. Depuis, rien, pas un mot, pas un contact. Tu as bien conscience qu'on est passés pour des allumés ce soir devant tout le monde ? Ça, je m'en contrefous, ce n'est pas le problème. Mais

268

on a quelque chose à régler, ça ne peut pas continuer comme ça…

— Faisons comme s'il ne s'était jamais rien passé, le coupai-je dans son élan.

— Tu te fous de moi, là ?

Je tripotai mes mains, la tête baissée.

— Regarde-moi, m'ordonna-t-il. Yaël, regarde-moi et dis-moi que tu n'y as pas repensé, que tu te moques de ce qui s'est passé entre nous.

Je pris une profonde inspiration avant de l'affronter, persuadée de réussir à mentir. Être si près de lui, sentir qu'il respirait rapidement me fit flancher.

— Je suis paumée, Marc. J'ai trop de choses en tête, si peu de temps pour… je ne sais pas comment faire avec ça…

— Tu crois que je ne suis pas perdu ? s'énerva-t-il. Je vous ai retrouvés, ça m'a complètement chamboulé… et puis, merde ! Yaël, ça fait à peine deux mois que je suis divorcé… je n'avais pas vraiment en tête de me retrouver si vite dans cette situation…

Je déglutis en détournant le regard ; il secoua la tête et démarra la voiture, le bruit du moteur résonnant dans le parking me fit sursauter.

— Je n'ai pas ton adresse, marmonna-t-il.

Je la lui donnai, et tout le trajet se déroula sans que ni l'un ni l'autre n'essaie de dire un mot de plus. Je restai collée contre ma vitre, yeux braqués vers la rue, telle une gamine boudeuse. Plus je sentais le poids de son regard sur moi, plus je me recroquevillais. Par je ne sais quel miracle, il réussit à se garer devant mon immeuble et coupa le moteur. Effrayée à l'idée d'une nouvelle conversation qui ne mènerait à rien, je ne lui laissai pas le temps d'en placer une et ouvris ma portière.

— À bientôt, chuchotai-je.

Je sortis de la voiture et me précipitai dans l'entrée de mon immeuble sans me retourner. Je grimpai quatre à quatre l'escalier et me barricadai à double tour chez moi. Sans allumer une lumière, je traversai l'appartement et regardai la rue à travers la fenêtre du séjour ; la Porsche n'avait pas bougé, Marc oui. Il était dehors et fumait une cigarette, assis sur le capot. J'attrapai mon téléphone, cherchai son numéro, gardant le doigt suspendu de longues secondes sur la touche appel. Et puis, sans le quitter des yeux, j'appuyai dessus. Je souris en le voyant chercher son portable dans toutes ses poches.

— Deuxième étage, porte droite, 27A13, pour le code, lui dis-je simplement quand il décrocha.

Je m'éloignai de la fenêtre et posai le téléphone sur la table basse. Qu'est-ce que je venais de faire ? Je balançai mes chaussures en m'approchant de la porte d'entrée, l'appartement uniquement éclairé par les lumières de la rue ; je respirai plus vite. Le temps me parut long : un instant, je commençai à me dire que j'avais fait une erreur, pourtant je crevais d'envie d'être avec lui. Et puis il y eut deux petits coups frappés, j'ouvris ; Marc, le visage fermé, avança vers moi en refermant la porte d'un coup de pied ; je reculai, prisonnière de son regard chargé de questions. Il attrapa mon poignet, m'attira à lui et m'embrassa sans attendre plus longtemps. J'avais attendu ça toute la soirée.

— Ça va être encore plus compliqué, me dit-il, sa bouche contre la mienne en me suivant à travers le séjour.

270

— Juste encore une fois, une dernière fois, murmurai-je alors que nous arrivions au seuil de ma chambre.

Il esquissa un sourire, le premier depuis que nous venions de nous retrouver en tête à tête.

— Le principal, c'est que tu y croies…

— Pas toi ? lui répondis-je avec le même sourire.

Il m'embrassa lentement, intensément, ses mains se baladaient déjà sur moi, pendant que moi, je me débattais pour lui retirer sa veste. Nous basculâmes sur le lit.

— Si, bien sûr, me dit-il, ses lèvres dans mon cou. On ne recommencera plus.

Un peu plus tard, j'étais calée dans ses bras, apaisée, somnolente, marquée par ses caresses sur chaque centimètre de ma peau, sur chaque partie de mon corps. Je redécouvrais que mon épiderme était doté de sensibilité. J'aurais voulu que cette douceur et cette sensation ne cessent jamais ; j'oubliais tout le reste, c'était apaisant et c'était agréable de ne pas avoir l'esprit occupé par mille choses, mais uniquement tourné vers ce bien-être. Et je n'avais aucune envie que ça soit la dernière fois.

— Nous voilà bien, me dit Marc.

Je levai le visage vers lui ; il souriait en me regardant.

— Rappelle-moi, enchaîna-t-il, tu m'as bien dit « juste une dernière fois », c'est ça ?

Je ris, puis retrouvai mon sérieux. Rien n'avait changé et c'était de plus en plus compliqué. Je m'éloignai de lui et m'assis en remontant la couette sur mes seins.

— Ça reste compliqué. Je ne sais pas… je n'ai pas le… Qu'allons-nous faire ?

Il se leva et se rhabilla. Quand il fut prêt, il s'assit sur le lit à côté de moi et caressa ma joue.

— Ne cherchons pas à comprendre ce qui se passe et prenons les choses comme elles viennent, d'accord ?

Je hochai la tête. Il se leva, j'en fis de même et attrapai un tee-shirt long dans le dressing. Une fois devant la porte d'entrée, Marc m'embrassa du bout des lèvres.

— On s'appelle ? me demanda-t-il.

— Oui.

Il partit. Je fis le chemin inverse d'il y avait deux heures et me retrouvai devant la fenêtre du séjour. Quelques secondes plus tard, Marc ouvrait sa portière. Avant de monter dans sa voiture, il leva la tête ; en m'apercevant derrière la vitre, il me sourit avant de disparaître.

Alice fut ravie de me voir dévorer son poulet petits pois et chiper la peau grillée du volatile dans les assiettes de ses enfants. M'étant réveillée en retard, j'avais sauté le petit déjeuner et, en arrivant chez eux, je mourais de faim. Ma sœur me laissa manger sans rien demander ; elle me lançait des coups d'œil toutes les deux minutes en assurant la conversation, en parlant des parents et de la pluie et du beau temps avec moi. De toute façon, si elle passait à l'attaque, je m'y mettais aussi. Et je doutais que la table de la salle à manger entourée de ses enfants et Cédric lui convienne pour des confidences. Je savais où tout ça se terminerait ; soit dans la cuisine la tête au-dessus de l'évier, soit dans le canapé après le café. Une vingtaine de minutes plus tard, elle me fit comprendre son choix :

— Je vais coucher Léa pour une sieste et on se retrouve dans le salon.

Sans me laisser la moindre chance de remettre en cause sa décision, elle attrapa Marius, lui proposant de regarder un DVD dans leur chambre ; elle était donc déterminée à avoir la paix la prochaine heure et demie ! Je finis de ranger la cuisine en compagnie de Cédric, qui avait bien du mal à contenir son fou rire.

— Elle est en forme, lui dis-je en mettant la pastille dans le lave-vaisselle.

— Ah ça ! Elle est déchaînée, c'est toujours la même chose !

— Qu'est-ce qu'elle a ?

Il leva les mains en l'air.

— Ne compte pas sur moi pour jouer les balances. Et je serais toi, je préparerais vite fait ce que je compte lui dire ! Elle continuait encore à causer sur ce qu'elle supposait la nuit dernière alors que je ronflais. Et j'étais à peine réveillé ce matin que c'était reparti !

— Oh non…

— Et si, me dit-il en riant.

Le voir remplir la bouilloire et préparer une théière pour Alice me confirma à quel point le moment était sérieux. J'exigeai un espresso et il m'accompagna dans mon choix. Nous étions dans le séjour en train de le boire lorsqu'elle arriva. Elle se planta non loin de son mari, les mains sur les hanches en le fixant.

— OK ! Je vous laisse !

Il secoua la tête, quitta son fauteuil et déposa un baiser sur les lèvres de sa femme. Il tapota mon épaule en passant à côté de moi, et souffla « bon courage ».

273

Puis il disparut dans la maison, non sans agrémenter son départ d'un éclat de rire libérateur. Alice se pelotonna sur le canapé, se calant un coussin dans le dos, son mug de thé à la main.

— Vous êtes bien rentrés avec Marc, hier soir ?

— Oui, oui… tu racontes quoi, toi ?

Elle avala une gorgée de thé et me regarda avec indulgence.

— La dernière fois, tu n'as pas remarqué parce que tu étais trop obnubilée par ton boulot. Ce coup-ci, c'est à cause de Marc que tu n'as rien vu hier, je préfère ça, tu me diras…

— Sois plus claire, je ne comprends rien. Tu veux jouer aux devinettes ?

— Indice : on va devoir pousser les murs de la maison…

Je fronçai les sourcils ; maison trop petite, Alice sourire radieux, Cédric encore plus aux petits soins que d'habitude… ma sœur était…

— Enceinte ! Tu es enceinte !?

— Tu as été plus rapide que d'habitude !

Je bondis sur elle en la serrant fort contre moi, faisant taire le pincement au cœur qui m'étreignit un bref instant.

— Dis-moi tout ! C'est pour quand ? Tu vas bien ? Tu n'es pas trop fatiguée ? Vous savez ce que c'est ?

— Retourne t'asseoir, tu m'étouffes !

— D'accord, d'accord…

Une fois à ma place, je me donnai des claques mentalement ; comment avais-je pu passer à côté de ça ? Alice était mère dans toute sa splendeur, épanouie, surpuissante, comme à chacune de ses grossesses, toute en rondeurs et délicatesse.

— C'est pour fin avril ou les premiers jours de mai, je suis en pleine forme et on garde la surprise, comme d'habitude.

— Dis-m'en plus…

— On est fous de joie, que veux-tu que je te dise d'autre…

— Les parents sont au courant ?

— Non, je leur dirai à Noël, sinon maman va débarquer demain !

J'éclatai de rire, notre mère était pire qu'une louve protégeant ses louveteaux quand Alice était enceinte.

— Bon, maintenant, à toi !

Oh non… pas déjà. Pour la forme, j'allais tenter de botter en touche, bien que je sache pertinemment que ça ne servirait à rien.

— Moi… tout va bien… le boulot… la routine…

— Crache la Valda ! Que se passe-t-il avec Marc ? Ne t'avise pas de me répondre rien, parce que après votre sketch d'hier soir, ça serait ridicule. Soit dit en passant, qu'est-ce qu'on a ri !

— Bon, soupirai-je. Je reprends depuis le début !

Alice m'écouta attentivement pendant que je lui racontais ce qui s'était passé entre Marc et moi depuis le dernier jour de vacances à Lourmarin jusqu'à la nuit précédente.

— Vous vous revoyez quand ? me demanda-t-elle sitôt que j'eus fini.

— Aucune idée.

— Comment ça ?

— Bah… non.

— Attends, Yaël, il y a un truc que je ne comprends pas… vous êtes quoi au juste l'un pour l'autre ?

— Je n'en sais rien…

— Ne me dis pas que c'est juste pour le… plaisir ? s'étrangla-t-elle en haussant un sourcil.

— Euh… je ne vais pas te cacher que c'est plus que bien…

— Stop ! Pas de détails sur ta vie sexuelle, s'il te plaît !

Je pouffai. Cependant, mon rire s'évanouit rapidement en voyant ma sœur se décomposer.

— Ça te pose un problème ? lui demandai-je.

— Écoute… Marc vient de divorcer, je crois que ça n'a pas été facile pour lui, il en a parlé à Cédric pendant les vacances… il n'a jamais été du genre à s'amuser avec une femme, mais après tout, il a pu changer en dix ans, on n'en sait rien… J'espère que tu ne lui sers pas simplement à passer le temps…

Je n'avais pas pensé à ça. Si ma sœur avait pu éviter de le faire, ça n'aurait pas été plus mal… Mais bon, après tout…

— Et alors ? Je n'attends rien de mon côté.

Elle tapa sur l'accoudoir du canapé, interloquée.

— Oh, ce n'est pas vrai, Yaël… Quand vas-tu ouvrir les yeux ?

— Sur quoi ?

— Mais enfin ! Tu es bête, ma parole ! Tes sentiments pour lui.

Je me contractai :

— De quoi parles-tu ?

— Tu as toujours été amoureuse de Marc, reconnais-le…

La grossesse rendait Alice complètement cinglée. C'était du délire ! Pourtant, plus je la regardais plus elle me faisait peur, avec son regard déterminé. Elle était sûre d'elle, visiblement convaincue par les âne-ries qu'elle s'apprêtait à me débiter.

— Non ! Pas du tout !

Elle semblait accablée, j'avais vraiment l'impression d'être une simplette.

— Tu veux que je te rafraîchisse la mémoire ?

Je croisai les bras et détournai la tête pour ne plus la voir.

— Ne boude pas et écoute-moi !

— Je boude si je veux et je ne t'écoute pas !

— Mais quelle sale gosse quand tu t'y mets !

Je ne voulais pas entendre ce qu'elle avait à me dire.

— On a tous été bouleversés par sa disparition, mais toi plus que nous tous réunis…

— Ce n'est pas vrai, la coupai-je en piquant du nez. Et je ne supporte pas de parler de cette période.

Elle ricana.

— Tiens, comme c'est étrange ! Mais ne compte pas sur moi pour te ménager ! Ça suffit, les conneries ! Tu veux que je te rappelle qui a pleuré sur notre clic-clac des nuits entières parce qu'il n'était plus là ? Qui a attendu devant la sortie de la fac tous les soirs ? Qui a failli ne pas dépasser sa période d'essai parce que Marc avait disparu ?

Je lui fis face brusquement.

— N'importe quoi !

— J'aurais donc rêvé qu'un jour ton patron t'a convoquée parce que tu ne t'étais pas présentée à un rendez-vous tout ça parce que tu faisais le pied de grue devant l'appartement du grand-père de Marc ?

— Peut-être, mais *tout ça*, c'était il y a longtemps ! On était amis, c'est tout ! J'étais folle d'inquiétude et basta !

Elle se leva du canapé, et vint vers moi, me dominant de toute sa hauteur tandis que je me ratatinais dans mon fauteuil.

— Tu as de la merde dans les yeux dès qu'il s'agit de Marc ! Et ça depuis toujours ! Pour nous tous, ça a toujours été évident, ce truc entre vous. Vous étiez pires que des siamois ! Dès qu'il y en avait un qui bougeait, l'autre en faisait autant, vous…

— Et après ! On était des gamins, on avait vingt-cinq ans !

— Franchement, Yaël ! Il ne vous a pas fallu longtemps pour que ça recommence !

Je me mis debout à mon tour et lui adressai un sourire mauvais.

— Ça n'a rien à voir. Aujourd'hui, on se fait du bien, c'est tout !

Je faisais exprès de la mettre mal à l'aise, mais ça ne marchait pas, elle enfonça le clou :

— Arrête de faire l'autruche… Fais attention à toi et un peu à lui aussi, c'est tout ce que je te demande…

— Tu fais dans la psychologie de comptoir, maintenant ? ironisai-je.

— Je fais peut-être dans la psychologie de comptoir. Mais au moins, moi, je vis, je ressens, j'aime et je l'assume.

J'eus un mouvement de recul. Alice me planta là, et alla voir ce que traficotait sa petite famille. Je saisis l'occasion pour m'éclipser. La piscine me permettrait de me défouler : trop de choses en tête. Pour commencer la grossesse d'Alice qui, même si elle me rendait très heureuse pour eux, me renvoyait à quelque chose de plus en plus éloigné de ma vie et de mon avenir. Il fallait être honnête ; tout portait à croire que je ne connaîtrais jamais cette lumière, cet état de grâce de l'attente d'un bébé, ni la protection quasi animale de ma mère. Quand trouverais-je le temps d'en faire un ? Et avec qui ? Et comment l'élever ? Est-ce que je saurais faire, d'ailleurs ? Non, bien évidemment. Ensuite, son discours sur Marc, mes prétendus sentiments pour lui et ma déprime après sa disparition m'embrouillait : de qui devais-je me protéger ? De Marc ? De moi-même ?

Un matin vers 9 h 30, oreillettes en place, je préparais mon point quotidien avec Bertrand, quand mon téléphone sonna et brisa ma pseudo-quiétude :

— Oui, répondis-je sans vérifier le nom de mon interlocuteur.

— Yaël, c'est Marc.

— Salut, finis-je par lui dire après plusieurs secondes.

— Je te dérange ?

— Je suis au travail.

— Moi aussi !

— Désolée, je…

— Tu es attendue, je sais. Mais ne t'inquiète pas, je n'en ai pas pour longtemps. Je voulais savoir si tu étais libre ce soir, on pourrait dîner ensemble, tous les deux.

Oh… et puis après tout !

— Avec plaisir, mais je ne sais pas à quelle heure je vais sortir. Pas avant 20 heures ou 20 h 30.

— Si on fait resto chez toi et que je m'occupe de tout, ça te va ?

— Oui…

— Je peux passer te prendre à ton boulot quand tu as fini ?

Là, ça se complique... Marc à l'agence...

— Euh... je ne sais pas...

— C'est aussi simple, non ?

J'aperçus la tête de Bertrand passer le pas de la porte de son bureau. *Panique à bord ! Pourquoi il est toujours là, lui ? Je ne peux pas avoir la paix deux minutes, deux toutes petites minutes.* Je répondis à Marc sans réfléchir :

— Je t'envoie un texto quand je suis prête avec l'adresse de l'agence.

— À ce soir, je t'embrasse.

Pourquoi dans une conversation anodine avec n'importe qui, le « je t'embrasse » ne signifiait rien de plus qu'une marque de gentillesse entre copains, genre « on se claque la bise » tandis que là, précisément lorsque c'était Marc qui me le disait, je fermais les yeux, le corps et l'esprit dirigés vers ce qui invariablement se passerait entre nous ? L'expression sérieuse de Bertrand avançant vers mon bureau eut l'effet d'une douche froide.

— Moi aussi, répondis-je brusquement à Marc avant de raccrocher.

J'arrachai mon oreillette et bondis de ma chaise.

— Bertrand ? Nous pouvons nous voir maintenant ?

— Je croyais que tu m'avais oublié, me dit-il avec une expression indéchiffrable. Ça fait cinq minutes que je t'attends, mais si tu as un imprévu...

À 20 heures, j'envoyai comme prévu un SMS à Marc qui me répondit immédiatement : « Je serai là d'ici une bonne vingtaine de minutes. » Il fut d'une ponctualité remarquable. Il m'attendait, une cigarette aux lèvres, les mains dans les poches, adossé à sa voiture garée devant l'immeuble. Impossible de retenir mon sourire. Sourire qui se figea en apercevant Bertrand à quelques mètres de moi, qui, lui, revenait au bureau. *C'est bien ma veine.* Marc me fixait, un rictus coquin aux lèvres, sans bouger, ne se doutant pas de ce qui était sur le point de se jouer dans les prochaines secondes, il fallait faire vite, j'avançai vers lui en envoyant un signe de la main à mon patron :

— Bonne soirée, Bertrand. À demain !

Ce dernier vint plus franchement dans ma direction, ce qui stoppa mon élan.

— Yaël, tu te sauves déjà ?

Sans le savoir, il s'interposa entre Marc et moi.

— Oui… vous aviez besoin de me voir, ce soir ?

— Effectivement.

— C'est-à-dire que…

Mon regard dévia vers Marc, Bertrand le remarqua – rien ne lui échappait – et se retourna. Il le détailla des pieds à la tête, jeta un bref coup d'œil à la Porsche, Marc, de son côté, haussa un sourcil, sans se départir de son petit air ironique ni abandonner sa pose nonchalante. L'espace d'un instant, je fus totalement perdue : devais-je les présenter l'un à l'autre ? Pour quoi faire ? Bertrand me facilita la tâche, puisque son intérêt pour Marc retomba au bout de dix secondes, se focalisant à nouveau sur moi.

— Tu es attendue, j'ai l'impression que tu as des projets.

— Si j'avais su que vous…

— Reste à proximité de ton téléphone.

Sans un mot ni un regard de plus, il s'engouffra dans l'immeuble. J'expulsai l'air retenu dans mes poumons, puis je secouai la tête.

— Salut, dis-je à Marc.

— Ça va ?

— J'espère.

— On peut y aller ?

Lorsque les portières furent claquées et que le moteur ronronna, nous échangeâmes un long regard. La rencontre avec Bertrand m'avait contrariée.

— Je peux ? demandai-je à Marc, le doigt sur l'auto-radio.

— Si ça peut te faire plaisir !

J'appuyai sur le bouton pour finalement totalement me moquer du son qui sortit des enceintes. Je me retenais de récupérer mon téléphone dans mon sac, ce ne fut pas si difficile, puisque mon chauffeur ne manquait pas de me lancer des coups d'œil ni d'effleurer avec insistance ma cuisse à chaque changement de vitesse.

— C'était qui le type avec qui tu as parlé ? me demanda-t-il au bout d'un moment.

— Mon patron.

— Non ? Le fameux Bertrand ?

— Oui, répondis-je, mi-amusée, mi-agacée. Tu vas rendre les autres complètement dingues quand ils sauront ça, tu es le seul à l'avoir ne serait-ce qu'entra-perçu !

— Encore faudrait-il justifier la raison de ma présence à la sortie de ton boulot…

Je me tournai vers lui en m'appuyant contre la vitre.

— Pas faux… mais bon, on est adultes et on fait un peu ce qu'on veut, non ? Ils n'ont qu'à imaginer ce qu'ils veulent.

— C'est clair, on ne va pas leur envoyer un bristol pour les informer de ce qu'on fait tous les deux !

À un feu rouge, la musique, à laquelle je n'avais prêté aucune attention jusque-là, changea. Je n'étais pas étonnée de reconnaître Gainsbourg, mais parfois le hasard faisait bizarrement les choses, puisque Jane Birkin lui répondait pour nous expliquer *La décadanse. Tourne-toi. – Non. – Contre moi. – Non, pas comme ça. – Et danse la décadanse. Oui, c'est bien. Bouge tes reins. Lentement devant les miens. – Reste là, derrière moi. Balance la décadanse…* Marc regardait droit devant lui, le sourire aux lèvres. De mon côté ; impossible de me retenir : j'éclatai de rire. *Mon Dieu que ça faisait du bien !*

— Tu avais préparé ton coup ?

— Mais non ! se défendit-il en riant. Je te jure, je n'y suis pour rien ! C'est toi qui as mis la musique !

Je profitai de l'arrêt de la voiture et m'approchai de lui. J'attrapai son visage entre mes mains et l'embrassai. D'abord surpris, il lâcha son volant et me saisit par la taille. Un tonnerre de klaxons nous fit redescendre sur terre, et déclencha aussi un second fou rire.

— *Dieu, pardonnez nos offenses, la décadanse…* chanta Marc à l'attention des conducteurs énervés.

— Merci, lui dis-je après qu'il eut redémarré.

— De quoi ?

— De me détendre, de me faire oublier le boulot et de me faire vivre autre chose.

— À ton service, me répondit-il avec un clin d'œil.

Après avoir lutté pour garer la voiture, nous avancions tranquillement vers chez moi, Marc, les bras chargés de sacs de courses.

— Ça ne t'embête pas que j'investisse ta cuisine ?

— Pour une fois, elle servira à quelque chose.

J'ouvrais la porte de l'immeuble quand mon téléphone vibra.

— Ce n'est pas vrai, ronchonnai-je.

— Quoi ? demanda Marc.

Je lui mis sous le nez mon portable.

— OK ! J'ai compris…

Il tint la porte et me laissa passer dans la cour inté-
rieure.

— Oui, Bertrand, dis-je en décrochant.

Suivie par Marc, j'entamai la montée de l'escalier,
tout en calant mon téléphone dans le cou pour extirper
mes clés du fond de mon sac à main.

— Changement de programme. Comme je m'en
doutais tout à l'heure, tu laisses tomber tout ce que tu
as de prévu demain, m'annonça-t-il sans préambule.

Je m'arrêtai net, Marc me bouscula et eut tout juste
le temps de me rattraper par la taille avant que je me
prenne un gadin. Mon cerveau se coupa en deux ; d'un
côté, celui qui gérait difficilement la sensation de la
main de Marc sur moi, de l'autre, celui qui analysait
tout aussi difficilement l'annonce de Bertrand.

— Pourquoi ? Mais ce n'est pas possible !

Marc me lâcha, et nous finîmes par arriver devant la
porte de mon appartement. Il s'appuya au mur en me
lançant un regard interrogatif, je haussai les épaules et
introduisis la clé dans la serrure.

— Tu me remplaces demain matin pour une négo.

— Impossible. J'ai une réunion avec l'équipe pour
les prospections. Je ne peux pas leur faire ça.

— Décale, tu n'auras qu'à les voir en fin de journée.

— J'ai une conf' call tout l'après-midi à l'autre bout
de Paris.

— Écoute, Yaël ! Tu n'y mets aucune bonne volonté. Ce n'est pas bien compliqué, tu les convoques à 20 heures à l'agence et tu ne leur laisses pas le choix. C'est ça aussi être patron ! Il faut savoir ce que tu veux.

— Très bien, m'écrasai-je en pénétrant chez moi.

Marc referma la porte, et resta derrière moi, tout proche.

— Autre chose, Bertrand ?

— Viens tôt demain matin pour un briefing.

— Je serai là à 8 heures, sans faute.

— 7 h 30.

Il raccrocha. Avec une lenteur infinie, je baissai mon bras en éloignant Bertrand de mon esprit.

— Désolée, murmurai-je.

Je sentis sa main sur la mienne, celle tenant mon téléphone.

— Tu permets ?

Sans attendre ma réponse, il s'empara de mon portable, et le posa sur la console.

— Ne t'inquiète pas, je ne vais pas chercher à le balancer par la fenêtre. J'ai simplement envie qu'on soit juste tous les deux et que ton patron ne dîne pas avec nous.

Ses lèvres effleurèrent mon cou ; instinctivement, je lui offris davantage ma nuque, les sens déjà en ébullition.

— De qui me parles-tu ? soufflai-je.

Un peu plus tard, nous étions face à face dans mon lit, le drap nous recouvrant jusqu'à la taille, Marc caressait distraitement mon bras.

— Il serait peut-être temps que tu me fasses visiter ton appartement. Ce n'est pas que je n'aime pas ta chambre, ni ton lit... mais je suis curieux de voir le reste.

— Ce n'est pas ma faute si tu ne sais pas te tenir, lui rétorquai-je en riant.

Il grimpa sur moi, me cloua au matelas et me calma d'un baiser.

— Je vais me débrouiller tout seul.

Il sauta dans son jean et partit explorer mon chez-moi. Je m'étirai avant de me mettre sur le ventre, les mains sous l'oreiller, l'entendant siffloter dans le séjour, à côté, tout près. Moi qui ne supportais aucune intrusion dans mon appartement, j'aimais le savoir là, en train d'observer mes affaires, de les toucher, d'investir les lieux. Jamais personne n'avait eu ce droit-là, et ça me semblait naturel que ce soit lui. *Mais Yaël, tu es malade.* Je ne devais pas trop ouvrir la porte, ni laisser enfler une quelconque dépendance affective avec lui, ça me rendrait fragile. En culotte et pull long, je rejoignis Marc dans la cuisine. Je me figeai sur le seuil et ne pus retenir un rire. Ma cuisine, rutilante, immaculée, impeccable, ordonnée, s'était transformée en champ de bataille. Il y en avait partout, à croire qu'il avait vidé les placards. À l'instant, il venait de balancer dans l'évier une cuillère pleine de crème fraîche qui fit des projections sur la crédence en inox. Quel bordélique ! Mais impossible de lui en vouloir alors qu'il fredonnait – toujours faux – du Gainsbourg en surveillant les plaques de cuisson : *Écoute ma voix, écoute ma prière. Écoute mon cœur qui bat, laisse-toi faire. Je t'en prie, ne sois pas farouche, quand me vient l'eau à la bouche. Je te veux confiante, je te sens captive. Je te veux docile, je te sens craintive...* Il faisait tout pour m'achever. Je m'avançai et me postai à côté de lui. Il avait l'air amusé par quelque chose, mais je ne savais pas quoi. En tout cas, ça sentait merveilleusement bon ; il nous concoctait des pâtes fraîches aux légumes râpés, qu'il faisait revenir à la poêle.

— Alors ? me demanda-t-il en me faisant goûter sa sauce.

Je fermai les yeux de plaisir, c'était à la hauteur du parfum qui s'en dégageait.

— Divin !

— Ôte-moi d'un doute, t'es-tu déjà servie de tout ça ? chercha-t-il à savoir en désignant ma batterie de cuisine.

— Jamais ! C'est toi qui inaugures !

— Rappelle-moi depuis combien de temps tu vis là ?

— Quatre ans, pourquoi ?

— Tu es incroyable !

— Je dois le prendre comment ?

Il effleura mes lèvres des siennes.

— C'est vrai que c'est pas mauvais… tu me fais rire, ajouta-t-il.

Lorsque ce fut prêt, je m'assis en tailleur sur le canapé, mon assiette sur les jambes, Marc, quant à lui, s'installa sur le parquet et utilisa la table basse, après avoir maugréé que mon canapé n'en était pas un. Le repas se déroula au rythme de notre conversation et de quelques baisers échangés. Je finis sans même m'en rendre compte l'énorme portion de pâtes que Marc m'avait servie. Mon appartement ne s'était jamais retrouvé dans un tel foutoir : bizarrement, je m'en moquais. Étais-je soudainement tombée dans une dimension parallèle ?

— Tu sais que je n'ai jamais vu un appart' aussi bien rangé et si propre, me dit Marc en penchant la tête sur mes jambes. Rien ne dépasse !

— Tu rigoles ? J'étais en train de me dire qu'il fallait que la femme de ménage fasse du rab demain !

— De mieux en mieux ! s'esclaffa-t-il. Quand es-tu devenue maniaque ? C'est clinique chez toi. Tout est blanc, aseptisé, tu n'as pas de meubles, rien de perso. À se demander si quelqu'un vit là. Non, sérieux, je te jure, ça pourrait être un appartement témoin ! Je comprends mieux pourquoi les autres l'appellent le labo.

— Tu as fini de te foutre de moi ?

Il rit de plus belle, se hissa sur le canapé et s'allongea sur moi.

— En même temps, pour le peu que j'y suis, me défendis-je. J'ai déjà songé à dormir au bureau certains soirs. Ça me faciliterait les choses !

Il se redressa en prenant appui sur ses mains, et me fixa d'un air inquisiteur.

— Ça a déjà dérapé avec ton patron ?

Je fronçai les sourcils quelques secondes avant de percuter.

— Non ! lui répondis-je, une moue dégoûtée aux lèvres. Tu n'es pas bien ?

— Vu le temps que vous passez ensemble…

— Jamais ça ne m'a effleuré l'esprit. Pourtant, il est pas mal, pour son âge…

Je me tus et l'observai plus attentivement ; sans être complètement sérieux, sa mine n'était pas loin d'être contrariée. *Incroyable.*

— Tu es jaloux !?

— Pas du tout !

Je gloussai comme une ado.

— Mauvaise foi masculine ! C'est toi qui es incroyable.

— Je me renseigne sur ce que tu as fait ces dernières années, c'est tout, me dit-il avec un sourire de gamin pris en faute. Y a quand même deux, trois trucs que je ne comprends pas avec toi.

Je nouai mes bras autour de son cou en l'attirant à moi et l'embrassai. Notre baiser s'intensifia, je l'emprisonnai entre mes jambes, le désir nous tiraillant l'un comme l'autre. Pourtant Marc finit par éloigner sa bouche de la mienne, puis il posa sa joue sur ma poitrine.

— Il est tard, soupira-t-il avant de relever la tête vers moi. Tu te lèves tôt demain matin, je vais te laisser dormir.

Au fond de moi, je mourais d'envie de lui dire de rester toute la nuit avec moi, pourtant je me retins. J'étais en train de tomber dans un gouffre dont il me serait difficile de sortir si je continuais ainsi.

— Tu as raison, lui répondis-je en le libérant.

Il se leva, alla dans ma chambre, et finit de se rhabiller. Pendant ce temps, je débarrassai les restes de notre dîner. Quelques minutes après, je le raccompagnais jusqu'à la porte d'entrée.

— J'ai passé une magnifique soirée, Marc.

Je tirai sur mon pull pour cacher mes jambes. Il me sourit et passa sa main dans mes cheveux en bataille, puis déposa un baiser sur ma joue.

— Dors bien.

Il partit. En titubant, j'éteignis les lumières de mon appartement, me couchai directement, et sombrai aussitôt dans le sommeil.

10

Fin octobre, Bertrand me délégua son rendez-vous avec le comptable de l'agence. Jamais personne n'avait eu accès aux comptes et aux finances. J'étais donc la seule à obtenir ce privilège et avoir la certitude que l'agence ne connaissait pas la crise ! Malgré la saturation que je sentais poindre, j'étais plus fière que jamais de la confiance que Bertrand m'accordait.

Bien qu'il ne fût pas du genre à évoquer une quelconque vie privée ou à s'intéresser aux petits secrets de ses salariés, je craignais à chaque instant une question au sujet de Marc et de mon temps libre. J'avais beau être en permanence sur le qui-vive, je n'avais aucune idée de ce que je lui répondrais. Après tout, ça ne le regardait pas ! Je me trompais lourdement, il ne fit aucune remarque et son attitude à mon égard ne changea pas d'un iota. Ce n'était finalement que le soir sous la couette que je pouvais laisser librement vagabonder mes pensées, me demandant comment Marc allait, je l'imaginais dans sa brocante avec son grand-père. J'aurais voulu savoir s'il pensait à moi et où tout ça allait nous mener. Il ne m'appelait pas, et, de mon côté, je repoussais au maximum le moment de le faire, pour mettre un peu de distance, et tester ma résistance à l'emprise qu'il semblait avoir déjà sur moi. Cependant, lorsque je fermais les yeux dans mon lit, sans plus avoir à lutter ni user d'artifice, je ne pensais qu'à lui, il me manquait ; ce n'était pas bon. Bizarrement, je ne m'étais jamais endormie si facilement depuis des années.

Ce samedi-là, je pris mon temps en rentrant de la piscine. Sans savoir pourquoi, mon regard fut aimanté par une famille, ils faisaient leurs courses du samedi, les enfants étaient déchaînés et les parents avaient le teint brouillé et le regard partagé entre l'amour pour leurs petits et la colère d'avoir été réveillés trop tôt un matin de week-end. La femme dut sentir que je les regardais, elle me jeta un coup d'œil peu amène et envieux ; j'avais grosso modo le même âge qu'elle, elle devait se dire que je me pavanais dans ma tenue de sport dernier cri, avant de rentrer dans mon appartement design et impeccablement rangé pour prendre une douche qui pourrait durer plus d'une heure, pendant laquelle personne ne m'embêterait, et qu'ensuite, si je le voulais, je pourrais profiter des derniers rayons de soleil de l'automne et déjeuner d'un croque-madame en terrasse, avant de faire quelques boutiques et de dépenser tout cet argent que j'emmagasinais en me défonçant au travail. Elle se disait probablement que ce soir j'irais dîner dans un resto à la mode, dans une superbe tenue de créateur, avec des amis, beaux, libres, sans contraintes, et peut-être même que je me trouverais un partenaire d'un soir qui m'enverrait au septième ciel. Alors qu'eux allaient courir toute la journée d'une activité à une autre, avant de mettre leurs enfants dans un bain et de se retrouver avec plus d'eau à l'extérieur qu'à l'intérieur de la baignoire ; elle s'énerverait après son mari, qui, pendant la transformation de la salle de bains en piscine, se serait accordé une toute petite pause devant *Turbo*, car ils étaient attendus chez des amis pour dîner, ces mêmes amis qui seraient à la même heure en pleine panique parce que rien n'était prêt. Elle finirait par arriver dans le séjour, s'égosillant sur l'amour de sa vie parce qu'elle allait devoir se préparer en quatrième vitesse et qu'elle se trouverait moche, et il lui répondrait qu'elle était très bien comme ça, qu'elle n'avait besoin de ne rien faire, elle lui renverrait qu'il n'en pensait pas un mot et tout finirait en éclats de rire. Le soir, chez leurs amis, ils parleraient de leurs enfants, comme toujours, mais aussi de leur recherche de location pour les prochaines vacances au ski, partageant leurs bons plans pour faire des économies parce que élever des enfants à Paris « oh… je n'en peux plus, j'ai l'impression de passer mon temps à payer ! »… Et puis, ils évoqueraient les uns les autres leur boulot, critiquant leur patron, rêvant à leur retraite, comptant le nombre de jours de congés ou de RTT qu'il leur restait. Ils rentreraient chez eux en réalisant qu'il était trop tard même s'ils avaient passé une très bonne soirée, que ça serait l'enfer le lendemain avec les enfants. Lui demanderait à sa femme : « Tu as bien dit à la baby-sitter qu'elle pouvait les laisser regarder la télé ? Je veux dormir demain matin ! » Ils s'endormiraient dans les bras l'un de l'autre, riant d'être trop feignants pour faire l'amour, se promettant de s'organiser un week-end en amoureux où ils ne sortiraient pas de la chambre d'hôtel et se disant qu'ils n'avaient pas envie de retourner au bureau lundi.

La femme et moi nous regardâmes dans les yeux ; elle venait de voir le même film que moi. Elle sourit, posa un regard tendre sur ses enfants et son mari, secoua la tête et les entraîna avec elle. Qui enviait qui, maintenant ? J'étais bien incapable de répondre.

À peine eus-je posé le pied dans mon appartement qu'il me sembla tout vide, je restai plantée dans l'entrée et attrapai mon portable. Je craquai. Après de nombreuses sonneries, je tombai sur le répondeur : « *Salut, Marc, comment vas-tu ? Euh… je voulais savoir si tu avais envie qu'on se voie… ce soir ? Ou demain, si tu veux ? Rappelle-moi… je… je t'embrasse.* » Je lâchai le téléphone sur la console de l'entrée comme le pire des objets de tentation et gagnai la salle de bains en parlant toute seule :

— Purée, ce que je suis conne !

Je pris tout mon temps pour me laver, j'optai pour la tenue qu'Alice m'avait choisie lors de notre journée shopping à la rentrée et m'habillai enfin. Je tournai en rond dans le salon, me demandant ce que j'allais faire du reste de ma journée. L'entrée, ou plutôt la console, m'attirait comme un aimant ; je m'en approchais régulièrement, des papillons dans le ventre, et vérifiais sur mon téléphone que je n'avais rien manqué : Marc ne m'avait pas rappelée. En même temps, ça ne faisait pas longtemps que je lui avais laissé un message. Ayant un petit creux, je me dis que le croque-madame auquel j'avais pensé un peu plus tôt n'était peut-être pas une si mauvaise idée. Naturellement, je me retrouvai du côté de l'agence, il n'y avait que par là que j'avais de bonnes adresses. Avantage de ce quartier d'affaires,

293

je dénichai une place en terrasse. Me retrouver sous les rayons du soleil me fit penser à la Petite Fleur, et donc à mes parents. Avant d'être servie et de sortir ma tablette pour travailler, j'eus envie de les entendre. La voix de ma mère me fit à la fois sourire et monter les larmes aux yeux.

— Ma sweet Yaël, comment vas-tu ?

— Ça va, maman.

— Tu as une petite voix ? Tu es sûre que tout va bien ?

Face à mes parents, j'avais toujours le sentiment de ne plus être adulte et de redevenir la Yaël petite fille, sans doute une des raisons qui me retenait de les appeler ou d'aller les voir.

— Oui, oui, je t'assure. Vous me manquez, c'est tout.

— Oh… J'ai pris nos billets pour Noël.

— C'est bien.

— Viens nous voir un week-end d'ici là !

J'en mourais d'envie, ça faisait plus de six mois que je ne les avais pas vus. J'avais dû annuler à la dernière minute un voyage chez eux : le travail…

— La fin d'année va être chargée, maman. Mais je viendrai au printemps.

— Prends soin de toi… Ma puce, rappelle-moi demain, ton père m'attend, on va déjeuner avec les voisins !

— Embrasse papa pour moi.

— Bisous.

Je raccrochai. Mon croque-madame – bien appétissant – arriva à cet instant, mais il ne me faisait plus envie. Je chipotai quelques bouchées. Marc ne me rappelait pas ; peut-être qu'il n'avait pas vu mon message, après tout, son téléphone semblait être le cadet de ses soucis, et puis, on était samedi, la brocante était ouverte, il travaillait… Je n'avais qu'à faire pareil, je demandai l'addition et fus à l'agence en à peine cinq minutes.

Après avoir déposé mon sac, j'allai préparer deux cafés à la *kitchen*. Je laissai le mien près de mon ordinateur, puis toquai à la porte ouverte du bureau de Bertrand, penché sur des dossiers.

— Bonjour.

— Yaël, je ne m'attendais pas à te voir aujourd'hui.

— Et si, me voilà !

Notre conversation n'alla pas plus loin, je lui tendis sa tasse, il me remercia d'un signe de tête et se concentra à nouveau sur ce qui l'occupait. Les heures s'égrainèrent sans que je réussisse véritablement à me concentrer, je passai mon temps à jeter des coups d'œil à mon portable, m'assurant plusieurs fois de suite qu'il n'était ni sur vibreur ou en mode silencieux, ni déchargé. Cette attitude me fit rire jaune ; la dernière fois que j'avais scruté mon téléphone de cette façon, c'était pendant les vacances à Lourmarin, et j'attendais désespérément des nouvelles de Bertrand. Celui-là même qui travaillait à quelques mètres de moi. Aujourd'hui, c'était Marc qui ne me répondait pas. Allais-je devoir passer le reste de ma vie à attendre des coups de téléphone providentiels qui ne viendraient pas ? Je fus déconcentrée par un éclat de rire de Bertrand ; il faisait les cent pas dans son bureau, oreillette en action, et parlait affaires dans son anglais US pur jus. Quel coup fumant était-il en train de préparer ? Après avoir raccroché, il vint vers moi. À l'instant où il allait ouvrir la bouche, mon téléphone bipa.

— Deux petites minutes, Bertrand !

C'était un SMS de Marc, me proposant de le rejoindre chez *Louis*, le restaurant où nous avions dîné le soir de nos retrouvailles. Je me retins de pouffer ; je m'étais promis de ne jamais y remettre les pieds ! Je lui répondis : « Avec plaisir, je t'y retrouve vers 20 heures. »

— Je suis à vous, dis-je alors à un Bertrand impassible, un sourire démesuré aux lèvres.

— Tu avances sur la rencontre entre Gabriel et Sean ?

— Bien sûr ! C'est la semaine prochaine.

Il hocha la tête, satisfait. *Eh oui, Bertrand, je tiens le cap !* Ces derniers temps, avec lui, je ne savais pas trop sur quel pied danser. Un coup, j'avais droit à toute sa confiance et plus encore, et, le lendemain, il me prenait de haut, comme s'il pensait que je ne m'en sortais pas !

— Tu dînes à l'agence ce soir ?

— Euh… non, je reste encore une heure et je m'en vais.

— Très bien.

Il tourna les talons et partit s'enfermer dans son bureau. Je fus plus efficace les soixante minutes suivantes que durant tout le début d'après-midi où j'avais bugué sur le téléphone.

Bien que la soirée avec Marc se fût merveilleusement bien passée, tout comme le dernier verre chez lui, je ne pus m'empêcher de m'enfuir pour ne pas passer la nuit avec lui, malgré son insistance pour que je reste. Il me servit une excuse en or pour m'échapper, lorsqu'il m'annonça qu'il se levait tôt le lendemain, pour aller avec son grand-père aux puces de

Saint-Ouen. Dormir avec lui, me réveiller contre lui me terrifiait, c'était la dernière limite que je m'imposais, me persuadant qu'une fois cette intimité franchie, plus rien ne serait maîtrisable.

5 novembre. Le grand jour ! J'allais me retrouver coincée entre mes deux meilleurs pires clients, les présenter l'un à l'autre et tout mettre en œuvre pour qu'ils fassent affaire ensemble. Dans l'ascenseur menant aux bureaux de Gabriel, j'eus envie de rire, j'avais dû développer des tendances maso ces derniers temps. Ces deux hommes m'insupportaient et je me jetais de mon plein gré dans la gueule du loup. Bizarrement, ça me donnait la pêche. Tandis que nous patientions à l'accueil, Sean me parut étrangement silencieux, il scrutait les lieux et les collaborateurs de Gabriel, qui pour une fois avaient rangé leur regard lubrique au fond de leur poche. Mon téléphone vibra dans mon sac. Message de Marc : « Tu es libre ce soir ? Je passe te récupérer à l'agence ? Je t'embrasse. » J'eus une décharge d'adrénaline et lui répondis dans la foulée : « *Oui, vers 20 h 30, je pense. Je t'embrasse.* » Je m'apprêtais à ranger mon portable et tiltai sur mon oubli : je lui renvoyai l'adresse de Gabriel en lui précisant que j'avais un rendez-vous client de la plus haute importance. Je souriais encore de toutes mes dents lorsque je relevai la tête et tombai sur le regard de Sean, qui ne semblait plus du tout intéressé par notre environnement, mais bien par moi. Il affichait un petit rictus.

— Que vous arrive-t-il ? Ce n'est pas si souvent que vous êtes enjouée à ce point-là.

— J'ai mes petits secrets, Sean.

— Yaël ! Yaël ! Yaël !

Entrée en scène de Gabriel. Sean se tendit imperceptiblement. Je me tournai vers notre hôte, de mon air le plus aimable, décidée à jouer sur le même terrain que lui et à ne pas lui permettre de prendre l'ascendant sur moi. Il marqua un temps d'arrêt un peu avant d'arriver devant nous, il planta ses yeux dans les miens, pencha la tête sur le côté, et marmonna un « intéressant ». Puis il nous rejoignit. Je les présentai ; ils échangèrent une poignée de main virile en se défiant du regard. Je compris à cet instant que j'allais devoir gérer une guerre d'ego, digne d'une cour d'école. Ils restaient là à s'évaluer, se jauger. *On ne va pas y passer la journée non plus, j'ai des projets pour ce soir !*

— Messieurs ! m'interposai-je. Nous pouvons débuter ?

Gabriel se fendit d'un sourire en coin.

— J'adore, souffla-t-il en me lançant un regard en biais. Suivez-moi.

Sans plus se préoccuper de Sean, il posa sa main dans mon dos et m'invita à avancer dans le couloir. Mon client britannique ne se laissa pas distancer et vint se poster de l'autre côté. Je traversai donc tout le bureau sous escorte. C'en était drôle tellement ils étaient pathétiques. Nous nous installâmes autour de la grande table de réunion du bureau de Gabriel. Ils s'assirent chacun à une extrémité, je pris place au beau milieu, ce qui visiblement les surprit. *Eh oui, messieurs, vous allez devoir me partager !* À partir de là, ce fut le grand n'importe quoi. La courtoisie n'était que de surface. Sean était distant, froid, hautain. Gabriel, insolent, impatient, dissipé. J'avais beau traduire en instantané, ils ne s'écoutaient pas, se coupaient la parole, se contredisaient, me prenant à partie l'un après l'autre. Je perdais mon temps avec ces guignols. J'étais pourtant certaine qu'ils avaient tout intérêt à faire affaire ensemble. À ce rythme-là, c'était l'échec assuré. Inconcevable. Tout simplement inenvisageable.

Je me sentis pousser des ailes. Pour la première fois, j'allais mettre à profit les connaissances accumulées toutes ces années sur cette espèce si particulière qu'étaient les hommes d'affaires – vaniteux, arrogants, sûrs d'eux, possessifs –, ils allaient comprendre vite fait qu'ils avaient affaire à une nouvelle Yaël et que, pour une fois, je comptais bien mener la danse des négociations. Fini, le respect poussé jusqu'à l'obséquiosité avec Sean et l'attitude défensive vis-à-vis de Gabriel. *Allez, je vais secouer le cocotier !* Je me levai, ils se turent instantanément. Je déambulai dans la pièce, puis me figeai à égale distance de ces deux imbéciles, les bras croisés. Je les défiai du regard l'un après l'autre.

— Messieurs, pouvez-vous cesser immédiatement de vous comporter comme des coqs de basse-cour ? Vous êtes ridicules.

— Qu'est-ce qui vous prend, Yaël ? s'étonna Sean.

— De mieux en mieux, ricana Gabriel. Ça me plaît !

— Nous n'arriverons à rien si vous continuez comme ça. Je vous connais tous les deux, mieux que vous le pensez.

Je m'adressai à Sean, en anglais, sachant que Gabriel était tout à fait capable de comprendre ce que j'allais dire.

— Vous étiez d'accord pour rencontrer Gabriel. N'est-ce pas ? Alors arrêtez de jouer au patriarche avec lui, il n'a pas besoin d'un mentor, écoutez-le, c'est un instinctif, un audacieux, qui n'a pas peur de prendre des risques.

Puis je me tournai vers Gabriel, fier comme un paon après ma tirade élogieuse.

— Quant à vous, ôtez de votre visage cet air suffisant et ne jouez pas au sale gosse, vous avez devant vous un Capital Risk de renommée, réfléchi, qui pourrait vous embarquer dans des projets des plus fructueux. Ne faites pas votre beau et écoutez sa proposition. C'est compris ? Bien. Reprenons, maintenant.

Je me calai confortablement dans le fond de mon fauteuil. Gabriel siffla d'un air admiratif. Sa grossièreté était sans limites.

— Vous nous aviez caché ce tempérament de feu ! Vous êtes une femme, une vraie ! Ça vibre enfin !

Je ne pus retenir un sourire, satisfaite de ma prestation et, je dus me l'avouer, touchée par sa remarque.

— Ma chère Yaël, embraya Sean. Venez travailler pour moi ! Je vous veux plus que jamais dans mon équipe. J'en ai quelques-uns qui auraient aussi grandement besoin de se faire secouer les puces.

Je lui souris à son tour, et balayai négligemment d'un revers de main leurs remarques. Comme par hasard, la rencontre fut d'un coup plus productive, nous nous mîmes enfin au travail. Intérieurement, je jubilais, je savais que ça marcherait. Ils n'avaient quasiment pas besoin de moi, Gabriel baragouinait en anglais avec son accent de camelot, Sean faisait l'effort de le comprendre, et ils parlaient de futurs projets sans que je n'aie plus besoin d'intervenir ou presque.

La nuit était tombée depuis bien longtemps lorsque nous décidâmes de nous en tenir là pour une première fois. En commandant un taxi pour Sean, je pris conscience de l'heure tardive – 21 h 25 – et connaissance des dix appels en absence de Marc. Après tout, il savait que j'avais un rendez-vous professionnel important, je l'avais prévenu, et lui était toujours en retard. Gabriel, casque de moto sous le bras, nous escorta. Je sortis de l'immeuble, encadrée encore une fois par les deux hommes. Le taxi de Sean patientait.

— Je vous dépose, Yaël ? me demanda-t-il.

— Euh…

Je tournai la tête de tous les côtés, et finis par tomber sur Marc, adossé à sa Porsche, visage fermé, à quelques mètres de nous, pompant sur une roulée.

— Non, Sean. Désolée, je suis attendue…

— Vous me brisez le cœur, déclara-t-il d'un ton badin.

Puis il me fit un baisemain. Je sentis la main de Gabriel dans mon dos, il se pencha légèrement vers moi.

— Je comprends mieux, maintenant. Vous êtes une petite coquine, Yaël, en réalité ! Amusez-vous bien cette nuit.

Je me tournai plus franchement vers lui. Il avait repéré Marc, et le fixait, l'air canaille.

— Ne dépassez pas les bornes, Gabriel, tout de même, lui murmurai-je gentiment.

Il éclata de rire.

— Je suis heureux pour vous, Yaël. Vous voyez que j'ai toujours raison.

— Transmettez mes amitiés à votre femme. Je compte bientôt prendre rendez-vous avec elle à l'Atelier. C'est promis.

— Elle en sera ravie.

Je m'éloignai légèrement d'eux. Ils se serrèrent la main.

— Bonne soirée, messieurs. À très bientôt.

Je tournai les talons et marchai vers Marc, toujours aussi stoïque. Je lui souris, il resta de marbre. *Ambiance.* Au moment où j'arrivai devant lui, il grimpa dans la Porsche. Il n'allait quand même pas me faire une scène ! J'étais folle de joie d'avoir remporté mon pari, j'avais envie de partager ça avec lui, lui raconter de quelle manière je les avais retournés, il n'allait pas tout gâcher. J'eus à peine le temps de fermer ma portière qu'il démarra en trombe, et s'inséra agressivement dans la circulation. Des coups de klaxon retentirent derrière nous. Au bout de longues minutes, je brisai le silence :

— Je suis désolée pour mon retard.

— J'espère bien que tu es désolée ! J'ai poireauté une heure ! Ça va ? Le taxi te convient ?

Je soupirai.

— Écoute, c'était hyper important, je ne pouvais pas t'appeler.

Il me jeta un regard froid. Il serrait son volant de toutes ses forces, visiblement son moyen de canaliser la colère.

— Tu ne pouvais pas ou tu n'y as même pas pensé ? *Touchée.*

— Je suis navrée… vraiment… j'étais coincée à ce rendez-vous.

— Coincée ! Ah oui, c'est vrai que tu avais l'air de souffrir entre ces deux mecs qui te pelotaient !

J'ouvris les yeux comme des billes. *Il lui prend quoi, là ?*

— Hein ? Non, mais attends, tu es malade ! C'est quoi cette crise de jalousie ?

— Tu es merveilleuse ! Franchement, ça ne va pas me retomber dessus ! On prévoit de passer la soirée ensemble, tu me fais attendre sans la moindre considération pour moi ou nos projets. Et quand enfin madame daigne sortir, c'est pour glousser collée serrée entre deux types qui se prennent pour des nababs !

Il commençait à me taper sur les nerfs, avec son instinct de mâle alpha ! Autant j'étais prête à m'excuser platement pour mon retard, mais certainement pas pour mon travail.

— Arrête-moi là, je monte dans un taxi et toi, va faire une pointe sur le périph' si tu as besoin de te défouler ! Je n'ai pas d'énergie à consacrer à ta puérilité ! Tu crois que je le fais comment, mon job ? À trois mètres de mes clients, avec une burka ?

— Ça te parle, le respect ? me rétorqua-t-il.

— Je te retourne la question !

Je finis le trajet sans lui jeter un regard, mutique. Il s'arrêta en double file devant mon immeuble. Je me tournai vers lui, il me fixait, mâchoires serrées. Il se pencha vers moi. Je me reculai. *Ah, non mon p'tit bonhomme ! C'est trop facile !*

— Bonne soirée, crachai-je.

— Attends, Yaël !

303

Je sortis de la voiture, claquai la portière et rentrai chez moi, sans un geste. Il démarra en trombe.

Toute la matinée du lendemain, j'hésitai à envoyer un message à Marc pour lui proposer de déjeuner, je n'avais pas envie que la situation pourrisse. On avait été ridicules la veille. Vers midi, j'interpellai Bertrand qui passait non loin de mon bureau :

— Je vous fais le débrief de la rencontre d'hier entre Sean et Gabriel ?

— Aujourd'hui, non. Demain, à 8 heures. Je pars en entretiens extérieurs pour le reste de la journée.

Que mijotait-il ? Il s'absentait de plus en plus. Pas le temps de m'interroger sur ce qu'il trafiquait. Le rythme était si intense que, certains jours, j'étais comme saisie de panique, hantée par mon craquage du mois de juillet. La différence, et non des moindres, était que toute l'agence se trouvait dans le même bateau. Mais je n'avais pas besoin que viennent s'y ajouter les chicaneries avec Marc. Je devais arranger les choses.

— Je vais déjeuner à l'extérieur, annonçai-je à mon assistante.

— Chez le coiffeur ?

J'étouffai un rire.

— Je vais prendre rendez-vous...

Elle me fit un clin d'œil et retourna à son travail. Finalement, je l'aimais bien, cette fille. Pour être honnête avec moi-même, elle était plus professionnelle que celle que j'avais été à son âge ! Plus le temps s'écoulait, plus je me demandais comment j'avais pu me passer de cette entente avec mes collègues. La bonne humeur qui prévalait dans nos relations me plaisait, tout était tellement moins pesant. Cela dit, l'ambiance bien plombée ne me gênait pas avant. Étais-je en train de changer ? Cette question me turlupinait fréquemment, ayant de plus en plus de mal à reconnaître certaines de mes réactions. Tout ça réveillait un quelque chose enfoui en moi, je sentais de plus en plus l'ancienne Yaël combattre pour reconquérir du terrain. Qui étais-je, en fin de compte ?

Un peu plus tard, en poussant la porte de la brocante, j'eus la surprise ou plutôt, devrais-je dire, la déception et l'embarras de tomber sur le grand-père de Marc.

— Ma petite Yaël ! Si je m'attendais à ça !

— Bonjour… je viens voir Marc, il est là ?

— Je me doute bien qu'un vieux grigou comme moi ne t'intéresse pas ! me dit-il en pouffant.

Je ris à mon tour. Abuelo était un vieillard charmant, je devais le reconnaître. Il avait le don de se faire aimer.

— Il n'est pas là, je n'ai aucune idée du moment où il va rentrer. Tu sais, quand il part se balader, il ne sait jamais où ça va le mener.

Il l'a déjà fait. Comment pourrais-je l'oublier ?

— Tant pis.

— Tu ne vas pas rester là sur le pas de la porte ! Viens donc te réchauffer à l'intérieur, tu as l'air gelée.

Il n'avait pas tort, j'avais la chair de poule, d'un coup.

— Je ne vais pas vous déranger, lui répondis-je, la main déjà sur la poignée.

Il me prit par le bras et m'entraîna au fond de la boutique. Il était toujours beau avec sa masse de cheveux blancs, les rides lui allaient à merveille. À son regard pétillant, on devinait le séducteur qu'il avait dû être. Sa ressemblance avec Marc me frappa. C'était le même avec quarante ans de plus.

— Tu ne vas quand même pas priver un vieil homme comme moi d'une conversation avec une jolie femme ?

Le petit-fils écoutait Gainsbourg, le grand-père Django Reinhardt et Stéphane Grappelli. Quelle gaieté et quelle légèreté ! Il m'escorta jusqu'à un des fauteuils club Le Corbusier, me fit signe de m'asseoir et de ne plus bouger, puis il partit en dodelinant de la tête au rythme de la guitare et farfouilla dans un petit meuble Art déco en palissandre. Je me retenais de rire tellement la situation était cocasse, j'étais venue pour présenter des excuses à Marc, je me retrouvais avec Abuelo qui me faisait du charme sur fond de jazz manouche. Il s'installa en face de moi, déposa sur la table basse deux verres à porto qu'il remplit de Suze. Avec ça, j'allais me détendre, sans aucun doute !

— Et puis, on ne peut même pas l'appeler pour lui dire que tu es là !

Je me figeai.

— Pourquoi ?

Je trempai mes lèvres dans la Suze. *Mon Dieu, ce que c'est mauvais !*

— Il a oublié son téléphone. Ça lui fera les pieds de te rater. Grignote donc un peu !

Je respirai à nouveau. Il me tendit un ramequin en cristal de Baccarat avec des cacahuètes et des fruits secs, je piochai dedans et en avalai une petite poignée ; tout était rance, au moins ça m'éviterait les brûlures d'estomac. Alors que j'essayais de me débarrasser discrètement avec ma langue d'un raisin sec collant coincé entre deux dents, il m'apprit qu'il était content de reprendre du service de temps en temps, mais ce qu'il préférait c'était quand Marc l'emmenait aux puces de Saint-Ouen le dimanche. Il s'estimait trop vieux pour l'accompagner à la journée des professionnels le vendredi, et surtout il ne voulait pas gêner le flair inégalable de son petit-fils. Il adorait se replonger dans l'ambiance, payer à Marc le resto et retrouver sa voiture quelques heures en se faisant conduire. L'espace d'un instant, je les imaginai tous les deux, complices, dans la Porsche.

— Vous lui direz que je suis passée ?

— Bien sûr !

Au loin, nous entendîmes la porte s'ouvrir, mon ventre fit un triple salto. Mon excitation retomba dans la seconde, ce n'était pas Marc, mais un couple de clients.

— Ne bouge pas ! Finis tranquillement, ma petite Yaël, je vais aller gagner un peu d'argent.

Il eut les plus grandes difficultés à se déhaler de son fauteuil et partit en chancelant, je me retins de l'aider, ne voulant pas froisser son orgueil. Après plus de cinq minutes à attendre, je commandai un taxi et décidai de partir, même si je me sentais bien dans cet endroit, protégée de la tension, cocoonée par ce vieil homme attachant. Je pris deux minutes pour observer le foutoir de Marc sur le secrétaire à rouleau. C'était son joyeux bordel, ça lui allait, rien que d'y penser, je souris avec l'envie de plus en plus forte de rembobiner la dispute de la veille pour qu'elle n'ait jamais eu lieu. Puis, je m'avançai dans la pièce principale de la boutique et assistai à une scène hilarante ; Abuelo en train de réinventer la langue de Shakespeare pour des touristes au bord du fou rire qui ne comprenaient pas un traître mot de ce qu'il leur racontait.

— Abuelo, je vais vous aider.

Puis me tournant vers les clients :

— *Good afternoon madam, good afternoon sir...*

Leur regard me donna l'impression d'être une envoyée du paradis. Et dans celui du grand-père de Marc, je vis de la gratitude et de la fierté. Je renouai avec le bonheur simple d'être celle qui rendait la communication possible entre deux personnes ; les mots étaient fluides, délicats, généreux, paisibles, sans enjeu, ils riaient les uns avec les autres grâce à ma voix, juste ma voix, et, pour une fois, je participais à la conversation, je n'étais pas que l'ordinateur/traducteur. J'écoutais attentivement ce qu'Abuelo expliquait sur les meubles, le designer, l'époque qu'il aimait, j'apprenais et je retrouvais cette même passion qui animait Marc lors de notre journée à L'Isle-sur-la-Sorgue. L'un et l'autre vibraient pour leur métier et le savouraient à chaque instant. Chasseurs de trésors de grand-père en petit-fils. C'était beau à voir et ça me faisait du bien. Je ne me laissai pas perturber par l'arrivée inattendue et inespérée de Marc, il se mit dans un petit coin pour nous observer. Les touristes quittèrent la brocante le porte-monnaie plus léger et les bras chargés. Je n'étais pas loin d'applaudir tellement j'étais heureuse ! Marc s'en chargea en s'approchant de nous, le regard aussi pétillant que celui de son grand-père.

— Vous formez un sacré duo, tous les deux !

— Elle est merveilleuse, fais en sorte de la garder, celle-là !

Nous échangeâmes un regard gêné, avec Marc.

— Je dois me sauver, annonçai-je à Abuelo. Merci, j'ai passé un superbe moment avec vous.

— Tu es mignonne.

Je lui fis une bise. Marc me suivit sur le trottoir.

— Yaël.

— Marc, dis-je en même temps que lui.

On se sourit en soupirant l'un comme l'autre.

— On oublie hier soir ? me demanda-t-il.

— C'est pour ça que je suis venue ce midi.

— Il faudra que tu me racontes comment tu t'es retrouvée dans cette situation avec Abuelo.

— Hors de question, c'est un secret entre lui et moi, déclarai-je, la mine conspiratrice.

— Incroyable, je suis même jaloux de mon grand-père… Si j'avais su que ça m'arriverait ! Tu me fais quoi, Yaël ?

J'éclatai de rire.

— Rien, je ne te fais rien… Il faut vraiment que j'y aille.

— On se voit ce soir ?

— Je n'ai aucune idée de l'heure à laquelle je finis, je préfère te prévenir. Je ferai mon maximum…

— Passe chez moi après. Pas de scène, promis. Je t'attendrai.

Mon cœur battit plus vite.

— D'accord.

Je déposai un baiser sur sa joue, et partis plus légère qu'à mon arrivée. Rien ne s'était passé comme je l'imaginais, pourtant, je me sentais bien, requinquée. En grimpant dans le taxi, je regardai par-dessus mon épaule, Marc était appuyé sur le seuil de la brocante, et ne me quittait pas des yeux ; mon sourire s'élargit encore plus.

J'arrivai à la brocante à plus de 22 h 30, les lumières étaient encore allumées, je frappai deux petits coups à la porte, Marc arriva immédiatement et m'ouvrit. Il m'attendait. Comment croire une chose pareille ? Quelle sensation étrange, délicate, apaisante... et rassurante après l'accrochage de la veille.

— Salut, me dit-il en m'attirant dans ses bras.

C'était la première fois qu'il avait ce genre de geste, je nichai mon visage dans son cou, en repoussant avec mon nez l'encolure de sa chemise, j'avais envie de sa peau et de son parfum. J'aurais pu rester là des heures, sauf qu'il en décida autrement : il prit mon cou entre ses mains et m'embrassa, d'une façon qui me dérouta, il était tendre et dur à la fois ; je m'accrochai à ses poignets, sentant sa montre dans ma paume.

— On monte ? me chuchota-t-il à l'oreille.

— Oui.

Marc baissa le rideau de la brocante et ferma tout à clé. Puis il prit ma main dans la sienne pour rejoindre son appartement au premier étage. Sitôt passé la porte, il me lâcha pour allumer deux lampes près du canapé. Je retirai mon trench et mes chaussures avant de détacher mes cheveux, puis avançai vers lui. Il caressa ma joue et détailla mon visage.

— J'aime bien quand tu es petite comme ça... tu veux un verre ?

Je ris légèrement.

— La Suze de ton grand-père n'est toujours pas passée...

— Non ! Il t'a fait ce coup-là ? Il s'est bien gardé de me le raconter. Comment as-tu fait pour avaler cette horreur ?

— Mes parents m'ont bien élevée !

— C'est certain ! Alors, tu as envie de quelque chose ?

— Si tu as de quoi faire un thé… je ne serais pas contre.

Il déposa un baiser sur mes lèvres et se dirigea vers la cuisine. Je me pelotonnai dans le canapé, et pris le temps d'observer son chez-lui, l'exact opposé de mon chez-moi. Non que ce fût en bazar, mais c'était vivant. Oui, c'était le terme : vivant. Sa bibliothèque, qui occupait un pan de mur entier, regorgeait de beaux livres sur les Arts décoratifs, les grands designers, les montres, les vieilles voitures, absolument pas rangés en fonction de leur taille, sa collection de livres de poche écornés et jaunis allant des classiques à une collection de SAS menaçait de s'écrouler, ses vinyles étaient entassés les uns sur les autres, je ne fus pas surprise d'y trouver son idole, Gainsbourg, qui côtoyait Supertramp et les Rolling Stones. J'eus un flash de nos chamailleries d'étudiants, même si j'adorais ce qu'il écoutait, j'avais mes chansons honteuses, j'étais capable de m'égosiller sur *Wannabe* des Spice Girls, ce qui le rendait dingue à l'époque. Ce joyeux bordel organisé aurait été choquant chez moi, pas ici. Aucun meuble n'était fait dans un matériau moderne ; le Plexiglas, le plastique, par exemple avaient été bannis dans ce quatre-vingt-cinq mètres carrés. Je ne voyais que du bois, tel l'acajou, du velours, du cuir… Chaque élément avait une odeur, une histoire. Dans son canapé, on avait juste envie de se vautrer avec un bouquin à la main, certes il était beau, mais sa première utilité était d'être agréable, confortable, de s'y sentir bien. J'eus une pensée pour le mien – qui soudain ne

311

me faisait plus envie – avec ses lignes strictes, épurées, et je songeai que, même si j'avais eu le temps de m'y allonger, ce qui n'était d'ailleurs pas près d'arriver, je n'aurais jamais pu trouver une position propice à la détente. Alors que là, lorsque Marc me rejoignit, un mug de thé fumant à la main, qu'il s'assit à côté de moi en mettant les pieds sur la table basse, je pus me caler contre son épaule, et allonger mes jambes de tout leur long sur le cuir.

— Merci pour le coup de main que tu as filé à Abuelo, il a été impressionné par ta prestation. Il est prêt à me virer pour t'embaucher !

— C'était génial, et on a beaucoup ri. Tu ne peux pas imaginer le bien que ça m'a fait.

— Tu l'aimes vraiment, mon Abuelo ? C'était magnifique, toi et lui faisant la paire.

Nous restâmes dans la même position tandis que je buvais tranquillement mon thé, à discuter, à nous raconter notre journée. J'autorisai mon esprit à penser à l'impensable ; c'était donc ça une vie de couple où l'on avait quelqu'un à qui parler ou avec qui se frictionner le soir, des bras dans lesquels se blottir pour se réconforter et se réconcilier. Jamais je ne m'étais dit que ça devait être bien. Et puis, des réminiscences de nos années étudiantes m'envahirent ; durant les mois qui avaient précédé son départ, Marc avait passé une grande partie de ses soirées dans mon studio, nous y mangions nos pâtes au thon, assis en tailleur par terre, parlant sans interruption, imaginant notre future vie, refaisant le monde. Combien de fois avait-il fini par s'endormir chez moi ? Les propos d'Alice me revinrent en mémoire une fois de plus : « Tu as toujours été amoureuse de lui. » Les pièces du puzzle commençaient à s'imbriquer les unes dans les autres. Mon boulot m'aurait-il permis de combler le vide béant qu'il avait laissé en partant ? Son absence m'avait fait comprendre à quel point mon existence tournait autour de lui. En dehors de ce que nous partagions tous les deux, le reste du monde ne m'intéressait pas à cette époque. Quand il avait disparu, j'avais eu besoin d'un exutoire. Bertrand, peut-être après avoir senti le futur requin en moi, m'avait ouvert la voie à l'agence, dans le monde du travail. Et j'avais verrouillé mes émotions, refusant de connaître à nouveau ce vide, cette douleur, n'accordant à mon corps que ponctuellement un soulagement dénué de plaisir et de sensualité. Pourquoi fallait-il qu'il réapparaisse dans ma vie au moment précis où grâce à sa disparition mon travail allait payer et où, bientôt je l'espérais, je n'aurais plus de place pour personne ? Plus nous vivrions d'épisodes tendres comme celui-ci, pire ce serait pour moi, plus j'allais me donner et me fragiliser. Mais j'en avais besoin, ça me faisait mal tellement j'avais envie de lui. Je n'avais aucune idée de ce qu'il cherchait avec moi, lui qui se révélait jaloux de mes clients, alors qu'il avait eu une vie toutes ces années, qu'il avait aimé, qu'il était encore marié il y a peu. Ses paroles me revinrent en mémoire ; il voulait fonder une famille, alors que moi je m'en sentais incapable.

— Tu es avec moi ? l'entendis-je me dire.

— Oui… oui…

Je me relevai, posai ma tasse sur la table basse, et me tournai vers lui ; il me fixait, d'un air heureux, détendu. J'allais profiter de ce qu'il me donnait en essayant de me protéger avec les moyens à ma disposition. Et puis je verrais bien ce qui se passerait. Ne m'avait-il pas dit que nous devions prendre les choses comme elles venaient, sans réfléchir ? Ça voulait bien dire qu'il n'attendait peut-être rien de particulier, rien de plus que ça... En dix ans, j'avais changé, j'étais plus forte. Je m'assis à califourchon sur lui, retirai mon pull et l'embrassai avec tout ce qui bouillonnait en moi.

— Yaël...

Nous nous étions endormis sur le canapé sous une couverture de flanelle. Je n'avais aucune idée de l'heure.

— Viens, on va aller se mettre au lit, on sera mieux que là...

J'ouvris difficilement mes paupières, et attrapai son poignet pour découvrir qu'il était 2 heures du matin.

— Je vais appeler un taxi.

— Pour te conduire jusqu'à ma chambre !

— Pour rentrer chez moi, je me lève tôt demain matin.

Marc s'éloigna de moi et posa le bras au-dessus de sa tête, en soupirant. Je m'extirpai du canapé et allai récupérer mon téléphone dans mon sac. Une fois le taxi commandé, je me rhabillai. Marc ne bougea pas, se contentant de me suivre du regard, d'un air particulièrement contrarié.

— Je peux te prêter une brosse à dents.

Je m'assis sur le bord du canapé, mes chaussures à la main.

— Bertrand m'a convoquée à 8 heures demain matin pour une réunion, je ne peux pas me permettre d'être en retard. C'est plus raisonnable que je m'en aille.

Pour de multiples raisons, eus-je envie d'ajouter...
La colère traversa son visage. Il se leva brusquement,
enfila son caleçon et se roula une cigarette. Il fuma
en faisant les cent pas dans la pièce, sans dire un mot.
Mon téléphone bipa, signe que la voiture m'attendait
en bas de l'immeuble. Il m'accompagna jusqu'à la
porte d'entrée et, contre toute attente, me prit dans ses
bras.

— Je me dis simplement que ça pourrait être bien
de passer quelques nuits entières ensemble, c'est
tout...

Et moi donc.

— Une prochaine fois...

— File, le chauffeur ne va pas t'attendre.

Nous échangeâmes un baiser et je partis.

En arrivant à l'agence le lendemain à 7 h 58, je fus
décontenancée de ne pas y trouver Bertrand. À 8 h 30,
étant toujours la seule pauvre idiote dans l'agence,
crevée de surcroît, je bouillais de l'intérieur en regret-
tant amèrement de ne pas être restée dans les bras
de Marc. Étais-je bête ! Je voulais être raisonnable !
Pour me défouler, j'envoyai quelques mails en tapant
comme une furieuse sur mon clavier. À 9 heures, je
n'étais pas loin de partir pour débarquer avec les croissants à la brocante, il me manquait du cran pour braver
Bertrand. À 10 heures, *monsieur* débarqua la bouche
en cœur.

— Bonjour, Yaël, me dit-il en arrivant devant mon
bureau.

— Bonjour. On avait rendez-vous à 8 heures ou j'ai
mal compris ?

— J'ai eu un petit déjeuner qui s'est greffé à la dernière minute.

C'était la meilleure ! Il aurait pu me prévenir ! *Et les excuses, c'est pour les chiens ?*

— Je n'ai pas oublié que nous devions faire un point ensemble. On se cale ça ce soir, je serai ici vers 19 h 30, 20 heures. Ça ne te pose pas de problème, j'espère ?

Bah, non, Bertrand, ça ne me pose pas de problème ! Yaël est toujours là, toujours disponible. Tu m'emmerdes à la fin ! Je n'en peux plus d'être ton larbin, à qui tu refiles le sale boulot !

— Aucun.

Son téléphone sonna à cet instant, il tourna les talons, sans plus se préoccuper de moi, et s'enferma dans son bureau. Je partis dans la *kitchen* : j'avais besoin d'un café, pas raisonnable vu mon état de nerfs, mais je devais faire quelque chose de mes mains. J'étais folle de rage. Mon patron me sortait par les yeux, j'avais eu envie de le baffer, je devais en permanence être à sa disposition, ne pas avoir de vie privée. Et lui, pendant ce temps-là, que faisait-il ? Voilà des jours qu'il faisait le beau en paradant et qu'il partait en rendez-vous extérieurs sans que personne à l'agence ait la moindre idée de ce qu'il traficotait. Ce qui était désormais certain, c'était que je savais faire tourner la boutique sans lui. J'allais passer la journée à courir d'un dossier à un autre tout en sachant très bien comment les choses allaient se dérouler ce soir : Bertrand n'arriverait pas avant 20 heures, notre débrief' s'attarderait, il finirait par commander ses sushis, qui même à moi maintenant me donnaient la gerbe, en me demandant de bosser, de vérifier un dossier, ou encore un client débarquerait de je ne savais où, et je devrais jouer à la baby-sitter !

— Machine de merde ! m'énervai-je lorsque la capsule me résista.

— On se calme ! s'exclama Benjamin. Ce truc ne t'a rien fait de mal.

Il prit ma place et, tout en douceur, me lança un café.

— Qu'est-ce qui t'arrive ? Un problème avec un client ?

— C'est Bertrand.

— Toi !? Tu as un problème avec le boss ?

— Ne te moque pas de moi ! Il m'a posé un lapin ce matin et me fait rester ce soir, je te jure, il croit quoi ? J'ai une vie à côté !

Il explosa de rire, plié en deux. Tout le monde devenait dingue à l'agence !

— Excuse-moi, Yaël ! Mais c'est l'hôpital qui se fout de la charité ! Non, je te jure, c'est hilarant !

— Si c'est pour te payer ma tête, c'est pas la peine.

— Surtout pas ! Reste comme ça ! Ne change rien ! Je vais aller mettre un cierge à Notre-Dame pour remercier Dieu et tous les saints pour ce miracle !

— Que veux-tu dire par là ?

— À l'agence nous avons tous subi ce genre de réunion improvisée et, bien souvent, c'était toi la responsable !

L'espace de quelques secondes, je me revis les mois précédant les vacances harceler mes collègues, leur imposer de rester plus tard, de venir plus tôt, leur faire suivre des mails à n'importe quelle heure, le week-end, durant leurs congés, en pleine nuit... Pas plus tard qu'il y avait quelques jours pour satisfaire Bertrand.

— Ça fait bizarre quand on devient la victime, me fit-il remarquer en me sortant de mes pensées. Hein ?

— Je suis désolée, je ne me rendais pas compte…

— Donne-moi l'adresse de ton mec, on va faire une cagnotte avec le staff pour lui envoyer une caisse de vin, me dit-il avec le sourire.

— Ça se voit tant que ça ? m'exclamai-je, sidérée.

— Plus encore… Allez, au boulot ! finit-il avec un clin d'œil.

Le partenariat entre Gabriel et Sean avançait à la perfection et, à trois semaines du Salon nautique, l'organisation était presque au point. Ça bossait dur, mais ça roulait. À ma grande satisfaction, j'avais une niaque d'enfer, avec parfois l'impression d'être plus réactive, de savoir aller à l'essentiel, sans me perdre dans les détails. Comme si, désormais, j'étais capable de transformer la pression en énergie positive. J'avais régulièrement Alice au téléphone, pour prendre de ses nouvelles. Elle semblait décidée à ne pas m'embêter avec Marc, elle me laissait venir à elle si j'en avais envie, c'était son fonctionnement, je la sentais pourtant ronger son frein, je ne cédais pas, me posant déjà bien assez de questions existentielles pour que ma sœur en rajoute une couche. Ça ne m'empêcha pas d'accepter une nouvelle invitation pour un poulet petits pois du dimanche midi, surtout qu'Adrien et Jeanne étaient de la partie, Marc ayant décliné pour cause de balade à Saint-Ouen avec Abuelo. Avec lui, nous passions des bouts de soirée ensemble plusieurs fois par semaine ; nous dînions chez lui, chez moi, au resto, même une fois avec Abuelo, avec qui de nouveau je m'amusai beaucoup ; il y eut aussi un pique-nique à la brocante, un midi. Notre relation évoluait ; nous ne nous sautions plus dessus comme les premières fois, prenant plus notre temps, chaque moment, chaque étreinte partagée avec lui me faisait toujours plus découvrir l'homme qu'il était devenu, et la femme que j'étais moi aussi devenue. Cependant, parfois, je trouvais qu'il se fermait, et était à deux doigts de se braquer quand je refusais de rester la nuit ou quand je sortais tard du travail. Il m'arrivait d'avoir l'impression d'être pressée de tous les côtés, coincée, avec la désagréable prémonition que cette situation me sauterait un jour à la figure. Je ne contrôlais plus rien, n'étant plus capable de refréner mes désirs.

Nous étions début décembre. Ce vendredi soir-là, je comptais les heures qui me séparaient de Marc, sauf qu'il y avait une véritable atmosphère de guerre nucléaire. À l'agence, tout le monde était sur le pont, Bertrand sur les dents, moi sur les nerfs. Personne n'oserait partir avant un quelconque feu vert. Nous venions de gérer toutes les merdes de dernière minute avec mon assistante. Tout semblait enfin au point. Nous étions encore toutes les deux autour de la table de réunion lorsque mon téléphone sonna.

— Salut, dis-je à Marc en décrochant.

J'avais envie d'oublier que Bertrand pouvait débarquer à n'importe quel instant. Je croisai le regard de mon assistante, qui me fit un clin d'œil avant de se lever pour fermer discrètement la porte de la salle de la réunion et monter la garde.

— As-tu une idée de l'heure à laquelle tu finis ? me demanda Marc.

— J'espère pouvoir m'échapper dans peu de temps, je suis crevée… et vu la semaine qui se prépare…

— Je passe te prendre et on file chez toi, après ?

— D'accord, je t'embrasse.

— Moi aussi.

Je raccrochai, l'esprit déjà avec lui.

— C'était le coiffeur ?

J'éclatai de rire, elle aussi.

— Brocanteur… il est brocanteur.

— Merci, Yaël.

— De quoi ?

— De me faire partager un petit bout de votre vie. L'ambiance est tellement meilleure depuis quelque temps. Je voulais vous dire qu'avant, j'avais peur de vous. Maintenant, vous me laissez faire des choses auxquelles je n'aurais pas eu accès, vous m'apprenez beaucoup et vous me donnez des responsabilités. C'est chouette de bosser pour une personne heureuse, et vous l'êtes.

Je m'attendais à tout sauf à ça. Ce petit bout de femme que j'avais tant martyrisée venait de me chambouler. Où étais-je passée ces derniers temps pour avoir pu être aussi horrible avec elle, alors qu'elle se démenait et faisait son maximum pour moi ?

— Oh… merci. Vous faites du très bon boulot, Angélique. Vous avez de l'avenir, soyez-en sûre.

Il y eut de la lumière dans ses yeux.

— J'ai un service à vous demander et après vous êtes en week-end.

— Dites-moi ce que je peux faire.

— Rassemblez tout le monde.

— Pas de problème.

Je la remerciai et me dirigeai immédiatement vers le bureau de Bertrand. Sa porte était ouverte, je toquai, il leva le nez de son écran.

— Tout est au point ?

— Vous pouvez venir deux minutes ?

Il se carra dans son fauteuil et me fixa.

— Tu veux motiver les troupes ?

— En quelque sorte.

Je tournai les talons et découvris toute l'équipe m'attendant, perplexe à l'idée de ce qui allait leur tomber dessus. Bertrand me suivit et s'appuya sur mon bureau en croisant les bras. Je pris une profonde respiration et me lançai :

— Je voulais vous remercier pour tout le travail fourni ces dernières semaines. Tous sans distinction. C'était mon projet, mais je voulais qu'il soit collectif. Je n'y serais pas arrivée sans vous, vous m'avez merveilleusement bien relayée avec mes clients habituels, et aujourd'hui certains vous préfèrent à moi d'ailleurs !

Quelques visages pâlirent.

— Eh ! Pas de panique ! Je n'en veux à personne, au contraire ! C'est le jeu. Toujours est-il que je tenais à vous souhaiter à toutes et à tous un excellent week-end. Rentrez chez vous, reposez-vous, profitez de vos proches, parce qu'à partir de la semaine prochaine il n'y aura pas de temps morts, la fin de l'année va être chargée. À lundi matin !

— On part si tu pars, Yaël, me dit Benjamin.

— J'y vais aussi ! Merci.

Mes collègues, sans demander leur reste, récupérèrent leurs affaires et enfilèrent leur manteau. Je pris la direction de mon bureau, contente, et sentis le regard de Bertrand braqué sur moi, son visage se fendant d'un rictus indéchiffrable.

— Belle prestation, me dit-il lorsque j'arrivai près de lui.

Il se redressa et me domina de toute sa hauteur.

— Bon week-end, Yaël !

— Merci, vous aussi, Bertrand.

Il ne bougea pas, et resta là à m'observer attraper mon sac et ma veste.

— À lundi, lui dis-je avec un dernier regard.

Puis je rejoignis toute l'équipe qui m'attendait à la porte d'entrée. Jamais ça n'était arrivé, que je parte en même temps qu'eux. Nous nous retrouvâmes sur le trottoir, en cette soirée humide de décembre, la circulation était dense, les réverbères et les phares des voitures se reflétaient dans les flaques d'eau. Des parapluies s'ouvrirent, l'un me protégea des gouttes de pluie.

— Tu pars par où ? me demanda Benjamin.

— On passe me prendre.

— Oh… c'est bon, ça !

Je rougis.

— Tu nous le présentes ?

— Non ! lui répondis-je en riant.

J'entendis la Porsche avant de la voir, je décochai un grand sourire à tous mes collègues.

— Je vous laisse ! Bon week-end !

À l'instant où je prononçais cette phrase, Marc, qui venait de garer sa voiture en double file, en sortit et me repéra. Je courus pour le rejoindre, tout ça sous les sifflements et les remarques admiratives sur son vieux bolide. Ce fut plus fort que moi, je l'embrassai, me moquant de l'environnement, de Bertrand qui devait nécessairement assister à la scène depuis les fenêtres de l'agence.

— On y va ? dis-je à Marc.

— Heureuse d'être en week-end ?

— Tu n'imagines même pas !

Il fit le tour de la voiture et ouvrit ma portière. Avant de grimper à son tour, il fit un signe de main à toute l'équipe, toujours scotchée devant l'immeuble.

Pour une fois, pas de cuisine ni de repas pantagruélique ; Marc s'était laissé convaincre par une planche de charcuterie et de fromages avec du pain frais, et ça semblait lui avoir convenu. Après dîner, on resta à discuter dans le canapé, un verre de vin rouge à la main.

— Si j'ai bien compris, il faut que tu décompresses les deux prochains jours ?

— Exactement !

Il arbora un petit air malicieux.

— Tu ne vas pas bosser ? Vraiment ? Même pas un tout petit peu ?

— Non ! Enfin j'espère.

— Tu fais quoi dimanche ?

Où voulait-il en venir ?

— Rien de spécial, je pense que j'irai nager… pourquoi ?

— Viens avec moi aux Puces.

— Et Abuelo ?

— Il peut s'en passer pour une fois et, si je lui dis que c'est pour t'y emmener, il va me dérouler le tapis rouge. Il faut que ça te fasse envie !

— Bien sûr ! lui répondis-je avec un sourire démesuré aux lèvres. Ça me fait trop plaisir. Je te promets, ça m'éclate d'y aller avec toi. Merci !

323

Tu fais quoi, là, Yaël ? J'étais au bord d'un préci-
pice et un de mes pieds était déjà dans le vide. Il s'approcha de moi, m'attrapa par le cou, posa son front sur
le mien en fermant les yeux.

— Tu m'as manqué, murmura-t-il.

Il ne me laissa pas la possibilité de lui répondre ou
de réfléchir à sa déclaration ; il m'embrassa intensément, je tremblai des pieds à la tête, puis je nouai mes
bras autour de son cou, cherchant à me rapprocher
toujours plus de lui. Il me souleva et me porta jusqu'à
ma chambre, sur mon lit. Il s'étendit sur moi, je rivai
mon regard au sien. J'eus l'impression de n'avoir
jamais fait l'amour de cette façon, lentement, doucement, attendant et donnant toujours plus de caresses et
de baisers, nos peaux s'appelaient et restaient collées
l'une à l'autre.

— Tu t'endors, chuchota-t-il plus tard alors que
j'étais blottie contre lui. Je vais y aller.

— Reste.

Ça y était, j'étais dans le vide. Je sortis du lit, et fis
le tour de mon appartement nue en éteignant chacune
des lumières, sans oublier de couper mon téléphone.
Près du lit, je remarquai sa montre sur ma table de
nuit ; ce simple geste me bouleversa, il était chez lui
chez moi. Je remerciai la pénombre de dissimuler mes
yeux embués, puis me glissai sous la couette et retrouvai ma place, l'endroit que j'aimais, dans le creux de
son épaule, il referma son bras sur moi, sa main se
balada sur ma peau, nos jambes s'emmêlèrent.

Un baiser sur mon front, un deuxième, un troisième.
Paupières closes, je souris. Je me réveillais dans la

même position qu'au moment de m'endormir, blottie tout contre lui.

— Bonjour, murmura Marc.

— Bonjour.

Je frottai mon nez contre sa peau, et respirai profondément. Ses mains caressaient mon dos, mes jambes, tout mon corps. Ce qui arrivait était tout simplement inimaginable, débuter ma journée, un samedi, dans ses bras. Je quittai son cou en levant les yeux vers lui, les siens étaient encore pleins de sommeil, mais ils riaient.

— Je resterais bien là toute la journée, me dit-il. Mais il faut quand même que j'ouvre un peu aujourd'hui.

— Quelle heure est-il ? Tu es en retard ?

— Ça, ce n'est pas grave, je n'ai pas d'horaires. Et je ne vais pas me priver d'un petit déjeuner au lit, avec toi.

Il embrassa le bout de mon nez.

— Tu ne bouges pas ? Je vais chercher des croissants.

— Tu m'autorises à faire un café ?

Il fronça les sourcils, fit une moue boudeuse, puis son visage s'éclaira.

— Pour une fois, je te laisse faire.

Il m'embrassa doucement, puis s'extirpa du lit. Sans bouger, la tête toujours sur l'oreiller, je le regardai pendant qu'il s'habillait. Avant de sortir de la chambre, il me lança un coup d'œil.

— Je reviens.

J'écoutai le bruit de ses pas sur le parquet, ma respiration se bloqua, de panique, de bonheur, d'incertitude, d'envie de plus. Je me jetai sur la place qu'il avait laissée vide, et inspirai son parfum profondément ; mon esprit s'apaisa. Je me levai et me rendis dans la salle de bains. Je pris de longues secondes pour m'observer ; mes cheveux en vrac, les prunelles brillantes, la bouche rougie. Ce reflet dans le miroir me rendit heureuse, j'eus l'impression de me ressembler, ça faisait bien longtemps que ça ne m'était pas arrivé.

Un quart d'heure plus tard, alors que je posais deux tasses de café sur ma table de nuit, la porte d'entrée claqua. En moins de deux minutes, l'odeur de croissants chauds envahit ma chambre, ça n'était jamais arrivé. Je me glissai sous la couette, Marc lança le sachet de la boulangerie sur le lit, et s'allongea sur moi, en glissant les mains sous le tee-shirt que j'avais enfilé. Je poussai un cri.

— Tu es gelé !

Il me chatouilla, je ris de plus belle. Il finit par s'arrêter et s'installa à côté de moi, en me proposant un croissant. Je mordis dedans, puis lui tendis un café.

— Tu dors chez moi ce soir ? me demanda-t-il une fois le petit déjeuner fini alors que j'étais calée dans ses bras.

— Oui… Je peux venir à quelle heure ?

Il me retourna sur le dos, grimpa sur moi, et m'embrassa.

— Dès que tu veux, dès que tu es prête… je t'attends, me dit-il sa bouche contre la mienne.

Le dimanche matin, je redécouvris les Puces, j'y allais enfant avec mes parents, mais j'avais tout oublié ; les allées, les dédales, les passages secrets, couverts, les stands collés les uns aux autres à l'allure de cavernes d'Ali Baba. Le terrain de jeu des chasseurs de trésors. Les antiquaires assis dans un fauteuil vintage attendaient le chaland, discutaient à voix basse entre eux, leur conversation s'émaillant parfois d'un éclat de rire. À l'image de Marc, ils étaient tous calmes, patients, ni énervés ni excités pour deux sous, leur métier voulant ça. Cet état d'esprit était contagieux, j'avais envie de prendre mon temps, de regarder autour de moi. Un détail m'amusa : dès qu'ils étaient seuls, les brocanteurs étaient vissés à leur portable. J'en profitai pour charrier Marc, je n'étais donc pas la seule à souffrir de cette excroissance de la main. Nous venions de passer plus de deux heures à arpenter les allées du marché Paul-Bert et, aux dires de Marc, nous en avions à peine parcouru la moitié. Rien d'étonnant à ça, puisqu'il s'arrêtait à chaque stand... Il connaissait tout le monde, avait un commentaire pour chaque meuble, chaque nouvelle trouvaille, acceptant tous les cafés dans un premier temps, puis les coups de rouge et les tranches de saucisson quand midi approcha. Il me présentait à chacun, comme « Yaël... c'est Yaël », présentation qui suscita plusieurs bourrades sur l'épaule et des clins d'œil complices. Contrairement à notre virée à L'Isle-sur-la-Sorgue, Marc était chez lui à Saint-Ouen, son autre vie avec des amis que les autres et moi ne connaissions pas, qui voyaient en lui le dénicheur hors pair, le successeur de son grand-père : et, de fait, leur réputation dépassait les frontières de leur petite brocante parisienne. Marc était doué et il ne le montrait pas, n'étalait jamais ses « bons coups », les lots qu'il avait emportés face à tous les autres, ni l'article de presse qu'il avait eu dernièrement et dont je découvrais à l'instant l'existence.

— C'est quoi cette histoire ? lui demandai-je en l'entraînant à l'écart.

— Rien de particulier. Un journaliste de *Côté Paris* a débarqué à la brocante, on a discuté et, quelques mois plus tard, il y avait cet article.

— *Côté Paris* ! m'écriai-je, folle de joie pour lui. Ça va t'attirer du monde et de la notoriété, c'est génial pour tes affaires.

— Oh tu sais… je n'en demande pas autant, ça marche et je ne veux pas plus…

— Ne fais pas le modeste, tu fais partie des meilleurs, à entendre tes amis, agrandis-toi !

Il eut une moue indulgente.

— Pourquoi vouloir plus ?

— Mais…

Il plongea ses yeux dans les miens en caressant délicatement ma joue.

— J'ai tout ce qu'il me faut.

Mon cœur eut un raté. *Ça veut dire quoi, ça ?* Il s'éloigna de moi et avança de quelques pas.

— On continue encore un peu, avant d'aller déjeuner ? me dit-il par-dessus son épaule.

Je hochai la tête et le rattrapai en courant. Arrivée à son niveau, je collai mon bras au sien, en effleurant sa main, puis nos doigts s'accrochèrent pour ne plus se quitter.

Un peu plus tard, il nous fraya un chemin dans la cohue à l'entrée du café *Paul-Bert*, sa cantine aux Puces, et celle d'Abuelo avant lui. En moins de temps qu'il ne fallait pour le dire, on nous dénicha une petite table près de la cuisine, j'héritai de la vue sur les coulisses. Pour une fois, pas de nappes à carreaux, mais des tables en bois transpirant l'authenticité et la convivialité, dans la plus pure tradition bistrotière. Le chef

s'égosillait sur les serveurs et, pourtant, quelle effica-
cité ! Cet homme imposant, son torchon sur l'épaule,
vérifiait chaque plat avec attention, rien qu'à le regarder, on sentait que tous les clients devaient être logés
à la même enseigne, l'habitué, le curieux, le touriste
américain qui, dans ce resto, devait avoir l'impression
d'être entré dans la cinquième dimension. Une fois
de plus, avec Marc, j'étais bien loin des bars à sushis,
impersonnels et sans saveur. L'imaginer un instant
dans les lieux que je fréquentais avec l'agence équivalait à la vision d'un lion tout droit sorti de la savane et
enfermé dans une cage de la SPA avec des croquettes
en guise de repas. Alors que là, avec ses lunettes et
son tabac à rouler posés sur la table, ses baskets plus
modernes que toutes celles de mes collègues bien
qu'elles proviennent d'un lot datant de 1975, salivant à
l'idée de son bœuf bourguignon, il était bien à sa place
et respirait à pleins poumons. Cependant, je me promis
de lui coller des baguettes entre les doigts, juste pour
m'amuser. Il attrapa ma main par-dessus la table, et
caressa le dessus avec son pouce, je frissonnai.

— Si on m'avait dit il y a dix ans que je vivrais ça,
je n'y aurais pas cru...

— Moi non plus.

— Toi, moi, ici, ensemble... Tu te rends compte ?

— Difficilement, lui répondis-je en souriant.

— J'ai eu Cédric au téléphone dans la semaine, il
venait en espion pour le compte de ta sœur.

J'éclatai de rire.

— Plus sérieusement, il m'a annoncé qu'ils attendaient le troisième, tu ne me l'avais pas dit.

— *Sister secret !*

— Leur bonheur fait plaisir à entendre, ils feraient envie.

— C'est vrai.

Sauf que l'envie d'une telle chose me quittait aussi sec rien qu'à l'idée d'imaginer la tête de Bertrand si je lui annonçais que je partais en congé maternité. Le serveur nous interrompit en apportant nos plats. Le déjeuner se déroula tranquillement, simplement entre-coupé de quelques gueulantes du chef que j'oubliai très rapidement, Marc me raconta des anecdotes sur les Puces, sur la carrière d'Abuelo. Cette journée était tout simplement magique, je ne pensais qu'à profiter de lui, l'entendre, le regarder, comme si le travail, les amis, plus rien d'autre n'existait. Notre repas traîna en longueur, de notre fait ; après le dessert et le café, nous reprîmes encore un second café, nous étions bien, au chaud ; par moments, même, nous ne disions plus rien, regardant simplement autour de nous, je sentais une caresse légère comme une plume sur ma main et je souriais. Le chef en personne finit par nous déloger de notre place en me demandant si le spectacle m'avait plu, Marc était un habitué et connaissait le personnage. Dans le reste de l'établissement, ça dépotait ; dès que des clients quittaient une table, elle était prise d'as-saut par de nouvelles personnes, je ne m'étais rendu compte de rien. J'imaginais facilement à quel point nous avions dû taper sur le système des serveurs. Le pourboire que laissa Marc allait calmer les esprits ! En sortant, un courant d'air froid venu des allées du marché me saisit, je me crispai. Je rentrai les mains dans les manches de mon blouson, et cachai mon nez dans le col.

— Viens là, me dit Marc en ouvrant ses bras.

Je m'y blottis, alors que lui aussi devait crever de froid avec son éternelle veste en velours et une pauvre petite écharpe.

— Comment fais-tu pour tenir ? lui demandai-je en levant le visage vers lui.

Il pencha la tête et m'embrassa sur le bout du nez. Puis, il posa son front contre le mien, et me regarda dans les yeux en souriant.

— On rentre tranquillement ? J'imagine que tu veux te préparer pour ta semaine.

— Oui.

Il savait lire en moi. Ne sentir aucun reproche dans sa voix me soulagea.

Marc venait de garer la Porsche devant mon immeuble, la nuit d'hiver était déjà tombée, je détachai ma ceinture et me tournai vers lui.

— Merci pour la journée, j'ai adoré.

— C'est vrai ? Pas trop gênée par les vieilleries ?

— Non.

— Tu sais de quoi j'aurais envie ?

— Dis-moi.

— Je voudrais qu'on trace la route, qu'on parte sur un coup de tête passer deux, trois jours loin de tout, tous les deux pour que la journée ne s'arrête pas.

— Ne me tente pas, lui murmurai-je.

Il me jeta un coup d'œil.

— Et toi, ne me fais pas rêver…

— Un jour, peut-être…

Je m'approchai de lui et, alors que j'entourais ses joues de mes mains pour l'embrasser, il me serra contre lui.

— Je t'appelle, lui dis-je avant de l'embrasser une dernière fois. On se voit vite ?

— C'est toi qui décides…

— Bon, bah… j'y vais.

J'ouvris ma portière, posai un pied sur le bitume et me retournai.

— Tu restes avec moi ce soir et cette nuit ? Je sais que ce n'est pas une escapade, mais c'est mieux que rien, non ? Et je vais te proposer un truc super exotique pour le dîner…

— Ne me dis pas que tu veux commander des…

— Sushis !

— Je vais rentrer chez moi, en fait, me dit-il, l'air hilare.

Je me propulsai à l'intérieur de la Porsche et l'embrassai passionnément.

— Va pour les sushis ! m'annonça-t-il quand j'eus cessé de l'étouffer.

Un peu plus tard, nous étions l'un contre l'autre dans le canapé, quand mon téléphone vibra sur la table basse. Je l'attrapai.

— C'est Alice, annonçai-je à Marc.

— Et tu ne décroches pas ?

— Allô.

— Je venais aux nouvelles, tu ne m'as pas donné signe de vie depuis des jours.

— J'ai été occupée…

Marc mit sa main devant sa bouche pour éviter de rire.

— D'accord, d'accord, enchaîna-t-elle. Comme d'habitude, le boulot, enfin bon, ce n'est pas une raison.

Je mis le haut-parleur.

— J'ai passé le week-end avec Marc. D'ailleurs, il est là.

— Hein ?

— Salut, Alice, lui dit-il.

— Ah… et… vous avez fait quoi ?

— Des choses, lui répondis-je.

— Tsss… Bon, je ne veux rien entendre de plus ! On vous a un soir à dîner à la maison, cette semaine ?

Nous échangeâmes un regard avec Marc.

— Avec plaisir, se chargea-t-il de lui répondre.

— Allez, on dit mercredi !

Elle raccrocha. J'allais dîner avec Marc chez ma sœur, comme un couple normal. Ça pouvait paraître bête, alors qu'ils connaissaient Marc comme leur poche, mais la situation m'effrayait, plus encore que si ç'avait été avec mes parents. Je n'avais jamais présenté quelqu'un à Alice et Cédric, pour cause, je n'avais jamais été dans cette situation. Tout ça prenait une tournure sérieuse que j'étais bien incapable de maîtriser ; je perdais le contrôle sur une partie de ma vie. Marc, dans la voiture, avait évoqué l'idée de partir sur un coup de tête, mais il ignorait que depuis qu'il avait à nouveau envahi mon existence, j'avais l'impression de tout faire sur un coup de tête ; allant même jusqu'à reléguer mes mails et mon téléphone au fond de mon sac. Je croisais d'ailleurs les doigts pour que Bertrand n'ait pas cherché à me joindre, sinon demain, ça allait dérouiller. Je pris une profonde inspiration.

— Ça ne va pas ? me demanda Marc.

— Si, si, ça va.

— Certaine ? Parce que je te jure, depuis trois minutes, j'ai l'impression que ça chauffe là-dedans, déclara-t-il en posant un doigt sur mon front.

Je ris, et je me sentis mieux.

— C'est à cause du dîner chez ta sœur ?

— Non, mais prépare-toi, ça va être comique.

— Elle veut voir pour y croire, c'est ça ?

— Peut-être bien.

— Compte sur moi pour lui donner de la matière. Je vais commencer comme ça.

Il m'embrassa dans le cou.

— Et puis, je pourrais faire ça, aussi.

Il m'attrapa par la taille et me prit sur ses genoux.

— C'est vrai, tu pourrais.

— Sauf qu'à un moment il faudra passer aux choses sérieuses, pour qu'elle n'ait plus aucun doute sur les choses qu'on fait ensemble.

Il m'embrassa à pleine bouche.

— Et le coup de grâce, on partira précipitamment en lui expliquant que notre lit nous appelle.

Je me collai à lui en me cambrant.

— Bah oui, il sera tard, très tard, enchaînai-je. Comme ce soir, d'ailleurs. On devrait peut-être répéter notre spectacle.

11

Je sentis ses lèvres dans mon cou, je souris alors que je dormais encore. Je me calai plus étroitement, en serrant son bras enroulé autour de ma taille. Je n'avais pas envie de me réveiller, je voulais rester là, cachée, toute la journée.

— Bien dormi ? murmura-t-il à mon oreille.

Je me retournai ; envie de le voir.

— Oui. Très bien. Et toi ?

— Comme un bébé.

Il me mit sur le dos, en passant au-dessus de moi, il alluma la lampe de chevet et attrapa sa montre ; il grimaça, avant de l'abandonner à nouveau sur la table de nuit. Il posa son visage sur mes seins, je passai ma main dans ses cheveux.

— Quelle heure est-il ?

— 7 h 30.

— Non, c'est pas vrai… je voulais être au boulot à 8 heures, et j'ai oublié de mettre mon réveil.

— Tant pis, tu y seras à 9 heures, ce n'est pas la mort.

— Ouais, après tout.

C'est moi qui ai dit ça ?

— Je peux t'accompagner sous la douche ? me demanda-t-il en commençant à se lever.

— On ne traîne pas !

Il m'embrassa, ce fut plus fort que moi, je me pendis à son cou. Il se redressa et, sans rompre notre baiser, il se libéra puis, d'un bond, s'extirpa du lit.

— Tu vois, ce n'est pas moi qui lézarde sous la couette, me dit-il en disparaissant dans la salle de bains.

Je fixai le plafond en souriant. Je finis par me lever et le rejoignis sous l'eau. Ce fut très compliqué de rester sage, mais je restai ferme, pas le temps de batifoler, les affaires reprenaient. Sitôt séché, Marc sauta dans ses vêtements de la veille et me proposa de préparer un café. Jamais je n'avais débuté une journée de travail ainsi ; j'étais encore à mille lieues de l'agence ! Cependant, en m'habillant, petit à petit, je sentis mon esprit se conditionner, comme si mon uniforme – mon tailleur-pantalon et mes stilettos – formait un mur entre la parenthèse du week-end et mes responsabilités professionnelles. J'achevai le tout par le maquillage et la queue-de-cheval réglementaires pour le boulot. J'allais quitter ma chambre quand je vis sur ma table de nuit la montre de Marc. Je m'assis sur le lit et la pris entre mes mains ; je la touchai du bout des doigts, m'extasiant devant la finesse des aiguilles, la douceur du cuir, la forme du bracelet modelée à son poignet. Je soupirai profondément en me levant et pris la direction de la cuisine.

— Tiens, regarde ce que tu as oublié, dis-je à Marc alors que le second café coulait.

Il se tourna vers moi et me détailla d'un air indéchiffrable.

— Ton autre toi, me dit-il.

Il n'avait pas tort ; plus les minutes passaient, plus la Yaël du week-end s'endormait, se préparant à hiberner pour de longs jours, laissant sa place à l'autre, la Yaël de l'agence. Je n'y pouvais rien, c'était comme ça, même si j'avais pris du retard sur mon planning interne, j'aimais me glisser dans cette seconde peau. Je m'approchai de lui, attrapai son poignet et pris tout mon temps pour lui attacher sa montre.

— Merci, chuchota-t-il en me tendant mon café.

La Porsche était en double file devant l'immeuble de l'agence, je détachai ma ceinture.

— Ce coup-ci, c'est vraiment la fin du week-end, me dit Marc.

— Oui… je vais avoir pas mal de boulot, mais…

Il m'interrompit d'un baiser.

— Retrouve-moi à la brocante ce soir si tu veux, même tard.

— Je te tiens au courant, soufflai-je en me détachant de lui.

Je m'extirpai de la voiture et lui lançai un dernier regard en claquant la portière. À partir de là, je devais me concentrer sur ma journée, ne plus penser à lui, ni aux instants que nous avions partagés ces deux derniers jours, toute distraction m'était interdite. Malgré tout, je ne pus m'empêcher de me retourner au moment où je poussai la lourde porte de l'immeuble ; j'envoyai un sourire à Marc en soupirant et il démarra. Le silence dans la cage d'escalier me surprit ; habituellement, à cette heure-ci il y avait de l'animation, à commencer par mes collègues. La surprise ne fit que croître en pénétrant dans l'agence. Il était 9 h 05, pas une lumière n'était allumée, ni un ordinateur, aucun bruit, rien qui puisse signaler la présence ne serait-ce que d'une seule personne. Les stores étaient tirés et il faisait un froid de canard. Après avoir appuyé sur l'interrupteur, j'avançai dans l'open space en me frottant les bras. Qui avait eu l'idée de couper le chauffage en ce début décembre ? Le bureau de Bertrand était plongé dans l'obscurité. Je n'aimais pas ça et surtout je ne comprenais vraiment pas ce qui se passait. Désarçonnée, j'attrapai mon téléphone et vérifiai mes mails, je les avais tellement peu regardés ce week-end que j'étais peut-être passée à côté d'une information. Pourtant, non, rien de spécial, ça avait été tranquille.

— Je suis ici, Yaël.

Je sursautai, et me retournai, la main sur le cœur.

— Bertrand, vous m'avez fait peur ! C'est une manie d'apparaître par surprise.

— Viens par là.

Il ne portait ni veste ni cravate, les manches de sa chemise étaient remontées sur ses bras. Décidément, cette journée débutait de manière étrange. Que se passait-il ? Que me cachait-il ? Je n'aimais vraiment pas ça. Je mis quelques instants à le suivre en salle de réunion.

— Assieds-toi, m'ordonna-t-il une fois que j'eus franchi le seuil.

Je lui obéis. Il referma la porte derrière moi et se mit à marcher de long en large sans dire un mot, semblant en pleine réflexion. Il paraissait exténué. C'était rarissime de le voir ainsi.

— J'ai donné une matinée de congé à l'équipe, m'annonça-t-il sans me jeter un coup d'œil.

Depuis quand faisait-il ce genre de choses ? Dans mon dos et en ce début de semaine chargée qui plus est ? Le problème devait être grave. Il se posta face à une fenêtre en regardant la rue, les mains dans les poches.

— Tu te souviens ? Je devais revenir vers toi au moment opportun à propos de l'association.

L'association… j'étais tellement occupée que je l'avais rangée dans un placard fermé à double tour. Brusquement, j'eus le sentiment d'avoir du mal à respirer, qu'une chape de plomb me tombait dessus.

— Beaucoup de choses ont changé depuis que nous avons eu cette conversation. J'ai pris des décisions…

Mon cœur se mit à cogner dans ma poitrine. Au mouvement de ses épaules, je compris que Bertrand inspirait profondément. Il se retourna et vint se planter en face de moi. Il appuya ses poings sur la table et emprisonna mon regard dans le sien. Je ne lui connaissais pas un visage aussi sérieux. Je crois même que je ne l'avais jamais vu comme ça. Il était grave.

— L'agence, c'est fini. Je monte un autre business.

L'information mit quelques secondes à monter jusqu'à mon cerveau, ce n'était pas possible ! *Non !* Comment pouvait-il faire une chose pareille ? À moi, à tous les autres. On se défonçait pour lui depuis des mois, des années. Et il osait quitter le navire ! Nous planter. Nous laisser tomber après avoir sucé tout ce qu'il pouvait. Je me relevai d'un bond.

— Vous n'avez pas le droit ! Vous mettez la clé sous la porte, alors que les affaires n'ont jamais été si florissantes et que nous avons plein de projets ! Comment…

— C'est fini pour moi, pas pour toi, ni pour les autres.

Je m'étranglai.

— Mais… mais… ça veut dire quoi ? Quelqu'un va vous remplacer ?

C'était plus une affirmation qu'une question. Je m'écroulai sans aucune dignité ni tenue sur ma chaise, et posai mes coudes sur la table, prenant ma tête entre les mains. Je ne savais travailler qu'avec lui, il m'avait tout appris, il avait été mon guide, mon professeur. Il était mon socle. J'étais bonne pour aller chercher du travail ailleurs. Mon avenir professionnel venait de s'écrouler comme un château de cartes, j'étais vide, j'avais cru toucher le fond lorsqu'il m'avait envoyée en vacances, la période qui s'annonçait serait pire que tout.

— Yaël, regarde-moi.

Je relevai la tête en le fuyant pourtant du regard ; je regardai à droite, à gauche, scrutai le plafond, puis la moquette et, enfin, une infime poussière volant dans l'air. Il tapa du poing sur la table, je sursautai et l'affrontai du regard. Sa colère froide me rappela celle de mes débuts.

— Tu le fais exprès, ma parole ? Grandis un peu ! C'est toi qui prends ma place !

Ma respiration se fit plus courte. Il s'assit sur le coin de la table, subitement plus calme, soulagé d'un poids.

— Mais… Bertrand… nous devions être associés… J'ai besoin de vous.

Il se fendit alors d'un sourire.

— Ça fait des mois que je te prépare et des semaines que je te teste sur tes capacités à diriger seule. Crois-moi, si je fais ça, c'est que tu es prête,

340

je ne mettrais pas en péril cette boîte où j'ai laissé jusqu'à ma chemise. Que tu prennes ma place est mérité et n'est que la suite logique.

— Mais…

— Tu prends donc ma succession à compter de cette minute, de mon côté, j'ai d'autres projets en tête. Je reste propriétaire des lieux, tu me verseras un loyer quasi symbolique. Je te cède quarante-neuf pour cent de mes parts, et je toucherai une fois par an mes dividendes. En dehors de ça, tu es la patronne. À toi de trouver un équilibre.

L'équilibre dans ma vie…

— Nous l'annoncerons cet après-midi à toute l'équipe, quelque chose me dit que certains vont être heureux. Tu as prouvé que tu étais bien meilleure que moi avec eux. Je te soutiendrai un mois ou deux si nécessaire.

Hein ? Quoi ? Non ! Pas si vite ! Mais que m'arrivait-il ? Pourquoi étais-je dans un état pareil ? Tétanisée par la panique, des sueurs froides dans le dos, les mains moites, les tempes douloureuses.

— Bertrand, il me faut plus de temps, le suppliai-je d'une toute petite voix.

— Un jour ou l'autre, il faut sauter dans le grand bassin.

*
* *

Au moment où mes collègues – *mes employés ?* – arrivèrent, en début d'après-midi, je m'enfuis en courant et m'enfermai à double tour dans les toilettes. Je pris appui sur le lavabo et fixai mon reflet dans le miroir. Mon double m'interpella : *Merde ! Yaël, il se passe quoi, là ? C'est le rêve de ta vie ! L'agence est à toi. Et maintenant qu'on te la sert sur un plateau, tu fais ta timide, ta trouillarde, et tu oublies que tu es la meilleure. Tu es celle qui est prête à écraser tout le monde pour obtenir le pouvoir, qui a misé toute sa vie là-dessus. Rien n'a changé. Je ne me trompe pas ?*

— Reprends-toi, dis-je sèchement à mon reflet.

C'est vrai, je suis celle-là. J'étais prévenue, j'ai bossé comme un chien pour en être là aujourd'hui. Il était temps de me jeter dans la fosse aux lions. Ils étaient installés autour de la table, Angélique avait pris soin de laisser une place libre pour moi, je lui fis un petit signe de tête négatif après avoir croisé le regard déterminé de Bertrand ; je devais commencer dès à présent à assumer mon rôle en me mettant franchement à côté de lui, à son niveau. Parfaitement détendu, il se lança :

— Courant septembre, je vous avais informés de changements susceptibles d'advenir ici. Je monte une nouvelle société. À partir de maintenant, vous êtes sous la direction de quelqu'un d'autre avec tout ce que ça peut comporter comme changements. Comme vous vous en doutez, c'est Yaël.

Il me regarda, recula de deux pas et me fit signe de prendre sa place.

— Bonjour à celles et ceux que je n'ai pas encore croisés...

J'inspirai profondément, en fermant les yeux quelques secondes. Des dizaines de souvenirs traversèrent mon esprit, allant du premier jour où j'avais mis les pieds ici, à celui où j'avais cru être virée après la disparition de Marc, puis mes premières victoires de contrat, mes vacances forcées. Je revis l'étudiante gauche et mal fagotée, et je pris conscience de celle que j'étais aujourd'hui, une femme d'affaires puissante. J'avais réussi, enfin. La réalité me frappa ; je vivais un des moments les plus importants de ma vie. Je redressai vivement la tête. Je leur traçai dans les grandes lignes mes projets et mon ambition pour l'agence. Ensuite, je me tournai vers Bertrand.

— Avez-vous quelque chose à ajouter ?

Il secoua la tête. Puis je regardai à nouveau l'équipe.

— Des questions ?

Silence.

— Eh bien, dans ce cas, au travail !

Tout le monde se leva, ils saluèrent les uns après les autres Bertrand en lui souhaitant bonne chance, puis chacun vint me féliciter avant de reprendre son poste. Une fois la salle de réunion déserte, je soufflai un grand coup et m'écroulai sur une chaise. J'étais vidée, mais ça s'était plutôt bien passé.

— Tu t'en es parfaitement sortie.

— Merci, Bertrand. Vous êtes certain que vous ne voulez pas rester un peu plus longtemps ?

— Le fauteuil de patron est trop petit pour deux.

Il était près de 21 heures, l'agence était à présent déserte ; même Bertrand était parti. Je n'aurais jamais osé lui demander les raisons qui avaient motivé une telle décision, j'en aurais pourtant eu grand besoin.

J'étais assise à mon bureau, observant tout autour de moi ; c'était déjà ma maison, ça allait le devenir plus encore. Sans rien demander, je venais d'obtenir ce dont je n'aurais jamais osé rêver, ma vie ne pouvait être plus parfaite. Sauf que les rêves, la consécration professionnelle et la perfection ont leur prix à payer. Je savais que lorsqu'on reprend une entreprise, il y a des décisions à prendre, parfois difficiles, il faut savoir trancher dans le vif. Pas évident, mais indispensable. Je l'avais toujours su. J'attrapai mon téléphone pour commander un taxi. Je fis un nouveau tour aux toilettes et découvris ma sale tête. La journée avait laissé des traces.

*
* *

Les lumières de la devanture de la brocante étaient éteintes, pas celles de l'intérieur. Je trouvai Marc briquant un meuble. Je poussai la porte et fus saisie par la musique, je haïssais le hasard ; il écoutait Supertramp. Les dernières notes de *Don't Leave Me Now* retentirent au moment où il se tourna vers moi, et un sourire illumina ses traits. Il avança en retirant ses lunettes, comme la première fois où j'étais tombée sur lui, six mois plus tôt.

— Tu as l'air fatiguée, me dit-il toujours plus près de moi alors que je restais sur le seuil.

— Grosse journée, effectivement.

— Viens dans mes bras…

Son sourire disparut quand il vit derrière mon épaule le taxi qui m'attendait, warning allumés, dans la rue. Il fronça les sourcils.

— Tu ne restes pas ?

— Non.

— Pourquoi ?

Désarçonné, il se figea à un mètre de moi et planta son regard dans le mien.

344

— Yaël, que se passe-t-il ?

— On va s'arrêter là, tous les deux. Ça ne rime pas à grand-chose.

Il eut un mouvement de recul, comme si je venais de le frapper. *Contrôle.*

— De quoi tu me parles ?

— Écoute, on s'est bien amusés ensemble ces derniers temps, mais on n'a pas… on est trop différents.

Il se redressa.

— Tu te fous de ma gueule ? me balança-t-il en haussant le ton.

— Sois lucide, nous ne sommes pas sur la même longueur d'onde, tous les deux. Je suis ambitieuse, toi, ce que tu as te suffit, ce que je ne comprends absolument pas. Je n'ai pas de temps à perdre, ni de place pour m'encombrer de détails…

— T'encombrer de détails ! Mais…

— Ne fais pas l'étonné. Je te l'avais dit au début, les relations de couple, ça ne m'intéresse pas, les amoureux, la petite famille, tout ça… je m'en moque, ce n'est pas mon rêve. Tu aurais été là les dix dernières années, tu aurais su qu'avec moi, en général, ça ne dépasse pas plus de deux, trois nuits.

Il franchit la distance qui nous séparait et m'empoigna par les bras, je ne flanchai pas et le défiai du regard. *Contrôle.* Il ne m'avait jamais paru aussi grand.

— Où es-tu ? Yaël ! Ce n'est pas toi, cette salope ?

Ses mains remontèrent jusqu'à me tenir par le cou, comme il aimait tant le faire lorsqu'il m'embrassait. Il détailla mon visage, mes cheveux, le regard de plus en plus dur, la mâchoire tendue, la respiration hachée ;

ses mains serraient de plus en plus fort ma nuque. Je restai impassible. *Contrôle*.

— Je nage en plein délire, dit-il de sa voix grave, plus lasse.

— Quand on a commencé, tu m'as toi-même dit que comme tu sortais tout juste de ton divorce…

Il me lâcha, comme si mon contact le brûlait. Il recula de plusieurs pas, mit une distance désormais infranchissable entre nous, sans me quitter des yeux, le regard de plus en plus noir. Il réfléchissait à toute vitesse, je le sentais. Au fur et à mesure, la fureur enflait, son corps se tendait, il serra les poings, la veine sur sa tempe battait. Il semblait complètement hors de lui. Je ne l'avais jamais vu sortir de ses gonds, lui toujours si calme et nonchalant. J'avais bien fait de ne pas repousser cette décision à plus tard. *Contrôle*.

— Si tu as cru que je cherchais autre chose que…

— Que de coucher avec moi ? tonna-t-il. Putain ! Mais comment j'ai pu me faire avoir comme ça ? Par la pire espèce de garce possible. Alors, c'est ça avec toi, tu prends, tu te sers et tu jettes ? Tu as tué celle que je connaissais, tu l'as piétinée, tu l'as réduite en cendre. Mais tu te prends pour qui ?

D'un mouvement de bras, il me toisa, d'un air dégoûté. Je soutins son regard. *Contrôle*.

— Tu t'es regardée ? Tu as l'air de quoi sur des talons ? Tu n'es qu'une gamine qui s'excite parce qu'elle croit qu'elle joue dans la cour des grands. Tu te permets de juger la vie des autres et de les prendre pour des cons. Alors que tu ne vaux rien. Tu ne respectes rien, pas même toi. Tu es prête à te vendre pour ton job de merde. J'aurais dû le comprendre le jour où je t'ai vue sortir d'un rendez-vous et te pavaner avec ces types obsédés par le pognon. Tu es froide, tu es vide. Ça sonne creux chez toi. Tu es morte. Y a rien à l'intérieur.

Ça ne servait à rien de rester plus longtemps, ça ne ferait qu'envenimer la situation. Et les choses étaient désormais claires. *Contrôle.*

— Je suis attendue, je vais te laisser.

— Ouais, c'est ça, barre-toi ! Monte dans ton taxi, retourne à ta vie de merde, cracha-t-il, la voix pleine d'amertume. Quand je pense que par ta faute j'étais à deux doigts de m'engueuler avec Adrien, en prenant ta défense, en te trouvant des excuses ! Alors que tu fais du mal partout où tu passes, tu salis tout, Yaël…

Il frotta son visage avec ses mains. Mon regard fit le tour de la brocante, avant de se poser sur lui une dernière fois, puis je tournai les talons.

— Je regrette que tu sois rentrée ici la première fois, déclara-t-il alors que j'avais la main sur la poignée de la porte. Je vivais mieux avec ton souvenir qu'avec celle que tu es devenue. Je ne veux plus jamais entendre parler de toi, Yaël.

Contrôle. Sans me retourner, d'une démarche fière et professionnelle, je rejoignis le taxi dont le compteur tournait toujours. Le chauffeur m'ouvrit la portière, je grimpai dans la voiture, posai mon sac à côté de moi, et pris mon téléphone dans ma main, pour vérifier si j'avais reçu des mails. Il fit légèrement plus sombre, les lumières de la brocante venaient de s'éteindre.

— Toujours rue Cambronne, dans le quinzième ?

— Oui, allez-y.

Je fermai les paupières au moment où il démarra. *Contrôle.* Ça, c'était fait. Je pouvais passer à autre chose. Nous avions déjà parcouru une bonne distance, au moins trois rues, quand le *contrôle* sur mon corps dérapa par surprise. Après avoir balancé mon portable dans mon sac, je m'approchai du fauteuil du chauffeur en m'accrochant à l'appuie-tête.

— Arrêtez-vous, s'il vous plaît ! Tout de suite !

Il s'exécuta, j'ouvris immédiatement la portière, sortis de la voiture et fis quelques pas pour aller vomir un peu plus loin, dans le caniveau. Je me tenais le ventre, secouée de spasmes plus violents les uns que les autres : le prix à payer. Après quelques minutes, une bouteille d'eau arriva sous mon nez accompagnée de kleenex. Je rinçai et essuyai ma bouche, puis je repris ma place à l'arrière du taxi. Le chauffeur, ayant certainement peur pour le cuir de sa voiture, me tendit un sac en papier.

— Merci, lui dis-je la voix rauque. Mais je n'en aurai pas besoin, c'est passé… fini…

En arrivant chez moi, sans allumer les lumières, je restai sans bouger, debout dans l'entrée, de longues minutes. Mes mains se mirent à trembler violemment, ce qui me fit enfin réagir. Avec des gestes saccadés, je retirai mon manteau et l'accrochai. Je dus m'y reprendre à deux fois pour me servir un grand verre d'eau minérale glacée. Une fois dans ma chambre, je rangeai mes Louboutin à leur place dans le dressing. Avant d'affronter le lit toujours défait du regard, j'inspirai profondément en ouvrant et serrant mes mains pour les faire cesser de trembler. Puis, méticuleusement, je changeai les draps, il m'en fallait des propres, immaculés, sentant la lessive. Je tirai avec acharnement sur la couette pour la border le plus serré possible, quand mon cœur se crispa à m'en faire mal, ma respiration se coupa un bref instant, j'étouffai un cri. Je fermai les yeux pour me ressaisir, en tapant du poing sur le matelas. *Contrôle ! Contrôle ! Contrôle !* J'enfouis les draps sales au fond du panier à linge. Mes vêtements de la journée y atterrirent à leur tour. L'eau de la douche glaça ma peau, je serrai les dents en me frottant énergiquement, même mon visage eut droit à une abrasion. Ensuite, sans jeter un coup d'œil à l'image que me renvoyait le miroir, je m'activai côté dents : brosse à dents électrique puis fil dentaire. J'enfilai un pyjama propre, avant d'ouvrir le tiroir de la table de nuit où je récupérai ma plaquette de somnifères et gobai un comprimé en avalant l'intégralité de mon verre d'eau.

Je pus enfin m'allonger dans mon lit, téléphone à la main. *Contrôle.* J'avais du ménage à faire dans le répertoire ; j'effaçai un numéro, un seul. Une fois le réveil programmé et dans l'obscurité, je restai sans bouger, la couette remontée jusqu'au cou, le regard fixé sur le plafond.

Chassez le naturel, il revient au galop. Telle fut ma première pensée en ouvrant les yeux à 6 h 28. J'étais déjà au travail. Deux minutes plus tard, le réveil sonna, je me levai, retapai le lit et enfilai ma tenue de sport. À 7 heures, je franchis le seuil de la piscine, à la grande surprise de l'agent de service.

— Mademoiselle Yaël, je suis content de vous voir ! Ça faisait longtemps !

— J'avais un vieux dossier à classer. Mais ne vous inquiétez pas, c'est de l'histoire ancienne.

— Vous êtes sûre que tout va bien ?

— Euh… bien… très bien, lui répondis-je en soupirant.

À 8 h 57, je m'assis à mon bureau, prête à démarrer la journée. Dix minutes plus tard, Angélique s'approcha :

— J'imagine que maintenant vous ne viendrez plus prendre un café avec le reste de l'équipe ?

— Si, bien sûr, lui répondis-je en me levant.

Je la suivis et fus accueillie par de grands sourires, on me tendit un café et je m'accoudai à l'îlot central de la *kitchen*.

— Salut, patronne ! s'exclama Benjamin, déchaîné. C'est cool ! Tu as dû faire une sacrée fête, hier soir ! Tu as une de ces têtes ! Gueule de bois ?

Si tu savais…

— On peut dire ça…

— Plus sérieusement, prévois-tu de grands changements, une fois que Bertrand sera parti ?

Toujours les yeux dans le vague, je me répétai mon nouveau mantra : *Contrôle*. Je lui adressai un regard déterminé.

— Effectivement, ça va évoluer. Je vais vous rencontrer en entretiens individuels.

— Bonnes nouvelles ?

— Je le pense.

Je me redressai.

— Je vous laisse.

Au moment de rejoindre l'open space, je me retournai.

— Angélique, je pars en rendez-vous extérieurs.

— Très bien, je prends vos messages.

— Non, vous m'accompagnez.

Le reste de la semaine, je m'épuisai en travaillant. Je me rendais à tous mes rendez-vous programmés durant les semaines passées, presque toujours accompagnée par Angélique – elle ferait partie des premières à prendre du grade. Je débutai mes entretiens. Tout en restant attentive à leurs idées et désirs d'évolution de carrière, je leur faisais part des décisions déjà prises. Je ne perdais pas de temps. Par tous les moyens, il fallait que je contrôle, aussi dès que je recevais un appel ne concernant pas le travail ou ma prise de fonction, je renvoyais automatiquement l'appel vers ma messagerie. Je faisais en sorte de rentrer de plus en plus tard le soir chez moi. Lorsque je finissais par m'écrouler sur mon lit, j'avalais mon bonbon préféré, le somnifère.

Le vendredi matin, Angélique se présenta à mon bureau.

— Yaël, vous devez avoir un problème avec votre téléphone.

— Non. Pourquoi ?

— Désolée de vous contrarier, mais il semblerait que plus personne ne puisse vous laisser de message, votre boîte vocale est saturée.

— Bon… je vais voir ça. Merci.

J'attrapai mon téléphone et interrogeai la messagerie. À l'instant où j'entendis la voix de ma sœur, je regrettai mon geste, elle m'avait laissé un premier message mardi matin : « Sœurette, ça tient toujours pour demain ? Je suis tout excitée à l'idée de vous avoir tous les deux à la maison avec Marc. Ne t'inquiète pas, je n'ai pas rameuté la cavalerie. Rappelle-moi, bisous. » Je fermai les yeux. Deuxième message, mercredi matin : « Yaël, je m'inquiète, vous venez bien ce soir ? Cédric va appeler

Marc. » Je posai ma main sur ma bouche. Troisième message, mercredi soir : « On vient d'avoir Marc au téléphone ! C'est quoi cette histoire ? Rappelle-moi immédiatement ! » Jeudi midi : « C'est quoi ces conneries ? Je ne comprends rien ! Tu es devenue complètement cinglée ? Qu'est-ce qui t'a pris ? Rappelle ! C'est un ordre ! » Toujours jeudi, le soir cette fois-ci, mais j'eus la surprise d'entendre la voix de mon beau-frère : « Yaël, ce n'est pas mon genre de me mêler de ce qui ne me regarde pas, mais je sors de chez Marc... on l'a forcé à nous parler avec Adrien... ça a été compliqué, mais il a fini par nous raconter. Je ne te reconnais pas. Pourquoi as-tu joué avec lui ? Comment as-tu pu lui faire ça ? » Les suivants, je les effaçai sans même les écouter.

J'entendis au loin la voix d'Angélique :

— Votre rendez-vous est arrivé. Voulez-vous que je le fasse patienter ?

Je levai les yeux vers elle, ses contours étaient flous.

— Vous pleurez ?

Une larme roula.

— Non, lui répondis-je en passant la main sur ma joue.

Alice essaya de m'appeler à intervalles réguliers tout le reste de la journée et je la renvoyai chaque fois sur la boîte vocale. Puis il y eut Adrien, pas besoin d'écouter pour savoir qu'il devait me traiter de tous les noms, et Jeanne s'y mit aussi de son côté. Combien de temps allais-je pouvoir les ignorer et éviter de les affronter ? Ce dont j'étais certaine, c'était que je ne voulais pas les entendre, entendre leurs reproches, leurs attaques. J'avais bien assez à faire avec ma conscience. Ma sœur, que j'étais peut-être en train de perdre aussi, devrait se contenter d'un SMS : « Alice, tu ne me comprendras pas, j'ai fait un choix que j'assume, je ne pouvais pas faire autrement. J'espère qu'au moins, toi, tu me pardonneras. Laisse-moi du temps. Je t'embrasse. »

J'appuyai sur la touche envoi avant de craquer et de demander des nouvelles de Marc. Comment avais-je pu laisser les choses aller aussi loin entre nous ? Je savais dès le début que je ne pourrais pas lui accorder la place qu'il méritait dans ma vie, que je n'étais pas celle qui le rendrait heureux. Si les wonderwomen qui cumulent tout existaient, je n'en faisais pas partie. La conclusion était douloureuse : en me laissant aller, je lui avais ouvert la voie de mon cœur, je l'aimais par tous les pores de ma peau, je l'aimais tout simplement. Je l'avais attendu si longtemps, et je n'étais plus disponible alors que je le voulais plus que tout. Quand je pensais à lui, j'avais mal partout ; ma gorge se nouait, je n'arrivais plus à parler, alors que c'était le fondement même de mon métier, mes muscles se tétanisaient, et j'avais envie de tout envoyer valdinguer. La douleur pouvait me saisir à n'importe quel moment, mon corps, mon cœur, ma tête souffraient à en hurler. Je passais mon temps à cacher mes mains qui tremblaient quasiment en permanence. J'avais renoué avec les nausées et l'estomac noué, je ne mangeais plus rien à nouveau. Je me faisais l'effet d'être une droguée en manque. Dès que je fermais les yeux, son visage le soir de notre rupture m'apparaissait, je revoyais son regard chargé de haine et de dégoût, j'entendais ses paroles furieuses. J'étais brisée à l'intérieur. Pas besoin de s'étendre des heures là-dessus. Alice me répondit dans la minute : « Je ne te reconnais plus. J'ai perdu ma petite sœur. Je n'arrive pas à comprendre… »

Noël arrivait, mes parents aussi, la douleur, elle, s'enkystait. Je passais mes journées et une partie de mes soirées à l'agence. Les nuits, je les passais encore chez moi, je n'avais plus besoin de somnifères, finissant par sombrer à cause des larmes ; mais elles ne m'apportaient aucun repos tant j'étais hantée par des cauchemars, des migraines, des maux de ventre. Je n'échangeais avec Alice que des SMS factuels sur l'organisation des fêtes : qui ferait quoi ? Où ? Les cadeaux ? Le menu ? Je réussissais à faire bonne figure à l'agence, en tout cas je l'espérais. J'avais souvent des absences en pleine réunion. Et quand je redescendais sur terre, je ne savais plus où j'étais. Sans que j'en aie jamais parlé avec elle, Angélique, qui ne me quittait pas d'une semelle, rattrapait toujours la situation d'une pirouette. Je sollicitais de moins en moins Bertrand, pour l'unique et bonne raison que je le fuyais, ne voulant pas qu'il se rende compte de mon mal-être. Je m'accrochais à l'agence, je l'avais voulue, je l'avais, j'avais tout fait pour.

Nous étions le 23 décembre, mes parents venaient d'atterrir à Orly, et je n'étais pas là-bas à les accueillir. Habituellement, c'était la seule entorse à mon planning, je rejoignais toujours Alice et nous y allions ensemble. Cette année, j'avais fui ma sœur, repoussant au maximum la confrontation, tendant le bâton pour me faire battre en servant l'excuse en or du travail. Je serais d'ailleurs la seule à travailler ce soir et les jours suivants ; j'avais donné trois jours de congé à l'équipe. Ils étaient tous sur le départ, d'autant plus de bonne humeur qu'ils venaient de recevoir la prime de fin d'année. À peine la porte fermée derrière eux, mon sourire de façade s'effaça, je tournai les talons, prête à reprendre place derrière mon écran quand je rencontrai le regard de Bertrand.

— Yaël, dans mon bureau !

Je soupirai. *Il est encore là, lui…* À première vue, il avait bien l'intention d'exercer son pouvoir jusqu'à la dernière minute. En traînant les pieds, je le rejoignis et pris place en face de lui.

— Prendre soin de ton équipe, c'est bien. Mais si tu veux que ça fonctionne à long terme, il va falloir que tu fasses attention à toi aussi.

Je me raidis.

— Je ne vois pas de quoi vous voulez parler ! Ne vous en faites pas pour moi, lui répondis-je en balayant sa remarque d'un revers de main.

— Oh ça, pour faire ton job, il n'y a rien à dire ! Je ne m'inquiète pas pour l'avenir de l'agence sauf si tu continues à errer comme une âme en peine et que les résultats t'obsèdent de façon pathologique. Méfie-toi. Avant, tes collègues avaient peur de toi ou refusaient de travailler à tes côtés. Aujourd'hui, ils viennent me voir pour savoir quoi faire pour t'aider. Crois-tu que personne n'a remarqué tes yeux rouges le matin quand tu arrives ? Ou quand tu pars précipitamment t'enfermer dans les toilettes ?

Je suis grillée. J'étais épuisée. Je voulais être ailleurs. N'importe où, mais pas là.

— Ce n'est rien, ça va passer.

Je détournai le visage, refusant de l'affronter du regard, sentant les larmes toutes proches.

— Je ne me suis jamais mêlé de la vie privée de qui que ce soit ici, mais il s'est passé quelque chose dans ta vie, qui t'a fait du bien, qui t'a rendue meilleure et,

355

du jour au lendemain, tu as perdu ta flamme. Immédiatement après que je t'ai annoncé mon départ.

— Je refuse d'en parler, lui répondis-je, prête à me lever.

— Ton... ton ami... celui que j'ai aperçu... a mal pris ta promotion ?

Je m'écroulai à nouveau dans ma chaise, le dos voûté.

— Non... ce n'est pas ça... il n'est même pas au courant, personne n'est au courant d'ailleurs, lui répondis-je sans même m'en rendre compte.

— Je ne comprends pas.

— J'ai préféré le quitter...

C'était sorti tout seul. Je tombais si bas, que j'en venais à me confier à Bertrand.

— Pourquoi as-tu fait ça ?

— Parce que je n'allais pas y arriver ! lui répondis-je en haussant le ton, incapable de me maîtriser.

— Qui t'a dit une chose pareille ?

— Vous !

— Moi ? C'est la meilleure, celle-là ! Quand t'ai-je dit de faire un choix entre ta carrière et ta vie perso ?

Je bondis de ma chaise, hors de moi. Qu'était-il en train de me raconter ?

— Tout le temps ! *Reste concentrée, Yaël !* l'imitai-je en m'agitant comme une folle furieuse devant son bureau. *Rien ni personne ne doit entraver ta carrière !* Combien de fois m'avez-vous dit ça ?

— Ça ne veut pas dire que tu dois être seule.

Je m'arrêtai en le fusillant du regard. *Il est gentil, lui ! Il est bien placé pour en parler, alors que sa seule obsession, c'est son job !*

356

— Mais si ! Vous êtes bien seul ! C'est bien que ça doit être obligatoire pour réussir.

— Je ne suis pas nécessairement un exemple à suivre et…

— Ne vous foutez pas de moi, Bertrand ! Vous avez bien quitté votre femme pour votre carrière ?

— D'où tu sors ça ? s'énerva-t-il. Et non, je l'ai quittée parce que nous ne prenions pas la même direction, ce n'est pas pareil.

— C'est tout comme…

— Tu te trompes.

Je me postai face à lui, les mains sur les hanches, en retenant des envies de meurtre. Il me fixait.

— Ça suffit, Bertrand ! On arrête de jouer. J'ai basé ma vie sur votre façon de faire. Passez à table, lui ordonnai-je, la voix vibrante de colère.

Il prit une profonde inspiration.

— Quand je te disais que personne ne devait t'entraver, ça voulait simplement dire que tu ne devais pas renier tes ambitions à cause de la personne avec qui tu vis. Quand on fait ça, un jour ou l'autre on trinque, et on finit par rendre l'autre responsable de son échec. La question du choix ne doit pas se poser.

— Et vos enfants ? insistai-je.

Il fallait que je trouve une raison, une seule, une toute petite qui justifiait ce que j'avais fait. C'était impossible que je me sois trompée à ce point ! Ce serait insupportable.

— Mes enfants sont grands aujourd'hui, ils mènent leur vie. Ma carrière ne m'a pas empêché de m'occuper d'eux et de les voir grandir, certes de loin. Mais comme plus de la moitié des pères divorcés. Je ne dis pas que c'est la meilleure solution, on fait avec ce qu'on a, je ne les aurais jamais abandonnés pour mon job. Pour qui me prends-tu ? Tu ne sais rien de ma vie !

Nous nous défiâmes du regard. Je tenais encore bon. Pourtant je sentais mon assurance s'effriter peu à peu.

— Ne me rends pas responsable de tes échecs, Yaël. Tu es une grande fille. Tu as fait des raccourcis et tu as tout interprété à ta manière pour te trouver des excuses. Et puis qui t'a dit que je n'avais personne dans ma vie ? Tout n'est que question de confiance et de respect.

Je m'écroulai sur ma chaise, mes repères professionnels s'effondraient comme un château de cartes. Je me serais donc sacrifiée pour rien ? J'étais vide, j'étais seule pour rien.

— Alors maintenant tu vas m'écouter. Quand je t'ai proposé l'association, j'avais des doutes. Et il s'est effectivement passé ce que je craignais, tu es devenue folle, tu as complètement déraillé. On ne peut pas tenir un rythme pareil quand on est seul, personne ne le peut. Moi, je tiens parce que j'ai ma bulle d'oxygène qui m'attend et me soutient, sans s'oublier elle-même, elle a une carrière brillante de son côté, et c'est son choix, je le respecte. Ambition ne doit pas rimer avec solitude. Je vais être honnête avec toi, durant tes vacances, j'ai envisagé d'autres options que notre partenariat. J'ai quand même voulu te laisser une dernière chance. J'ai toujours cru en toi, Yaël. Je pensais que tu en avais la force, j'attendais que tu aies le déclic. Et le miracle est arrivé, tu étais sur la voie de l'équilibre. Ça n'a fait qu'aller de mieux en mieux et j'ai pensé que tu étais prête. T'ai-je fait un seul reproche, une seule allusion sur ton travail depuis que j'ai compris qu'un homme partageait ta vie ?

— Non, avouai-je au bord des larmes.

— Et tu as tout mis par terre en agissant sur un coup de tête.

— Je l'aurais fait souffrir…

— Il n'a pas franchement l'air d'un gamin en détresse. Tu ne lui as même pas demandé son avis. Je dirais que c'est ça, le pire, tu ne lui as pas laissé le choix. Si toi tu ne devais pas choisir entre ton job et lui, lui avait le droit de choisir d'accepter ou non de te soutenir.

Je ne pensais pas qu'il était possible de me sentir encore plus mal que ces derniers jours et, pourtant, Bertrand venait de m'achever. J'étais passée à côté de ma vie, terrifiée à l'idée de tout foirer. Aujourd'hui, rien n'était récupérable. C'était trop tard.

— Je te préviens, Yaël, c'est la première et la dernière fois que nous avons cette conversation, reprit-il sans me laisser le temps de digérer. Maintenant, ce n'est pas à moi de te dire quoi faire. Mais ressaisis-toi d'une façon ou d'une autre.

Il se leva et enfila sa veste.

— Bon Noël.

En passant à côté de moi, il posa sa main sur mon épaule et la serra. Puis il quitta la pièce. Je restai stoïque sur ma chaise, écoutant le bruit de ses pas décroître, puis la porte de l'agence s'ouvrir et se refermer. Durant de longues minutes de catatonie, je revécus la séparation avec Marc – les horreurs que j'avais pu dire pour justifier notre rupture et les mots si durs, si vrais, si légitimes qu'il avait eus pour moi –, je me remémorai les paroles de Bertrand, visualisant mon avenir solitaire. Puis, je me levai d'un bond. Je fonçai vers mon bureau et récupérai mes affaires. Je claquai la porte de l'agence, dévalai les escaliers. Je hélai un taxi et donnai au chauffeur l'adresse de la brocante. Trouver le rideau baissé et les lumières de son appartement éteintes en arrivant fit naître en moi une vague d'angoisse et raviva de vieux souvenirs douloureux ; je demandai au chauffeur de me conduire chez *Louis*, sa cantine. Là aussi, porte close. Toujours recroquevillée sur la banquette arrière, j'attrapai mon téléphone, prête à l'appeler. Et je me souvins que dans un élan de folie je l'avais effacé du répertoire. Ma dépendance totale à mon iPhone me coûtait cher puisque mon cerveau ne mémorisait plus aucun numéro.

— Où allons-nous ? chercha à savoir le chauffeur.

Il me restait un endroit où aller : chez son grand-père. Je puisai dans les tréfonds de ma mémoire pour retrouver l'adresse. Le taxi traversa à nouveau Paris ; il y avait dix ans, j'avais pris le métro pour y aller, mais mon état de nerfs était significativement le même, je tremblais comme une feuille, les yeux pleins de larmes. Aujourd'hui, la culpabilité me dévorait et le sentiment de gâchis m'écœurait. En arrivant au pied de l'immeuble, je me sentis bête ; n'ayant pas le code, comment allais-je faire pour y pénétrer ?

— Et maintenant, on fait quoi ? me demanda le chauffeur du taxi alors que je ne bougeais pas de ma place.

— On attend.

Je trouverais bien un pigeon pour m'ouvrir.

— Je n'ai pas que ça à faire !

— Votre compteur ne va pas s'en plaindre ! Ne bougez pas ! lui ordonnai-je en sortant précipitamment du véhicule.

Quelqu'un s'approchait de la porte, je saisis l'occasion et réussis à en profiter. Pieds nus, je piquai un sprint dans l'escalier jusqu'au troisième étage. Je fus frappée par le souvenir des lieux, intact dans ma mémoire. Je sonnai à la porte, puis tambourinai sur le bois.

— Abuelo ! Abuelo ! hurlai-je. Ouvrez-moi, c'est Yaël !

Après quelques minutes, j'entendis le cliquetis des serrures. Et la porte s'ouvrit sur le vieil homme. Mes sanglots me faisaient hoqueter. Il m'ouvrit ses bras, je m'y réfugiai et m'accrochai à son gilet de laine qui sentait la naphtaline. Ses mains de grand-père caressèrent délicatement mes cheveux.

— Entre, ma petite Yaël, me dit-il doucement.

Toujours aussi chaleureux, il me prit par les épaules et m'entraîna dans le long couloir. Puis il m'aida à m'asseoir sur une chaise de la table de la salle à manger.

— Tu as la peau sur les os, et tu es frigorifiée, dit-il en s'éloignant vers la cuisine.

Je levai alors la tête et mes yeux tombèrent sur le buffet, sur des photos de Marc, petit garçon, adolescent, dans la vingtaine aux Puces. Je vis aussi une vieille photo en noir et blanc, jaunie par les années, d'Abuelo et de sa femme, l'amour de sa vie, comme me l'avait dit Marc.

— Elle était merveilleuse, me dit Abuelo en revenant à côté de moi. Un ange…

En l'observant la regarder, je fus frappée par l'amour qui se lisait sur ses traits.

— Avant que tu ne me poses la question : ne t'inquiète pas, il n'a pas disparu, il n'est pas parti. Il fait juste ce qu'il peut. Maintenant, mange, me dit-il.

Il posa un bol de soupe sous mon nez, et une grande cuillère en argent. C'était du fait-maison. Le parfum de légumes me renvoya en enfance. Il me tendit un mouchoir en tissu à carreaux. J'essuyai mon nez et mes joues. Puis je plongeai la cuillère dans le bol. Abuelo s'assit à côté de moi, et me regarda avaler sa soupe jusqu'à la dernière goutte. Sans atténuer la douleur, chaque gorgée me réchauffa. Quand j'eus fini, il se releva en emportant mon bol et revint quelques minutes plus tard avec une banane coupée en rondelles dans un ramequin.

— Ça va te faire du bien.

Et ça recommença. Il m'observa manger mon fruit. Il ne rouvrit la bouche que lorsqu'il ne resta plus aucun morceau.

— Ma petite Yaël, je n'ai jamais oublié ton visage lorsque je t'ai annoncé qu'il ne reviendrait pas, il y a dix ans. Tu m'as hanté. J'aurais voulu ne jamais revoir ça.

Il mit sa main sur mon bras et ajouta :

— Pardonne-moi de t'avoir fait ça. Mon petit-fils n'a jamais su à quel point tu souffrais à l'époque. Il fallait qu'il aille de l'avant… Je le regrette…

— Vous n'y êtes pour rien. Laissons le passé où il est, c'est aussi bien.

— On dit que les plus belles histoires sont les plus difficiles. J'aurais quand même préféré que vous soyez épargnés tous les deux.

— Tout est ma faute, Abuelo.

— On a tous droit à l'erreur.

Nous restâmes de longues minutes sans rien dire, sa main toujours sur mon bras, ma main sur la sienne, les larmes dégoulinant sur mes joues.

— Maintenant, tu vas rentrer chez toi, te reposer et vous laisser du temps.

— Merci pour votre accueil.

— Ma porte te sera toujours grande ouverte.

Je remis mon manteau et attrapai mon sac à main, posé par terre. Puis je me permis d'aider Abuelo à se lever de sa chaise. Bras dessus, bras dessous, il m'accompagna jusqu'à la porte d'entrée. Une fois sur le palier, je le regardai, la trouille au ventre de ne jamais le revoir. Il me fit son gentil sourire.

— À bientôt, ma petite Yaël. Sois prudente en rentrant chez toi.

— Oui…

Ma gorge se noua, puis il referma la porte, et je l'entendis verrouiller ses nombreuses serrures. Je descendis l'escalier moquetté, toujours pieds nus, et ne remis mes chaussures que devant la porte de l'immeuble. À ma grande surprise, le taxi n'avait pas bougé. Je récupérai ma place à l'arrière.

— Je vous prie de m'excuser.

— Les excuses, ça ne m'intéresse pas. Mais c'est direction le poste, si vous ne payez pas.

— Vous aurez votre argent.

— On va où, maintenant ?

Je ne donnai pas mon adresse, mais celle de ma sœur ; j'avais besoin d'elle, de Cédric, des enfants et de mes parents. Et je devais m'excuser. Pour tout. Pour le mal que j'avais fait pendant dix ans.

Alice m'ouvrit la porte, nous nous regardâmes longuement. Et puis ma vue se troubla, elle me tendit les bras, je m'y jetai.

— Pardon, Alice. Je ne sais pas ce qui m'a pris.

Elle me berça en caressant mes cheveux.

— Tu es là, tout va bien. Entre.

Elle m'entraîna dans l'entrée et prit mon visage entre ses mains.

— J'ai fait la plus grosse connerie de ma vie.

— Mais non… ça va s'arranger. Et tu dois te calmer d'abord…

— Mais s'il ne veut plus jamais entendre parler de moi…

— Ton père ira le chercher par la peau des fesses !

Papa ! Alice me lâcha, je me jetai dans les bras tendus de mes parents. J'étais une petite fille qui avait besoin de se faire consoler et gronder par son papa et sa maman.

— Ma sweet Yaël, murmura ma mère à mon oreille. Tout va s'arranger, tu vas voir.

— *I don't know, mum, I don't know…*

— *What's happening ?*

Je soupirai en me détachant d'eux. Puis je croisai le regard de Cédric.

— Je suis désolée, lui dis-je à lui aussi.

— Tu es une sacrée chieuse. Allez, viens par là.

Mon beau-frère vint m'attraper par les épaules et m'entraîna dans le séjour, décoré pour Noël. Alice avait chopé le virus avec notre mère, on se serait cru dans le salon de nos grands-parents maternels, avec des guirlandes, des bougies et des lampions à foison. Maman disparut dans la cuisine, et revint quelques secondes plus tard avec un mug de thé et une assiette de scones, ayant déjà réussi à en cuire une fournée alors que ça ne faisait que quelques heures qu'elle était arrivée ! Même à plus de 21 heures, ça restait le remède miracle pour tous les chagrins de son point de vue. Assise à côté de moi sur le canapé, elle me les prépara avec du beurre et de la marmelade maison, comme si j'avais encore cinq ans. Je devais vraiment faire peur à voir, ce soir, pour que tout le monde veuille me nourrir. Alice vint s'asseoir de l'autre côté, papa et Cédric s'installèrent dans les fauteuils en face.

— Je dirige l'agence depuis le début du mois, mon patron m'a cédé une partie de ses parts, leur annonçai-je sans plus attendre.

Je n'en pouvais plus de cacher ça.

— C'est merveilleux ! s'exclama mon père. Ton travail paie, cet homme n'est pas un ingrat. Tu dois être folle de joie !

— Merci.

Mon pauvre papa, si tu savais les horreurs que j'ai faites pour l'avoir, ce job. Ce boulot que j'adore entraîne ma perte.

— Eh bien, ça en fait des choses à fêter cette année, à Noël ! enchaîna ma mère. Entre le bébé et ta promotion ! Je suis fière de mes filles.

Non, maman, ne dis pas ça. Ne compare pas ce bébé de l'amour à mes conneries, ma solitude, et à la perte de Marc.

— Merci, maman, occupons-nous plutôt du bébé et d'Alice… Je vous ai abandonnés pour mon boulot, pour l'agence. J'ai tiré un trait sur l'essentiel toutes ces années. Je me suis trompée de priorités. Je vous délaisse… je… Pardon pour tout ce que je vous ai fait subir…

— Tu nous appelles plus qu'avant, me coupa-t-elle. Tu ne t'en es pas rendu compte ? On est contents, déjà. Marius et Léa n'ont pas arrêté de nous parler de toi et de ce que tu as fait avec eux cet été…

— C'est vrai, ça ! confirma papa. Depuis que tu es partie en vacances avec ta sœur, nous trouvons avec maman que tu gères mieux, même très bien tes responsabilités et le reste…

— On n'a plus affaire à un courant d'air depuis cet été, m'annonça Cédric. C'est pour ça qu'on n'a rien compris à ton attitude de cinglée…

Depuis cet été, depuis les vacances à Lourmarin, j'aurais eu envie d'ajouter depuis Marc. Il m'avait rendue meilleure, il m'avait redonné accès à mon humanité, il m'avait fait penser à autre chose que mon job et, pourtant, je n'avais jamais été si heureuse de travailler, comme si le fait que ma vie ne tourne plus autour de l'agence, m'avait permis de voir les choses autrement, de m'impliquer de la bonne façon et non plus pathologiquement pour compenser un manque. À ce stade de ma réflexion, un souvenir vieux de plusieurs mois me revint. Gabriel, ce client qui me pourrissait la vie, m'avait dit de mettre un peu de passion dans ma vie en me prédisant que cela me rendrait encore meilleure. À l'époque, je n'avais rien compris. Et pourtant, aujourd'hui, je devais reconnaître que ce sale type, qui n'était peut-être pas si mauvais que ça, avait raison. Tout arrivait. J'avais toujours cru que Bertrand n'avait que ça dans sa vie, alors que non, il y avait une femme qui l'attendait, le soutenait, qui acceptait son ambition. Marc, le peu de temps que nous avions partagé ensemble, ne m'avait jamais fait un seul reproche. Jamais il ne m'avait dit que mon travail nous empêchait de nous voir. Et pourtant Dieu sait qu'il avait dû en souffrir. Tout le monde avait toujours pensé que mon patron me lobotomisait, alors que je m'étais lobotomisée toute seule, comme une grande.

— C'est à cause de ça ? me demanda Alice en attrapant ma main dans la sienne.

Je la regardai, elle me souriait.

— J'ai paniqué, je pensais que je ne pouvais pas, je sais comment je peux devenir avec mon travail, alors… j'ai préféré…

— Garde tes explications pour lui. Nous, on sera toujours là. D'accord ?

— Je ne le mérite pas…

— Mais si…

— Je peux dormir ici ?

— Si le canapé te convient et que te faire réveiller par les enfants ne te pose pas de problème, je n'attends que ça !

— Moi aussi.

— Tu bosses demain ? me demanda Cédric.

— Euh… non… c'est Noël quand même.

Il retint un rire moqueur. Je le méritais.

— Serais-tu en pleine mutation ?

— J'espère… Je retourne au bureau le 26, pas avant. Promis.

— Dans ce cas, tu restes ici jusqu'à ton petit déj' du 26 !

— Merci, mais il faudra que je repasse chez moi demain.

12

J'empruntai la Clio pourrie d'Alice pour aller chez moi récupérer quelques affaires et surtout la montagne de cadeaux à déposer la nuit suivante au pied du sapin. Je n'avais pas envie de m'attarder dans mon appartement qui me paraissait à présent aussi accueillant qu'un bloc chirurgical. Je n'avais envie que d'une chose : retrouver la chaleur de la maison de ma sœur. Je jetai à la va-vite quelques vêtements dans un sac et me changeai pour une tenue plus confortable que celle du travail. En moins d'une demi-heure, l'affaire était réglée et le coffre plein. Pourtant, je ne pris pas la direction du périphérique ; je devais retenter ma chance pour lui expliquer, pour reconnaître mes erreurs, ça ne changerait rien à la situation, je le sentais, mais je lui devais ça, et j'en avais besoin. En passant en voiture devant la brocante, j'aperçus une lumière, il était là, je me garai n'importe comment, claquai la portière et courus jusqu'à la boutique. Je pris deux secondes pour calmer ma respiration, puis je poussai la porte. Le silence me déchira. Il écoutait toujours de la musique à la brocante, peu importe qu'il y ait des clients ou non. Là, pas une note, pas une parole, pas un bruit.

— Désolé, mais c'est fermé, l'entendis-je dire du fond de la boutique.

Sa voix était plus catastrophée qu'à l'accoutumée, plus grave encore. Sans m'avancer davantage dans la boutique, je patientai en tripotant mes mains, et remarquai son sac de voyage posé non loin de moi. *Oh non, tout sauf ça !* Je reçus un coup de poing dans le ventre, il partait…

— Il faudra revenir après les fêtes, continua-t-il. Je m'en vais dans…

Ça y est, il avait fini par s'approcher. Comme d'habitude, il retira ses lunettes, se frotta les yeux et se pinça l'arête du nez. J'aimais tellement quand il faisait ça…

— Que fais-tu là ? me demanda-t-il sèchement. Tu as besoin d'une distraction pour Noël ? Désolé, je ne suis pas disponible.

— Je voulais te parler.

— Et moi, je ne veux plus entendre parler de toi ! Tu es sourde en plus d'être garce ?

Ça faisait mal.

— S'il te plaît, Marc, bredouillai-je. Après… je promets de disparaître.

— Je sais déjà ce que tu es venue me dire, ta sœur, que tu as dû sacrément manipuler, m'a téléphoné et a plaidé ta cause.

Qu'Alice prenne ma défense après tout ce que j'avais fait me chamboulait, me montrait à quel point elle était bien meilleure que moi.

— Elle n'aurait pas dû.

— Pourquoi ? Pour te permettre de me raconter des conneries ? Ou tu comptais vraiment me dire que tu étais ta propre patronne ? Tu avais prévu de me le dire quand ? Avant ou après m'avoir traité comme une sous-merde !

Chaque regard qu'il me portait était dur, froid, haineux, et ça me faisait de plus en plus mal.

— J'ai déraillé, complètement, je suis désolée. Pardonne-moi… Je ne pensais pas un mot de ce que je t'ai dit…

Il se figea, ses épaules s'affaissèrent et il regarda le plafond en soufflant. Puis il me scruta à nouveau.

— Alors pourquoi as-tu fait ça ? Pourquoi tu *nous* as fait ça ? insista-t-il en haussant le ton.

— Parce que j'avais peur !

— Peur de quoi ?

— Peur de ne pas y arriver, peur de te faire souffrir…

— J'aurais pu t'aider, te soutenir, ça n'aurait pas été facile tous les jours, mais on aurait pu essayer…

Il s'éloigna un peu plus, me tourna le dos et soupira profondément.

— Tu as choisi à ma place et, toi, tu as choisi ton boulot, Yaël. Crois-tu que ça, je puisse te le pardonner ?

En moins de 24 heures, deux fois la même remarque.

— Je sais, Bertrand m'a dit exactement la même chose.

— Comment ! Tu as parlé de nous à ton patron ? gueula-t-il en me faisant à nouveau face.

Je piquai du nez. Décidément, je faisais tout mal.

— Te rends-tu compte de ce que tu dis parfois ?

— Non, je ne me rends pas compte, je dis des tas de conneries, parce que, parce que...

— Parce que quoi ? s'énerva-t-il.

— Parce que je suis terrifiée à l'idée de te perdre encore une fois ! lui hurlai-je dessus.

Je n'avais pas réussi à me maîtriser. Il recula et parut exaspéré.

— Merde, Yaël ! Je croyais qu'on avait dépassé ça depuis longtemps. Tu as encore des trucs à me balancer ?

Les larmes se mirent à couler sans que je puisse les retenir. Je m'en foutais, il fallait que ça sorte, ce truc que je retenais au fond de moi depuis des années, ce truc qui m'avait rongée, ce truc pour lequel je m'étais reniée.

— Tu m'as abandonnée ! criai-je. Tu m'as laissée seule.

— C'était il y a des années !

— J'ai cru devenir folle quand tu es parti ! Tu le sais, ça ? Non, tu ne le sais pas... alors ne juge pas celle que je suis aujourd'hui, Marc. Je suis vide depuis que tu es parti. Je n'étais plus rien sans toi, je n'avais plus envie de rien parce que tu n'étais plus là. C'est mon boulot qui m'a sauvée, qui m'a permis d'exister, de trouver une raison de me lever le matin. Tout ce que tu me reproches d'être, je le suis devenue pour me protéger du manque de toi ! Et maintenant, qu'est-ce que j'y peux ? Je suis comme ça, je ne peux plus revenir en arrière. J'ai changé, j'ai grandi avec mon travail, et j'ai fait des choix pour garder la tête hors de l'eau.

Sur son visage, la colère cédait peu à peu la place à la tristesse. Il pâlissait à vue d'œil. Je ne pouvais plus m'arrêter.

— À ton avis, pourquoi je suis seule depuis toutes ces années ? Je n'ai laissé personne m'approcher pour ne pas revivre ça, et parce que aucun homme ne pouvait prendre ta place. Je suis désolée d'avoir paniqué, mais j'ai eu peur de ne pas savoir faire les deux. J'ai été dépassée par ce que tu me fais, par ce que tu réveilles en moi. J'ai choisi ma survie. Parce que si tu me laissais à nouveau…

Ça ne servait à rien d'aller plus loin. Marc soupira profondément. Il parut perdu, las.

— Quel gâchis… Si tu me redemandais aujourd'hui pourquoi je n'ai pas cherché à reprendre contact avec vous quand je suis revenu, je ne te répondrais pas tout à fait la même chose.

— De quoi tu parles, Marc ? Je ne comprends rien. Tu ne m'as pas tout dit ?

— Non… il y a une partie que je n'ai pas osé t'avouer.

Il frotta son visage avant de poursuivre en me regardant droit dans les yeux.

— C'est à cause de toi que je ne vous ai pas cherchés. J'ai toujours été amoureux de toi… je me suis marié en pensant à toi. Tu parles d'un salaud ! Jamais je ne t'ai oubliée… tu étais toujours là, dans un coin de ma tête…

Je mis ma main sur ma bouche. Mon Dieu… comment avions-nous pu passer à côté de nous, il y a dix ans ? Tout serait tellement différent aujourd'hui.

— Quand je suis rentré à Paris avec Juliette, je savais qu'à la minute où je te reverrais, mon mariage prendrait l'eau… et puis, j'avais aussi peur de te retrouver mariée, mère de famille, heureuse, et que tu te souviennes à peine de moi. C'est pour ça que je n'ai rien fait pour savoir ce que vous deveniez, ce que, toi, tu devenais… Quand tu es tombée du ciel ici, j'ai préféré ta colère et tes reproches à l'indifférence que je craignais… mais j'ai su à la minute où je t'ai vue que je courais à ma perte…

Il reprit sa respiration, fit un pas vers moi, mais se ravisa. Mes larmes coulaient encore et encore.

— Celle que j'ai redécouverte, c'était toi et pas toi… tu avais changé, c'était évident. J'ai appris à connaître la femme d'affaires puissante, à la beauté froide que tu es devenue. Mais je t'ai vue aussi t'enflammer comme avant. J'ai cru qu'il y avait encore de l'ancienne toi, cachée au fond. J'ai été incapable de te résister. Oh… j'ai vaguement essayé, mais ça a été un échec total. Je croyais savoir ce que c'était d'aimer ces dernières années, et non, en fait, ce n'est rien comparé à ce que je ressens pour toi aujourd'hui… Je ne me reconnais pas depuis des mois, et c'est à toi que je le dois. Tout est plus fort, surdimensionné, l'amour, la douleur et la colère aussi…

On resta, là, sans se quitter des yeux, sans bouger, sans dire un mot, de longues minutes.

— Pourquoi on ne s'est jamais parlé ? demandai-je d'une toute petite voix.

— Il faut croire qu'on doit se rater à chaque fois…

— Non…

J'osai faire un pas vers lui.

— Qu'allons-nous faire, Marc ?

— Rien… Il n'y a plus rien à faire. C'est trop tard.

Il remit ses lunettes et partit au fond de la boutique. Les lumières s'éteignirent toutes les unes après les autres, j'entendis le bruit d'un trousseau de clés. Puis Marc revint, sa veste en velours sur le dos, et attrapa son sac de voyage en me lançant un regard.

— Désolé, je suis attendu.

— Que fais-tu ?

— Je pars fêter Noël chez mes parents, je dois passer prendre Abuelo et je suis déjà en retard.

— Tu ne peux pas partir comme ça ?

— Yaël, c'est fini...

— Non...

Il reposa son sac et fit les quelques pas qui nous séparaient. Sentir la chaleur de son corps si près de moi me fit frissonner. Je levai le visage vers lui. Son sourire, que je n'attendais plus, était triste et confirma mes pires craintes. Il posa délicatement ses mains de chaque côté de mon cou, je fermai les yeux, en savourant la moindre seconde où nos peaux se réunissaient.

— Yaël... je ne veux plus rien en ce moment... Je t'ai attendue si longtemps, et quand enfin j'ai eu l'impression que tu étais là... tu t'es enfuie...

— Non, l'interrompis-je en rouvrant les yeux.

Je sentais son pouce caressant ma peau, je m'accrochai à ses bras, sa montre camouflée sous ma main.

— Ça fait dix ans qu'on se fait souffrir tous les deux, sans en avoir conscience, la plupart du temps. Ce n'est pas une vie... on finira toujours par se balancer des reproches, des attaques sur ce qu'on se fait subir ou sur le passé. Quand on s'est retrouvés, j'ai cru que c'était toi, celle avec qui je passerais ma vie... Je me suis planté... et je ne suis pas celui qu'il te faut...

— Marc... non... ne dis pas ça... s'il te plaît... Je t'aime, je t'aime... Je te veux tellement dans ma vie que j'en ai mal... On va construire ensemble... on va se retrouver... tirer un trait sur le reste... Ne nous fais pas ça... je t'en prie... Laisse-nous essayer... tu me disais qu'on aurait pu...

— Oui, avant… s'il n'y avait pas eu tout ça… Il n'y a pas de place pour moi dans ta vie, je sais ce que je veux, et ce n'est pas ça… J'ai besoin d'être seul, de prendre du recul… je n'en peux plus… je veux que tout ça s'arrête…

Il se pencha, je crus l'espace d'une seconde qu'il allait m'embrasser. Mais non, il posa son front contre le mien, ferma fort les yeux en soupirant.

— Vas-y maintenant, murmura-t-il.

— Marc, s'il te plaît.

— Respecte mon choix.

Il lâcha mon cou, reprit son sac et ouvrit la porte de la brocante. Je sortis, et restai pétrifiée sur le trottoir tandis qu'il fermait à clé et baissait le rideau.

— N'oublie pas de faire attention à toi, me dit-il.

— Promis… Souhaite un joyeux Noël à ton grand-père de ma part.

Il esquissa un sourire.

— Ça lui fera plaisir, tu lui manqueras.

Il planta son regard dans le mien quelques secondes, puis il s'en alla en allumant une cigarette. Je le regardai jusqu'à ce qu'il disparaisse au coin de la rue. Puis je m'adossai au rideau baissé de la brocante, et me laissai tomber jusqu'au sol en fermant les yeux. C'était fini… dix ans d'attente pour en arriver là. Marc et Yaël, ça n'existait plus. Une page de ma vie se tournait. Il était lui, j'étais moi, nous aurions pu être nous, mais c'était fini. J'étais vidée, brisée, déchirée de part en part.

13

Les semaines qui suivirent, d'une manière inattendue et spontanée, je repris ma vie en main en commençant par changer certaines de mes habitudes. Ça débuta
par un matin au réveil, je sortis du lit à 6 h 30, et j'eus
la flemme d'aller me cailler à la piscine. J'avais surtout envie de rester au chaud sous ma couette et de
traîner en pyjama avant de me rendre au boulot.
À partir de là, chaque jour, je pris mon temps. Je compris que mon ancienne hyperactivité permanente ne
m'apportait rien, que c'était vain et futile. Tout comme
l'abrutissement au travail. À quoi bon ? Ça ne me donnait rien de plus que les autres de bosser comme une
folle. Ma vie n'en était pas remplie pour autant. Alors,
c'est certain, ce constat eut un goût amer. Je travaillais
toujours autant sans compter mes heures. Cependant,
ma réaction face à la lassitude et la fatigue changea.
Je ne luttais plus, je m'écoutais, j'écoutais mon corps
quand il me disait stop. Je ne cherchais plus à contrôler mes migraines. Quand j'en avais une, je rentrais
chez moi me reposer. Souvent, je faisais un saut chez
ma sœur pour dîner parfois juste avec elle et Cédric,
parfois avec les autres aussi – j'avais fini par retrouver

l'amitié d'Adrien et de Jeanne, qui par l'opération du Saint-Esprit ne m'en voulaient plus de rien ; Alice m'avoua que Marc avait recadré les choses avec eux en signifiant qu'ils n'avaient pas à s'en mêler, ni à me juger. Ces moments en leur compagnie m'étaient vitaux, je les savourais, je les aimais, ils remplissaient le vide de ma vie, ils me nourrissaient davantage que le travail l'avait jamais fait. Avec eux, j'arrivais à sourire, à rire parfois, mais plus difficilement. Il y avait toujours quelques minutes où je me sentais heureuse, où j'arrivais à mettre le reste un tout petit peu à distance. Ces soirs-là, quand je rentrais chez moi, j'étais moins oppressée.

Durant les fêtes, j'avais eu de grandes conversations avec mes parents, ils m'avaient accordé beaucoup de temps. Plusieurs soirs, ils vinrent me retrouver à l'agence pour que nous dînions ensemble. Cela avait été l'occasion de faire le point sur nos vies. Je les avais mis de côté depuis si longtemps, ils redécouvraient leur fille, mais leur fille les redécouvrait aussi. Je ne connaissais pas grand-chose de leur vie de retraités. Au fond de moi, je souhaitais recréer des liens aussi forts que ceux que nous avions avant que je devienne obsédée par le travail. Je voulais savoir leur quotidien et je voulais qu'ils connaissent le mien. Et puis, le jour où je les avais invités chez moi, j'eus un choc en voyant papa flageoler un peu sur ses jambes, essoufflé après avoir monté l'escalier de l'immeuble. J'avais passé cette soirée à les observer, les détailler sous toutes les coutures. Mes parents avaient vieilli, sans que je m'en rende compte. Ils ne seraient pas éternels. Je devais profiter d'eux davantage. À la suite de cette prise de conscience, j'embarquai mon père dans un projet un peu fou, mais qui ne pouvait plus être reculé, trop longtemps remisé au fond d'un placard : la restauration de la grange de la Petite Fleur. Je voulais partager quelque chose de fort avec eux, construire avec eux. J'avais envie de m'y investir et d'y passer du temps dès que je pourrais m'octroyer des pauses. La maison de la Petite Fleur allait devenir trop petite une fois que le bébé d'Alice serait né. Il nous fallait plus de place pour les réunions de famille. La grange, dans mes rêves de petite fille, était ma maison du bonheur. Je voulais la mettre en état de nous accueillir, moi particulièrement. De cette façon, mes parents gagneraient en confort en déménageant dans ma chambre actuelle avec leur propre salle de bains.

Fin janvier, je retrouvai papa là-bas, il avait travaillé sur ses plans et rameuté les artisans du coin qu'il connaissait. Il rajeunissait à vue d'œil en renouant avec son travail. Nous passâmes le week-end à tout mettre en place. Maman était du voyage, bien évidemment ! Elle vaquait à ses occupations en nous laissant nous salir dans la grange et peaufiner notre projet. Cependant, elle veillait au grain, d'un simple regard, elle calmait nos ardeurs quand nous dépassions les bornes au niveau de nos ambitions. Les travaux allaient débuter la semaine suivante, et je pris une décision radicale et inattendue : il fallait suivre le chantier de près, et il me sembla naturel de prendre en charge cette partie. Pour plusieurs raisons, les artisans étaient des amis de mon père, il ne les presserait pas comme moi, qui ne me laisserais pas monter sur les pieds, ni embobiner par des excuses bidons pour justifier le retard. Ensuite, je ne voulais pas que mon père se fatigue en faisant trop souvent le voyage depuis Lisbonne. Je m'y rendrais donc une fois par mois pour suivre le chantier pendant deux jours, mais aussi pour prendre l'air. Ça m'aérerait et ça me permettrait de recharger les batteries. Cet endroit, rempli de bonnes ondes, avait toujours été mon refuge, gamine, pourquoi ne pas en profiter adulte ?

Début février, Bertrand quitta l'agence. Les deux mois de passation étaient terminés. Bien qu'il ait insisté pour qu'on ne fasse rien, je tins à organiser un pot de départ. Chaque personne de l'équipe y alla de sa petite anecdote, se moquant ouvertement de la tyrannie et des maniaqueries de son ex-patron ; tout y passa : les sushis, les coups de pression, les réunions du vendredi soir à 19 h 30. Derrière ces traits d'humour, se cachait aussi un avertissement qui m'était directement adressé : pour que l'ambiance reste au beau fixe, j'avais intérêt à ne pas les harceler et à ne pas renouer avec mes vieux démons. Ça tombait bien, je n'en avais pas du tout envie, c'était désormais une autre vie pour moi. Ce fut le seul et unique jour où je vis la carapace Bertrand se fissurer. Il était gêné, limite ému. Toutes les personnes présentes lui devaient une partie de leur carrière, en avaient conscience et le remercièrent avec effusion. Il eut un mot d'encouragement et de félicitations pour chacun. Je compris que l'émotion le submergeait quand il finit par renvoyer tout le monde chez soi, sans plus s'attarder sur les au revoir.

— Yaël, dans mon bureau !

Sans réfléchir, je le suivis, sauf que je ne m'attendais pas à ce qu'il prenne ma place habituelle : celle du convoqué.

— Que faites-vous ?

— C'est chez toi, ici, maintenant. File de l'autre côté.

Ce fut en souriant que je pris sa place de patron, il se carra dans sa chaise en me regardant, un léger rictus aux lèvres.

— C'est bien, dit-il après quelques secondes de silence. Tu vas parfaitement t'en sortir.

— Merci.

— C'est moi qui te remercie, Yaël. Ça a été un plaisir de te former et de travailler avec toi ces dix dernières années. Notre binôme va me manquer. Je suis déjà chanceux de t'avoir trouvée et de te savoir à la tête de l'agence. Ce pauvre Sean ne va pas s'en remettre !

Il éclata de rire, je me contentai de sourire. Ses compliments me touchaient de plein fouet, je ne lui avais pas facilité la vie. Et je lui devais tout, je ne l'oubliais pas. Puis, il reprit son sérieux.

— Tu as largement contribué à toute cette réussite.

— Non…

Il planta ses yeux dans les miens.

— Tu ne serais pas à cette place dans le cas contraire, il faut que tu en aies conscience. Et j'ai l'impression que pour le reste, tu gères la situation.

Je hochai la tête, incapable de prononcer un mot. C'était moi qui étais gagnée par l'émotion. Il se redressa, tapota ses cuisses et se leva.

— Il est temps.

Son regard parcourut avec attention son bureau une dernière fois. Il s'arrêta sur l'étagère contenant tous ses dossiers, le canapé dans lequel il avait dû dormir un nombre incalculable de fois. Il inspira profondément et sortit. Arrivée devant la porte d'entrée, je me lançai :

— J'ai une question à vous poser avant que vous partiez. Ça me turlupine depuis un bout de temps.

Il me fit un sourire en coin.

— Je t'écoute.

— Pourquoi partir ?

— J'ai fait le tour de ce business, je n'ai plus d'idées, alors que ça fourmille chez toi. Je ne veux pas que cette agence que j'ai créée avec mes tripes devienne une routine, je refuse d'être blasé. J'avais envie d'un nouveau défi, excitant pour finir ma carrière. Tu comprends ?

— Bien sûr…

— À mon tour, j'ai une faveur à te demander.

Qu'est-ce qui va encore me tomber dessus ?

— Oui.

— Maintenant que nous sommes sur un pied d'égalité, vas-tu enfin me tutoyer ?

— Hors de question !

Il éclata de rire. Je lui tendis la main, il me la serra et plongea son regard bleu acier dans le mien. Bertrand allait me manquer, il m'avait tout appris, il m'avait secouée, parfois rudement, mais toujours pour mon bien. Et sa dernière leçon avait provoqué un séisme dans ma façon d'envisager ma vie. Sans oublier qu'il restait le seul à véritablement comprendre mon attachement à mon boulot et à la réussite. Ma gorge se noua.

— Merci pour tout, Bertrand, réussis-je à lui dire, malgré ma voix tremblante.

Il souffla et serra plus fort ma main.

— À bientôt, me dit-il tout bas.

Il partit sans me laisser le temps de lui répondre et la porte se referma sur sa silhouette. Je me dirigeai vers les fenêtres et attendis de le voir sortir, il apparut quelques minutes plus tard et rejoignit une femme à la silhouette sophistiquée, que je n'avais jusque-là pas remarquée. Aussi incroyable que ça paraisse, c'était un fait, il partageait sa vie de fou avec quelqu'un. C'était donc possible. Ils échangèrent quelques mots, elle caressa sa joue, et Bertrand entoura ses épaules avec son bras. Ils se mirent en marche, non sans qu'il jette un dernier coup d'œil vers l'agence.

Depuis notre séparation, soit depuis déjà plus de deux mois, j'étais tout le temps saisie d'une envie monstrueuse et dévorante de téléphoner à Marc ou de courir à la brocante pour lui raconter ma journée. Invariablement, le soir, en quittant l'agence, je rêvais de le trouver adossé à sa Porsche, m'attendant pour passer la soirée et la nuit avec moi. J'aurais donné n'importe quoi pour l'entendre chanter faux du Gainsbourg ou pour me blottir dans ses bras sur son canapé et l'écouter me parler avec entrain de la brocante, avec affection d'Abuelo ou encore de sa dernière trouvaille de chasseur de trésors aux Puces. Depuis que je ne partageais plus rien avec lui, je m'interrogeais sur l'utilité ou plutôt l'inutilité de ce que je faisais sans le vivre à ses côtés. J'étais tiraillée entre mon désir de me battre pour le retrouver et le respect de son choix.

Mon lit me semblait de plus en plus vide et froid la nuit ; je n'avais toujours pas repris de somnifères, même une fois que mes larmes s'étaient taries, je m'endormais désormais en l'imaginant près de moi, sa montre posée sur ma table de nuit. Pour autant, je ne déprimais pas ; plus exactement, je n'avais pas le sentiment d'être au fond du trou. Je n'avais pas le choix, je devais m'en sortir, que cette séparation, cette perte irrémédiable de Marc me rende meilleure, plus forte et plus fragile à la fois. Je devais un jour ou l'autre réussir à réconcilier les deux femmes en moi. Les regards inquiets de mes collègues s'espacèrent, pour finir par complètement disparaître au fil des semaines, mes souvenirs avec lui m'envahissant moins lorsque j'étais à l'agence. À deux ou trois reprises, je me laissai aller à pleurer dans les bras de ma sœur ; elle me consolait chaque fois, me disant que ça finirait par s'arranger. Je n'en croyais pas un mot, et je ne voyais pas comment ça aurait pu s'arranger, car Marc faisait tout pour m'éviter ; Alice et nos amis ironisaient d'ailleurs à ce sujet en parlant de notre garde alternée, c'était une semaine sur deux. Chaque fois qu'il était invité chez ma sœur ou chez Adrien et Jeanne, il demandait si je serais présente avant de donner sa réponse. Je ne le lui reprochais pas, je faisais la même chose, respectant là aussi son choix. C'était douloureux, mais c'était toujours une étape supplémentaire vers la cicatrisation, ça me faisait grandir. Cependant, je n'avais pas envie de me rajouter une dose supplémentaire de regret. Je n'étais pas assez forte encore pour le revoir, ni avoir de ses nouvelles, je n'en demandais jamais. Je préférais ne pas savoir ce qu'il devenait sans moi.

Le printemps pointa le bout de son nez, les travaux avançaient à la Petite Fleur. À chacun de mes séjours, je me réjouissais d'avoir pris une telle décision. Je dirigeais le chantier d'une main de fer, comme en négociation de contrat. Petit plaisir égoïste de patronne, je partais le vendredi à 15 heures de l'agence et ne revenais que le lundi matin à 11 heures, mais je n'étais pas la seule à en bénéficier puisque j'accordais ce week-end prolongé mensuel à chaque personne de l'équipe. Je profitais du trajet en train pour travailler sur mes dossiers, et bien souvent mes soirées luberonnaises se passaient devant l'écran de mon Mac, je ne pouvais pas me refaire ! Mais avant de bosser, j'allais faire mes courses au village : tapenade locale, pain grillé, charcuterie italienne, un gibassier et bien évidemment ma bouteille de vin blanc ! Je travaillais en musique avec mon verre à la main, écroulée dans le canapé défoncé de mes parents, et je grignotais. Je finissais ma soirée dans un bain bouillant avec de la mousse à gogo, plongée dans un vieux roman de ma mère trouvé dans la bibliothèque. Ce fut durant une de ces soirées que je fus prise d'un coup de folie. J'envoyai un mail à Gabriel pour lui demander quand sa femme pouvait me recevoir à l'Atelier. Le rendez-vous fut fixé le mercredi suivant, après mon passage dans les bureaux de Gabriel pour un dossier en cours entre nous.

Vers 19 h 30, je sonnai à la porte de l'Atelier. Iris, un grand sourire aux lèvres, m'ouvrit dans les deux minutes qui suivirent. Elle déposa une bise délicate sur ma joue.

— Bienvenue à l'Atelier, Yaël ! Je suis si heureuse.

— Merci, je suis ravie aussi.

— Suivez-moi.

Elle me précéda et m'impressionna sur ses douze-centimètres, c'était une hauteur que je n'avais jamais réussi à franchir. Elle piquait subtilement le parquet avec les aiguilles de ses talons, d'une démarche parfaite, digne d'un mannequin. Qui lui avait appris à marcher de cette façon ? Elle me fit traverser une salle de réception déserte, mais où devaient travailler ses petites mains, puisque l'espace était organisé autour d'une bonne dizaine de machines à coudre, des mannequins en bois et de matériel dont je ne connaissais pas l'existence. Le tout éclairé d'un immense lustre en cristal.

— Tout le monde est déjà parti ? lui demandai-je, étonnée.

— Bien sûr, les filles terminent leur journée à 17 h 30, sauf en période de rush, naturellement. En dehors de ça, je les ménage.

Je fixai mes pieds, honteuse de mes anciennes habitudes. Ménager ses employés ! « Quelle drôle d'idée ! » aurais-je pensé avant. Aujourd'hui, je savais qu'elle avait raison.

— Vous venez, Yaël ?

Elle me sortit de mes pensées.

— On va s'installer au boudoir, on y sera bien.

Le boudoir... c'est quoi ce truc ? Cette pièce était un concentré de volupté et de sensualité – velours pourpre et noir, miroirs, méridienne... Il avait dû s'en passer *des choses*, comme disait Alice, ici !

— Aujourd'hui, je vais juste prendre vos mensurations, je vais vous regarder, on va discuter, et je vous ferai envoyer par coursier mes croquis. Vous choisirez ce qui vous fera plaisir. Ça vous convient ?

— Bien sûr ! Mais, Iris, je ne veux pas vous prendre de votre temps.

Elle s'approcha de moi et plongea ses yeux dans les miens.

— Quand vous me connaîtrez un peu plus, vous saurez que maintenant on ne peut plus me forcer à faire quoi que ce soit dont je n'ai pas le plus profond désir.

Le quart d'heure suivant, elle papillonna autour de moi avec son mètre-ruban. Elle notait toutes mes mensurations sur un carnet qu'elle avait déposé sur le sol. Elle me fit parler de mon travail, de l'agence, de ma sœur, de ma famille… Je me confiais sans même m'en rendre compte.

— Comment va votre amant ?

Je sursautai.

— Mon quoi ? m'étranglai-je.

Iris me fit face.

— Je sais que vous n'êtes pas mariée, mais franchement, pour une femme comme vous, Yaël, je trouve le terme petit ami franchement réducteur. Excusez-moi si je vous ai choquée.

Si la situation n'avait pas été si désespérée entre Marc et moi, j'aurais ri de sa remarque. Lui, un peu moins, je crois.

— Non, non, pas du tout. Mais…

— Oh, vous vous demandez comment je le sais ? C'est simple, quand Gabriel est rentré chez nous, après vous avoir vue partir avec cet homme, il était heureux, vous ne pouvez pas imaginer ! Pire qu'un enfant le matin de Noël ! La Porsche lui a d'ailleurs beaucoup plu !

S'il avait su qu'au même moment on était en train de s'écharper, Marc et moi… Et pourtant, à cet instant, j'aurais donné n'importe quoi pour y être à nouveau. Au moins, j'aurais été avec lui. Ma gorge se noua, je baissai la tête, les larmes montaient. Je devais encore faire face à des retours de bâton, des souvenirs qui me revenaient en pleine face comme un boomerang. Je sentis un doigt sous mon menton, Iris releva mon visage délicatement, et me regarda dans les yeux.

— Racontez-moi.

— C'est trop compliqué !

Elle éclata de rire.

— Vous ne pourrez jamais faire pire que moi.

Sa bonne humeur était contagieuse, je me détendis.

— Pourquoi ? me permis-je de lui demander.

Elle m'attrapa par le bras et m'entraîna jusqu'à la méridienne.

— Yaël, pour que nous soyons ensemble avec Gabriel, il nous a fallu enjamber de nombreux obstacles : mon mariage, la maîtresse de mon premier mari, toutes celles de Gabriel, ainsi que l'amour pathologique et destructeur de notre mentor à tous les deux, Marthe…[1]

L'espace d'un instant, elle ne fut plus avec moi.

— Mais nous y sommes arrivés, reprit-elle sereinement. S'il meurt, je meurs, et inversement.

J'avais la bouche grande ouverte. Iris rit à nouveau.

— Je vous ai tracé ma vie dans les grandes lignes, absolument pas pour vous en mettre plein la vue, mais pour que vous compreniez qu'il n'y a pas de cas désespérés. Je vous écoute.

Durant une bonne demi-heure, je vidai mon sac sans m'épargner. Je lui dis tout, lui confiai tout. Et ça me fit du bien d'en parler, ça me soulagea, ça me réconcilia avec moi-même. Finalement, je ne m'étais jamais

---

1. Voir *Entre mes mains le bonheur se faufile*, éditions Michel Lafon, 2014 ; Pocket, n° 16190.

autorisée à en parler à qui que ce soit de cette façon. Même pas à Alice. *J'ai besoin d'amis.*

— Yaël… vous êtes forte, vous vous en sortirez, c'est une certitude.

Elle me détailla, toujours un grand sourire aux lèvres. Puis elle se leva sans que je m'y attende.

— Je reviens, ne bougez pas.

Elle fut rapide comme l'éclair. En moins de temps qu'il ne fallait pour le dire, j'entendis à nouveau le bruit de ses talons.

— Mettez-vous devant le miroir, me dit-elle.

Je lui obéis. Elle se plaça derrière moi. Je me regardai.

— Il manque juste une petite fantaisie séductrice à votre tenue du jour et vous serez parfaite.

Comment allait-elle réussir à transformer mon tailleur-pantalon noir, sous lequel je portais une chemise masculine bleu ciel ?

— Excusez-moi, me dit-elle en revenant se placer devant moi.

Je n'eus pas le temps de réagir qu'avec dextérité elle déboutonna trois boutons de ma chemise. J'eus l'impression de me retrouver les seins à l'air. Puis elle passa autour de mon cou, une cravate noire toute fine, qu'elle noua de telle façon que le nœud cachait la partie trop dévoilée de mon décolleté. Ensuite, elle repassa dans mon dos, défit ma queue-de-cheval, et eut à nouveau le même geste qu'un peu plus tôt. Elle leva délicatement mon menton, toujours son grand sourire aux lèvres.

— Regardez-vous, Yaël. Arrêtez de vous flageller pour ce qui s'est passé avec votre Marc. Ne vous rabaissez plus. On ne gagne rien à être soumise. Les hommes n'aiment pas ça, croyez-en mon expérience.

Une porte claqua au loin.

— Iris, mon amour ! Tu as fini ?

— Nous sommes là, répondit-elle à Gabriel.

Elle s'éloigna de moi. Je me jetai un dernier regard ; j'avais fait tout ce que j'avais pu. Je m'étais livrée à Marc, je lui avais tout expliqué il y avait des mois de ça à présent. Je m'étais excusée. J'avais trouvé un équilibre. J'étais prête à croire en nous, à me battre pour nous. Mais s'il n'acceptait pas celle que j'étais, je ne m'épuiserais plus. Mes yeux se remplirent de larmes. Et en même temps, j'eus envie de rire. J'avais l'impression de respirer à fond pour la première fois depuis des semaines. Alors je ris. Je m'y autorisai enfin. Je ris. Je ris. Encore.

— Décidément, il s'en passe des choses dans cette pièce.

Je ne compris absolument pas ce que voulait dire Gabriel, et je m'en moquais. Encore hilare, les yeux pleins de larmes, je me retournai vers eux. Iris, dans le creux de l'épaule de l'amour de sa vie, après avoir échangé un regard lourd de passion avec lui, m'adressa son beau sourire.

— Je vous invite à dîner, leur proposai-je.

Gabriel, plus canaille que jamais, me tendit son bras libre.

Nous étions en avril, soit la dernière ligne droite de la grossesse d'Alice. Elle était de plus en plus fatiguée. Je passais mon temps libre avec elle et surtout ses enfants ; je prenais le relais en jouant à la tata gâteau, et ça me plaisait. Avec Marius, je récoltais des bleus : il avait décidé d'apprendre à faire du patin à roulettes avec moi ! Je pouvais maintenant affirmer que ce n'était pas comme le vélo, puisque je passais le plus clair de mon temps les quatre fers en l'air... Le monde des poupées et des princesses avec Léa me reposait, en comparaison, mais ma nièce était devenue une vraie pipelette, elle jonglait sans s'arrêter d'une langue à l'autre avec une facilité déconcertante, au point que même moi, parfois, je ne savais plus comment lui répondre ! Au grand soulagement de ma sœur, ça retenait notre mère de venir tout régenter ! Ma présence et l'aide que j'apportais à Alice suffisaient pour le moment à la tenir à distance. Mais nous avions conscience toutes les deux que maman était dans les starting-blocks, au grand désespoir de Cédric : « J'adore ma belle-mère, vous le savez, les filles, mais je ne peux pas l'avoir un mois chez nous, ça, c'est impossible ! »

Mon téléphone sonna une fois, puis deux, puis trois. J'ouvris péniblement les paupières, et l'attrapai à tâtons sur ma table de nuit.

— Allô...

— C'est une fille ! hurla mon beau-frère à l'autre bout de la ligne au point que je dus décoller le combiné de mon oreille quelques secondes. Elle s'appelle Élie.

— Félicitations ! Comment va Alice ?

— Tu la connais, d'ici trois heures, elle sera fraîche comme une rose.

Je levai les yeux en l'air pour chasser mes larmes de joie. J'étais fébrile, brusquement.

— Et le bébé ?

— Très bien, elle va bien, c'est une vraie crevette. Elle fait à peine 2,7 kg.

Je ris.

— Marius et Léa sont où ? Tu veux que je m'en occupe ?

— Non, merci, tu es gentille. On les a déposés cette nuit chez mes parents, je les récupère tout à l'heure.

— Je peux venir quand ?

— Quand tu veux. Elle t'attend, non, *elles* t'attendent.

— Je viendrai en fin d'après-midi et, si tu veux, je reste un peu ce soir pour te relayer avec les enfants.

— On fait comme ça. Ah si, j'oubliais… tes parents débarquent demain matin ! ajouta-t-il tout joyeux. Ta mère n'était pas loin d'affréter un jet privé cette nuit ! Ça promet !

Puis il raccrocha. Je m'assis dans mon lit en remontant mes genoux sous mon menton. Alice était maman pour la troisième fois, ce n'était pas une journée ordinaire qui débutait. La famille venait de s'agrandir, mon cœur se gonflait déjà pour ce bébé. Alors même que ma sœur serait encore plus occupée qu'avant, je savais que cette naissance allait nous rapprocher. Je ne passerais pas à côté des premières années d'Élie, comme je l'avais fait avec Marius et Léa. Cependant, je ne pouvais m'empêcher d'avoir le cœur serré, ça me renvoyait à ma solitude.

En arrivant au bureau, la première chose que je fis fut de faire livrer un bouquet de fleurs à la maternité, malgré l'insistance d'Angélique pour s'en charger. La naissance d'Élie la mettait dans tous ses états : « J'adore les bébés ! » Son excitation m'amusait et me dissipait, même si je n'avais pas franchement besoin d'elle pour avoir la tête ailleurs. À 14 heures, je lâchai l'affaire, je n'arriverais pas à booker mes urgences. Tant pis, je resterais injoignable jusqu'au lendemain.

— J'y vais, Angélique, il faut que j'aille la voir.

— On va se débrouiller, filez ! Vous nous montrerez des photos demain ?

— Mais oui !

— Je suis là, moi, s'il y a un souci, dit dans mon dos Benjamin, mon nouveau bras droit.

— Je sais que je peux compter sur toi ! lui répondis-je, heureuse et sereine.

La scène qui s'offrit à mes yeux était totalement magique et me cloua sur place, la gorge nouée : Cédric allongé à côté d'Alice, son bras autour d'elle, leurs deux regards tournés vers le berceau – surveillé de près par Marius et Léa qui semblaient monter la garde. Je mis ma main sur ma bouche pour tenter de me contenir ; mon Dieu que c'était beau une famille ! Ma sœur dut sentir ma présence, elle leva le visage et me vit. Son sourire fatigué et rayonnant était une des plus belles choses qu'il m'avait jamais été donné de voir. Mes talons me semblèrent déplacés, et, comme je refusais de rompre le charme, je m'avançai pieds nus. Cédric me vit alors, et il me sourit en se levant.

— Marius, Léa, dites bonjour à Yaël.

— Yaya !

— Chut ! dis-je aux enfants en m'accroupissant pour réceptionner Léa.

Après les bisous, Marius m'attrapa par la main.

— Viens voir ma p'tite sœur !

— Non, c'est à moi, l'interrompit Léa.

Remarque qui nous, les adultes, nous fit étouffer un rire. Le mien cessa instantanément quand je me penchai au-dessus du berceau.

— Elle est belle, me dirent en chœur le grand frère et la grande sœur.

— Oui, elle est belle et... blonde.

Puis je lançai un regard amusé à ma sœur.

— Encore raté ! lui dis-je. Tu es bonne pour un quatrième !

— C'est décidé, je n'aurai jamais d'enfants avec tes cheveux !

— On vous laisse poursuivre ce débat capillaire, les filles, nous interrompit Cédric. J'emmène les enfants faire un tour, et on revient plus tard.

— Après, je m'occupe d'eux chez vous, comme ça vous serez tous les deux, lui proposai-je.

— Merci, me dit-il en me prenant dans ses bras. C'est bon de t'avoir avec nous.

Il disparut en tenant ses aînés chacun par la main. Je m'assis sur le lit à côté d'Alice, elle prit ma main dans la sienne.

— Jamais je n'aurais cru ça possible. Ma petite sœur, working girl surbookée, en plein après-midi à la maternité, et qui en plus semble à l'aise. Pour Marius et Léa, tu étais arrivée à la fin des visites, le téléphone vissé à l'oreille et tu avais gueulé sur les aides-soignantes !

— J'ai cru ne jamais tenir ce matin, je n'en pouvais plus, je voulais vous voir toutes les deux.

— Prends-la.

— Tu es sûre ? Je ne veux pas la casser.

— Es-tu nouille ! À part Cédric et maman, tu es la seule à en avoir le droit. Alors, vas-y. Profites-en.

J'attrapai cette toute petite chose fragile, à la respiration rapide, dans mes bras et la collai contre moi, en penchant la tête vers elle ; je caressai la peau si délicate de son front avec le bout de mon nez.

— *Welcome, baby Elie...*

Alice se redressa et passa son bras autour de mes épaules, puis elle colla son visage contre le mien, et glissa un doigt le long de la minuscule joue de sa fille.

— Ça va ? me chuchota-t-elle.

— Oui, soufflai-je.

— Pourquoi tu pleures, alors ?

— Je ne sais pas.

— Si tu sais, mais tu ne veux pas me le dire...

— Je suis heureuse, c'est tout... Je suis là, avec toi, avec vous... J'ai l'impression d'avoir raté tellement de choses... et...

Elle me serra plus fort contre elle.

— C'est fini tout ça, ne t'inquiète pas... et tu en auras aussi, un jour...

— Non... c'est foutu pour moi... le compteur tourne... Tant pis, je serai la meilleure tante du monde...

— Ne dis pas de bêtises. Tu as la vie devant toi...

Je déposai un baiser sur le front d'Élie.

— Je te promets que je serai là pour toi et pour ton frère et ta sœur aussi, toute la vie...

Alice m'embrassa sur les cheveux et se mit à pleurer à son tour.

— Tu es là... tu es vraiment là, chuchota-t-elle.

— On a l'air bêtes ! finis-je par lui dire. Je vais la recoucher.

Je reposai le bébé dans son lit, Alice se rallongea et nous passâmes l'heure suivante collées l'une à l'autre, parlant peu ou alors nous murmurant des secrets comme lorsque nous étions petites filles.

Nous entendîmes un grattement à la porte.

— Tu as de la visite, lui dis-je en me rasseyant correctement sur le lit.

— Entrez, annonça Alice.

La porte s'ouvrit et je vis sa montre avant de le voir, lui. Des frissons me parcoururent des pieds à la tête, mes mains tremblèrent, je sentis ma gorge se nouer et ma respiration se coupa. Dans la seconde qui suivit, il apparut et se figea. Nos regards s'accrochèrent. Près de quatre mois que je ne l'avais pas vu... le tourbillon d'émotions qu'il me provoquait ne s'était pas atténué, j'avais envie de courir me blottir dans ses bras, de sentir sur ma joue le velours de sa veste, d'entendre le tic-tac de sa montre dans mon oreille, de frémir grâce à ses caresses autour de mon cou. Tout remonta à la surface, pire qu'une déferlante. Comment avais-je pu croire il y a quelques semaines que je faisais une croix sur lui ? Je le voulais toujours autant, et plus que tout. Pourquoi avait-il fallu qu'on se croise dans une maternité ? On devait m'en vouloir quelque part pour m'imposer ça !

— Marc ! l'appela joyeusement Alice. C'est gentil d'être venu.

Il détourna le regard.

— J'en ai déjà raté deux, pas trois...

Je me levai, fis le tour du lit pour aller de l'autre côté près de la fenêtre, le plus loin possible de lui. Alice pendant ce temps-là avait attrapé sa fille dans les bras. Marc, sans plus se préoccuper de moi, s'approcha d'elles. Il se pencha sur ma sœur et embrassa sa joue, puis il lança un regard tendre au bébé. Je ne pouvais pas voir ça, je regardai par la fenêtre.

— C'est tout petit, dis donc.

Ils échangèrent un rire.

— Je suis honorée de te montrer ce qu'est un bébé, lui répondit ma sœur.

Le quart d'heure suivant, je me demandai où Alice piochait son énergie. Elle assura la conversation avec Marc, trouvant même le moyen de le relancer quand il devenait brusquement silencieux. Nous la mettions dans une situation intenable, et elle gérait ça de main de maître. J'aurais bien été incapable de dire de quoi ils parlaient. Je n'ouvrais pas la bouche. Je fixais le dos de Marc, c'était tout ce qu'il me montrait de lui – les quelques fois où je crus qu'il allait se tourner dans ma direction, il finit toujours par renoncer. Je sentais sur moi le regard bienveillant et rassurant d'Alice. Mais ça ne changeait rien, j'étais toujours aussi mal. Je me noyais. Il était là, à moins de deux mètres de moi, et je ne pouvais pas m'en approcher, il y avait comme une frontière infranchissable entre nous. J'avais envie de lui crier : « J'existe ! Je suis là ! Regarde-moi ! » Certes, le voir remplissait un tout petit peu le vide qu'il avait laissé en sortant à nouveau de ma vie, mais cela n'atténuait en rien la douleur. Je crois même que c'était pire ; mes regrets et mes désirs se percutaient.

— Bon, je vais vous laisser entre filles, annonça-t-il en se levant. Prenez soin de vous.

Non ! Ne pars pas ! Et puis, si, va-t'en, ça fait trop mal !

— Fais-nous confiance, lui répondit Alice.

Il fit un dernier sourire à ma sœur et tourna les talons, sans un regard pour moi. Au même moment, la porte s'ouvrit sur Cédric et les enfants. La pièce me parut étrangement grande. Je vis Alice souffler de soulagement, son mari allait prendre toute la tension sur ses épaules. Marc et lui échangèrent une accolade, les enfants se précipitèrent en direction de leur petite sœur.

— Tu viens ce soir dîner à la maison ? lui proposa mon beau-frère. Adrien et Jeanne passent ici en fin de journée et ils viennent eux aussi, on fait ça à chaque fois.

— Je viendrai.

— Encore heureux, lui répondit Cédric.

— Et qui est la pauvre nouille qui reste toute seule à la maternité ? C'est bibi ! intervint Alice.

— Je peux rester avec toi, lui répondis-je d'une toute petite voix.

— Ah non… je croyais que tu t'occupais de mes enfants ! me répondit-elle en me tirant la langue.

Je lui rendis la pareille en souriant. Puis nos regards se croisèrent avec Marc ; il secoua la tête, fit un dernier signe de la main à ma sœur et prit la direction de la sortie, mon beau-frère sur les talons.

— Il fallait bien que ça finisse par arriver, dit Alice en voyant ma tête. Ce n'est peut-être pas plus mal que ça ait eu lieu ici…

— Le plus tard possible m'aurait arrangée. C'est une vraie torture de le voir. Comment vais-je faire ? pignai-je en enfouissant mon visage dans mes mains.

Ma sœur me répondit en gloussant.

Quelques heures plus tard, je me posais toujours la même question, sans y avoir trouvé de réponse, alors que j'étais dans la cuisine de ma sœur avec Jeanne.

Cédric et Adrien accueillaient Marc, qui venait d'arriver à son tour. Je n'avais plus l'excuse de m'occuper des enfants puisqu'ils étaient déjà profondément endormis.

— Tu viens ? me demanda Jeanne. Ça va aller, t'inquiète.

Effectivement, ça allait, dans la mesure où nous avions trouvé le moyen de nous asseoir à table le plus loin possible l'un de l'autre. Chaque seconde représentait une lutte contre moi-même pour ne pas lui jeter un coup d'œil, surtout que lorsque je craquais, je croisais immanquablement son regard. Et puis Adrien me demanda des nouvelles des travaux de la grange, j'allais réussir à faire abstraction de lui. J'étais prête à lui répondre quand un portable sonna. Ce n'était pas le mien, puisqu'il était enfoui au fond de mon sac, dans l'entrée. C'était pire, c'était celui de Marc. Marc, l'homme qui oublie son téléphone, qui perd son téléphone, qui s'en moque royalement. Mais le pire restait à venir… il se leva, s'excusa et décrocha, un grand sourire aux lèvres avant de se mettre à l'écart. Jeanne piqua du nez dans son assiette, Cédric resservit un verre de vin. Et Adrien me relança sur les travaux de la grange. Je lui lançai un regard chargé de gratitude, il fallait que je pense à autre chose qu'à la scène qui venait de se dérouler. Mon enthousiasme immodéré n'était pas que feint. Heureusement, sinon, j'aurais vraiment eu l'air d'une pauvre cloche !

— J'y vais dans quinze jours pour l'Ascension, ce n'est pas sûr que je puisse y dormir, mais tout devrait être fini pour cet été ! C'est magnifique, les plans de papa sont parfaits et les artisans font un travail en or. Il reste quelques peintures à faire, la cuisine est presque utilisable et la salle de bains opérationnelle ! Je vais pouvoir commencer à aménager. J'ai tellement hâte ! Vous allez être bluffés pendant les vacances ! Je vous le garantis !

— Attends, tu n'es pas au courant, me coupa Jeanne. Mon cher mari veut aller *à la mer*, comme il dit !

— Pourquoi ?

— J'ai décidé de faire du paddle ! annonça pompeusement Adrien.

— Pour quoi faire ?

— Bah, du paddle ! Tout le monde en fait au boulot, faut que je m'y mette !

— Tu parles de vacances ! râla Jeanne. Et moi, pendant ce temps-là, faudra que je le regarde s'activer de la pagaie !

Tout le monde éclata de rire. Marc reprit sa place à cet instant.

— Depuis quand, toi, tu réponds au téléphone en plein dîner ? lui balança Adrien, le regard noir.

— Tu as fait des travaux dans la grange ? me demanda Marc en bottant en touche.

Ces premiers mots qu'il m'adressait me chamboulèrent, plus que tout le reste, que je refusais d'analyser. Peur d'avoir trop mal. Je m'autorisai enfin à le regarder dans les yeux et je me sentis mieux, respirant plus facilement.

— Je ne savais pas, m'avoua-t-il.

Ah, toi non plus tu n'as pas cherché à avoir de mes nouvelles.

— Oui, je me suis lancée dans ce projet avec papa juste après Noël...

— Toi qui m'en parlais l'été dernier.

— C'est vrai, quand on était là-haut... Tu verrais, maintenant qu'il y a un vrai plancher, c'est superbe... Tu sais que les ouvriers ont cru devenir dingues avec moi, quand ils ont dû mettre les meubles à l'abri en respectant les consignes que tu m'avais données.

Il sourit légèrement en baissant le visage.

— J'imagine, ça a dû être quelque chose, me répondit-il.

Puis il planta à nouveau son regard dans le mien, et je me retins de lui dire que ces travaux, j'aurais voulu les faire avec lui, que l'aménagement n'était pas possible sans qu'il soit à mes côtés, que je voulais qu'il y soit chez lui, qu'il pose sa montre sur la table de nuit de notre chambre, puisque j'avais prévu de m'y rendre aussi souvent que je le pourrais. Je détournai le regard, craignant de m'effondrer devant tout le monde ; je savais que ça allait être trop dur de le revoir. Mes yeux se posèrent sur Cédric qui bayait aux corneilles, je saisis l'occasion :

— On va te laisser dormir, tu n'en peux plus.

— Ce n'est pas de refus, les amis. Surtout que dans trois jours, je perds le sommeil !

Tout le monde débarrassa et donna un coup de main pour qu'il ait le moins à faire le lendemain matin. Je fouillai dans mon sac à la recherche de mon téléphone quand je le sentis derrière moi.

— Je te ramène.

Pourquoi, Marc ? Ça sert à quoi ? Tu as décidé de me torturer ? Tu ne vois pas à quel point j'ai mal ? Ça ne te suffit pas ? Tu veux m'achever ?

— Je ne crois pas que...

— C'est ridicule que tu prennes un taxi...

J'allais avoir encore plus mal, tant pis. Malgré tout, pour quelques minutes de plus avec lui, ça valait bien la peine de m'endormir en pleurant. Adrien eut le bon goût de ne faire aucune remarque douteuse quand il fut clair pour tout le monde que Marc me raccompagnait chez moi. Cédric me serra dans ses bras en me remerciant d'avoir été là pour Alice aujourd'hui. Avec nostalgie, je renouai avec le parfum de cuir et d'essence de *sa* vieille Porsche, puis avec le bruit du moteur. Je me calai le plus possible contre la portière en fixant la route. Au bout de quelques minutes, je craquai, voulant entendre encore sa voix, et puis Abuelo me manquait vraiment :

— Comment va ton grand-père ? lui demandai-je sans le regarder.

— Très bien.

— Et la brocante ?

— Ça roule, les beaux jours ramènent du monde.

— Tant mieux.

— Et toi, l'agence, ça marche comme tu veux ?

— Oui.

Je craquai encore plus et le regardai : son visage fermé, sa mâchoire tendue me tétanisèrent.

— Tu sais… je suis venu rendre visite à Alice en plein après-midi parce que j'étais certain que je ne t'y trouverais pas… je ne voulais pas te voir… et puis je t'ai vue… tu étais là en pleine journée à rire avec ta sœur et contempler sa fille. Si j'ai accepté pour ce soir, c'est uniquement pour ne pas blesser Cédric. Et là, j'apprends que tu vas régulièrement à Lourmarin, que tu n'es pas à Paris quand je t'imagine t'épuiser au travail et que je suis aux Puces le dimanche avec Abuelo.

L'arrêt de la voiture me surprit ; nous étions déjà arrivés devant mon immeuble. Il serra le frein à main en laissant le moteur tourner. Il me lança un regard dur.

— Tu m'as vraiment pris pour un con ! Au moins les choses sont claires. Tu ne voulais pas de moi ! Tu fais de la place à tout le monde, mais pour moi, tu n'en avais pas !

Je m'affalai dans le siège et passai la main sur mon front en soupirant.

— C'est bon… Les engueulades, j'en ai ma claque, je suis fatiguée. Je me suis excusée, je t'ai expliqué les choses. J'ai bataillé avec moi-même pour enfin trouver un équilibre dans ma vie. Et maintenant, tu me le reproches !

En soupirant, il détourna le visage, toujours aussi fermé. Je sortis de la Porsche. Le moteur vrombit. La porte cochère de mon immeuble était à peine fermée qu'il démarra à toute vitesse. *Clap de fin.*

14

Deux semaines plus tard, j'étais à Lourmarin en week-end prolongé, et même davantage puisque j'avais décroché des rendez-vous avec des agences immobilières de la région, dont les clients étaient pour la plupart de grandes fortunes étrangères – des Russes, des Suédois, des Hollandais, des Américains, des Anglais – pour leur proposer un partenariat avec l'agence. Et lundi serait aussi un grand jour pour la Petite Fleur : Internet arrivait !

Mais pour le moment, je comptais bien profiter de mes deux journées de repos. En arrivant, je fis un point avec le chef de chantier ; j'étais satisfaite, il ne restait plus que les finitions. Comme quoi être intraitable pouvait avoir ses avantages. Une fois qu'il fut parti, je balançai mes escarpins – plus besoin – et enfilai mes vieilles Puma qui avaient repris du service depuis quelques mois. Je montai directement dans ma nouvelle chambre et m'extasiai sur le parquet brut et clair que j'avais choisi. Puis j'ouvris la fenêtre pour aérer et chasser l'odeur de peinture fraîche et m'y accoudai pour contempler la vue. J'inspirai à pleins poumons. Ensuite, avec un plaisir non dissimulé, je fis mon lit pour la première fois ici, et sans border la couette. Après avoir envoyé un texto à Alice pour lui dire que j'étais bien arrivée et passé un coup de téléphone à mon père, je descendis à pied au village, mon apéro en terrasse m'appelait. Dans les petites ruelles, je croisai et saluai de nombreuses têtes. Progressivement, je renouais avec des anciennes connaissances de mon enfance et adolescence. Ça me plaisait. Non sans un pincement au cœur, je chinai de la nouvelle déco dans les boutiques où j'avais pris mes habitudes ces derniers mois. La grange manquait de lampes et de cadres, je voulais des photos aux murs. Sans oublier les bougies. Comme bien souvent, je trouvai mon bonheur à *La Colline* et à *L'Apothicaire de Lourmarin*. Après avoir acheté mon pain grillé et mon gibassier du week-end, je pus enfin m'installer à la terrasse du *Café de l'Ormeau*. J'avalai ma première gorgée de Fontvert blanc, puis je soupirai de bien-être, savourant la chaleur, déjà présente en cette fin mai. J'observai autour de moi, le sourire aux lèvres ; les serveurs toujours avenants, les familles ravies d'être en weekend, les couples de retraités. D'ici quelques semaines, il y aurait davantage de monde, j'étais heureuse de profiter de cette quiétude avant la saison estivale. Ce soir, je m'endormirais sans pleurer ni user d'artifice, juste parce que j'étais bien. Certes, il me manquait quelqu'un. Je l'avais attendu plus de dix ans, je pouvais continuer encore un peu, surtout que j'avais goûté à l'homme merveilleux qu'il était. Pourtant, je commençais vraiment à me faire à l'idée qu'il ne reviendrait pas vers moi. Il n'acceptait pas celle que j'étais. J'avais toujours fait attendre tout le monde à cause de mon travail, c'était à mon tour d'apprendre la patience. J'avais fait assez de chemin en un an, pour ne plus retomber dans mes travers. J'avais désormais une nouvelle vie à côté de l'agence, je rattrapais le temps et profitais de ma famille en attendant peut-être d'en avoir un jour une à moi. On pouvait avoir les deux, je l'avais enfin intégré. Tout comme le fait que ces deux éléments essentiels de ma vie pouvaient se nourrir l'un de l'autre ; j'étais meilleure dans mon boulot, plus agréable avec mes collègues depuis que ma vie ne se résumait plus à l'agence. Pour réussir ma vie de femme, je devais savoir décrocher et accorder du temps à ceux que j'aimais. Cette dernière réflexion me fit sourire. Je décrochais tellement désormais que j'avais oublié mon téléphone dans la grange.

— Auriez-vous l'heure, s'il vous plaît ? demandai-je au serveur.

Un poignet apparut alors sous mon nez. Je le regardai, ce poignet, de longues secondes sans chercher à voir l'heure sur la merveilleuse montre qui l'ornait, puis je l'attrapai et serrai ce bras fort et protecteur autour de mon cou. Marc se pencha sur moi, le visage dans mes cheveux.

— Désolé de t'avoir fait attendre, murmura-t-il.

Remerciements

À Maïté, mon éditrice, qui, tout en délicatesse, m'a aidée à sortir ce que je retenais bien caché au fond de moi. Notre travail, nos jeux de rôle, ta disponibilité m'ont permis d'aller bien au-delà de ce que j'imaginais. Le lien que nous avons tissé ensemble, et avec toute la petite troupe, me donne des ailes.

À Cristina, petite fée discrète dans la poche. Ton amitié et ta présence indéfectible durant mes moments de doute, mes emballements, mes lubies, me sont si précieuses.

À Marina Gauthier-Dubédat, Myriam Sterling et Inna Solodkova, interprètes… Toutes les trois, vous m'avez permis d'entrer en communication avec le monde qui m'entourait. Votre métier me fascine. Myriam et Inna, pardonnez-moi de ne pas vous avoir parlé de Yaël lorsque nous étions ensemble, mais je vivais intensément notre lien si particulier. Vous avez été ma bouche et mes oreilles. Marina, ce déjeuner, où nous avons discuté comme des amies, reste un inoubliable souvenir, tes histoires, tes réflexions ont tant apporté à Yaël.

À Nicolas Briens, qui m'a offert de découvrir la mythique 911 et a eu la générosité de m'accorder une balade dans sa voiture. Vous savez partager votre passion avec talent. Lorsque je vous écoutais conter vos anecdotes, j'imaginais Abuelo et Marc, et je savais que mon choix instinctif de Porsche était le bon.

À Guillaume Manuel pour nous avoir laissés envahir sa boutique *Au Bon Usage*. Quel après-midi ! Depuis, j'ai souvent regardé votre carte et lu la si belle phrase écrite dessus, « Les beaux objets vivent éternellement ». Marc et Abuelo auraient pu la prononcer.

Aux lectrices et aux lecteurs qui me suivent avec une fidélité bouleversante. Vous n'imaginez pas comme vous rencontrer, vous parler, découvrir vos larmes et vos sourires me touche. Je me sens souvent bien petite face à vous, vos vies, vos joies et vos peines. Je n'aurai jamais assez de mots pour vous remercier.

Aux lecteurs, aux éditeurs étrangers, aux traducteurs... vous nous faites voyager, mes personnages et moi. Je suis émerveillée par la relation que nous nouons, sans nous comprendre à travers des paroles échangées, mais en partageant un regard ou la page tournée d'un roman.

Le bar *El País* a existé, j'y ai passé un certain nombre d'heures avec mes amis, avec mon « toi », je sais ce que c'est de courir après le dernier 69 ! Il a souvent « fait bleu » en franchissant le seuil de notre QG (comprennent ceux qui se reconnaîtront). Quant au concert de Ben Harper, on n'est pas restés sur les marches de Bercy, quel souvenir ! Mon Dieu, c'était bon, cette époque, on en a eu de la chance ! Je le dis avec nostalgie, cela a été un tel bonheur de me replonger dans ces souvenirs pour nourrir la vie étudiante de la petite troupe. Alors je pense à vous, les copains, éparpillés aux quatre coins du monde et de France.

La Petite Fleur, quant à elle, n'existe pas. Cependant, dans ces instants de vacances entre amis, il y a des Salvan-Haut, une semaine dans le Gers, une autre en Dordogne, une encore à la Réunion. Il y a de la musique, des bombes dans la piscine, des enfants qui font la sieste, des « On met tout sur la table et chacun fait sa popote », des photos, des rires, des larmes aussi lors de soirées confidences, la faute au verre de rosé en trop ! Alors, les amis, je ne le dis pas assez souvent, mais je vais vous l'écrire : « Je vous aime. »

Je voudrais avoir un petit mot pour les commerçants, les restaurateurs, les brocanteurs de Lourmarin et des puces de Saint-Ouen. Vous ne le saviez pas, mais je vous observais, je m'imprégnais de votre travail, de vos sourires, de votre accueil. Et j'ai essayé de distiller des petites choses à droite, à gauche, dans l'histoire de Yaël, de Marc, et des autres... J'espère que vous ne m'en voudrez pas.

Je pense aussi à Iris et Gabriel, et je leur dis merci d'avoir frappé à la porte pour donner de leurs nouvelles. Nos retrouvailles furent grandioses ! À la prochaine !

Pour finir, je m'adresse à vous, mes garçons, Simon-Aderaw et Rémi-Tariku. Vous êtes mon adrénaline, vous me pardonnez quand je vous dis : « Désolée, maman travaille. » Vous êtes ma vie, mon tout, vous faites battre mon cœur et, sans vous, je ne ferais pas tout ça.

Pour suivre l'actualité de l'auteur,
rendez-vous sur sa page Facebook :
Agnès Martin-Lugand Auteur

POCKET N° 16442

AGNÈS MARTIN-LUGAND

La vie est facile,
ne t'inquiète pas
roman

POCKET

> « On se laisse
> entraîner par
> le talent de
> feuilletoniste de
> l'auteur, qui manie
> à merveille le
> suspense
> amoureux. »
>
> *Le Figaro*

Agnès
MARTIN-LUGAND
LA VIE EST FACILE,
NE T'INQUIÈTE PAS

Rentrée d'Irlande, Diane est bien décidée à recons-
truire sa vie à Paris. Avec l'aide de son ami Félix, elle
s'est lancée à corps perdu dans la reprise en main
de son café littéraire. C'est là, aux « Gens heureux
lisent et boivent du café », qu'elle rencontre Olivier.
Il est gentil, attentionné, et, surtout, il comprend
son refus d'être mère à nouveau. Car elle ne peut se
remettre de la perte de sa fille.
Bientôt, un événement inattendu va venir boule-
verser les certitudes de Diane quant à ses choix,
pour lesquels elle a tant bataillé.
Aura-t-elle le courage d'accepter un autre chemin ?

Retrouvez toute l'actualité de Pocket sur :
www.pocket.fr

Ouvrage composé par
PCA 44400 Rezé

Achevé d'imprimer en Allemagne
par GGP Media GmbH
à Pößneck
en mars 2017

POCKET – 12, avenue d'Italie – 75627 Paris Cedex 13

Dépôt légal : avril 2017
S27513/01